네 지붕 한 가족

1부

네 지붕 한 가족 1부

초판 1쇄 발행 2019년 7월 15일
지 은 이 황경호
발 행 인 권선복
편 집 전재진
표 지 진형근
디 자 인 오지영
전 자 책 서보미
발 행 처 도서출판 행복에너지
출판등록 제315-2011-000035호
주 소 (07679) 서울특별시 강서구 화곡로 232
전 화 0505-613-6133
팩 스 0303-0799-1560
홈페이지 www.happybook.or.kr
이 메 일 ksbdata@daum.net

값 15,000원
ISBN 979-11-5602-729-4 (03810)

도서출판 행복에너지는 독자 여러분의 아이디어와 원고 투고를 기다립니다. 책으로 만들기를 원하는 콘텐츠가 있으신 분은 이메일이나 홈페이지를 통해 간단한 기획서와 기획의도, 연락처 등을 보내주십시오. 행복에너지의 문은 언제나 활짝 열려 있습니다.

사연 없이 여기에 온 사람은 없다

네 지붕 한 가족

1부

황경호 지음

목차

제1부

추천사

영하 30도가 넘는 옛 만주 땅, 중국 동북 3성을 누비면서 CJ 그룹 식품 법인의 영업 최일선에서 근무했던 황경호 군이 이번에 『네 지붕 한 가족』이라는 역사 소설을 내게 되었다는 데 진심으로 축하의 인사를 보냅니다.

10여 년 전 작가의 우직함과 성실함을 믿고 식품 법인의 중요 거점인 동북 3성 시장을 맡겼는데, 작가는 제 기대 이상으로 전원 중국 현지인으로 구성된 법인을 잘 관리하였고, 직접 승합차에 제품 샘플을 싣고 한반도보다 더 넓은 동북 3성의 곳곳을 누비면서 발로 뛰는 영업을 통해 당사의 매출 증대에도 크게 기여하였습니다. 그렇게 작가가 리더십을 발휘해서 키운 중국인 직원들이 지금 중국 CJ 식품 법인의 핵심 인재가 되었으니 이 자리를 빌려 작가 황경호 군에게 감사의 인사를 전합니다.

작가와 관련된 가장 인상 깊었던 기억은 아마 동북 3성에서 작가의 주도로 진행되었던 '가짜 제품 소탕' 사건일겁니다. CJ의 우수한 제품을 모방한 짝퉁 제품이 나오자 작가 특유의 뚝심과 불의를 보면 참지 못하는 의협심이 발동하게 되었고 끈질긴 추격

끝에 가짜 제품 제조책과 판매책을 일망타진했었지요. 중국 정부 기관과 협업하여 이뤄낸 성과로서 당시 중국 언론에 보도가 되기도 했습니다. 다들 위험하다고 했지만 정의를 위해 최선을 다했던 작가의 투철한 직업관과 삶에 대한 가치관을 잘 알 수 있었습니다.

옛 만주 땅에서 일하면서 그냥 지나칠 수 있었던 우리 민족의 아픔을 예사로 보지 않고, 우리 자손 세대가 잘 알지 못하는 동북아시아 현대사의 숨겨진 이야기를 잘 풀어낸 작가 황경호 군의 열정에 박수를 보내며 작가가 기대하는 모든 사람들이 행복하게 더 나은 삶을 향해 나아가는 평화로운 새 시대를 기원해 봅니다.

CJ그룹 중국 본사 대표/ CJ 대한통운 대표이사 박근태

추천사

1932년, 경상도 사천 땅의 바닷가 끝 마을 안도부락. 꽃 피는 봄이면 동네 뒷산에서 진달래며 어린 쑥을 뜯어먹으며 허기를 달래던 아이가 있었습니다. 물고기를 잡으며 고양이 이마만 한 땅뙈기에서 소작도 짓는 그 아이의 가족, 어민이자 소작농 집안이 있었습니다. 그러나 우리 땅을 침략한 일본제국주의가 기승을 부리던 때입니다. 아이는 일본 학생의 모함을 받아 다니던 소학교에서 쫓겨나고, 만주 봉천의 포목상에서 일하는 외삼촌을 따라 만주행 열차를 탑니다.

같은 해. '홍경래의 난'으로 널리 알려진 평안도 정주 땅에서 소작농이 있었습니다. 치솟는 소작료에 울분을 참지 못한 채 마름을 죽이고 대대로 노비 생활을 하던 고향마을을 새벽 찬 바람 맞으며 만주로 향한 가족이 있습니다.

이렇게 이역 땅 만주 봉천에서 만난 가족들, 그러나 그 땅은 일제가 수립한 괴뢰정부 만주국의 중심이었습니다. 일제에 맞서 싸우는 항일운동의 중심이자, 중국 대륙에서 소개되는 다양한 이데올로기를 조선이 받아들인 통로이기도 했습니다. 그렇게 이들은 만나고 헤어지며, 싸우고 화해하며 세월을 따라갔습니다. 아니, 세상을 만들어갔습니다. 그렇게 오늘이 되었습니다. 조선 땅에서 만주로, 다시 남과 북의 분단국가와 인근의 일본, 중국으로 옮겨가는 이들의 이야기입니다.

디아스포라. 자신들이 뿌리내려 살던 땅을 떠나 외로운 타지에서 생계를 이어가면서도 당초 자신들이 가졌던 규범과 관습을 잃지 않은 채 살아가는 민족 집단을 가리키는 말이지요. 소설 '네 지붕 한 가족'은 어두운 시절, 눈물을 흩날리며 고향 땅을 떠났지만, 결국 마음만은 그 땅을 떠나지 못하는 디아스포라입니다. 슬픈 우리의 지난날 이야기이자, 바로 한국 현대사를 흐르는 하나의 물줄기입니다.

그간 황경호 작가를 짧지 않은 시간 동안 눈여겨보아 왔습니다. 여느 비즈니스맨과 달리 그에게서는 늘 인간의 향기를 느낄 수 있었습니다. '좋은 사람', ' 신뢰할 수 있는 사람' 이상의 끌림을 받은 경험이 한두 번이 아닙니다. 이 소설을 읽고서야 까닭을 알게 되었습니다. 황 작가야말로 '가슴이 뜨거운 사람'이기 때문입니다.

뜨거운 가슴의 작가가 20여 년간 맨발로 뛰며 눈물로 써나간 '네 지붕 한 가족'의 출간을 진심으로 축하드립니다.

이종목 스코트라주식회사 대표이사

제1부

*〈일러두기〉

본문에 표기된 중국의 지명, 인명은 익히 알려진 경우를 제외하고는 우리말 한자음에 따랐음을 알려드립니다.

새싹
〈1932년 4월 경상도 사천〉

오늘같이 햇볕이 잘 드는 따뜻한 봄날이면 영덕은 집에 오자마자 책보부터 던져놓고 부랴부랴 동네 뒷산으로 달려간다. 보들보들한 소나무 여린 이파리를 따다 한 움큼 입에 집어넣고 오물거리면서 여기저기 산을 돌아다니면 진달래도 따 먹고 싹이 올라오는 쑥을 캐어 씹어 먹어도 어느 정도 허기는 달랠 수 있다.

15리나 되는 학교를 오가는 길이라 집에 와서 보리밥 한 그릇 먹고 나면 언제 먹었나 싶을 정도로 금방 배고플 나이다. 이제 소학교 5학년이니 뭐를 먹어도 소화를 시킬 나이고, 집에 먹을 거라고는 없는 걸 뻔히 알기에 하교하면 친구들과 어울려 산으로 다니면서 알아서 먹을 걸 챙겨야 저녁 시간까지 버틸 수 있다. 안도 마을 삼총사라고 불리는 무영이와 또 다른 동네 친구 득호랑 지난겨울에 올무를 쳤던 토끼길로 가봤으나 역시나 허탕이다.

"무영아, 우리 겨울에 토끼 한 마리 잡았는데 그때는 재수가 좋았는 갑다."

"그래, 야들도 이제 봄이 되가 먹을 게 많은가 인자 안 내려오는 갑네."

기대 안 하고 왔지만 그래도 빈 올무를 보니 더 힘이 빠진다. 그 겨울에 하얀 눈밭에서 퍼덕거리는 산토끼 들고 방방 뛰면서 구워 먹던 기름기 잘잘 흐르는 그 고기 맛을 생각하니 속이 더 쓰린 거 같다. 하릴없이 길가에 풀 하나 꺾어 걸릴 것 하나 없는 이빨을 쑤시면서 친구들이랑 풀 위에 누워서 팔을 베고 하늘을 본다.

이 동네 소작농 배상수의 아들인 영덕은 누가 보더라도 눈이 참 선하게 생겼으며 시골 애답지 않게 얼굴도 뽀얗고 손가락도 긴 게 꼭 부잣집 막내 도련님 같다. 딱 한눈에도 우등생으로 보이는데 짧게 깎은 머리에 쌍가마가 눈에 띈다.

그 옆에 누워있는 무영은 저 언덕 너머 작은 교회 목사집 아들인데, 고지식한 종교인 집안이라 먹고 사는 거 역시 힘들지만 웃을 때마다 드러나는 덧니가 참 귀여운 낙천적이고 성격이 밝은 아이다.

끝에 누워있는 득호는 학교 근처 선착장 옆에 있는 일본 수산물 회사 공장장 아들인데, 그래도 이 동네에서 제일 잘사는 집안의 아들이지만 생긴 거는 까무잡잡하고 제일 빈티가 난다. 득호는 공부에는 흥미가 없고 책이라고는 보기도 싫은데 집에서 공부 타령만 하는 아버지 등쌀에 그냥 대충대충 하는 시늉만 한다. 크게 배고파 본 적이 없는 집에서 자라다 보니 다른 애들처럼 군것질거리를 찾기보다는 그냥 친구들하고 어울리려고 같이 따라 나왔다. 영덕, 무영이하고 같이 다니면 재미있기도 하지만, 그래도 똑똑하고 어른처럼 행동하는 친구 영덕을 보면 부럽기도 하고 질투가 나기는 한다.

그냥 누워있는 정적이 어색한지 무영이가 입을 연다.

"영덕아, 쪼매 심심한데 니 지난번에 얘기해 줬던 삼국지 얘기 다시 해주라. 우리도 그거 보고 유비, 관우, 장비 하기로 했다 아이가."

"내 그 얘기 몇 번이나 했노? 그라고 배 고파가 인자 말할 힘도 없다. 내일 하자."

그냥 물러설 무영이가 아니다. 뭔가 얘기 거리를 찾아서 계속 입을 열어야 한다.

"영덕아, 너거 외삼촌 언제 오시노? 설에도 안 왔는데 오시야지 내도 경성(현재 서울) 과자 좀 얻어 묵을 거 아이가?"

"울 어무이가 그라는데 요새 경성에 장사가 안 되갔고 다들 힘들다 카더라, 지난번에 먹었던 센베이 얼마나 맛있드노?"

"너거 센베이가 그리 맛있더나? 일본 과자들 다른 것도 맛나는 거 많은데…."

그냥 한 말인데 내뱉자마자 말실수 했다 싶었던지 득호가 바로 입을 다물었다. 힐끗 득호를 바라보던 무영이 입맛을 다시며 말을 이어나간다.

"설에 큰아빠 따라 진주 갔을 때 함 묵었는데 입에서 살살 녹드라. 내는 나중에 센베이 가게 차리갔고 돈 슥스로 마이 벌어가 맨날 과자만 묵을끼다. 공부는 영덕이 니가 잘하니까 내는 만들고 니가 손님 받고 돈 계산하면 된다 아이가."

"그라문 얼마나 좋겠노, 니는 센베이 만들고 내가 팔아서 우리 과자나 실컷 묵자."

"그래 내가 가게 얻어가 장사 준비하고 너거가 만들고 잘 팔면 우리 금방 부자 되겠다."

뭐 틀린 말도 아니고 뽐내기 좋아하는 득호가 원래 그런 걸 아는 영덕이 마무리 짓는다.

"그래, 우리 꼭 그라자. 오늘 이리 허탕칠 줄 알았으믄 갯가에 가서 낚시라도 할 낀데. 내일은 만복이 행님 배 타고 고기나 낚으러 가자."

여기는 경상도 사천군에 위치한 바닷가 끝마을에 있는 안도 부락이다. 지금 누워있는 언덕에서 목을 빼고 쳐다보면 양쪽으로 바다가 보이는데, 동쪽 바다를 건너가면 바로 삼천포가 나오고 서쪽으로 가면 사천 서포가 나온다. 저 멀리 까치발을 하고 보면 아직까지 정상의 눈이 녹지 않은 지리산이 보인다. 아무래도 바다 건너 사천읍이 골짜기 마을에서 말하는 '대처'라는 곳이고, 다시 북쪽으로 올라가면 서부 경남의 제일 큰 도시인 진주가 있다.

썰물에 물이 빠지면 갯벌이 드러나 사람이 건너서 갈 수 있는 작은 섬이 하나 있는데 이 섬의 모습이 소가 매는 질매를 닮았다고 해서 질매섬이라 불린다. 내일은 친구들하고 같이 배 타고 질매섬 옆에서 배 띄우고 고기 낚을 생각을 하니 괜히 허기진 뱃속에 더 힘이 들어간다. 해가 뉘엿뉘엿 서산으로 넘어갈 무렵 제법 쌀쌀한 초봄 날씨에 산을 내려오며 진달래를 한 움큼 따서 씹어 먹으며 집으로 간다.

영덕은 이 안도 마을에서 농사짓는 부모님 밑에서 태어나 딸 둘 다음에 얻은 아들이라고 어릴 때부터 장손이라며 아주 귀하게 컸다. 사실 영덕을 낳기 전에 아들이 하나 있었는데, 여섯 살 되는 나이에 홍역에 걸렸다가 그만 죽고 말았다. 그리고 뒤늦게 귀하디귀한 아들을 다시 얻어 이름 짓느라 진주까지 가서 영원히 덕을 쌓고 살라고 영덕이라는 이름도 지어 왔다.

농사짓는 아버지인 상수는 이제 소학교 5학년인 늦게 본 아들 영덕을 위해서라면 뭐든 다 해주는 이 동네 시골 마을에서는 좀처럼 보기 힘든 사람이었다. 고기 잡고 텃밭 가꾸고 고양이 이마만 한 논 소작으로 부치며 겨우 입에 풀칠하고 살지만, 그래도 동네에서 몇 마리 안 되는 소도 한 마리 키우는 상수는 어릴 때부터 가르치지도 않은 글 척척 읽어내고 자기 혼자서 동네 형들 찾아다니면서 책 얻어서 보는 거 좋아하는 아들을 보니 신통하기 그지없었다.

입 하나 덜려 사천 읍내로 식모살이 보냈던 큰딸은 착실한 어부 만나서 애 둘 낳고 잘살고 있고, 바다 건너 서포로 시집간 둘째 딸도 이제 해산하려고 막 집에 와 있다. 자기 같은 무지랭이한테서 똘똘한 아들이 나온 것만 해도 감지덕지한데, 이 한 놈 제대로 공부시켜서 나보다는 더 잘사는 모습 보고, 면 서기만 되면 안도 부락이 떠나가라 몇 날 며칠이고 잔치를 하고, 손주, 손녀 보면서 사는 게 상수의 인생 목표라면 목표라고 할 수 있겠다.

일전에 곤양장에 말린 고추 팔러 갔을 때 장에 왔었던 면장은 정말 기품이 있었다. 조선 사람이라는데 어떻게 면장이 되었는지 쫙 빼입은 빛나는 제복에 일본도까지 차고 왔는데, 그 옆에 있는 수행원들이 양산까지 받쳐주면서 걸어가는 모습이 그의 눈에는 일개 면장일지라도 신문에서 봤던 우가키 가즈시게 조선 총독이나 다를 바 없는, 자기가 본 중 제일 높은 사람이다.

'그려, 우리 영덕이는 나중에 면장이 되어야지. 이기 바로 우리 가문의 영광이고, 조상님들이 얼마나 기뻐하시겄노.'

그날 집에 온 상수는 마누라 언년이를 붙잡고 침을 튀어가면서 다짐했다.

"보소, 내가 뼈가 뿌라지더라도 우리 영덕이는 꼭 면 서기 만들끼다. 그라고 일 잘해갔고 면장 되는 거 보는 게 소원이다. 오늘 면장 봤는데 을매나 사람이 다른지 아나? 꼭 하늘에서 내려온 사람처럼 진짜 다르더라! 그것도 조선 사람이라 카더라."

"아이고, 그리만 되면 얼마나 좋겠으예. 우리 기둥뿌리 팔아서라도 동네잔치 함 크게 해야지예."

"이 사람아, 잔치 뿌이가? 원래 집안에 하나만 잘되믄 다 잘되는 기라. 그리만 되믄 우린 내일 죽어도 여한이 없다."

그때부터 상수의 꿈은 하나밖에 없는 귀한 아들 꼭 면 서기로 만드는 거였다. 이 부락에 50여 호가 있어 소학교 다닐 또래의 애들이 스물댓 명은 되었지만, 학교에 다니는 애들은 예닐곱에 불과하다. 이웃집 친구 장섭이네 아들은 14살이지만 벌써 혼자서 배 끌고 삼천포 장에 가서 생선도 팔아 오고, 산에 가서 나무도 하고, 소도 잘 먹이지만 자기는 아들 그렇게 키울 생각 절대 없다. 꼭 제대로 공부시켜서 제 자식은 자기보다 더 나은 삶을 살아주는 걸 보는 게 상수의 꿈이다! 아들이 똑똑하니 동네에서 제일 잘산다는 득호가 같이 친구 하자고 하며 놀아주지 다른 애들 같으면 어림도 없을 거라고 생각한 상수는 또 다짐한다. 맛있게 풀 뜯고 자기를 쳐다보는 황소를 보고 상수가 말한다.

"이놈아. 많이 먹어둬라. 니 팔아서 우리 영덕이 중학교 보낼 끼니까."

어떤 대가를 치르고 어떤 희생을 하더라도 잘난 아들놈 꼭 면장 되는 거 보고 죽자고 다짐을 한다.

쇠죽 익어가는 냄새가 가득한 마당에 영덕은 아궁이에서 된장 풀어서 쑥국을 끓이는 엄마 언년이에게 갔다.

"어무이, 누야가 언제 애기 낳는교?"

"한 사나흘 있어야 안 되긋나? 너거 아부지가 내일 재 너머 저수지에 가가 가물치나 잉어 잡아 온다 카더라, 뽀야이 국물 나오는 거 묵고 하면 젖도 잘 나오고 금방 몸 풀끼다.”

구수한 된장 냄새에 쑥 냄새가 더해지니 고추장 팍팍 풀어서 먹고 싶은 시장기가 몰려온 영덕은 입맛을 다시며 자기 공부방인 아랫방으로 가서 호롱불을 켜고 책상 앞에 앉는다. 보고 또 봤지만 앉은뱅이책상 옆에는 세계명작동화, 세계지리 책들이 널려있다. 영덕은 이 세상이 얼마나 넓은지 궁금하다. 책으로만 봤던 구라파(유럽), 일본, 심지어 외삼촌한테 얘기만 들었던 경성, 중국의 만주, 봉천(현재 심양)이 어떤 곳인지, 이 세상이 얼마나 넓은지 다 가보고 싶다.

아버지 상수에게 소학교 들어가자마자 귀에 못이 박히게 들었던, 니가 공부를 잘해서 면 서기 하고 나중에는 면장 되면 소원이 없다고 하는 성화에 자기도 모르게 그렇게 되면 얼마나 좋을까 생각했지만, 사실 영덕의 꿈은 따로 있었다. 언제부터인가 세계명작동화와 세계지리 책을 접하고 난 이후에는 자기가 태어나고 자란 이 골짜기 밖은 어떤 세상인지 궁금했다. 세상에서 제일 큰 줄만 알았던 진주 말고도 이 세상은 무지하게 크고 갈 곳이 많다고 한다.

감히 아버지한테 말은 못 했지만 영덕이 닮고 싶은 사람은 바로 다름 아닌 자기 작은 외삼촌 황준길이다. 영덕의 외갓집은 바로 옆 동네 검정마을 쪽인데, 준길은 어릴 때부터 공부를 잘했고 시골에서는 아주 드물게 진주까지 가서 중학교를 나왔다. 외가집도 먹고사는 게 다 고만고만한 형편이라 중학교만 마치고 진주에 있는 꽤 큰 포목점에 점원으로 취직해서 잘 다니다가 머리 좋고 성실한 준길을 눈여겨 본 일본인 사장이 한 5년 전부터 경성에 데리고 가서 일을 시킨다고 하더니 이제 경성 점포 지점장 자리까지 올랐다고 한다.

거기에다가 만주, 봉천에도 가게 하나 더 열어서 거기 사업도 봐

준다고 올라갔는데, 장사가 잘되는지 서포에서 소학교 나왔다는 여자 하나 얻어서 고향에서 식만 올리고 아예 봉천에 살러 간 거였다. 봉천 일까지도 잘 되면 일본 사장이 승진시켜 줘서 일본에도 보내준다고 했단다. 자기가 아는 사람 중 제일 멋있고, 제일 넓은 세상을 가본 외삼촌이 들려주는 바깥세상 이야기는 정말 눈이 번쩍 뜨이게 했다. 경성에서 평양을 거쳐 압록강을 건너 봉천까지 가는 길까지 외삼촌 입에서 줄줄 나오는 지명과 가게를 열 때의 무용담, 그리고 만주 벌판의 마적단 이야기까지, 준길이 사다 주는 별의별 선물도 좋았지만 밤새도록 붙잡고 그 신세계에서의 삶이 어떠한지 계속 듣고 싶었다.

그런데 1년에 한 번은 고향에 와보고 하던 삼촌이 올해는 안 왔고 인편으로 소식만 전했다. 잘은 몰라도 어른들 얘길 들어보니 지금 일본이나 조선이나 워낙 물건도 안 팔리고 돈도 안 돌아서 준길의 회사도 어렵다고 한다. 경성 길바닥에만 가도 거지들이 득실거려 오히려 시골구석에서 물고기라도 잡아서 배 채우는 자기들이 경성 사람들보다 더 얼굴 때깔이 좋다고 어른들이 그런다. 쉽게 말하면 장사가 안되고 외삼촌네 회사도 어려워서 올해 못 왔다고 생각하면 된다.

어젯밤에도 펼쳐봤던 지도책을 다시 꺼내본다. 조선 반도 지도를 쭉 보니 질매섬은 당연히 지도에서는 안 보인다! 대충 지명을 보니 삼천포하고 남해 가운데 이쯤인가 하고 연필로 듣고 진주를 또 찾아본다. 진주는 할아버지 제사 때가 되면 제수 물건 사러 간다고 아버지 따라서 몇 번 가봤다. 어릴 때는 꼭두새벽에 주먹밥 싸서 아버지 지게에 올라타 자다가 깨다가 눈을 떠보면 까무룩 잠이 들기 전에 얼핏 저 멀리 마을이 보이고, 또 그렇게 잠을 자다가 일어나서 파랗게 흐르는 남강이 보이면 빨리 지게에서 내려달라고 해서 쪼르르 뛰어갔다.

영덕은 진주가 참 좋았다. 남강 옆을 쭉 따라가다 보면 저 멀리에 촉석루가 보이고 또 진주역 앞에 가면 거기에는 동네에서는 볼 수 없는 갖은 물건들이 다 있다. 사람 구경은 기본이고 궁둥이에서 연기 뿡뿡 내고 다니는 도락꾸(트럭)에다 기적을 울리고 역 앞을 지나가는 까만 기차를 보면 영덕은 정말 신이 났다. 저 기차는 어디를 가길래 저리도 신나게 웃고 가는지, 어찌나 저리도 빠른지 금방 왔다가 "쓩" 하고 가버린다. 무섭게도 생겼지만 그래도 한 번 타봤으면 좋겠다.

준길 삼촌은 저 까만 기차를 타고 경성에도 가고 또 봉천까지 갔었단다. 연필로 줄을 그을랬더니 조선 반도 경상도에서 안도 마을과 진주는 이거 뭐 줄을 그을 거리가 아니다. 도대체 이 세상이 얼마나 넓고 볼게 많단 말인가? 경성이나 부산을 가야지 줄이라도 그어볼 수 있지, 자기가 사는 동네하고 진주는 정말 너무나 작아 보인다. 진주, 대구, 대전, 수원, 경성, 개성, 평양, 신의주, 안동(현재 단동), 봉황, 봉천…, 지도를 따라 준길이 말해줬던 지명을 쭉쭉 따라 연필로 선을 그어가는데,

"덕아, 뭐하노? 밥 묵으라 몇 번을 불러도 안 오노?"

벌컥 문을 열며 톤이 높아지는 엄마 언년의 목소리에 빨리 책을 덮고 일어선다.

젖과 꿀이 흐르는 땅
〈1932년 4월 만주 봉천〉

"준길 상, 이거 아무래도 경성은 접어야겠지?"

"사장님, 그래도 그렇지 종로에 가게 낸다고 우리가 들인 돈이 얼만데요? 봉천점이 잘되더라도 경성이 흔들리면 아무 의미가 없습니다. 경성점이 조금 더 버텨준다면 봉천점, 동래점, 진주점에서 이윤 난 걸로 돌려주면 됩니다. 정 힘들면 진주점은 접고 경성은 점포만 줄여서 옮겨도 다시 살릴 수 있습니다."

"나도 자네가 얼마나 경성점에 공을 들였는지 잘 알지, 뭐 갑자기 내지(일본 본토)하고 조선이 이렇게 힘들 줄 알았나."

인구 25만, 만주 최대 도시 봉천역 앞에 위치한 '모리마쯔 상사' 2층 사장실에는 담배 연기가 자욱하게 가라앉아 있고, 그 위에 또 쌓이는 담배 연기가 먼저 나온 놈들을 꾹꾹 눌러서 쌓아놓은 것 같다. 봉천역을 바라보면서 담배 연기를 뿜어대는 모리마쯔의 뒤통수는 머리카락이 빠져서 주먹 반 개만큼 휑하니 허전하다.

이윽고 고개를 돌린 40대 중반의 모리마쯔는 특유의 사람 좋아 보이는 웃음을 지으며 눈길을 준길에게 다시 돌린다. 황준길은 모리마쯔가 진주점을 개업하면서 건진 보물 중의 보물이다. 중학교까지 나와서 일어에도 능숙하고, 무엇보다도 계산이 빨라 장부 관리도 꼼꼼하게 해내며 성격도 좋아 조선인 영업 사원을 상대 안 하는 일본 도매상들도 준길은 좋아하고 술도 곧잘 사준다. 일본인이라도 조선에서 사기 치고 다니는 일본인이 워낙 많아 믿는 놈도 별로 없지만, 정말이지 준길은 친조카 같고 한 번도 미개한 조선인이라고 생각한 적이 없다.

"준길 상, 그래서 말인데… 솔직히 내가 아무리 적응을 하려고 해도 여기 봉천 땅은 나하고는 너무 안 맞아. 미안한 얘기지만 나는 경성으로 돌아가서 동대문 거래처 다시 정리하고 동래점, 진주점 같이 묶어서 생각을 좀 해보겠네. 그래서 말인데…."

준길은 '그래서 말인데…' 라는 모리마쯔의 말습관을 잘 안다. 장사하는 사람치고는 정직하고 수완이 좋다지만, 상대의 기분을 잘 헤아리는 모리마쯔의 성격으로 볼 때 그다음에 나올 얘기가 뭔지 벌써 짐작이 간다. 역시나다. "내가 따뜻한 구마모토 출신 아닌가? 난 조선의 날씨만 해도 춥고 힘들었는데, 아무리 먹고살려고 한다지만 도저히 봉천 겨울 날씨는 적응이 안 되네. 자네도 알겠지만 아사코도 여기 와보고 못 살겠다고 구마모토로 간다고 하는 거 내가 겨우 잡아서 경성으로 보냈지 않았는가. 상당히 미안한 얘기지만 자네가 봉천점을 맡아서 운영해 주게. 뭐 내가 섭섭하게 해주지는 않을 거고, 앞으로 대륙 시장이 넓어지면 모리마쯔 상사는 만주 곳곳에 진출할 것 아닌가? 자네 중국어도 나보다 훨씬 낫고 나이도 젊으니 내가 좀 부탁함세."

드디어 올 것이 왔다. 구마모토에서 포목점 점원으로 일하다 자수성가한 모리마쯔는 상단을 따라 조선에 와 동래에서 일본 포목을 받아서 팔다가 제법 큰돈을 만졌고, 두 번째로 확장한 진주점에서 자기를 뽑아주고 키워줬던 고마운 은인이다. 경성으로 데려갈 때에도 친동생이 아닌 준길을 선택했고, 경성에서도 깐깐하고 콧대 높은 일본 고객들에게 준길을 일일이 소개해 주고 더 넓은 세상을 보게 해줬다.

처음 경성에 올 때만 해도 정말 좋았다. 1차 대전이 끝난 후에 일본에는 호황이라고는 없어 많은 일본인들이 조선이나 중국으로 장사를 하러 나왔는데, 나온 사람 중에서 대박 찬 사람도 있고 쪽박 난 사람도 있었지만, 내지는 1927년에 터진 대만은행발 경제 위기로 더 힘들다고 한다. 정부는 긴축 정책을 하느라 허리띠 졸라맨다고 해서 내지는 죽네 사네 하더니 식민지인 조선은 여파가 더하면 더했지 덜하지 않았다. 오죽했으면 '내선아사일체' 라는 말까지 나왔겠는가.

거기에 비해 적게 벌더라도 착실하게 사세를 키워 조선에서 자리를 잡은 모리마쯔 상사는 그나마 성장 일로에 있고 업계에서는 제법 탄탄하다는 소리를 듣는다.

이제 한 2~3년만 더 자리를 잡으면 모리마쯔는 포목에서 다른 일용품 무역으로 사업을 확대하고자 했다. 경성에서 사귄 야마구치현 사람들을 통해서 조선총독부 사람들을 알게 되어, 소문을 들으니 만주 시장을 크게 키울 수 있고(이렇게 쓰고 이제 본격적으로 대륙을 침략한다고 읽는다.) 이제 일본 사람은 만주국에 가면 일등 시민으로 대접받고 산다고 들었다.

아니나 다를까 금년에 만주 장춘현을 수도로 삼아 일본의 괴뢰 정부인 만주국이 들어서더니, 이제는 미국판 서부 개척처럼 본격적인 만주 개척 시대가 열린 것이다.

머뭇거리는 다른 일본 상인들과 달리 발 빠르게 경성을 거쳐 시기적절하게 만주로 옮겨 온 모리마쯔도 봉천에 자리 잡았고 역시나 소문대로 만주 사변이 빵 터지고 군수 물자 대는 사람들은 모두 신이 났다. 일본 내지에서도 다들 만주 못 들어와서 난리라고 한다. 그냥 돈 좀 많이 벌겠거니 하고 왔는데 뜻밖에 만주 봉천에서 대박이 난 거다!

사실 모리마쯔는 그냥 쏠쏠하게 돈 벌어서 구마모토 고향에 있는 전답이나 사고, 바닷가에 멋진 집 하나 올려 말이나 키우며 농장이나 운영하면서 노후를 즐기는 게 꿈이다. 자기 친구들은 다 어부들인데 구마모토 촌구석에서 대륙을 상대로 장사하는 인물이 나왔다는 것부터가 기분 좋은 일이다.

그런데 갑자기 이게 웬일인가. 세계 대공황이다 어떻다는 소리가 들리고 내지부터 어렵다 어렵다 하더니 조선까지도 도저히 돈이 안 돌아간다. 좁디좁은 섬나라 일본도 이제는 '탈아입구脫亞入歐'라고 하더니만 다른 건 지지리도 구라파, 미국 못 좇아가면서 경기 고꾸라지는 것은 또 기가 막히게 잘 따라 한다.

은행에서도 일본은 금본위 정책을 고수하는 게 정부의 방향이니 절대 안심하라고 하더니 차곡차곡 쌓아놓았던 돈이 작년 겨울에 갑자기 엔화가 큰 폭으로 평가절하 되어 가만히 앉아서 만주에서 번 거 다 까먹은 꼴이 되고 말았다. 고향 갈 때마다 봐왔던 임야하고 농장이 거의 손에 다 들어왔는데, 생각하면 할수록 속이 쓰리다. 돈 벌려고 사업 벌여 놓고 만주까지 왔지만 모리마쯔는 상황이 이렇게 되니 만주에 정도 다 떨어지고 더군다나 경성 쪽 일이 안 풀리니 봉천은 준길에게 맡기는 게 낫다고 판단했다.

준길은 '역시나 하고 생각했던 게 맞아떨어졌구나.'라고 생각하지만 심경이 복잡했다. 솔직히 경성에 가서 조선 내 점포 관리를 하면서 살면 편하겠지만 그래도 만주에 발을 들여놓고 보니 무궁무진한 시장이 보이는 여기에서도 승부를 걸어보고 싶은 마음이 있다. 더구나 고향에서 데리고 온 처 순례도 여기 생활을 좋아하기도 하지만, 모리마쯔가 결정을 해버리고 저렇게 얘길 하는데 이건 그냥 선택하고 말고의 문제가 아닌 건 자기도 너무나 잘 안다.

"준길 상, 오늘 저녁에는 구로다 상하고 같이 먹기로 했는데 같이 가자고. 아직 날씨도 쌀쌀한데 독주나 마시고 여자 분 냄새 좀 맡고 쉬었다 오자."

복잡한 준길의 마음을 벌써 아는 모리마쯔는 준길의 어깨를 툭툭 치면서 일어선다.

봉천역에서 차를 타고 서탑을 지나가는데 여기저기에 치마저고리에 바지저고리를 입은 조선 사람들이 보인다. 조선식 국밥집에서 뿜어내는 김과 길가에 날리는 먼지가 뒤섞였지만, 애기를 등에 들쳐업은 여인네들과 남정네들은 아랑곳하지 않고 허기진 듯 후루룩 하면서 국밥을 먹는다. 일제는 소작농들의 불만이 쟁의로 이어지고 반일 운동으로 번질까 우려하여 삼남 지역의 농민들에게 만주 개척을 장려했다. 그러다 보니 가난한 농민들이 만주로 떠나 여기저기서 모여들어 조선 사람만 만주 전체에 백 오십만이 넘는다는 말도 과장이 아닌 거 같다. 이곳 봉천만 해도 서탑 근처에 조선 사람들이 솥단지만 걸어놓고 시작했던 개고기 국밥집이 하나둘 모이더니 어느새 수천 명이 모여 사는 조선인 단지가 되어버렸다. 만주 가서 개장사나 하지라는 말이 서탑 골목에서 나왔을 정도로 이제 조선에서 압록강을 건너 온 사람들은 안동을 거쳐 말이 통하는 봉천 서탑 골목에서 자리를 잡고, 거기서 다시 길림이나 흑룡강으로 이동하는 루트가 되어버렸다.

저들도 여기서 배를 채우고 숨 좀 돌리고 나면 또 어디로 이동할 터이고 나라 잃고 가족들 입에 풀칠할 소작 땅마저 뺏긴 백성들의 삶은 만주에서도 여전히 고달프기만 할 거다. 그래도 다행인 게, 춥다던 만주 땅에서도 벼농사가 가능해서 일제는 계속 조선 반도 전역에 만주 개척을 장려하고, 만주를 개발한다며 여기저기 들쑤시고 있다. 물론 이러한 정책은 조선의 인구수를 줄이려는 일제의 계획과도 맞물려 있었다.

조선 농민들 입장에서야 배운 거라고는 농사짓는 건데 만주로 가면 조선의 지주가 부럽지 않게 끝도 없는 땅을 남의 눈치 안 보고 마음대로 부칠 수 있단다. 가서 살아보고 정 아니면 다시 돌아와도 되니, 대부분 한 동네에서 단체로 머리에 이고 등에 짊어지면서 너도나도 만주행에 자신의 인생을 걸어보는 것이다.

차창 밖으로 보이는 조선 사람들의 남루한 모습을 보는 준길의 표정이 조금 어두워진다. 저 불쌍한 행색의 조선 사람들이 딱하기도 했지만, 힘없는 백성을 이렇게 남부여대해서 타지로 쫓아버린 자기 조국이 원망스럽다.

"준길 상, 자네 개고기 좋아한다면서? 지난번에 여기서 먹었다는데 나는 절대로 데려오지는 말게. 난 도저히 조선의 음식은 적응을 못 하겠어. 거기에다 개고기라고 하니…. 뭐, 내가 조선으로 돌아가는 벌칙으로 먹으라고 하면 할 말은 없지만."

어색해진 분위기에 뒷자리에 앉은 모리마쯔가 농담으로 얘길 해서 준길도 억지웃음을 지으며 맞받아친다.

"사장님, 이번은 벌칙이 아닙니다만 나중에 경성점 문 닫으면 그땐 정말 드셔야 합니다."

"이 사람 진짜 몹쓸 사람이구먼. 허허."

"참, 사장님, 구로다 상은 어떤 분이길래 그렇게 발이 넓은가요?"

"나도 경성에서 알던 야마구치 사람들에게 소개 받았는데 여기 관동군 쪽 군납은 다 쥐고 있다고 하더라고. 줄 대기가 힘들었었는데, 지난번에 안면 트고 나니까 이제 이렇게 만나주네. 듣기로는 여자 좋아한다니 우리야 분위기 잘 맞춰주고. 자네가 이제 우리 점장이라고 소개는 해둠세. 나머지는 자네가 잘 관리해 줘야지. 그렇게 대단하신 분이 우리 같은 업체 만나주는 것만 해도 영광인 게지."

심양 외곽에 위치한 황고 거리는 유흥가답게 밤에도 붉은 불빛으로 여기저기가 화려하다. 남자의 쾌락을 위해 준비된 4층짜리 누각은 청나라 시기에 만들어졌다는데, 준길은 벽돌을 잘 사용한 중국 건축 문화에 다시 한번 감탄했다.

'중국의 만주 구석에 있는 봉천이 이 정도인데 대관절 인구가 90만이라는 북평(현재 북경)이나 300만이 넘는 상해는 도시가 얼마나 화려할까? 그래, 이 넓은 대륙에서 장사 잘해서 나도 한번 떵떵거리고 살아보자고. 아마 대륙에서 자리 잡으라는 계시겠지. 한번 해보자!'

다시 흔들리는 마음을 잡고 약속된 장소에 들어서는데 여기는 청조 시절부터 고관들이 드나들던 홍등가라고 한다. 들어서자마자 아편 냄새와 담배 냄새가 꽉 차있고, 진한 화장을 한 채 눈웃음을 짓는 접대부들이 반가이 맞이해 준다.

"어서 오세요. 구로다 상 예약 손님이시죠? 중국인, 조선인, 일본인, 몽고인, 만주인 아가씨들 다 있으니 마음껏 골라 보세요."

준길은 자기 팔에 착 안겨 오는 귀여운 외모의 만주인 아가씨를, 모리마쯔는 조선인 아가씨를 골라서 구로다가 기다리는 방으로 간다. 벌써 몇 잔 했는지 얼굴이 달아오른 구로다가 웃으면서 그들을 반기며 앉으라고 권한다. 대륙의 밤은 길고, 정말 밤에도 할 일이 많다.

이렇게 고향을 등지고
〈1932년 4월 평안도 정주〉

"이런 썩을 간나 새끼들이! 터래기만큼의 양심도 없는 아새끼들이!"

여기는 120년 전 홍경래가 장렬하게 최후를 맞이한 평안도 정주 땅이다. 범호는 참고 참았던 게 터지고 말았다. 지난 가을에 농작물 6할을 바쳤는데 올해는 또 6할 5푼으로 올린단다. 뭐 이건 그냥 손가락 빨고 다 굶어 죽으라는 얘기와 같다. 5할에서 6할로 올려서 아끼고 아낀다고 했지만, 한겨울이 다 가기도 전에 양식은 다 바닥나버렸고, 그나마 조상들로부터 물려받은 신발 만드는 기술로 입에 풀칠만 하고 아사는 겨우겨우 면했는데, 여기에서 또 올려버리면 어쩌라는 말인가!

평안도 정주 토박이인 범호는 조상 대대로 노비로 살며 평생 소처럼 일만 했다. 까맣게 탄 얼굴에 순한 인상을 가진 그였지만 얼굴이 벌게지며 입에 침을 튀겨가면서 흥분하는데 평소에 못 본 범호의 모습이다.

태어나 보니 노비나 양반이나 다 평등한 세상이라 하지만, 배운 거 없고 할 줄 아는 것도 없는 그는 소작 농사지으면서 하루하루 먹고살고 여유가 있으면 아랫동네 백정촌에서 얻어 온 가죽으로 양반네 신발을 만들고 나무 깎아 나막신을 만드는 손재주 좋은 사람이다. 천성이 선하고 부지런하여 농사 안 짓는 겨울에는 신의주나 평양까지 가서 일본 사람이 운영하는 신발 공장에서 품도 팔고, 그마저 없으면 남의 식당에 가서 밥도 나르고, 힘쓸 때는 힘도 쓰고 먹고살려 뭐든지 다 한다.

그런데 그나마 신발 만들어 주는 건 쏠쏠하게 돈도 되었는데, 이제 다들 먹고살기 힘드니 공장에서도 안 불러준다. 그래서 유독 이번 겨울은 더 춥고 배고팠고, 이러다가 애새끼들하고 마누라 굶겨 죽이는 게 아닌가 싶어 눈앞이 캄캄했었다. 지금도 먹을 거라고는 좁쌀 조금하고 가을에 갯가에 가서 구해와 말려놓았다가 국물 만들어 먹는 비틀어진 생선 몇 마리뿐 아닌가.

범호는 건너 마을 백정촌에서 나고 자란 색시 구해서 딸 은심이 하나 낳고 잘 살았는데 몇 년 전에 역병이 돌았을 때 그 착하고 곱기만 했던 색시는 약 한 첩 제대로 써보지도 못하고 그냥 죽고 말았다.

그 후 핏덩어리 은심을 업고 다니면서 먹고살려고 아등바등하다가 2년 전에 사당패 따라왔다가 이 마을에 눌러앉은 과부 하나 만나서 늦게라도 홀애비 신세는 면했다. 하지만 이 여편네는 타고난 도화살에 역마살이 낀 여자라 아들 하나 낳아주고는 항상 뭐가 하고 싶네, 대처에 가서 돈을 벌고 싶네 하는 헛소리를 하는 걸 보니 자기랑 오래도록 살 것 같지가 않았다.

예전부터 지주 집 마름질하는 우석이 놈하고도 눈이 맞아 다리를 벌려줬네 어쩌네 하는데, 어느 날 보니까 손에 못 보던 가락지를 끼고 있었다. 먹고살 것도 없는 살림에 어디서 가락지가 나왔는지 추궁을 하니 작년에 죽은 방울장수 노파한테 빌렸다는데 도대체 귀신이 줬는지 어쨌는지 알 길이 없다. 패 죽여버리고 같이 죽을까 싶다가도 착한 딸 은심이가 눈에 걸리고, 자기는 하나도 안 닮고 오히려 우석을 더 닮은 듯한 꼬물꼬물한 아들 녀석도 마음에 걸려서 차마 그렇게는 못 하고 있다.

10살 갓 넘은 은심이는 먼저 세상을 떠난 생모를 닮아 까무잡잡한 피부에 쌍꺼풀진 큰 눈, 그리고 짙은 눈동자를 가졌으며, 아빠 닮아서 손재주도 있고, 시키지 않아도 옆에 붙어서 아빠 일 잘 도와주는 정말 속이 깊은 아이다. 오늘도 땟국물이 흐르는 볼이 얼룩진 걸 보니 지 에미한테 또 맞았는가 보다. 학교라고는 문턱도 못 가봤고 애비 잘못 만나서 저 고생하는 은심을 보니 더 참을 수가 없다. 그래서 더더욱 우석을 찾아가서 살려달라고 빌어야겠다.

"형님, 마 그만 다 때려치우고 우리도 만주로 가잔 말이요. 고저 죽으라고만 하겠습네까? 봉천에 먼저 간 애들이 요보다는 더 낫다고 하는데 내 말 좀 들어보시라요."

동생 범진이가 형을 잡는다.

누구를 닮았는지 기골이 장대하고 한눈에 봐도 무골 기질이 보이는 범진은 평소에 사람 좋다가 한번 흥분하면 물불 안 가리는 범호를 너무 잘 안다. 겨우겨우 뜯어 말리던 범진이 돌아가고 범호는 일단 분을 가라앉힌 후 나막신을 깎다가 다시 생각해도 가만있으면 안 될 것 같았다.

"은심아, 아바이 좀 나가서 일 좀 봐야겠다."

나막신 짝 맞추느라 정신없는 은심이 눈길도 안 주고 묻는다.

"오데로 가십네까? 그쪽마저 깎아야 짝이 맞습네다."

범호는 말없이 웃으면서 은심의 머리를 쓰다듬고 일어난다. 종종걸음으로 지주 옆집에 사는 우석네 문을 두드렸다. 낮잠을 자고 나왔는지 우석은 게슴츠레 눈을 뜨고 뒤룩뒤룩 살찐 배가 먼저 문에 닿았는데, 신기하게도 문은 손으로 열면서 귀찮다는 듯이 나온다.

"범호구만, 그래 뭐이가?"

"나으리, 쇤네한테 약조하신 것하고 달라서 우찌 된 건지 여쭙고자 왔습네다. 작년만 6할 받고 다시 5할로 내려 주신다더니 오째 6할 5푼으로 되레 올랐습네까? 살려주시라요!"

살이 붙어 턱이 2개인 우석이 기가 막힌지 코웃음을 치며 대꾸한다. 저 모습을 보니 딱 지금 '아들'이라는 경춘과 웃는 모습이 정말 똑같다!

"간나새끼가 고거이 내 마음대로 되간? 내레 어르신이 하라는 대로 하는기지. 귀찮으니께 고 얘기는 꺼내지 말라우."

다시 문을 닫으려고 한다.

"나으리, 나으리가 약조하셨으니 나으리를 뵙는 게지요. 그라고 저 같은 상것이 감히 어르신을 뵙는 게 가당키나 하겠소? 살려 주시라요. 애새끼하고 여편네 멕여 살려야 됩니다, 내 이대로는 도저히 못 가겠소."

"고래? 애새끼하고 여편네 멕여 살리느라 욕보오. 이번엔 그렇고 내년에 다시 이야기하자고."

이렇게 끝나면 안 된다고 생각한 범호는 문 열고 들어가려던 우석의 바짓가랑이를 꼭 끌어안는다.

"나으리! 정말 너무하십네다. 우리 아버지 대부터 같이 노비…"

이 말이 끝나기도 전에 눈앞에 불이 번쩍한다. 그리고 또 코끝이 불에 덴 것 같더니 그냥 붕 떠서 머리도 찧고 이내 뜨거운 피가 바닥에 후두둑 떨어진다. 우석은 이미 사람의 얼굴이 아닌 짐승의 얼굴이 되어 쓰러진 범호를 짓밟아 버린다.

"이 종간나 새끼가 어딜 노비 타령하고 있어? 죽고 싶은 기구만! 어어!"

우석네도 범호와 다를 바 없는 노비 가문으로 불과 10년 전만 해도 범호네 이웃으로 있다가 지주 박 첨지 눈에 들어 마름질을 하더니, 이제 소작농들이 제일 무서워하는 인물이 되었다. 박 첨지야 어느 누구네 집에 몇 할을 받건 상관없고 전체 수확량만 받던 대로 받으면 되지만 각 소작농들의 할당량을 쥐고 있는 우석의 권력은 정말이지 한 집안 식구들 목줄을 움켜쥘 정도다.

어떻게든 더 안 뺏기려고 가만히 있어도 우석한테 와서 치마저고리 벗어주는 아낙네가 한둘이 아니라는 건 이 동네가 다 안다.

범호가 지르는 비명 소리에 돌쇠와 춘석이 나와서 뜯어말린다.

"나으리. 그만 하쇼. 이러다가 사람 잡겠소."

그래도 분이 안 풀렸는지 우석이는 두 사람이 뜯어말려도 자기 분을 못 이기고 허공에다 발길질을 하면서 아직까지 발광하고 있다.

겨우겨우 몸을 추스르니 눈을 맞았는지 앞도 잘 안 보이고, 피를 얼마나 흘렸는지 머리도 어질어질한 게 세상이 핑 도는 것 같다. 발목도 밟혔는지 제대로 일어서기도 힘들다.

"범호. 자네 괜찮은가?"

춘석이가 어깨를 부축해서 일어나도 제대로 서있기가 힘들다.

"범호, 내가 나으리께 잘 얘기해 봄세. 날래 집으로 가라우!"

어기적거리면서 돌아서려는 그 순간.

"개 같은 간나새끼가 지 여편네 간수도 못 하면서 오데 와서 지랄이네!"

눈에 불이 번쩍 난다! 뭔가를 해야 하는데 왜소한 범호가 덩치가 산만한 우석을 힘으로 이길 순 없다. 갑자기 가슴팍에 있던 공구 칼이 범호의 손에 잡힌다. 한 마리 호랑이처럼 범호는 미친 듯이 공구 칼을 들고 우석을 향해 달려들었다.

갑작스런 범호의 돌진과 범호의 손에 들린 칼을 뒤늦게 본 우석은 몸을 피하려고 했지만 마음만 앞설 뿐, 달려오는 범호의 체중이 실린 칼을 피하지 못하고 가슴에 제대로 맞고 말았다. 얼마나 세게 박혔는지 칼날은 물론 나무 손잡이까지 쑥 들어가 버렸다. 외마디 비명을 지르면서 큰 나무가 쓰러지듯이 우석이 옆으로 쿵 하고 넘어진다.

"이 사람아, 이게 무슨 짓인가? 날래 토끼라우!"

멍하게 서있던 범호의 귀에 돌쇠가 외치는 소리가 겨우 들려온다. 입에 피를 철철 흘리며 거친 숨을 몰아쉬는 우석이 누워있는 바닥은 빨간 피로 빠르게 빠르게 젖어간다. 피를 본 범호는 정신이 번쩍 든다. 자기가 무슨 짓을 했는지 이제 알았으나 이미 늦었다. 발목이 아픈지도 모르고 그냥 냅다 뛰었다. 빠르게 뛰지도 못하는 범호를 돌쇠와 춘석이는 바라만 볼 뿐 아무도 잡지 않았고, 주위에 몰려든 동네 사람들도 그런 범호의 뒷모습만 지켜본다.

어디로 가야 하나 죽어라 뛰고 또 뒤돌아보고 오다 보니 어느새 동생 범진의 집이다. 멀리서 마당을 쓸다가 범호를 본 범진은 깜짝 놀라서 뛰어온다.

"형님, 어드렇게 된 겁니까?"

"내가… 내가 우석이를 칼로 찔렀단 말이다! 내가 미쳤었구만."

범진은 당장 달려가서 절굿공이를 손에 쥐고 까치발을 하며 저 멀리 누가 오는지 살펴본다. 체구가 우람한 범진이 절굿공이를 들고 서있는 모습은 언젠가 그림에서 본 관운장 닮았다는 생각이 들어 범호는 그 와중에서도 피식 웃음이 나온다.

"이런 간나 새끼가 사람을 이리 만들어 놓다니! 내 당장 이 새끼들을…."

범호가 잡는다.

"범진아, 내래 잡혀서 맞아 죽으면 고만인데, 불쌍한 우리 은심이 어떠카겄어? 내가 죽으면 니라도 우리 은심이 거둬 키아야지."

"형님, 여기 일은 내가 처리할 테니 행님은 내가 시키는 대로 하라우."

후다닥 방에 들어갔다 나오더니 꼬깃꼬깃 접어놓은 종이와 얼마 안 되는 돈을 건넨다.

"은심이는 내가 맡을 테니까 형님은 날래 여기로 가라우. 형님 내 친구 용섭이 알지? 그 아새끼가 봉천에 만융이라는 곳에 있다는데 바로 거기 적힌 곳으로 가오. 조선 사람 많이 사니 글 몰라도 보여주면 찾아 갈 수 있을끼요. 내가 정리가 되면 은심이 데리고 갈끼니 날래 가라우."

아니나 다를까 저 멀리에 웅성웅성 거리면서 이쪽으로 오는 사람들 머리가 몇 개 보인다. 보아하니 우석이네 머슴들 같은데 범호가 집에 없으니 여기로 오는 모양이다.

"형님! 날래 가라우. 가라우!"

정신없이 그냥 내달리며 산길로 몸을 날리는 범호를 확인하고 범진은 절굿공이를 든 채 그들 무리 앞으로 다가간다.

"뭐 이가? 아새끼들이 뭐길래 백주 대낮에 몰려 댕기네?"

손에 곡괭이와 몽둥이를 든 무리 중 제일 앞에 선 녀석이 물어본다.

"야, 니 형 여기로 도망왔지? 어디로 숨겼는가 그냥 내놓아라."

"이 쌍것들이. 어디서 남의 집에 와서 행패를 부리남? 뒤져봐서 안 나오면 어떡할래?"

당당한 범진의 기세가 위협적이다. 근방에서 워낙 장사로 소문났고 힘이라면 이 고을에서 제일가는 범진이 아닌가. 기가 세기로 유명한 뱃사람 대여섯과 정주 선착장에서 시비가 붙어 맨 몸으로 다 때려눕힌 것은 벌써 유명한 얘기다.

"야, 이 새끼들아. 대답해라, 대가빠리 박살내기 전에. 이 새끼들이 순사도 아닌 것들이 어디 와서 행패짓이야!"

다섯 놈이 주춤거리면서 자기들끼리 눈길을 주고받지만 누구도 먼저 나서지는 못한다.

그날 밤 은심은 술 먹고 곯아떨어진 계모 옆에서 칭얼대는 남동생을 재우면서 아빠를 기다렸건만 끝내 범호는 오지 않았다. 방 구석에는 범호가 깎다가 만 나막신 한 짝만 덩그러니 놓여있다.

뜻하지 않게 꼬여버린 실타래
〈1933년 10월 경상도 사천〉

"이야! 직이네~ 오늘 와 이리 잘 낚이노?"

무영이가 외치는 소리에도 영덕은 돌아볼 겨를이 없다. 좁디좁은 만복의 배 안에서 만복과 무영, 그리고 영덕은 연신 올라오는 주꾸미 낚시에 빠져있어 오줌도 못 누고 있다. 언제나 이 계절만 되면 정말 신이 난다.

지주한테 갖다 바칠 나락이지만 들판은 황금빛으로 물들어 있고, 산에 가면 지천에 널린 게 밤하고 도토리라 먹을 것도 많다. 거기에다가 갯가에 나가면 꼬시래기가 심심찮게 올라와 한 망태기를 가득 채우고, 배 타고 사천만에서 조금만 나오면 주꾸미까지 잘 낚인다.

'책에서 가을은 천고마비天高馬肥라 카더니 내한테는 천고인비天高人肥고만, 센베이 못 묵어도 매일 가을만 같으문 얼마나 좋노?'

이 가을이 지나면 겨울이 오고, 그라문 영덕은 이제 진주에 있는 중학교로 진학할 거다. 이번에 졸업 시험에서도 일등을 해서 졸업식 날에 학생 대표로 연설도 한다고 오늘 담임인 키무라도 얘기해줬다. 진주에 있는 중학교에 다니려면 돈도 많이 들 텐데 아버지 상수는 걱정하지 말란다. 없이 사는 집안 형편 뻔히 아는데 상수는 다 알아서 할 테니 진주에 가면 다른 걱정 하지 말고 학교만 잘 다니라고 한다.

알아서 한다는 게 집안 재산 1호인 황소 팔아 입학금 마련하고 방 하나 얻고 다른 대책은 아직 없다는 건 영덕도 잘 알지만, 아들 교육에 극성인 상수를 알기에 영덕은 더 이상 말을 못 꺼낸다.

'그래도 중학교 입학시험에서 공부 잘하면 장학금도 준다카이 무조건 그건 받아야지. 그라문 우리 아버지 얼마나 좋아하시겠노.'

"영덕아, 니 뭐하노?"

그 소리에 정신이 번쩍 들어보니 이제 미끼도 다 떨어져서 집으로 돌아가야 한다.

해는 서산으로 뉘엿뉘엿하고, 저 멀리에 보이는 산들은 나무도 별로 없어 맨살만 드러내 놓지만, 그래도 가을이라고 제법 색깔이 울긋불긋하다. 힘차게 노를 젓는 만복의 팔뚝은 서산에 지는 석양에 반사되어 붉은 구슬이 맺히면서 방울방울 흘러내린다.

"영덕아, 우리 학창 시절 마지막인데 좀 재미있게 보내고 방학하면 진주 시내에 놀러가가 우리도 도원결의 함 하자."

"그놈의 도원결의는 몇 번이나 하노?"

"인자 니도 진주로 가고 득호도 부산으로 중학교 갔다가 나중에는 일본으로 간다 카더라. 내는 아무래도 공부보다는 과자 만드는 거 배울라고. 아버지한테 말해가 내도 진주 보내주라 할라꼬. 그라문 진주에서 우리 자주 볼 수 있다 아이가. 내가 처음 과자 만들면 니한테 먼저 줄께."

중학교 가고 싶기는 하지만 집안 형편 뻔히 아는 무영이 오랜만에 철든 소리도 할 줄 안다. 사람 좋은 만복은 영덕과 무영이가 참 좋다. 좀 사는 집안 자식이라고 일자무식인 자기를 무시하는 득호는 뒤통수라도 몰래 갈기고 싶은데, 이 녀석 둘은 책도 읽어주고 동네 형이라고 잘 따라주니 고맙기 그지없다. 거기에다가 영덕이는 공부도 잘한다고 주위에 소문이 자자하다.

이윽고 배는 선착장에 다 와 간다.

"행님, 고맙습니데이."

"임마가 뭐라카노? 니하고 내하고 그런 말하는 사이는 아이다 아이가. 난중에 면 서기 되문 그때 내 좀 면 서기 똘마니나 시키주라."

아버지 상수가 얼마나 동네방네 얘길 했는지 이제 영덕이 별명은 '배 면장님'이다.

"행님, 안 됩니더. 영덕이는 내하고 난중에 진주에서 센베이 가게 하기로 했으예."

"글나? 그라문 영덕이 저거 아부지가 니 직일낀데?"

하하하 웃으면서 셋은 기분 좋게 배에서 내려 주꾸미가 가득한 망태기를 짊어지고 집으로 돌아간다.

"어무이, 주꾸미 오늘 많이 잡았으예. 아부지 때문에 엄마도 한잔 했네예."

집에 오니 오늘 아들 소식을 듣고 기분 좋아진 상수는 술에 취해 벌써 자고 있고, 술 한 잔 못 하는 엄마 언년은 벌게진 얼굴로 저녁 준비를 하고 있다.

"너거 아부지 깨바라, 그리 안 마신다 캐도 오늘 같은 날은 꼭 마시야 된단다."

술기운에 가쁜 숨을 몰아쉬면서 언년은 코를 골고 자고 있는 상수에게 눈을 흘긴다. 오늘은 밥에다 주꾸미도 삶아서 먹고 나중에 아궁이에 고구마 묻어서 출출할 때 먹을 생각을 하니 영덕도 신이 나서 잠자는 상수를 흔들어 깨운다.

다음 날 아침, 책보를 어깨에 둘러메고 든든한 점심으로 고구마까지 가져가니 영덕은 너무나 기분이 좋다. 보통 등교할 때는 득호, 무영이하고 출발했다가 검정 마을에 도착하면 또 친구들 서넛이 더 붙고, 이리저리해서 학교 도착하면 열댓 명이 우르르 몰려다닌다. 반대로 하교 길에는 열댓 명이 나왔다가 마지막에는 무영이랑 득호랑 셋만 남아서 제일 끝 쪽인 안도 마을에 도착한다.

담임선생인 키무라는 50대 초반으로 일본 시즈오카현 출신이다. 조선으로 파견 나온 지 5년이 되었으니 이제 한 2년 더 하면 고향으로 돌아가서 조선에서 살았던 경험으로 책이나 쓸까 하는 전형적인 서생 스타일의 교사다.

반에는 조선인 학생 27명이고 일본인 학생이 6명인데, 대부분의 일본 학생들은 바닷가 옆 건어물 공장 미우라 수산에서 일하는 직원들의 자녀들이다. 조선인 학생은 배영덕이, 일본인 학생은 사카이가 우수한데, 이번 시험에서 배영덕이 1등을 해서 학교 측도 조금 당황한 모양이다. 아침에 준조 교장이 키무라 교사를 불러 의견을 물었다.

"선생님 생각에는 아무리 1등이 졸업생 대표를 한다지만 그래도 조선 학생이 하는 건 좀 안 맞지 않소? 더군다나 사카이 부친이 미우라 수산의 재무과장인데, 그 양반이 알면 얼마나 기분이 나쁘겠소? 한번 고려해 보세요."

"교장 선생님, 아무리 그래도 그렇지 원칙을 어떻게 어깁니까? 지금 내지와 반도에서도 '내선일체'라고 외치고 있는데, 그렇게 되면 조선 학생들이 얼마나 사기를 잃겠습니까? 성적은 다 공개되어서 알려졌는데 지금은 그럴 수 없습니다."

"내가 키무라 상의 뜻은 알겠는데 조금 그래. 이래서 어떻게 사카이 상을 보겠나."

히로시마 출신인 준조는 자기 고향에 신형 폭탄이라도 떨어진 듯 세상에서 제일 불쌍한 표정으로 담배 연기를 내뿜으며 곁눈질로 키무라의 눈치를 살핀다.

점심시간이다. 찢어지게 먹을 게 없는 시골 생활이지만 그래도 가을은 다르다. 왁자지껄하게 떠들어대며 웃으면서 친구들과 장난치고 다들 이야기하느라 정신없다.

득호가 물어본다.

"내 어제 아버지 공장에 갔다 그서 자고 너거랑 못 놀았는데 너거 어제 뭐했노?"

"어제 무영이랑 같이 꼬시래기 잡으러 갈라다가 배 타고 주꾸미 잡으러 갔는데 그런…."

"야! 배영덕! 너 금방 쪽바리라고 했지?"

등 뒤에서 날카로운 소리가 영덕의 귓가를 파고든다. 뒤돌아보니 사카이가 쭉 째진 족제비눈을 치켜뜨면서 콜럼버스가 신대륙을 발견한 표정으로 히죽거린다.

"무슨 얘기야? 나 지금 고기 잡은 얘기 했는데!"

"야, 이 새끼야 금방 조선말 하다가 쪽바리라고 했잖아! 내가 못 들은 줄 알고?"

"그래, 임마. 주꾸미하고 꼬시래기라고 했지 내가 무슨 '쪽바리'라고 했냐?"

"너 금방 또 쪽바리라고 했다. 조선새끼가 어디서 더러운 조선말로 우리 일본인을 쪽바리라고 부르고 지랄이야? 선생님한테 다 이를 거다!"

잽싸게 교실을 뛰어나간 사카이를 보고 영덕은 왠지 찜찜한 기분이 든다.

이제 수업 시작 시간이다. 그런데 수업은 시작 안 하고 아직까지 담임인 키무라나 사카이도 들어오지 않으니 더 불안해진다.

드르륵~

교실 문이 열리더니 사카이가 윤리 주임 나카무라와 교장인 준조를 거느리고 교실로 들어오면서 자리에 앉은 영덕을 가리키며 손가락질을 한다.

"저 조선놈이 더러운 조선말로 대일본 제국 신민을 모욕하고 반성도 안 합니다!"

유도를 배웠다는 나카무라가 저벅저벅 다가오더니 앉아있는 영덕의 멱살을 잡고 일으켜 세우고 오른쪽 따귀를 세게 쳐버리니 그 반동에 영덕은 붕 떠서 옆자리 책상 위로 날아간다. 입에 핏물이 고여서 비릿한데 저 인간 군상들 맨 뒤에 담임인 키무라가 미안한 얼굴로 영덕을 바라보고 있다.

그날 영덕은 나카무라한테 잔인하게 맞아 걸레가 되다시피 해서 집에 갈 때는 조선인 학생들이 서로 업어줘서 겨우겨우 집으로 왔고, 놀라서 맨발로 달려온 엄마 언년을 보고 그냥 기절하고 말았다.

계속해서 흐느껴 울면서 얼굴이 떡이 되어 누워 신음하고 있는 영덕의 얼굴을 닦아주는 언년을 보고 상수는 그냥 밖으로 나왔다. 오늘 밤은 달도 왜 이리 밝은지 괜스레 하늘이 원망스럽다. 나도 한번도 손대본 적이 없는 귀한 아들이, 그것도 학교에서 맞고 왔단다.

무영을 통해서 자초지종을 들어보니 이건 뭐 분명히 안 봐도 무슨 말인지 알겠다. 1등을 놓친 사카이라는 녀석이 배가 아파 어떻게든 트집을 잡은 건데 그게 그렇게까지 일이 커질 줄이야.

피떡이 되어 돌아온 아들 보는 것만 해도 속이 타 죽을 지경인데 내일 교장선생님을 찾아가 학부모가 사죄하라는 얘기를 또 무영이한테 전해 들었다. 마음 같아서야 당장 찾아가서 너 죽고 나 살자 하고 싶은데, 자기는 힘없는 일개 소작농에 불과하다. 자기 같은 무지랭이가 어떻게 감히 하늘 같은 학교 교장을 상대할 거고, 일본 공장의 간부집 자제한테 따지겠는가?

그냥 날이 밝으면 학교 찾아가서 코가 땅에 닿도록 절하고 까짓거 졸업생 대표 안 해도 좋으니 그냥 잘못했다고 빌어야겠다. 나라 뺏긴 힘없는 백성이 무엇을 어찌하리오? 그냥 때리면 맞아야 하고, 죽이려고 하면 죽는 시늉이라도 해야 제 한 몸 건사하는 세상인 것을….

다음 날 늦은 오전에 겨우 눈을 뜬 영덕은 태어나서 처음 맞아 본 몰매에 어디가 밟혔는지 온몸에 안 아픈 곳이 없었다. 오른쪽 눈이 잘 안 보이기에 눈덩이를 만져보니 부어올라서 눈도 안 떠지는 모양이다.

"엄마, 아부지…."

부엌에서 부리나케 언년이 달려오는 소리가 들린다.

"아이고, 영덕아 좀 개안나?"

목이 잠긴 목소리에다 언년의 눈도 퉁퉁 붓고 벌게져 있다.

"지금 학교 가야 되는데예."

"이놈아 이래가꼬 무슨 학교고? 너거 아부지가 아침에 학교 갔다. 니가 몸이 아파가 한 며칠 못 갈 끼라고 얘기할 끼다. 지금 죽 끓이니께 쪼매만 기다리라."

그날 오후 상수는 학교에서 돌아왔다. 터벅터벅 걸어오면서 오늘 학교에서 있었던 일 생각하니 분하기가 그지없다. 통역을 보는 조선인 젊은 교사를 앞세우고 교장실에 불려가 준조에게 수도 없이 머리를 조아리면서 잘못했다고 했건만, 교장이라는 작자는 무슨 부모 죽인 원수처럼 삿대질을 하면서 일본어로 뭐라고 하는데 통역의 말도 귀에 잘 들어오지 않았다.

조금 있다가 들어온 윤리 담당이라는 혈색 좋고 건장한 남자 선생의 손을 보니 저 무지막지한 무기로 자기보다 더 소중한 영덕을 때렸다는 생각에 피가 거꾸로 솟는 느낌이었다.

훌륭한 제보자라는 사카이인지 뭔지 족제비 같은 눈을 하고 있는 녀석도 곧이어 들어왔는데, 영덕이 학교에 오면 본인에게 직접 사과를 해야 한다고 한단다. 그놈의 졸업생 대표 연설이야 힘들다고 봤고, '그거만 포기하면 되겠지'라고 생각했지만, 무릎을 꿇고 사과해야 하는 영덕이가 더 상처를 받지 않을까 걱정이 되어 집에 오는 발걸음이 무거워진다.

그날 저녁 상수의 애길 듣고 영덕은 또 잠을 못 이뤘다. 다음 날 아침, 어떻게든 그냥 사카이에게 사과하고 싹싹 빌라는 상수의 신신당부를 듣기만 할 뿐 영덕은 입 꾹 다물고 집을 나섰다.

동구 밖에서 기다리던 무영이와 득호도 그런 영덕을 보고 다들 눈치만 볼 뿐 아무 말도 하지 않는다. 마을 지날 때마다 삼삼오오 모여든 등굣길의 꼬맹이들도 다들 서로 눈짓만 주고받을 뿐이다.

겁에 질린 조선 학생들은 자기들끼리 속삭거리는 말소리조차 이제는 다 일본어로 애길 한다. 그만큼 본보기로 누군가가 당하면 미치는 파급 효과는 상당히 큰 거다. 영덕의 이야기는 너무나 빨리 곤양면 일대에 퍼져있었고, 조선 학생들은 똑똑한 조선 사람이 어떻게 당하는지 분명히 지켜봤으며, 힘없는 사람들은 어떻게 하면 살아남아 자기 자신을 지킬 수 있는지 누가 가르쳐주지 않아도 잘 안다.

어색하게 자기 자리에 앉는 영덕의 뒤를 사카이가 쏘아보지만 영덕은 눈길조차 마주치지 않는다. 사카이의 눈빛은 '빨리 무릎 꿇고 사과할 거면 어서 해. 나는 언제든지 준비가 되어있어'라는 뜻일 것이다. 담임 키무라가 간단하게 아침 조례를 마치면서 측은한 눈길로 영덕을 바라보지만 영덕은 일부러 고개를 숙여 키무라의 눈길을 외면한다.

사과받을 준비가 되어있는데 영덕이 아무 반응이 없자 사카이가 답답했던지 또 교무실로 쪼르르 달려가더니 윤리 담당 나카무라를 앞세워 또 교실로 들어온다. 나카무라는 일부러 겁을 주려는 듯 어깨를 거들먹거리면서 교단으로 영덕을 불러 세우더니 지금 사카이에게 무릎을 꿇고 사과하라고 한다.

수십 개의 눈망울들이 그 둘을 지켜보고, 교실 어디에선가는 마른 침 삼키는 소리가 들려온다. 영덕은 자리에서 일어나 사카이와 마주보면서 열중쉬어 자세로 나카무라의 얘길 듣는다. "음~음~" 하면서 목청을 가다듬고 교실을 한 번 쓱 둘러본 나카무라가 입을 연다.

"배영덕, 불령선인不逞鮮人을 계도하기 위한 급우한테 잘못을 뉘우치지 않고 오히려 대들었다고 하니 이건 중대한 행위다. 학교 차원에서 그래도 영덕 군의 평소 행실을 참고하여 졸업생 대표 연설은 취소하고 공개적인 사과만 하면 용서해 주기로 했으니 이러한 학교의 선처에 감사하도록!"

말을 듣자마자 영덕은 무릎을 꺾고 자세를 낮추려는 듯했고, 이를 내려다보는 사카이의 얼굴에 웃음기가 '씨익' 돌려는 순간, 영덕은 쪼그려 뛰기 하듯이 몸을 낮췄다가 그대로 뛰어올라 이빨을 드러내고 웃으려는 사카이의 얼굴을 정통으로 이마로 박아버린다.

"빽!" 하는 둔탁한 소리와 함께 사카이는 코와 입을 움켜쥐고 피를 뿜으며 쓰러지고, 너무나 갑작스러운 일에 나카무라는 눈도 깜빡거리지 못하고 그냥 가만히 멈춰선다.

"야이, 쪽바리 새끼야, 조선 사람이 조선말 한 게 뭣이 그리 잘못이고? 이런 때려 죽여도 시원찮을 새끼가!"

교실에 쩌렁쩌렁하게 울리는 조선말이다. 그제야 '쪽바리'라는 말에 정신 번쩍 든 나카무라는 억센 손을 뻗어 영덕을 잡으려고 하지만 영덕은 잽싸게 빠져나와 교실 문 쪽으로 뛰어나가려고 한다.

그때 누군가가 영덕의 다리를 걸어 쓰러뜨렸고, 영덕은 그 충격으로 교실 문에 쿵 부딪히고 만다. 넘어지는 와중에 뒤를 돌아보니 바로 득호였다! 득호도 당황했었는지 눈만 크게 뜨고 벌벌 떨면서 아직 뻗은 다리도 오무리지 못했다. 어젯밤에 득호는 아버지인 충섭으로부터 단단히 주의를 받았다. 앞으로 괜히 영덕이랑 어울리지 말고, 혹시나 영덕이가 딴짓하면 네가 일본 사람들 보는 앞에서 훌륭한 조선 학생의 모습을 보이라고 했다. 그래야만 너도 일본 사람한테 인정받고 우리 가족이 더 잘산다고 했다.

득호도 자기가 무슨 짓을 했는지 아직 모르는 듯했지만 문에 부딪혀 다시 나카무라의 억센 손에 잡힌 영덕을 보고 울음을 터트린다.

"이 조센징 새끼가 정말 죽고 싶어 환장했구만! 그래 쪽바리? 너 오늘 죽었다."

눈에 살기가 번뜩이는 나카무라가 손을 번쩍 치켜드는데, 누군가가 그의 팔을 잡았다.

담임인 키무라였다. 나카무라를 경멸하는 눈빛으로 쏘아보는데,

나카무라는 예상하지 못한 상황에 말을 더듬는다.

"키… 키무라 선생, 지금 이게 뭐, 뭐, 뭐하는 짓이요?"

"나야말로 묻고 싶소, 당신은 지금 뭐하는 짓이요?"

"지금 급우를 폭행하고 일본인을 모독하는 불량 학생을 교육시키는 거 눈에 보이지 않소?"

"야, 이 양반아! 모독을 했건 폭행을 했건 지금 사카이가 저렇게 쓰러져 있는데, 빨리 다친 학생을 먼저 살펴야지. 당신 정신이 있는 거요? 없는 거요?"

평소에 조용하던 키무라가 이렇게 흥분하여 나오니 나카무라도 주춤거리면서 얼굴을 움켜쥐며 누워있는 사카이에게 고개를 돌린다. 나카무라의 손에 힘이 풀리자 영덕은 재빨리 나카무라를 밀쳐내고 키무라 선생이 일부러 열어놓은 듯한 교실 문으로 잽싸게 뛰어나간다. 그런 영덕의 뒷모습을 득호는 울면서 눈물, 콧물로 범벅이 된 얼굴로 보고 있고, 무영은 이 믿기지 않는 장면에 같이 울고 있다.

한편 멀쩡히 학교에 간 애가 집에 와서 이불을 뒤집어쓰고 있다는 말을 듣고 갯가에서 망둥이 훌치기를 하던 상수는 헐레벌떡 집으로 뛰어왔다. 모르긴 몰라도 물어도 대답도 않고 이불 속에서 훌쩍이는 영덕을 보니 뭔가 큰 사달이 났다 싶었다. 점심도 거른 채 동네 어귀에서 왔다 갔다 하던 상수는 더 못 참겠는지 허겁지겁 학교 쪽으로 뛰어 나가다가 하교하는 무영을 만나 자초지종을 듣고 난 뒤에 그냥 다리에 힘이 풀려버렸다.

영덕의 사건으로 학교에서는 하루 종일 난리가 났고, 사카이는 곤양의 병원으로 실려 갔는데 코뼈가 부러지고 사카이네 부모들도 학교로 와서 대소동이 일어났다고 한다. 하굣길에 조선 학생들끼리 수

근수근 하면서 들리는 소리에 영덕이가 퇴학을 당할 거라고 한다.

선착장에 가서 멍하니 앉아있다가 해가 져서야 집에 온 상수는 밥 먹으라는 언년의 눈물 섞인 촉촉한 목소리도 그냥 흘려듣는다. 이제 막 잠들었다는 영덕의 얼굴을 호롱불을 켜고 찬찬히 쳐다본다. 그렇게 곱상하던 얼굴이 엉망이고, 또 얼마나 울었는지 자는 얼굴도 편해 보이지 않는다. 땀까지 흘리면서 잠꼬대도 하는데 자기는 알아들지도 못하는 일본말이다. 어린 것이 얼마나 억울했을까 하는 생각도 들지만 이번 일로 똑똑한 아들 신세 망치는 게 아닐까 하는 걱정이 더 크다. 화가 나지만 화를 내야 할 대상이 누군지도 모르겠다. 억울하고 분한 마음에 한숨을 푹푹 쉬면서 잠자는 아들의 손을 꼭 잡아주고 상수는 호롱불을 훅 불어 끈 후 방을 나온다. 저 멀리서 들려오는 귀뚜라미 소리가 야속한 오늘 밤은 술 한 잔 안 하면 잠을 못 이룰 것 같다.

다음 날 아침, 해가 뜨자마자 좀처럼 차를 보기 힘든 땅끝 안도 마을에 검은 색 차 한 대가 들어온다. 동구 밖에서부터 이들을 기다리던 득호의 아버지인 충섭은 차에서 내린 사람들에게 허리를 90도로 굽혀서 공손하게 인사를 한다. 쌀쌀한 아침 댓바람부터 차에서 내린 사람은 준조 교장과 사카이의 아버지인 미우라 수산의 재무과장 사카이 히로시이다. 충섭의 안내를 받으며 따라 나서는 사카이 히로시는 금테 안경을 낀 날카로운 인상의 30대 후반으로 누가 보더라도 딱 돈 만지는 사람이라고 이마에 써있는 것 같다.

마당을 쓸던 상수는 저 멀리서 걸어오는 충섭의 일행을 보고 사태를 파악하여 싸리 빗자루를 집어던지고 냉큼 뛰어가서 세 사람 앞에 무릎을 꿇고 두 손을 싹싹 빌면서 바짝 엎드린다.

"나으리, 찢어지게 가난한 살림이라 드릴 것도 없고 제가 키우는 소 한 마리 팔아서 아드님 병원비는 먼저 드리고 나머지는 부지런히 벌어서 갚겠구먼요. 부디 용서해 주이소."

통역인 충섭을 통해 그 얘기를 전해들은 사카이 히로시는 그런 상수를 물끄러미 내려다보더니 그를 지나쳐 상수네 집 쪽으로 걸어간다. 당황한 상수와 일행은 급히 그의 뒤를 따른다.

겨우 비바람 막을 만큼 쓰러져 가는 오두막집과 허름한 담장이 보이고, 목을 뻗어 담장 안을 보니 눈을 동그랗게 뜨고 그를 경계하며 쳐다보는 언년과 언년의 뒤에서 멍멍 거리면서 적개심을 드러내는 영덕이네 개가 보인다. 팔아서 병원비 마련해 주겠다는 그 황소는 무슨 일인가 싶어서 고개를 내밀어 큰 눈을 껌뻑이며 이쪽을 바라보더니 관심 없다는 듯 다시 고개를 돌린다.

문이라고 하기에도 부끄러운 대문을 밀치고 들어서니 맞은편 가운데 방에서 그 범인이라고 들었던 흉악하고 악질인 불령선인 학생이 때마침 방문을 열고 그를 초점 없는 눈으로 멍하니 바라만 본다.

뒤돌아보니 상수는 그와 눈이 마주치자 또 무릎을 꿇고 알아듣지도 못하는 조선말로 고개를 붙이고 두 손으로 싹싹 빌고 있다. 물론 충섭이 통역을 안 해줘도 무슨 뜻인지 히로시는 잘 안다. 깡마른 체형에 40대 초반으로 들었던 상수는 얼굴에 주름이 가득하여 50대로 보였고, 특이하게도 손가락 마디마디가 아주 굵어 그가 살아온 삶이 녹록지 않음을 알 수 있었다.

집 안을 둘러보고 나와 주머니에서 담배 한 개비를 꺼내 무는데 옆에 있던 충섭이 재빠르게 라이터에 불을 붙여주려고 하지만 히로시는 그의 손을 밀치고 자기가 직접 담배에 불을 붙인다.

"후~"

들이마시는 공기가 늦가을이라 그런지 차가운 기운이 폐 속으로 들어와 그의 속을 한 바퀴 휘돌고 다시 빠져나간다. 그런 그의 옆에서 충섭은 두 손을 모으고 공손히 서있고, 눈치를 보던 준조 교장은 혼자서 지껄이고 있다.

"이렇게 미개하게 사는 조선인을 교육시키는 게 얼마나 힘든지 사카이 과장님은 잘 모르실 겁니다. 우리 대일본 제국의 충성스러운 신민이 되기 위해서는 몇 십 년이 걸릴지 모르겠지만 저는 교육자로서 큰 사명감을 갖고 포기하지 않을 겁니다."

미우라 수산은 이 일대에서 제법 큰 일본 회사이고, 준조가 교장으로 있는 동명 소학교 일본인 학생들 부모의 대부분이 그 회사 소속이다. 시골 학교에서 돈 나올 데가 없는데 미우라 수산은 학교 행사에 찬조도 잘 해주고 잊을 만하면 일본인 교사들을 불러서 선물이며 회식도 잘 시켜준다. 거기에다 도쿄에 본사가 있는 회사인지라 여기에 재직하는 일본 직원들도 도쿄 출신들이 많아 이 회사에 잘 보이면 준조에게 나쁠 건 하나도 없다.

계속 땅바닥에 무릎 꿇고 있는 상수를 내려다보며 준조 교장은 충섭에게 일으켜 세우라는 눈짓을 보낸다. 마침내 일어선 상수에게 준조가 입을 열면서 품속에서 종이를 한 장 꺼내어 읽는다.

"유감스럽게도 배영덕 학생은 학교 교칙에 의해 퇴학이 결정되었고, 동료 학생에게 신체상 위해를 가한 중대 범죄를 저질러 형사처벌을 받아야 마땅하나 아직까지 형법상 미성년자인 관계로 피해자 가족에게 피해 보상을 해줘야 할 의무가 있으며…."

여기까지 읽고 난 준조가 눈을 들어 주위를 보니 상수는 벌써 눈에 눈물이 고여있고, 그 소릴 듣고 달려온 언년의 얼굴을 보니 더 읽어줘야 하나 하는 갈등이 잠깐 생겼다.

충섭의 입을 통해 '퇴학'이라는 말은 들은 상수는 이미 제정신이 아니었고, 멍한 눈으로 이쪽을 바라보는 영덕을 보니 계속 읽어나가기에도 기분이 뭐 같았다. 그래도 다시 읽으려고 헛기침을 하는데 이때 사카이 히로시가 말을 막는다.

"뭐 애들끼리 싸운 걸 가지고 피해 보상이 어떻고 그런 소리를 하시오? 원래 애들은 그렇게 싸우면서 크는 거요."

앞으로 걸어가더니 툇마루에 멍하니 앉아있던 영덕의 얼굴을 훑어본다.

"너도 얼굴이 많이 상했구나. 이런 어린애 얼굴을 이렇게 만들어 놓고 교육시켰다고 하다니. 쯧쯧."

그대로 뒤돌아서며 한마디 한다.

"다들 갑시다. 아침에 일부러 여기 들르느라 시간이 좀 늦었네요."

저만치 앞장서 가는 사카이를 준조 교장과 충섭은 엉거주춤하다가 부랴부랴 쫓아간다. 그들이 멀어지자 통곡하는 상수의 우는 소리가 온 동네에 울려 퍼진다. 그런 상수를 영덕은 아까보다 더 초점 없는 시선으로 쳐다보더니 힘없이 피시식 웃고 그냥 자기 방으로 들어가 버린다. 밖에서는 통곡하는 상수와 같이 부둥켜안고 우는 언년이, 그리고 이에 질세라 짖는 소리로 동조해 주는 멍멍이가 내는 소리를 뒤로 하고 사카이가 타고 온 차는 오던 길로 되돌아간다.

내가 살아갈 땅은 어디에
〈1933년 12월 평안도 정주〉

손을 호호 불어가며 빨래를 하는 은심의 손등이 터서 피가 배어 나온다. 시린 손도 손이지만 이렇게 힘들 때마다 작년 봄에 사라진 아버지 범호가 더욱 보고 싶다. 겨우겨우 빨래를 끝내어 빨랫감을 머리에 이고 삼월이네로 가는데 칼바람에 코와 귀가 떨어져 나가는 것 같다.

작년에 근방을 떠들썩하게 했던 범호의 사건으로 은심에게는 많은 변화가 있었다. 범호의 기습을 당한 우석은 한 며칠을 시름시름 앓다가 그만 죽고 말았다. 순사들이 집이라고 하기에도 누추한 곳 뒤진다고 구석구석 다 헤집어 놓았고, 범호를 찾지 못하자 은심의 삼촌 범진을 잡아갔었다.

범호가 사라지자마자 범호의 처는 기어 다니는 애기마저 팽개치고 밖으로 싸돌아다니다 사나흘에 한 번씩 집에 들어오더니, 어느 날 범호가 만들어놓은 나막신이며 공구며 다 챙겨 나가 그다음부터는 아예 들어오지도 않는다. 에미 없이 울부짖는 동생이 불쌍해서 은심이 업고 다니면서 이 집 저 집 젖동냥 하고 다니다 범진의 처 삼월이가 은심을 자기 집으로 데려왔다. 없는 살림에 범진네 아들 둘에다 조카네까지 거둬야 하지만, 이대로 가다가는 저 어린 것들이 길바닥에서 얼어 죽거나 굶어 죽을 것 같아 일단 데리고는 들어왔다.

경찰서에서 풀려난 범진은 얼마나 맞았는지 며칠 동안 꼼짝 않고 누워 있다가 기력이 회복되더니, 며칠 뒤에 사라졌다. 성인 남자 없는 집에 삼월이는 아들 만춘, 상춘, 조카인 은심이와 어린 핏덩이 경춘까지 먹여 살리느라 밤낮으로 몸이 부서져라 일해야 했다. 살인자 집안이라 해서 우석이 죽은 이후에 당연히 농사 지을 땅조차 받지 못해 동네 이 집 저 집 다니면서 품을 팔고, 밤이면 옷가지 거둬서 삯바느질도 하다가 힘든 몸을 겨우 뉘여 눈을 붙이면 금방 아침이 되어 또 품 팔러 나가야 하는 힘든 삶의 연속이었다. 그나마 나이에 비해 의젓한 은심이 애들 챙겨 먹이고 집안 살림이라도 다 해주니 자기가 은심을 데리고 사는 게 아니고 은심이 자기 식구들 데리고 사는 것 같다.

그렇게 용케 곡식이라도 좀 얻어 오면 한창 뛰어놀 아들놈들은 게 눈 감추듯 먹어 치우는데, 은심이는 그 와중에도 자기 입에 쑤셔 넣어 오물오물 씹었다가 다시 숟가락으로 받아 이제 겨우 아장거리면서 걷는 경춘의 입에 다시 넣어준다. 짓궂은 사촌 동생들이 은심의 머리카락을 잡아당기고 장난을 걸어도 웃으면서 다 받아주고, 혹시나 말처럼 뛰어다니는 형들에게 동생 경춘이 다칠세라 자기 품에 꼭 끌어안고 놓지를 않는다.

어린 것이 들은 게 있어서 저 막둥이 경춘이 자기와 피 한 방울

안 섞인 걸 잘 알 텐데 어찌나 소중히 봐주는지 그런 은심을 보면 삼월이는 참 안타깝기만 하다. 작년에 범진이 풀려난 이후에 조용히 먼 길을 떠날 채비를 하더니 삼월이에게 이를 악물고 한 말이 있다.

"임자, 내레 진짜 더러바서 이 땅에 못 살겠소. 이제 몸도 움직일 만하니 나도 봉천으로 넘어갈까 하오. 형님이 어떤지 궁금하기도 하고."

삼월이는 덜컥 겁이 났다.

"그래도 안 갔으면 합네다. 고거이 살기가 힘들어도 우리 여기서 살면 안 되겠소?"

"진짜 미안한데 힘들어도 꼭 버텨주오, 이제 부쳐 먹고살 땅도 없으니 내가 없으면 당신이 더 힘들겠소만 내가 어떻게 해서든 거기서 자리 잡고 당신하고 애들 데리러 오겠소."

이런 기약 없는 약조만 하고 꼭두새벽에 먼 길을 떠나가 버린 남편이다.

품을 팔면서 이리저리 얘길 들어보니 몇 년 전에 조선 사람들이 농사지으러 만주에 갔다가 토박이 중국 사람들하고 싸움이 일어나서 조선 사람들이 많이 죽었고, 흥분한 조선 사람들이 동포들 복수를 한다고 폭동을 일으켜 평양에 있는 중국 사람들을 보이는 대로 때려죽이고 중국 사람들 재산까지 다 가져간 큰 난리가 있었다고 한다. 평안도 시골 마을에서 듣는 소식이 얼마나 정확한지 모르겠지만 10년 전에는 일본에서 지진이 일어나서 조선 사람들이 떼죽음 당했다던데 중국 만주에서도 맞아 죽었다니 도대체 조선 사람이 마음 놓고 살 곳이 어딘가 한숨이 나온다.

지금 이 땅에서도 먹고살기 힘들어 범진은 남의 땅으로 가자는데 도대체 그 남의 땅도 먹고살 만한지 모르겠지만 정말 살인범 가족이라고 손가락질만 안 받으면 거지처럼 살더라도 삼월이는 고향을 떠나기 싫었다.

오늘도 친정 엄마가 삼월의 집에 들러서 한참 잔소리를 하다가 금방 돌아갔다. 먹을 거 없이 사는 건 친정이나 자기네나 마찬가지인데 노친네가 어디서 콩을 한 되를 구해 와서 내놓더니 한숨을 푹푹 쉬면서 푸념을 늘어놓는다.

"서른도 안 된 여자 혼자서 애 키우기가 쉬운 줄 아니? 자기 애에다 조카도 둘이나 델꼬 있고 그것도 하나는 남의 씨인데 무스기 그리 좋다고 품꼬 사네?"

올 때마다 늘어놓는 소리는 항상 정해져 있다.

아니나 다를까 오늘도 역시 그 얘기를 한다.

"만춘이 상춘이는 내레 어찌 건사하겠어, 용담촌에 홀애비 목수가 사는데 돈도 좀 있다 하고 먹고살 만하다는데 중신을 함 넣어봄세, 어차피 조카네 애들은 남의 피니까 그때 가서 보드라고."

"오마이, 고만 하란 말입네다. 만춘이 아부지가 데리러 온다 했구먼 그냥 기다릴랍니다."

"이 답답한 것아. 소문 못 들었냐? 만주 땅에도 조선 사람들 다 죽이고 여기 평양에서도 중국 사람들 다 죽인단다.

만주에 가도 다 죽는데 이런 험한 세상에 우찌 그 말만 믿고 이리 사냐? 그라고 정 서방이 살았는지 죽었는지도 모르자너!"

"만주 땅에서 조선 사람들 죽였다는 건 벌써 몇 년이 지났답니다. 그 일 있고도 사람들 계속 만주로 가는데 별일 있을라고요, 난 안 볼랍니다."

한바탕 모녀간에 입씨름이 벌어지고 그냥 그렇게 끝이 나 가는데 방문을 여니 추운 날씨에 은심이가 눈치 보느라 들어오지도 못하고 벌벌 떨면서 밖에 서있다.

'모진 노친네가 올 때마다 저리 악다구니 쓰면서 이 말 저 말 다 하니 저 어린 것도 귀가 있는데 다 듣지' 딱한 마음에 삼월이 얼른 은심이를 불러들인다. 눈치 보며 들어오는 은심은 뒤통수에 삼월 모친의 따가운 눈총을 느끼면서 들어오자마자 자고 있는 경춘의 얼굴을 들여다본다.

"은심아, 빨래하느라 고생했으니 우리 저녁에는 콩 삶아 먹자."

미안한 듯 눈길을 피하는 삼월이 혼잣말처럼 한다.

여자의 몸으로 품 팔러 다니면서 밖으로 도니 이리저리 유혹의 손짓이 많다. 노골적으로 돈 줄 테니 같이 한 번 자자는 남정네도 있고 남의 새끼 키우지 말고 재가하라는 말도 많이 들었다. 지난 가을에는 추수 품 나갔다가 그 집 머슴한테 강제로 몸을 뺏길 뻔했는데 손에 쥔 낫을 들고 죽일 듯이 덤벼서 자기 몸 지켜냈었다. 그날은 돌아와서 서럽게 엉엉 울면서 든든하고 넓은 남편 범진의 가슴과 어깨가 그리웠지만 이제는 옆에 없는 걸 잘 안다.

그때부터 삼월은 항상 잠자리에서도 식칼을 베개 밑에 두고 잠을 잔다. 어떻게 보낸지 모를 지난 시간들이 힘들었지만 더 힘든 건 이 힘든 시간이 언제 끝날지 모르겠다는 거다. 혼자서 애들 넷을 데리고 겨울 나기가 점점 더 힘들어진다. 쌩쌩 부는 북방의 찬바람에 창호문이 덜컹거려서 몸은 피곤하지만 자꾸 잠을 설친다. 곤히 자는 애들의 숨소리와 추운 날씨에 씻지 못해 사람 몸에서 나는 퀴퀴한 냄새는 이미 방구석에서 나는 말린 생선 냄새에 묻혀버렸다. 내일은 새벽 일찍 일어나 정주 바닷가에 가서 생선 다듬는 일거리 좀 있나 갈까 싶다. 오는 길에 생선 몇 마리 얻어 오면 배고픈 애들 한 끼는 또 해결이 된다.

'덜컹, 덜컹'

바람이 더 세게 부네 싶어 살며시 눈을 뜨고 보니 달빛에 사람 그림자가 비추면서 창호문을 열려고 한다. 훔쳐갈 것 뻔히 없는 집안에 사람이 들어오면 돈이 아니고 몸을 노리는 놈이다. 자고 있는 어린 것들을 이불로 덮어놓고 삼월은 식칼을 꺼내 창호 문 옆에 붙어서 숨을 죽이고 상대가 들어오기만 기다린다. 조용히 깜빡거리는 그녀의 눈은 어슴푸레 달빛에 반사되어 파란 광채가 난다. 그때였다.

"임자, 날세~, 자는가?"

범진의 목소리다! 떨리는 손으로 문고리에 걸었던 숟가락을 빼려는데 손에 힘이 안 들어간다.

"임자, 자는가?"

"만춘이 아부지 맞소?"

너무 떨려서 목이 메는 모양이다.

"아침에 곽산까지 왔는데 보고 싶어서 내일까지 기다릴 수가 있나?"

들어온 범진의 얼굴은 보지도 못했지만 꿈에서나 그리던 그 넓은 어깨가 삼월을 감싸 안고 차가운 냉기가 흐르는 몸을 안자마자 삼월이 몸에 뜨거운 피가 흐르니 분명히 범진이 맞다. 너무 미워서 범진의 넓은 가슴을 주먹으로 치면서 삼월은 크게 목 놓아 울었다. 밖에는 찬바람이 쌩쌩 불고 방 안의 삼월이는 서럽게 울었지만 아무것도 모르는 애들은 너무나 맛있게 잠을 자고 있다. 아무 말 없이 삼월을 안고만 있던 범진은 그녀를 안아 눕히고 뜨겁게 입을 맞춘다.

다음 날 아침, 삼월이네 집은 동네에서 제일 행복한 집이 되었다. 범진이 가져온 짐 보따리에는 온갖 먹을 것과 옷으로 가득했다. 애들 입을 솜옷이며 사탕, 만두, 만주 꽈배기, 꽁꽁 얼린 양 뒷다리까지…. 세 꼬마들은 이것저것 먹기 바쁘고 옹알이하는 경춘이는 뭔지도 모르고 형들 따라서 신이 나서 뛰어다닌다.

간밤에 들은 범진의 얘기는 이랬다. 작년 여름에 봉천 땅에 도착해서 용케 친구 용섭을 만났고, 그 전에 그를 찾아온 형 범호와 해후했다. 용섭이 있던 만융촌은 전형적인 조선족 이주민들이 사는 농촌 마을이다. 7~8할이 평안도 사람들이고 압록강 건너 다들 소식 듣고 사는 동네라 일단 용섭은 범호를 데리고 봉천 시내의 서탑 거리에 사는 지인을 통해 만주인 구두 가게 사장한테 소개를 시켜줬단다. 가게 구석에 쪽방 하나까지 얻어줘서 밥은 먹고 사는데, 누가 알아볼까 싶어서 밖에도 잘 안 나가고 은심이 걱정에 하루하루 피를 말리면서 살아간다고 한다.

범진은 예전에 정주에서 배를 타면서 알게 된 용섭과 함께 안동에서 배 타고 고기도 잡고 봉천에서 품팔이하면서 이제 봉천 만융촌에 가족들이 살 만한 집도 얻었다고 한다. 인편으로 소식을 전하려고 해도 괜히 범호까지 위험해질까 봐 조금만 조금만 하던 게 이렇게 시간이 늦었다고 한다. 이번에 가족들 다 데리고 봉천으로 갈 거니까 가져갈 것도 없지만 어서 짐 꾸리자고 하면서 서둘러 처가에 가서 소식만 전하고 떠나자 재촉한다.

어린 것들은 뭐가 뭔지는 모르지만 봉천에 가면 이런 거 매일 먹는다고 방방 뛰면서 좋아라 하는데 밖에 누군가가 이쪽의 동정을 살피더니 범진을 부른다. 내다보니 지난번에 범진을 끌어가서 모질게도 고문했던 조선인 순사다.

"이보게 자네 봉천 갔다더니 잘 있었는가?"

범진은 냉큼 지폐 몇 장 꺼내 그의 주머니에 찔러주면서 답한다.

"봉천은 무신요, 안동하고 신의주 왔다 갔다 하면서 고기만 잡았죠."

"혹시라도 범호하고 연락되믄 꼭 전하세, 제 발로 오면 내가 잘 얘기해 줌세."

주머니에 손을 넣고 대충 몇 장인가 세어봤을 순사는 손도 빼지 않고 냉큼 뒤돌아서 가버린다. 그런 순사의 등 뒤에서 범진은 소리 안 나게 가래를 끌어올려 땅에다 탁 뱉는다.

'이 노무 정내미 떨어지는 조선 땅, 다시는 안 올 거다.'

압록강 건너면서 몇 번을 다짐했던 말이다.

삼촌이 돌아왔다. 은심은 너무나 기뻤고 삼촌한테 들었던 아버지 범호의 얘길 생각하고 또 생각했다. 봉천이라는 곳이 어떤 곳인지 모르지만 분명히 조선 땅은 아니란다. 거기 사람들은 중국말을 하는데, 말도 다르고 글자도 다르다지만 어차피 까막눈인 은심은 별로 상관없다. 서탑 거리라는 곳에 아빠가 있고 거기에 가면 먹을 것도 많아 이제 밥 굶을 걱정할 필요도 없으며, 매일매일 아빠 옆에 있을 수 있다. 더 이상 무엇을 바랄까. 밤이나 낮이나 잊지 못했던 삶을 이제 시작하게 된 거다.

범진이 사람 좋은 웃음을 보이면서 은심을 부른다.

"은심아, 고생 많았제비? 너거 아바이 은심이 기다린다고 눈이 빠지겄다. 이제 내일 아침이면 봉천으로 갈 꺼니 동무들하고 인사하고 오이라."

"네, 지 꺼는 다 챙겼는데 경춘이 옷만 더 싸 가면 다 끝난구만요."

범진은 조금 당황한 표정을 짓는다.

"은심아, 경춘이는 안 데려갈려고 하는 거 알간?"

눈을 동그랗게 뜨고 은심이 말한다.

"그게 무슨 말입네까? 경춘이는 제 동생이라요, 안 델꼬 가면 저

걸 누가 봅네까?"

"은심아, 삼촌이 아는 친구한테 부탁을 해 놨는데, 겨울 넘기고 봄 되면 읍내에 있는 신부님이 운영하는 고아원이 있단다. 내 애길 잘 했으니 걱정 말라."

"아니됩니다. 고렇게는 못 하겠습네다."

"이놈아. 지금 겨울철에 어찌 저리 어린 걸 데리고 가누? 어른들도 얼어 죽는데 그 길이 얼마나 먼지는 알간?"

"안 됩네다. 고렇게 하면 저도 안 갑네다."

예상하지 못한 은심의 당돌한 말에 범진은 말문이 막혔다가 다시 입을 연다.

"솔직히 경춘이는 우리 피붙이도 아니고 너하고는 피 한…."

"피 한 방울 안 섞인 남의 씨라고요? 그래도 내 동생이고 내가 업어다 키웠는데 누구 씨라고 해도 저는 데리고 갑니다."

어이가 없는지 범진은 그냥 한숨을 푹 쉬고 있고 이런 그들의 모습을 지켜보던 삼월은 범진을 불러 세워 한참을 얘길 한다.

다음 날 새벽 찬바람에 온몸을 꽁꽁 싸맨 범진이네 식구들은 눈만 내놓은 채 봇짐을 지고 마을을 나선다. 덩치가 큰 범진, 그리고 그 옆에는 삼월이, 그 뒤를 따르는 만춘, 상춘이와 맨 마지막에는 은심이 길을 나선다. 머리에는 옷짐을 한 손으로 이고 따라가는 은심의 등에는 범진의 외투로 덮여져 세상모르게 자고 있는 경춘이 업혀 있다. 태어나서 정주를 한 번도 벗어나 보지 못한 은심은 이렇게 첫 나들이로 먼 길을 떠나게 되었다.

깨달음
〈1934년 2월 경상도 사천〉

이제 날씨가 풀렸나 싶어서 밖에 나가 오줌을 싸는데 꽃샘추위가 아직 가시지 않았는지 영덕은 몸을 부르르 떨었다.

'책에서 보니까 이게 추워서 그런 게 아니고 사람 몸에서 체온이 빠져나가서 그렇다던데….'

혼자 씩 웃으면서 생각한다.

'그놈의 책은 무슨. 인제 다 접고 농사짓는 거 배우고 살아야지. 그런데 농사만 지어서 뭐 하겠노. 내가 뭘 해야 할지도 모르는데….'

작년 가을의 큰 사건 이후에 영덕은 눈에 띄게 달라졌다. 얼마 전에는 담장 밖으로 기웃거리면서 눈치를 보며 자기를 찾아온 득호를 보고 손에 잡히는 빨래 방망이 들고 잡으러 갔더니 금세 내뺐다.

"이 쪽바리 앞잡이 새끼야, 한 번만 더 오면 대가리 쪼사삘끼다!"

주먹만 한 돌을 들어 득호가 사라져간 쪽을 향해 힘껏 던졌다. 무영이가 가끔씩 들러서 바깥소식만 전해주는데, 득호는 얘기했던 대로 부산으로 진학을 한다고 했고, 졸업생 대표 연설은 사카이가 했다는데, 그때 일로 코뼈만 부러진 줄 알았더니 앞니도 반 정도 부러졌다고 한다. 한편 키무라 담임은 본국으로 발령 지원을 해서 이제 조선 근무 마치고 봄이 되면 돌아가기로 했다 하고, 무영 자신은 진주 시내 제빵집에 견습 사원으로 들어가기로 했단다.

'모두 다 변해가고 자기들 할 일이 다 있구나.'

영덕은 지금 자기가 처한 현실도 짜증이 나지만 다들 자기 하나 어떻게 되어도 아무 문제없이 살아간다고 하니 '나 같은 거 하나 없어도 세상은 표도 안 나는구나.' 하는 생각이 들어 더 무기력했다. 자기가 태어나고 자란 이곳이 싫었고, 사람이라는 존재에 대한 불신이 대단했다. 득호에게 다리가 걸려 넘어진 이후에 모든 사람들이 자기에게 보이는 행동이 다 거짓으로 보였고, 이런 세상에서 살고 싶은 생각도 없다는 마음까지 들었다. 가끔씩 만복이가 집 앞을 오가면서 던져주는 생선과 걱정스레 바라보는 눈길을 받으면 '저 마음은 진짜겠지.'라는 생각도 들다가 나중에 자기가 면 서기는커녕 소학교도 졸업하지 못한 놈이라는 말까지 들으면 또 남들처럼 뒤에서 욕할 거라는 생각도 들었다. 한 보름 전에는 집에 있는 책들을 보니 갑자기 부아가 치밀어서 몽땅 들고 가 아궁이에 넣고 태우려다가 뜯어 말리는 상수와 언년 때문에 그러지도 못했다.

사천 읍내에 사는 큰누이 집에나 댕겨 오라는 상수의 성화에 못 이겨 집을 나서긴 했지만 걸어서 가면 저 멀리 학교가 보일까 봐 일부러 배를 타고 읍내를 갔다 왔다. 반가이 맞아주는 큰누이도 불편하고, 이미 다 알고 있으면서 일부러 얘길 안 꺼내는 매형도 그렇고, 분위기가 더 어색해져서 하룻밤만 자고 돌아왔다.

오늘은 어떻게 하루를 보내나 생각하면서 자기에게는 제일 친숙한 뒷산으로 올라간다. 영덕이 매일매일 저렇게 지내는 모습을 보고 사는 상수와 언년이는 뭐라고 말도 못 하고 속만 태우고 있다. 새벽부터 읍내에 나간 상수는 또 오는 길에 술 한 잔 걸치고 올 거고, 영덕이는 여기저기 동네만 쏘다니다가 또 방에 틀어박혀 나오지도 않을 것이다.

상수가 면 서기 면장 노래를 해도 언년이는 예전부터 영덕이가 옆집 정섭이네 아들처럼 그냥 공부 안 하고 농사지으며 평범하게 살아도 좋다고 생각했다. 불알에 물이 차고 이제 장가갈 나이가 되면 좋은 색시 하나 만나 옆에 끼고 살면서 손주 손녀 크는 모습 보고 평범하게 사는 것도 얼마나 좋은 일인가?

어제 상수가 잡아 온 숭어를 손질하고 있는데 인기척이 들리더니 무영을 앞세우고 영덕의 집에 손님이 찾아왔다. 영덕의 담임인 키무라 선생이다. 안 그래도 요즘 사는 게 사는 거 같지 않은데 또 일본인이 찾아오니 언년은 당황스럽다. 남편인 상수도 집에 없는데 이건 또 무슨 일인가 겁이 덜컥 난다. 무영을 통해 담임선생님이라는 얘길 듣고 언년은 고개가 땅에 닿게 황급히 인사를 하니 키무라 선생은 그런 언년에게 답례로 공손히 인사를 하고 영덕을 부른다. 영덕이 아침에 일어나자마자 뒷산으로 갔다고 했더니 키무라 선생은 무영에게 손짓으로 이제 가도 좋다고 하고 집을 나선다.

영덕의 집에서 두 집 대문을 지나 오른쪽으로 꺾으면 굵은 대추나무가 있는 집이 나오고, 거기에서 한 50미터 정도 올라가니 산길 입구가 나오는 조그마한 구릉이다. 느릿느릿 올라가는데 아직 쌀쌀한 날씨라 입김이 훅 뿜어져 나온다. 둘러보니 저 멀리 바다를 바라보며 서있는 영덕의 뒷모습이 눈에 들어온다.

"배영덕!"

영덕은 자기를 부르는 소리에 뒤를 돌아보더니 놀란 토끼 눈이 된다. 키무라 선생이 자기를 찾아올 줄은 정말 꿈에도 몰랐는데 햇빛을 등지면서 손에 서류 가방을 들고 자기를 보고 웃는 사람은 분명히 키무라 선생이다.

"선생님, 여긴 어쩐 일로? 도대체, 아니 일본 가신다고 하시더니."

당황스러운 영덕은 무슨 말부터 해야 할지 몰랐다.

"영덕 군, 잘 지냈는가? 여기가 바로 자네가 머리 식히는 곳이구만."

잠깐 말없이 영덕이 선 자리에서 해를 등지고 서쪽을 보니 손에 잡힐 듯 바다 건너 서포 앞바다가 보이고, 저 멀리에 눈이 녹지 않은 지리산의 하얀 머리카락이 눈에 들어온다.

"햇볕도 좋은데 우리 어디 좀 앉을까?"

주위를 둘러보더니 영덕이 키무라 선생을 옆에 있는 나무 그루터기로 안내한다.

"여기가 참 좋구만, 앉아서 얘길 할 자리도 있고 일어서서 고개만 들면 또 바다가 보이고."

영덕은 아직 말이 없다.

"내 고향 시즈오카는 저 멀리 후지산이 보이고 또 바다와 가까워서 나도 빨리 고향에 가서 살고 싶다는 생각은 했었지. 이제 좀 더 일하다 퇴직하면 여기 영덕 군 고향 비슷한 동네 찾아서 글이나 쓰면서 살아야겠어."

"선생님, 조선에 더 계신다고 했지 않았습니까? 왜 갑작스럽게 귀국하십니까?"

"이제 갈 때가 된 것도 같고, 조선에 오래 있다 보니 가족들 생각도 나고 그렇네. 사람이 사는 목적이 뭔가? 역사에 이름 남길 사람은 못 되더라도 가족들에게 욕 들어 먹고 살면 안 되는 거지."

조용히 가방을 열면서 영덕의 손에 무언가를 쥐여준다.

"내 고향 시즈오카는 녹차가 유명한 곳인데 나야 이제 고향 가면 많이 마실 거고, 자네 집 어른들 갖다 드리게. 그리고 센베이 좋아한다면서? 진주에서 산 건데 꽤 먹을 만하더라고."

아마 작문 시간에 무영이가 당당하고 크게 읽었던 "센베이 가게의 삼국지"라는 글을 아직 기억하시는 거 같아 영덕의 얼굴은 좀 더 밝아진다.

"그리고 이건 내가 영덕 군 주려고 가져 온 책인데, 꼭 읽어보게나, 일본 어린이들은 크면서 다 읽어보는 소설이라네, 개인적으로는 내가 제일 존경하는 작가 선생님의 책이고…."

그가 쥐여준 책과 과자 상자를 든 영덕의 손을 본 키무라는 말을 이어나간다.

"영덕 군, 내가 자네 마음을 다 알지는 못하지만 많이 분하고 억울할 게야. 지금 시대가 그렇다네, 일본은 또 만주까지 진출하는데 그치지 않고 이제는 더 큰 전쟁을 벌이려고 할 게야. 사람의 욕심이라는 건 끝이 없거든. 결국 그렇게 되면 일본이나 조선이나 만주나 다들 젊은 사람들만 죽어나가겠지. 전쟁이란 말일세, 노인네들이 일으키고 죽어나가는 건 젊은 생명들이거든. 죽을 날이 얼마 안 남은 노인네들이 광분한 결과가 어떤지 역사를 통해서 똑똑히 경험했건만, 몇 천 년이 지나도 이러한 인류의 미친 짓은 계속 반복되고 있다네."

여기까지 얘길 마치고는 너무 어려웠나 싶어 영덕을 보니 제법 눈을 맞추면서 이해한다는 표정이다.

"영덕 군, 내 생각은 그렇네. 식민지 백성이라고 함부로 막 살지 말고, 자네가 꿈꿔왔던 게 있으면 계속 포기하지 말고 살아보게. 나중에 자네가 인생을 마무리할 때 내가 어떻게 살았는지 반추해 보는 시간이 올 걸세. 그때 후회하는 일이 한 점도 없으면 자네의 인생은 성공한 거라고 할 수 있지. 남들이 보는 판단 기준에 의해서 인생에 성공과 실패의 잣대를 대지 말고 자기가 평가하는 인생의 기준을 만들어보게."

영덕은 잘은 모르지만 키무라 선생님이 말하는 대략적인 큰 그림이 무슨 뜻인지는 이해했다. 말이 좀 어렵다고 생각했는지 키무라 선생은 씩 웃으면서 손가락으로 영덕의 정수리를 툭툭 치고 말을 이어나간다.

"자네가 가진 돈과 집은 나쁜 놈이 와서, 아니 우리 같은 '쪽바리'들이 총칼로 뺏어 갈 수 있지만 자네 머릿속에 들어있는 지식은 아무도 못 훔쳐 간다네. 무슨 말인지 알겠나? 자기 머릿속에 든 게 많은 사람이 진짜 부자인 거야. 공부하는 거 끝까지 포기하지 말란 얘기야."

'쪽바리'라는 조선말을 힘주어 강조하는 키무라의 말에 영덕은 웃음이 터져 나왔고 이제는 키무라 선생의 뜻이 무슨 말인지 확실하게 알았다.

"이제 곧 조선을 떠나야 할 건데 언젠가 나도 나이가 들면 죽기 전에 한 번 더 와보고 싶어. 어쨌거나 나한테는 5년이나 살아왔었고 살다 보면 문득 여기에서 있었던 일들 생각이 날 거야."

이 말을 마치고 키무라 선생은 자리에서 일어서서 산을 내려가려고 한다. 영덕도 얼른 일어나서 키무라의 뒤를 따른다. 말없이 걷던 두 사람은 영덕의 집 앞에 이르자 잠시 멈춰 선다. 영덕은 눈물을 글썽거리면서 울먹이는 목소리로 말한다.

“선생님, 꼭 건강하세요, 은혜 잊지 않겠습니다.”

“영덕 군, 미안하네, 정말 미안하네.”

뭐가 그리 미안한지 키무라 선생은 그 말만 하고 급히 돌아서서 가버린다. 흐릿해지는 눈앞에 키무라 선생의 뒷모습이 점점 더 번지더니 어느새 멀어져 간다. 가만히 고개를 숙여 책의 제목을 보니 나쓰메 소세키의 “봇짱[도련님]”이라고 써져있다. 손에 든 책과 녹차 봉투, 센베이 통을 번갈아 보면서 영덕은 한참 동안이나 그 자리에 멍하니 서있었다.

이 땅에 뿌리내리기 위해서
〈1934년 3월 만주 봉천〉

봉천역 바로 맞은편에 있는 '모리마쯔 상사'의 아침은 바쁘게 지나가더니 이제 장춘으로 갈 한 짐 보내고 나니 어느새 점심시간이 되었다. 전통 업종인 포목점은 장사가 잘되어 장춘부터 하얼빈까지 고객을 꽤 확보했고 구로다 상을 통해 관동군 군부와 관계를 잘 맺어온 탓인지 사세는 더욱 확장되어 이제 매출이 경성점과 조선 내 지점을 다 합친 것에 맞먹을 만큼 봉천을 비롯한 만주에서의 장사 규모가 더욱 커져만 갔다.

모리마쯔가 경성에 자리 잡으면서 추진한 게 내지와 조선의 음반과 조선 인삼 수출인데, 이 아이템이 만주에 진출한 일본인과 조선인의 향수를 자극하는 정서에 딱 맞아떨어졌고, 조선 인삼은 일본인, 만주인 갑부들이 돈을 안 아끼고 사들이는 상당히 좋은 사업거리였다. 반대로 만주에서 나온 콩과 높은 도수의 백주를 수매하여 조선으로 보내는 사업도 잘 맞아떨어져 모리마쯔 상사는 이제 탄탄한 사업체로 올라서게 된다.

“지점장님, 점심은 뭘로 하실까요?”

부지점장을 맡고 있는 중국사람 장밍이 땀을 닦으면서 물어본다.

“오늘은 서탑 거리에 약속이 있으니 자네는 직원들 데리고 가서 먹고 오게. 그리고 경도야!”

준길은 창고를 걸어 잠그고 나오던 조선인 직원 경도를 불러 오후 업무까지 지시한다. 경도는 평안도 출신으로 봉천 외곽의 만융에서 소학교를 졸업한 후 지인으로부터 똘똘하다며 추천을 받아 작년에 입사한 20살 청년이다. 작은 눈에 매부리코의 강한 인상을 주는 청년인데, 영업하기 좋은 얼굴이 아니라고 판단한 준길은 그에게 창고 관리와 봉천 내 조선인 고객에 대한 배송을 맡기고 있다.

지시를 한 후 그는 다시 눈을 돌려 일본어 서류에 눈길을 주면서 주섬주섬 옷을 챙긴다. 장밍의 눈에는 조선어, 일본어, 한어에 능숙한 준길이 정말 대단한 사람으로 보인다. 남쪽 절강성 출신으로 친척을 따라 봉천에 장사를 배우러 온 장밍은 아직 북방어에 익숙하지 않고 절강 사투리가 강해 북쪽 사람들과 의사소통이 조금 힘들다. 그런 그의 눈에 고개를 오른쪽으로 돌리면 조선어, 왼쪽으로 돌리면 일본어, 자기를 쳐다보면 중국말이 술술 나오는 준길은 마치 무슨 다른 세상에서 온 사람 같다. 게다가 장부 관리와 고객에 대한 응대는 얼마나 똑 부러지게 하는지 정말 일에 대해서는 배울 게 많은 상사이다. 장밍은 책꽂이에 꽂아놓고 잠만 재우고 있는 자기의 일본어 회화 책을 생각하니 괜히 책한테 미안해진다.

인력거를 타고 봉천역에서 서탑까지 가는 동안 준길은 항상 그렇지만 길에 돌이 깔려있어 비가 와도 땅이 질퍽해지지 않는 봉천 중심거리를 보면서 감탄을 한다.

'이 모든 게 다 청나라 때 지어졌다는 거지. 길이 얼마나 넓은지 그때부터 수레가 다니고 여기의 물자가 수도인 북평까지 갔다고 하니, 이 사람들 땅도 넓은 만큼 생각하는 것도 대단한 사람들이야. 천 년도 더 지난 수나라 시절부터 운하를 이용해서 그 멀고 먼 강남에서 북쪽까지 물자를 실어 날랐다고 하지.'

좁고 구불구불한 길에 수레조차 다니기 힘든 좁디좁은 경성의 골목길과 비교하니, 왜 우리 조상들은 길을 편리하게 안 만들고 그냥 되는 대로 살았는지 싶은 한심한 생각이 든다. 앞전에 만난 신문기자 출신 조선 사람 얘기로는 조선 역대 왕조는 길을 잘 닦아놓고 교통이 편해지면 반정이 일어나거나 외적이 쳐들어오기 쉽다고 생각하여 일부러 그렇게 안 했다고는 하지만, 장사꾼인 그의 관점은 그게 아니었다.

'매일같이 그놈의 공자 왈, 맹자 왈 하면서 게을러 터져서 글공부만 할 줄 아는 잘난 양반놈들 때문에 나라가 이 지경이 된 게지. 그 사이에 바다 건너 일본은 우리보다 빨리 문명을 받아들여 세계의 강대국이 되었는데, 썩은 나랏놈들이 하는 짓이라곤 백성들 등쳐 먹고지 배불릴 생각뿐이니 누가 열심히 돈 벌고 잘살려는 생각을 했겠는가. 나라에 도둑놈이 많아 조선이 이 모양이 된 게지.'

준길에게 솔직히 조선이라는 나라는 자기가 태어나게 몸만 빌려준 곳이지 거기에 대한 애착이라고는 조금도 없었고, 일본을 알면 알수록 더 그렇게 생각하게 되었다. 조선 초기에 정승 집안이었지만 몰락한 양반 가문의 후손으로 경상도 고을에 귀양을 왔다가 자리를 잡았다는 얘긴 어릴 때부터 들었지만 그와는 상관없다. 만약에 새 시대가 안 왔으면 그도 조상들처럼 경상도 사천 촌구석에서 평생 땅만 파며 자기가 본 세계가 다인 줄 알고 살다가 죽었을 게다. 일본이라는 나라를 통해 새로운 문물을 접하게 되었고, 그 인연으로 지금 만주, 봉천 땅에서 자기 능력을 인정받고 당당하게 잘살고 있지 않은가. 식민지 백성이면 어떠하리, 자기 먹고 사는 데 조선 왕이 지배를 하든 일본 천왕이 지배를 하든, 심지어 저 바다 건너 미국의 총통이 지배를 하든 자기하고는 상관없는 일이었다. 그냥 내 배 부르고 등 따시면 되는 거다. 만주에서 뿌리를 확실히 내리면 이제 북평과 상해까지도 진출해서 이 대륙 땅에 황준길 이름 석 자를 떨치는 게 이제 그의 목표가 된 것이다.

오늘의 모임은 '봉천 경성 상인회'라는 상공인 모임인데 봉천과 안동 일대의 조선 상인들이 주기적으로 모임을 갖는 시간이다. 이 모임은 앞으로 정세가 어떻게 흘러갈지, 그리고 시장 상황이 어떤지 하는 정보를 교환하는 중요한 자리인지라 준길은 꼭 빠지지 않고 참석한다.

오랜만에 맛보는 개고기와 김치에 백주까지 더해지니 다들 웃고 떠들고 대낮부터 술에 취해 시간이 금방 금방 흘러간다.

"우웩~"

술이 세지 못한 준길은 얼마 못 가서 다 게워내지만 그래도 오늘 오갔던 얘기들은 똑똑히 기억하고 있다. 만주 사변 후 1932년에 일본은 '마지막 황제' 부의를 황제로 추대하여 괴뢰 정부인 만주국을 세웠다. 국제 연맹에 제소하여 만주 사변을 침략 행위로 규정하려고 했던 중국 정부의 기대와는 달리 미국, 영국 등은 이를 국지적 분쟁으로 해석하였고, 심지어 아시아 지역의 공산화를 막기 위해서 일본이 그 정도는 해줘야 한다는 입장이었다. 이러한 분위기에서 만주에 조선과 대만처럼 식민 정책의 일환으로 총독부를 설치하기보다는 '독립국' 체제로 만주국을 수립한 것은 일본도 국제 사회의 눈치를 봐야 했기 때문이었다.

허울 좋은 만주국은 말 그대로 괴뢰 정부였으므로 일본은 다시 일만 조약을 체결하여 일본군을 관동군이란 이름으로 만주에 무기한 주둔시키기로 하고, 1931년 노구교 사건으로 자신감을 얻은 일본 군부는 작년인 1933년부터 전선을 화북 지방으로 확대하고자 했다. 그러나 서구 열강도 일본의 노골적인 야욕을 여기까지는 용납하지 않고 만주국의 승인을 무효화하자 화가 난 일본은 일방적으로 국제 연맹을 탈퇴해 버린다.

이런 상황에서 장개석의 중화민국 정부는 자기의 권력을 위협하는 건 일본이 아니라 공산당이라 판단하여 공산당 토벌에 더욱 열을 올리고 있었다. 만주 사변 이후 중국 각 도시마다 반일 운동과 일본산 배척 운동이 거세지고 있었지만 장개석 정부는 이러한 소요를 강경하게 진압한다. 항일 운동을 탄압하는 장개석 정부의 정책은 '우리의 적이 누구인가' 하는 질문을 불러일으켜 오히려 중국 내에서는 항일 운동을 주장하는 공산당을 더 지지하는 효과를 낳게 된다.

이런 와중에 또 무장 항일 운동을 하던 한국 독립군 세력들이 일본과 만주국 고위층에 붙어사는 조선 상인 및 친일파에게 테러를 가하고 암살을 하여 독립 자금을 모으니 각자 조심하라는 말도 나왔다.

'못난 새끼들.'

다 게워내고 이제는 나올 게 없어 누런 신물만 나와도 준길의 머릿속은 갈수록 또렷하다.

'너거가 생각하는 독립이 뭐꼬? 다시 나라 찾아가 그 잘났던 옛날로 돌아가자는 말이가? 조선 땅에서 떵떵거리고 살다가 그거 다 뺏기니 배가 아파서 여기 나온 불쌍한 조선 사람들 선동해서 일본을 몰아내자고? 지랄하네, 나는 지금이 더 좋고 할 수만 있다면 내 몸의 조선 피를 다 뽑아서 조상들에게 돌려주고 싶다. 병신 같은 것들아, 시대가 변하면 시대에 맞게 살아야지 어디서 오합지졸 같은 것들이 어떻게 감히 일본에 맞서냐?'

1932년, 하얼빈 남쪽의 만주 물산이 집결되는 전략적 요충지인 쌍성보 전투는 항일 운동을 지원하는 조선 민중들의 심리에 큰 영향을 끼쳤다. 지청천 총사령관이 이끄는 한국 독립군과 카오펑린考鳳林의 중국 의용군인 길림 자위군이 연합하여 만주국군, 관동군 연합군과 전투를 벌였지만, 결국엔 중국군 내부 분열과 폭격기를 동원한 일본군의 공세에 다시 내주고 말았다. 하지만 한때는 독립군들이 이곳을 점령하여 많은 물자를 확보하였는데, 이는 만주국 내부뿐만 아니라 일본 본토에도 큰 충격을 주었다. 쌍성보의 위치가 장춘-하얼빈 간 철로 사이에 있는 도시로 친일 부호와 고관들이 많이 사는 일제의 만주 침략 거점인데, 바로 그곳이 함락되었기 때문이었다.

끈질긴 추격에 길림 자위군은 투항하려 하였으나, 한국 독립군은 투항을 거부하고 길림 자위군과 결별하여 독자적으로 항전을 계속하기 위해 일부는 연해주로 일부는 길림성 산악 지역으로 이동하여 유격전을 지속적으로 전개하여 만주국 정부에 큰 부담을 주게 된다.

더군다나 1931년에 있었던 만보산 사건을 계기로 토착 민족인 만주족, 이주 세력인 중국 한족과 조선인 간의 갈등을 조장하려고 했던 일본의 기대와 달리 이 전투를 통해 조선과 중국 민중들에게 뭉치면 일본이라는 공공의 적을 깨부술 수 있다는 심리적 공동 전선을 만들어주었다.

비슷한 시기에 상해에서 있었던 윤봉길 의사의 의거가 중국인들에게 큰 감명을 주었듯이, 공산당과 국민당을 가리지 않고 나라를 잃고 만주와 중국 각지에서 항일 운동을 하는 조선인 세력에 중국인들은 따뜻한 동지의 눈으로 손을 내밀고 있었다. 이런 분위기는 곧 준길같이 일본에 붙어서 먹고사는 상인들에게 결코 좋은 일이 아니다.

그러나 정세 파악이 빠른 준길은 어떻게 해야 하는지 잘 안다. 일본이 어떤 전쟁에서 질 일은 절대 없고, 무시무시한 일본군의 위력을 잘 알기에 이들이 온 세상을 다 먹는 게 이상하지 않으니, 이게 자기한테는 제일 좋은 길이다.

모리마쯔가 오랜만에 돌아왔는데, 혈색은 좋아졌지만 뒤통수의 탈모는 더 심해져서 이제 주먹만 한 크기가 되었다. 경성의 물이 좋은지 아니면 만주의 호황으로 사업이 다각화되면서 기분이 좋은지 모리마쯔는 연신 싱글벙글이다. 사업 실적 보고도 대충 듣고 허허거리면서 줄담배만 빨아대다가 이제 앞으로 어떻게 제대로 사업 키워보느냐 그 얘기만 한다.

"사장님, 그리고 길림 쪽 신빈, 유하, 통화 쪽으로도 도매상들이 배송을 하고 있는데, 그쪽에도 우리가 직접 영업소를 차리…"

준길이 보고하는데 모리마쯔가 말을 끊는다.

"지점장, 이제 경성에서 들은 소식이 있는데, 오늘 저녁에 구로다 상을 만나니 좀 더 자세히 알아보자고. 만주 일이야 자네가 어련히 알아서 잘했겠지. 이제는 우리도 그런 골짜기보다는 저 넓은 화북지대로 진출해야지. 만주 시장 보고는 내일 듣자고."

오늘은 황고 쪽에 있는 고급 유곽에서 구로다 상과 저녁을 먹기로 했다. 술과 여자를 좋아하는 구로다 상의 취향에 맞춰 준길이 새로 알아낸 곳인데, 지난번에 데려갔더니 아주 만족을 해서 이번 기회에 모리마쯔도 오랜만에 왔으니 거기서 보기로 했다.

그날 밤, 커다란 목욕통 안에 세 남자는 목만 내민 채 담배를 피우고 있고, 그 옆에는 벌거벗은 앳된 처녀들이 탕의 열기에 얼굴이 벌겋게 익은 채 탕 속에서 남자들의 몸을 만지작거리면서 흥을 돋운다.

"모리마쯔 상, 난 말이지 저녁에 반주 얼큰하게 하고 이렇게 욕조에 몸을 담그며 얘들 데리고 방에 가서 음양의 조화를 이루고 나면 정말 모든 피로가 다 사라지는 것 같아. 이 얼마나 좋은 세상이야?"

"그렇습니다. 황 지점장은 일하라고 여기 남겼더니 일은 안 하고 좋은 곳만 개발했구만. 이제 자네는 경성으로 돌아가고 내가 여기에 와야겠어. 허허허."

모리마쯔의 재치 있는 농담에 다들 껄껄껄 웃는다. 만주의 중심지인 봉천은 북시, 남시, 남역, 황고 등에만 100곳이 넘는 업소가 운영될 정도로 손만 뻗으면 남자의 쾌락을 위한 모든 것이 갖춰진 지역이다. 밥 먹는 시간이야 다들 공식적인 이야기 위주로 딱딱하게 가지만, 이런 자리에서는 다들 발가벗고 못 하는 얘기 없을 만큼 얼마나 편한 자리인가. 모시는 분들이 다들 마음에 든다니 준길도 괜히 기분이 좋아진다.

"참, 구로다 상 앞으로 우리 일본은 이 만주와 대륙을 어떻게 할 건가요? 경성에서 만난 일본 상회에서도 여러 가지 의견이 분분하던데."

관동군 군수품 공급계의 대부인 구로다의 소식은 언제나 정확하고, 그런 그를 만나기 위해 줄 서서 기다리는 상인들이 한둘이 아니다. 만주국은 독립국이라 각 부처의 장관은 만주인들이지만 실권은 일본인 차관급이 쥐고 있었고, 각 부처의 고문은 일본 군부가 맡고 있다. 이는 저항이 심하고 비용이 많이 드는 식민지 지배와는 다른 지배 방식으로, 일본의 입장에서는 '간접 지배'라는 새로운 실험인 것이다.

"지난주에 누구를 만났는데…"

구로다는 한 번도 자기가 만난다는 누군가에 대해서 어느 누구라고 실명이나 직급을 거론한 적이 없다.

"여기 만주가 얼마나 군사적 거점으로 그 의미가 큰가? 가령 화북 지방이나 연해주에서 전쟁이 나면 만주의 핏줄인 철도를 통해 우리 일본의 대규모 병력과 보급품을 빠르게 보낼 수 있지. 그러면 장차 중국 대륙으로 진출하고, 그다음엔 시베리아로 진출하는 구상이 있으니 만주 땅은 제국주의 과업을 완성하기 위해서는 반드시 포기를 못 하지."

"그렇습니다. 여기 만주는 콩, 밀, 수수, 옥수수 등 곡창지대라 식량도 풍부하니 여기서 확보된 군량으로 화북, 조선, 내지 인구도 다 먹여 살릴 수 있죠."

요즘에 곡물 사업으로 재미를 본 모리마쯔가 끼어든다.

"이 사람아, 그것뿐인가? 진짜 돈 되는 것은 이 만주 땅 밑이야!"

담배를 뿜어내며 뱉은 마지막 말은 모리마쯔나 준길도 잘 못 들었다.

"네? 땅 뭐라고요?"

"만주 땅 밑이 눈에 보이는 거보다 더 대단하지. 철광, 석탄은 기본에다가 석유도 매장되어 있다네. 자네도 이제 이런 소꿉장난 그만하고 제대로 된 지하자원 사업하면 꽤 큰돈을 벌 건데."

이 말을 들은 모리마쯔는 마른 침을 꿀꺽 삼키는데, 그 소리가 커서 듣는 사람이 민망할 정도다.

"여기 인구가 3천만 명이 넘고, 본토 7천만에, 조선·대만까지 합치면 우리 제국은 1억 3천만이나 되는 세계 최강대국이 되지. 우리보다 인구가 많은 강대국은 이제 미국과 소련밖에 없어."

정말 그렇다면 우리 사업은 앞으로 달려나가는 호랑이에게 날개만 달아주면 된다! 바로 준길의 머릿속을 스치고 지나가는 이 생각은 아마 모리마쯔도 같을 것이다.

"그리고 이제 일본이 제국의 세력을 확대하려면 충성스러운 식민지 백성들이 할 일이 더 많아질 게야. 생각해 보게, 벌써 조선 반도에서는 우리 일본어 교육이 확대되고 우리 교육을 받아서 일본 국민으로 개조되고 있지 않나? 대만도 마찬가지일세, 진정으로 큰 제국이 되려면 조선과 대만 백성들도 우리 일본군이 되어서 앞장서야지."

준길은 또 한 번 놀란다. 조선 출신의 일본군 장교와 부사관들이 관동군에 적지 않게 있다는 건 준길도 잘 안다. 서탑 거리에서 같이 개고기 뜯으면서 술친구로 지내는 관동군 조선인 장교 친구들과 주기적으로 모임도 갖고 있다. 그런데 일반 사병까지 일본군으로 복무하는 시대가 온다면 이는 정말 큰 변화가 아닐 수 없다. 그야말로 이제 내선일체의 완전한 이상체가 완성되어 정말 일본의 신임을 받는 조선인이 되는 거다.

벌거벗은 남자의 몸을 벌거벗은 여자가 자극하는데 부처님 말고는 어떤 남자가 그렇게 얌전하게 참아낼까. 귀로는 얘기를 듣고 눈으로는 벌거벗은 여인들의 몸을 즐기면서 준길은 머리도 뜨거워지고 아랫도리도 뜨거워진다. 자세를 바꾸는데 모르고 몸을 주물러주던 아가씨의 허벅지를 손바닥으로 눌러버렸다.

"어머나!"

아가씨 입에서 튀어나온 본능적인 외마디, 조선말이다. 준길은 일본어로 물어본다.

"조선 사람이니? 일본말 알아듣니?"

아가씨는 고개를 가로젓는데 뭔가 실수한 것 같은 겁먹은 표정이다. 준길은 다시 조선말로 묻는다.

"조선 사람이니? 일본말 알아듣니?"

"조선 사람입니까? 저 일본말 모릅니다. 전 손님들 다 일본 분들인 줄 알았어요."

경성 말을 쓰는 아가씨다. 이런 장면을 보던 구로다가 얼굴을 찌푸리며 다시 담배에 불을 붙인다.

"요즘 조선 사람들이 만주에 와서 분탕질을 많이 한다지? 만주국 군부에서도 조선인 반동 세력 때문에 골치 아파하는데 왜 그냥 두는지 모르겠어."

눈치 있는 모리마쯔가 발 빠르게 대응한다.

"아이고 구로다 상, 조선 사람에도 여러 부류가 있듯이 우리 지점장처럼 일본을 위해 목숨을 다하는 조선 사람도 많지 않습니까? 앞으로 모든 조선 사람들이 우리 일본의 위대함을 알아보고 다들 굴복할 겁니다. 시간문제일 뿐이겠죠. 준길 상, 뭐하는가? 구로다 상 아가씨가 몸이 달아오른 거 같은데 어서 방으로 모시지 않고."

모리마쯔의 호들갑에 구로다는 마지못해 일어나 아가씨가 이끄는 대로 방으로 들어가고, 모리마쯔는 한숨 푹 자고 나중에 보자고 준길을 향해 한쪽 눈을 찡긋하며 일어난다.

아랫도리에 힘이 들어간 상태로 욕조에서 나온 준길은 자기 손을 이끌고 앞장서는 조선인 아가씨의 통통한 엉덩이를 보며 오늘 밤은 모든 걸 불태워야지라면서 다짐한다.

다음 날 모리마쯔는 준길을 부른다.

"준길 상, 그사이 오랫동안 조선에 못 갔지? 나도 그렇지만 만주에 오래 있다 보니 머리도 잘 안 돌아가고 사람이 멀리 앞을 잘 못 보게 되더군."

안 그래도 고향에 못 간 지 3년이 되어 언제쯤 얘길 꺼낼까 했는데 고맙게도 모리마쯔가 먼저 말을 꺼낸다.

"제수씨도 시집오자마자 애 낳고 고향에도 못 가봤는데, 여기 업무는 당분간 내가 봐줄 테니 자네는 경성점에 가서 인사만 하고 진주점 현황도 볼 겸 고향에 가서 오랜만에 가족들 만나고 오게나."

그러면서 언뜻 보기에도 부족하지 않을 여비가 든 두툼한 봉투도 건네준다.

'내가 이래서 일본인이 좋고 일본인이 되고 싶은 거다!'

몇 번 사양을 하던 준길은 감사하게 머리를 조아리며 모리마쯔 사장에게 깊은 존경을 표한다.

둥지에서 날아오르는 작은 새 한 마리
〈1934년 5월 경상도 사천〉

아침부터 까치 소리가 들리더니 드디어 반가운 소식이 전해졌다. 너무나 보고 싶었던 준길 외삼촌이 색시하고 애기를 데리고 무려 3년 만에 고향을 방문한다는 소식을 미리 전해 들었는데 바로 그날이 오늘이란다. 어젯밤 늦게 외갓집에 왔고 좀 있다가 집으로 온다고 하니 믿기지가 않았다. 오늘의 설렘은 3년 전 꼬마 시절의 센베이나 바라던 그런 설렘이 아니고 며칠 밤낮동안 고민했던 생각을 실행에 옮기는 더 큰 설렘이다.

그동안 감정의 동요가 없어 보이던 영덕이 요 며칠간 활기가 넘치고 자주 웃는 걸 본 상수는 이제 조금 마음이 놓인다. 중학교에 못 간다고 책을 다 불태우니 어쩌니 하더니만, 요즘에는 영덕의 공부방에 가니 뭔가 또 책을 꺼내놓고 보고 있으니 자기도 덩달아 기분이 좋다. 영덕은 뭐 마려운 강아지처럼 방 안에서 왔다 갔다 하다 급한 마음에 동네 밖까지 나갔다. 검정 마을에서 여기로 오는 고갯길을 계속 올려다보니 저 멀리에 드디어 준길이 외삼촌이 보인다. 손을 흔들고 "외삼촌!" 하고 부르며 정신없이 언덕길을 뛰어 올라갔다.

예전에 결혼할 때 봤었던 외숙모와 그 옆에는 못 보던 두세 살쯤 되는 계집아이가 준길의 손을 잡고 오고 있다. 계집아이는 첫눈에 보더라도 귀하게 컸지 싶을 정도로 얼굴도 하얗고 볼에 살이 올라 통통한데, 처음 보는 영덕이 무서운지 지 엄마 뒤에 숨는 모습도 아주 귀엽다.

"아이구, 우리 영덕이, 정말 많이 컸네. 예전에 봤을 때 고추 보여 주면 센베이 줄께 했더니 바지 훌러덩 까던 꼬맹이 영덕이는 어디 갔노?"

반가이 품에 안기는 영덕을 보니 녀석이 사춘기라고 제법 코밑이 시꺼매진 것 같고 키도 훌쩍 자라 이제 준길의 턱까지 왔다. 어제 본가에 들러 영덕의 일을 들어서 알고 있던 터라 일부러 학교 얘기는 안 하고 부모님 얘기와 그동안 주위 사람들 안부를 전하다 보니 금세 영덕의 집까지 왔다.

그날 저녁 상수네 집 마당 평상에 모여든 일가친척들은 다들 기분 좋게 마신 술에 이제 봉천에서 자리 잡은 준길을 축하해 주고, 이번에 데려온 딸 명자도 일가친척들에게 처음 보여주는 자리로 들떠있었다. 이제 그만 마시겠다고 일어나려는 준길을 몇 번이고 다시 주저앉혀서 술을 마시는데, 그 옆에서 자꾸 눈치를 주며 옆구리를 찌르는 준길의 처 순례 때문에 준길은 사실 술자리가 편하지가 않다. 짓궂은 누군가가 술기운에 우리 새색시는 시집와서 바로 봉천으로 간다고 노래도 못 들어봤는데 꾀꼬리 목소리로 노래 한 번 부르라고 외치니 다들 다 신이 나서 빨리 노래하라고 성화다. 순례는 마지못해 일어나는데 얼굴에는 싫어하는 기색이 역력하다. 어떻게 해서든 이 불편한 자리를 벗어나고 싶어 하는데, 머뭇거리는 순례를 쳐다보는 준길의 표정이 아주 불쾌해 보인다. 그때 갑자기 아랫방의 문이 벌컥 열리더니 술을 마셨는지 얼굴이 빨개진 영덕이 서있었다. 다들 어찌 된 영문인지 몰라 어리둥절해 한다. 놀란 언년이 말한다.

"영덕아 우찌 된 기고? 니 술 마싯나?"

"와예? 내는 술 마시믄 안 됩니꺼? 나이도 열넷이나 되면 인자 어른 아입니꺼."

영덕의 반항 섞인 말투에 다들 분위기가 조용해진다. 순례는 이때다 싶어 슬그머니 자리에서 벗어나서 자고 있는 딸 명자를 안고 방으로 건너가 버린다. 아랫방에서 나온 영덕은 아직까지 상황 파악이 안 되어 어안이 벙벙해진 상수 앞으로 다가간다.

"아부지, 어무이, 제 소원 좀 들어 주이소. 내 이래갖고는 하루도 못 살겠습니더."

처음 보는 영덕의 모습이 다들 낯설기는 마찬가지지만 제일 당황한 건 상수였다. 상수는 취기가 올랐지만 생각하지 못한 상황에 술이 번쩍 깨는 것 같다.

"이노무의 시키가 어른들 있는데 이기 뭐하는 짓이고? 학교에서 그리 갈키더나?"

순하디 순했던 영덕이 지지 않고 그런 상수를 뻔히 올려다보며 얘기한다.

"와예? 학교에서 이리 배워갖고 이리 산다 아입니꺼."

"이놈의 자슥이 그래도 입 안 닥치나? 학교 실컷 보내 놨더니 그리밖에 못 하나?"

"네. 입 닥칠께예. 그라는 아부지는 저한테 뭐 해주셨는데예? 남들처럼 부산으로 중학교를 보내줬습니꺼, 아니면 유학을 보내줄 수 있습니꺼?"

"짝!" 하면서 따귀를 올리는 소리가 울려 퍼지고 준길이며 언년이와 다른 친척들이 상수를 뜯어말린다. 언년이는 이날 이때까지 영덕이 상수에게 대드는 것도 처음 보지만 상수가 귀한 영덕에게 손찌검하는 것도 생각조차 해보지 못했다.

볼을 감싸 쥔 영덕은 울부짖으며 애길 한다.

"아부지, 저 삼촌 따라 봉천 갈랍니다. 내 여기서는 이래갖고 못 살겠으예. 매일 사는 게 사는 게 아입니더. 이리 살 바에야 그냥 물에 빠지가 죽을랍니다."

이 말을 하고 영덕은 신발도 신지 않고 밖으로 뛰어나간다.

"아악~야~"

알아들을 수 없는 영덕이 내지르는 괴성에 동네 개들이 따라서 짖고, 동네 여기저기 다른 집에서는 하나둘씩 불이 켜진다. 마을 어른들은 이웃끼리 무리를 지어서 횃불을 들고 영덕을 찾아 나섰다. 언년이는 귀한 아들이 바다에라도 빠져 죽었나 싶어 맨발로 갯가에 가서 컴컴한 바다를 비춰보고 아들 이름을 목이 터져라 부른다. 어른들은 저쪽 바닷가로, 그리고 저수지가 있는 고개 너머로 각자 무리를 지어 영덕이 이름을 부르면서 흩어진다.

방바닥에 털썩 주저앉아 있던 상수를 쳐다보던 준길은 그제야 처자식이 생각나 찾아보니 순례는 명자를 안고 가운데 방에서 세상모르고 코 골며 자고 있다. 한숨을 푹 쉬고는 아랫방의 영덕이 공부방으로 들어가서 쭉 둘러보니 예전에 자기가 썼던 그렇게 커 보였던 앉은뱅이책상이 이제 영덕에게도 작아 보일 정도였다. 책상 위에 쌓아둔 책들을 보니 몇 권은 자기가 줬던 세계 명작 동화집도 있어 준길은 씩 웃으면서 책장을 넘겨본다. 그러다가 눈을 돌리니 책상 위에 지금 보고 있는 듯한 책이 있어 들어보았다.

'현대한어대화집'

머리에 피도 안 마른 녀석이 술 먹고 행패 부리는 줄만 알았는데, 지금 보니까 자기 나름대로 뭔가를 하려고 하는 걸 직감한다. 안 그래도 고향 마을에 오자마자 영덕의 일을 듣고 난 다음에 다시 봉천에 가기 전에 영덕을 조용히 따로 만나서 용돈 좀 쥐여주고 힘내라는 얘길 해주고 싶었다. 똑똑한 아이라 자기가 원한다면 모리마쯔 상사 진주점에 소개해서 사회 경험을 쌓게 해줄까라고는 생각했는데, 자기 상상 이상의 카드를 영덕이 준비한 것이다. 가만 생각을 해보더니 준길은 영덕이 갈 만한 짚이는 곳이 있어 어둑어둑한 길을 나섰다.

영덕은 뒷산 나무 그루터기에 앉아서 산 아래를 내려다보았다. 저 멀리 무리지어 다니는 횃불들이 왜 이 시간에 보이는지 잘 알고 있다. 예상치 못한 인생 궤도의 변화에 영덕은 길고 긴 방황의 시간을 보냈다. 무기력증은 물론이고 자기가 앞으로 뭘 해야 하는지, 뭘 잘하는지 모르겠지만, 제일 답답한 건 이 깡촌에서 마음 터놓고 말할 수 있는 상대가 없다는 것이다.

공부 더 하려고 곤양면에 있는 소학교에 들어가려고 하면 불량선인으로 찍힌 자기를 받아주기나 할는지, 아니면 더 멀리 진주나 마산으로 가더라도 어차피 여기를 벗어나야 하는데, 지금 집안 형편으로는 엄두도 못 낼 소리다. 아니 어쩌면 빨간 줄이 그인 그가 심지어 경성으로 가더라도 소학교를 다시 다녀 중학교 입학을 도전할 수 있을지도 의문이다. 키무라 선생을 만나 그냥 살면 안 되겠다는 생각은 했지만 방법도 없는 상황이었는데, 모르긴 몰라도 자기가 더 이상 조선 땅에서 학교를 못 다닐 수 있다는 생각이 들자 영덕은 바로 만주 봉천과 준길이 외삼촌을 떠올린 것이다.

'그래, 바로 그거다. 어차피 이리 된 거 나도 봉천으로 가서 잘 살아보자.'

이제 관심사는 공부보다는 이 지긋지긋한 고향 땅을 벗어나는 거다. 이 답답한 동네가 싫고, 득호라는 놈하고 같이 어울렸던 동네 곳곳을 보니 정나미가 뚝 떨어지는 것이 한시라도 빨리 이곳을 벗어나고 싶었다. 공부라고 하면 다 해주는 아버지를 설득해서 준길이 삼촌 만나서 봉천에서 학교 다니고 나중에 면 서기보다 더 출세해서 오겠다고 하면 통할 것 같았다. 그래서 바로 실행에 옮기기 전에 중국말을 배우고, 봉천에 가서 손짓 발짓을 해서라도 외삼촌 찾아갈 생각까지 했다. 배 타고 사천 읍내를 오가는 만복이한테 부탁해 중국말 배우는 책도 하나 구해서 혼자서 독학으로 보고 있다.

소 팔아서 그 돈으로 봉천 가려고 벼르고 있는 상황인데 이제 일이 잘 풀리려고 하는지 3년째 오지 않던 준길이 드디어 고향에 온다고 하니 영덕은 뛸 듯이 기뻤다. 그런데 막상 준길이 왔지만 오랜만에 보는 그는 여기저기 친척들, 지인들에게 불려 다니고 오매불망 기다리던 영덕에게는 눈길조차 주지 않는다. 왁자지껄 어른들이 웃고 노는데 속이 상한 영덕은 저녁도 먹는 둥 마는 둥 하고 혼자 아랫방에 가서 술을 마셨다.

전에도 무영이랑 득호랑 같이 어른들 흉내 낸다고 마셔 보기는 했는데 웬만큼 술이 들어가니 막 흥분이 되는 게 왜 어른들이 이걸 마시나 이해가 간다. 거기에다 득호 생각이 나 이를 갈고 또 마시고 마시다가 이제 관운장과 같이 100합을 겨룰 만큼의 자신감이 생기자 영덕은 문을 박차고 나가 하고 싶었던 얘길 했던 것이다.

저 멀리 개구리 우는 소리가 들리고 풀벌레 소리가 나자 아무 죄

없는 불쌍한 아버지 상수한테 자기가 무슨 짓을 했는지 죄송함과 후회가 막 밀려온다. 지금이라도 내려가서 상수한테 무릎을 꿇고 빌까 했지만 그러기엔 너무 일이 커져버렸고, 이왕지사 이렇게 된 거 한편으로는 자기 생각이 어떤 건지 어른들께 분명히 알렸다고 위안하면서 저기 저수지 쪽으로 사라져가는 횃불을 쳐다본다.

갑자기 풀벌레 소리가 그치더니 저 앞에 누군가의 그림자가 보인다. 라이터를 켜는 순간 잠깐 보이는 얼굴은 준길이 외삼촌이고 그런 외삼촌은 마치 영덕이 거기 있는 거 알고 있으니 도망치지 말라고 신호를 주는 거 같았다.

"영덕아, 내는 니가 요 있을 줄 알았다."

사실 나란히 있는 나무 그루터기는 어릴 적 외삼촌이 놀러오면 영덕을 앉혀놓고 바닥에다 글씨도 써주고 셈법도 가르쳐주던 작은 교실이었다. 일어선 영덕은 꾸벅 인사를 하며 울면서 달려와 준길에게 안긴다.

"삼촌, 죄송합니다. 이럴라고 한 기 아인데."

"개안타, 앉아갔고 삼촌하고 얘기 좀 하자. 내한테 다 말해봐라."

얼마나 듣고 싶었던 말이던가. 가슴이 뻥 뚫린 느낌으로 준길을 쳐다보는 영덕의 눈빛은 반짝반짝 빛이 난다.

그날 밤 늦은 시간.

준길이 데려온 영덕이 어른들과 눈도 못 마주치고 자기 공부방으로 들어가 버리고 난 후에 준길과 상수, 언년이는 같이 앉아서 심각하게 얘길 나누고 있는 중이다. 준길로부터 자초지종을 다 들은 상수와 언년은 영덕이 어린 마음에 그냥 하는 얘기가 아닌 걸 알고 정신이 나간 표정을 짓고 있다.

"행님, 누야도 자 생각해 보이소, 영덕이가 지 나름대로 을매나 고생이 많았을까예? 저만 믿고 보내주믄 제가 봉천에서 공부도 시켜주고 잘 돌봐줄께예. 쬐맨한 게 저리 생각하는 게 얼매나 기특합니꺼? 원래 저는 영덕이가 진주로 중학교 간다캐도 이번 기회에 델꼬 봉천으로 갈까라는 생각도 하고 왔습니더. 저리 똑똑한 아가 진주에만 있기에는 너무 아깝다 아입니까."

놀란 언년의 눈이 더 커진다.

"아이고, 내는 한 번도 우리 영덕이 그리 멀리까지 보낼 생각 몬했다. 면 서기가 되든, 아니믄 소학교 선생이 되믄 제일 좋고, 안 그라문 그냥 저거 아바이처럼 그리 살아도 우리 옆에서 같이 살면 을매나 좋노? 그리 살아도 된다. 난 안 보낼란다."

"처남, 니가 살아보이 봉천은 어떻드노? 그라고 니는 앞으로 우짤 생각이고?"

상수의 얘기에 뭔가 말하려는 언년을 손짓으로 제지하고 준길이 답한다.

"행님, 지금 바깥세상 돌아가는 게 여기서는 상상도 못 할 겁니다."

장사꾼인 준길의 장점은 듣는 사람의 수준에 맞춰 이야기를 할 수 있는 거고, 그의 얘기를 듣다 보면 고객들은 자기도 모르게 고개를 끄덕이는 자기 자신을 발견하게 된다.

"일본이 온 세상을 다 잡아먹을 거고, 이제 만주는 일본 땅이 됐습니더. 고마 좀 있으면 저 넓은 중국 대륙도 일본 땅이 될 테니, 중국 사람도 조선 사람도 이제 다 같은 일본 사람으로 살아야 합니다. 그런데 조선 사람의 강점이 뭐냐 하면 조선어는 기본이고 소학교 때부터 일본어를 배워서 일본어도 잘하고 거기에 중국말만 배우면 이제 이런 조선 사람 없어서 온 나라가 난리가 날 겁니다. 조선, 일본,

중국 3개 말 잘하는 조선 사람은 이제 일본이 중국까지 지배하면 더 큰 벼슬도 하고 떵떵거리고 삽니다. 그리되면 면장이 문제가 아이고 조선 사람이 경상도보다, 아니 조선보다 더 큰 땅의 대장이 되는 겁니다. 그라고 이제 조선하고 일본이 같은 나라 사람이 되면 조선 사람도 일본 군복을 입고 일본에서 군인이 될 수도 있고, 나중에는 더 대우받을 시대가 올 거라고요."

쉽게 풀어서 얘길 해서 상수도 거의 다 알아들었다. 면장은 아무것도 아닌 더 큰 벼슬아치라는 말과 이제 조선 사람도 일본 군복을 입고 일본 군인이 될 수도 있다는 말들은 귀에 달기도 하고 쓰기도 했다. 상수는 딱히 일본 사람을 접해볼 일도 없고 만날 일도 없지만, 그래도 일본 사람이 나라를 빼앗았다는 거는 잘 안다. 앞으로 우리 같은 사람들은 이제 일본 사람이 되어야 하는 건가 생각해 보니 한편 기분이 나쁘고 뭔가 조상들에게 큰 죄를 짓는 거 같다. 그리고 상수는 솔직히 면장이 얼마나 높은지 모르지만 그래도 그 정도 벼슬만 하는 아들 생기면 되지 더 큰 벼슬아치까지 바라본 적도 없다. 그에게 '면장'은 자기보다 더 잘된 성공한 아들을 나타내는 대명사일 뿐이지 꼭 면장이 아니라는 걸 그는 깨닫게 된다.

"이보게, 난 사실 면장이라고 했지만 우리 영덕이가 면장만큼 아니더라도 나보다 더 잘 살면 더 이상 바랄 게 없네. 굳이 일본 사람까지 되어가면서 이 세상 그렇게 치열하게 살아가야겠는가 생각하니 탐탁치도 않고."

"이게 바로 시골 촌구석의 한계다."라는 말이 입에서 나오는 걸 간신히 눌러 내리고 준길이 입을 열려고 하는데 문이 빼꼼히 열리면서 영덕이 들어온다. 표정을 보니 녀석이 잠은 안 자고 밖에서 어른들 오가는 얘기 다 엿들었던 모양이다.

"아버지, 저 꼭 보내주이소. 잘못했습니더."

방에 들어와서 영덕이 무릎을 꿇고 상수에게 빌면서 애원한다.

"저는 정말 여기서는 못 살겠어예. 꼭 밖에 나가서 공부도 하고 돈도 벌고 이렇게 삼촌처럼 멋있게 살고 싶습니다. 돈도 많이 벌어서 엄마, 아버지 호강시켜 드리고 이제 힘든 농사일 그만하고 편하게 살게 하고 싶습니더."

작심한 듯 눈물이 줄줄 흐르는 눈을 감고 영덕은 울부짖는다.

"제발 보내 주이소. 보내 주이소."

"으이그 못난 것아!"

이런 아들의 등짝을 언년은 울면서 막 때리고, 상수는 차마 볼 수가 없어 고개를 돌린다.

"영덕아, 이 애비는 니보고 꼭 뭐가 되거라 하면서 그런 건 아이었다. 니가 공부도 좋아하고 똑똑하고 하니 기대가 컸던기고, 고마 내보다 더 잘사는 거 보면 되는기라 생각한다. 니 증말 요만 벗어나면 니 하고 싶은 거 하면서 살 자신 있나?"

상수의 말에 영덕은 울음을 그치고 침을 삼키며 고개를 끄덕인다.

"아니 이 양반이 무슨 소리 하는교? 영덕아, 아이라 캐라!"

언년이 두 사람 가운데 끼어 앉아 영덕의 손을 잡는다. 영덕은 언년의 손을 뿌리치고 계속해서 상수의 입만 쳐다본다.

"그래. 한번 바깥세상에 나가봐라. 뭘 어찌하고 살더라도 이 애비 애미보다 더 잘 살고 더 좋은 거 보고 그리 살면 된다. 능력도 없는 애비가 되가 니 앞길 막을 수는 없고, 내는 더 바라는 거 없다."

믿기지 않는 말에 영덕은 제대로 대답도 못 한다. 준길도 예상과 달리 빠른 시간 안에 상수가 이렇게 답할 줄 몰랐다.

“처남. 내 자네만 믿고 우리 영덕이 보냄세. 잘 부탁하네. 이놈이 나이는 열넷밖에 안 되도 지 앞가림도 잘할 끼고, 어디가도 손가락질 안 받고 잘할 놈인기라.”

상수도 이 말을 하면서 참았던 울음을 터트린다.

“걱정들 마이소. 영덕이 제가 남부럽지 않게 공부 잘 시키가 나중에 누님네 잘 모시도록 할낍니더.”

그런 말을 하는 준길의 눈가도 젖어 들어간다.

“아이고 몬 간다 몬 가!”

통곡하는 언년을 상수와 영덕이 같이 쓸어안고 우는 소리에 옆방에서 자고 있던 순례가 문을 열고 들어와 무슨 일인가 쳐다본다. 도저히 지금의 이 장면이 이해가 가지 않는 표정이다.

상수와 언년을 따라가는 영덕은 동네를 벗어나 검정 마을로 들어서는 고갯길에 올라섰을 때 뒤를 돌아보았다. 아직 해가 뜨지 않아 어둑어둑하지만 눈 감고도 어디가 어딘지 알 수 있는 익숙한 풍경이다. 어릴 때부터 뛰어놀던 집 뒷동산도 이제는 언제 다시 볼 수 있을지 기약할 수 없다. 그토록 벗어나고 싶어 했던 고향인데 막상 먼 길을 떠나려고 하니 영덕은 눈을 크게 뜨고 사진기로 사진을 찍듯이 여기저기 둘러보면서 눈을 깜빡여 본다.

‘다시 여기 올 때는 꼭 멋지게 성공해서 돌아오리라.’

그런 영덕을 앞서가던 상수와 언년은 말없이 돌아보며 기다려준다.

이윽고 한참 걷다가 저 멀리 고개 밑에 자리 잡은 동명 소학교가 보인다. 얼마나 많은 꿈을 꾸었던 저곳이던가. 교정에 보이는 나무 하나하나 아담한 단층짜리 건물의 창문 하나하나 어찌 잊으리. 여기서도 또 발걸음을 멈추게 된다. 아니 여기까지 오는 길에 보이는 모든 풍경과 길가의 돌멩이까지도 영덕에게는 모두 그리운 장면이 될 것이다. 오른쪽으로 보이는 미우라 수산 공장으로 가는 길은 출근하는 사람들의 모습이 하나둘씩 보이기 시작한다. 영덕은 다시 뒤돌아서 모든 풍경을 담아놓으려는 듯 한참을 서있다가 돌아서서 다시 발걸음을 재촉한다.

모리마쯔 상사 진주점에서 준길 가족과 재회한 영덕은 오늘 저녁에 이제 꿈에도 그리던 봉천으로 가는 기차를 탄다. 먼 길을 떠나는 준길네와 영덕을 배웅하기 위해 모여든 친척, 지인들은 다들 잘 가라는 인사를 나누고 준길네 가족들은 밝은 표정이지만 언년이는 연신 목에 건 수건으로 눈가의 물기만 찍어 내기에 바쁘며 상수는 입을 꾹 다물고 있다.

외숙모의 처가인 서포에서 온 일행들은 달라진 순례의 옷차림이며 장신구에 계속해서 예쁘다고 하면서 명자에게 용돈도 쥐여주는 등 자기들끼리 웃고 떠들고 아주 시끌벅적하게 보낸다. 떠나는 영덕을 보러 사천 읍내와 서포에 사는 영덕의 두 누이 내외도 애들 데리고 찾아와서 울고 있는 언년을 달래고, 상수한테도 걱정 말라고 다독이고 있다.

"영덕아."

저 멀리서 영덕의 이름을 부르며 무영이가 달려온다.

"잘 갔다 온나. 이거 내가 만든 찐빵이다."

봉투를 건네는 무영의 눈가가 촉촉해지는 걸 보니 가족들 앞에서 덤덤하던 영덕도 코끝이 찡해져 온다. 그냥 말없이 다가가서 무영을 끌어안았다.

"영덕아, 우리 인제 드가자."

준길의 목소리가 들린다. 이제 진짜 가야 할 시간이다. 모두가 아쉬움에 손을 흔들고, 짐을 들고 일어서는 영덕을 보더니 언년이가 오열하고 만다.

"잘 다녀오겠습니다. 어무이, 아부지, 누님들 매형들, 모두 건강하이소! 무영아 고맙데이!"

큰 소리로 외치고 영덕은 눈물을 보이지 않으려고 뒤돌아섰다. 조금 있다가 누군가가 영덕의 어깨를 잡는다. 상수였다.

"영덕아, 공부도 중요한 게 아이고, 니가 하고 싶은 거 하고 살면 되는 거고, 힘들면 언제든지 꼭 고향으로 온나."

"아부지, 알겠습니더. 드가이소."

다시 돌아서서 눈물을 닦으며 개찰구를 빠져나가려고 한다. 그때 등 뒤에서 상수가 외치는 소리가 들린다.

"영덕아, 혹시나 어려운 일 있으면 무조건 잘못했다고 빌어라. 알았나?"

준길네와 기차에 올라 자리를 잡은 영덕은 아무 말 없이 캄캄해지는 차창 밖을 바라본다.

"칙칙! 푸웅~"

기적 소리가 힘차게 몇 번 울리더니 드디어 기차는 서서히 움직인다. 처음 타보는 기차 안을 둘러보던 영덕의 눈길이 다시 차창 밖으로 향하더니 이내 커지고 만다. 어두컴컴하지만 철로 밖 담장에 붙어서 이쪽을 향해 열심히 손을 흔드는 사람은 바로 상수였다.

'내 꼭 성공하기 전까지는 죽어도 안 돌아올 끼다. 죽어도!'

이러한 영덕의 결심과 눈물을 품은 기차는 무심하게 속도를 높여서 어두워지는 공기를 뚫고 제 갈 길을 가고 만다.

사연 없이 여기에 온 사람은 없다
〈1934년 9월 만주 봉천〉

화평 구역에 위치한 봉천 제1중학교는 주로 봉천 지역 중상류 계층이 다니는 고급주택가에 위치한 중학교다. 길 2개 건너 있는 일본인 학교와 인접해 있어 정부 쪽 귀빈이 오면 항상 '만주대동단결'의 상징으로 학교 방문이 이뤄지고 정부급 각종 행사에 학생이 동원되는 봉천의 대표적인 중학교다. 준길이 사는 집도 학교 근처에 있어 준길은 특별히 오늘 입학하는 영덕을 학교까지 데려다주고 출근하려고 한다.

입학이 순조롭게 진행되었을 만큼 준길이 이곳 봉천에서 쌓아온 인맥을 동원한 관공서 대응 능력은 누가 보더라도 대단했다. 영덕이 봉천에 오자마자 준길은 사람을 찾아 빽이 있어도 입학하기 어렵다는 봉천 제1중학교에 집어넣은 자기의 결과에 스스로 만족해하면서 첫 등교하는 길에 같이 가보는 것이다.

"영덕아, 저기 좀 볼래?"

준길이 가리키는 곳에는 번화가 한가운데에 있는 널찍한 공원의 입구가 보였다. 벌써 가을이라 상쾌한 아침 날씨에 여기저기 사람들이 공원으로 나와 산책이라도 하려는지 제법 사람들이 많다.

"앞으로 지나갈 때 여기를 매일 볼 건데, 절대로 허투루 보지 말고 지나가라. 여기가 조선 역사에는 진짜로 치욕적이고 다시는 있어서는 안 될 그런 일이 일어난 곳이다. 니도 들었겠지만 1636년에 일어난 병자호란이라고 알재? 그때 만주의 주인이었던 만주 여진족이 세운 청나라가 우리 조선 왕의 항복을 받아내고 조선 사람들을 여기 봉천으로 끌고 왔었지."

학교에서 조선 역사를 배우지는 않았지만 영덕은 어릴 때 읽었던 『박씨전』을 통해 만주 오랑캐가 조선을 침략한 이야기는 알고 있다.

"그때 계속 싸우자는 사람들과 청나라에 항복하자는 사람들 두 부류가 있었는데, 싸움을 주장하던 사람들이 여기 이 공원 자리로 끌려와서 노예로 팔리거나 만주 사람들이 보는 앞에서 목이 잘렸다. 바로 이 공원 여기가."

준길의 얘길 들으니 영덕도 앞으로 이 공원을 예사로 볼 것 같지가 않다.

"조선의 세자라는 사람도 청나라 황궁에 볼모로 잡혀있으면서 만주 사람들 눈칫밥 먹다가 조선의 왕이 되었으니, 이 얼마나 부끄러운 일이고? 니 내가 무슨 말 하고 싶은지 알겠나?"

등교까지 시간이 조금 남았다는 생각이 든 준길은 담배를 꺼내 입에 물며 영덕에게 묻는다.

"잘 압니더. 우리 민족이 어렵게 살아온 역사를 우리가 잊으면 안 된다 아입니꺼? 우리 같은 후손들이 조상의 치욕을 잘 기억해서 더 잘된 모습 보여 주야지예?"

그 말을 들은 준길은 아니라는 듯 세차게 고개를 가로저으며 얘길 한다.

"영덕아, 분명히 들거라이. 내가 니한테 공부를 시키는 것도 이리 델꼬 온 것도 니가 훌륭한 사람이 되 갔고 이 세상을 우찌하라는 게 절대 아이다. 니가 태어난 조선이라는 나라가 얼매나 무능하고 힘이 없어가 이런 꼴을 당했는지 똑똑히 지켜보고 절대로 그리 살지 말라는기다. 내는 근거 없이 일본이 싫다 하고 미워하는 거 절대로 반대하는 사람이다. 빛나는 우리 역사와 민족? 그런 소리 개나 주삐고 니는 이 세상을 똑바로 봐야 한다."

기대하지 않았던 말에 영덕은 이게 무슨 소린가 하며 귀를 쫑긋 세운다.

"언젠가 좋은 세상이 오믄 봉천뿐만 아이고 나중에 더 큰 세상을 보게 될낀데, 그때 되면 다 내 말이 무슨 말인고 알끼다. 조선이라는 껍질을 깨버리고 민족이 어떻고 그런 얘기는 일체 듣지 마라. 니가 묵고 사는 데 그런 거는 하나도 안 중요하다. 여기를 보면 조상들이 얼마나 못났으면 그런 치욕을 당했는지, 그리고 니하고 니 가족을 위해서는 이렇게 안 살기라 생각해라. 내도 여기 와서 생각 마이 했는데 내는 지금 일본이 우리한테 가져다 준 이 새 시대가 너무나 고맙다. 니가 능력만 있으면 얼마든지 잘할 수 있고, 이 일본이라는 나라는 앞으로 니한테 무궁무진한 기회를 줄끼다. 꼭 여기서 중국말 잘 배워갖고 니도 이제 충실한 일본 국민이 되어 봉사하면서, 그라고 저 어리석은 조선을 욕하면서 살았으면 한다. 절대로 나라를 되찾네, 일본하고 싸우네 어쩌네, 그런 소리는 듣지도 하지도 말거라."

단호하게 영덕에게 다시 강조하는 준길의 눈빛에 영덕은 그냥 고개만 끄덕인다.

"나중에 기회가 되면 삼촌이 니 델꼬 봉천하고 만주 여기저기 구경시켜 줄꾸마. 이제 학교 다 왔으니 드가봐라."

어느 정도 예상은 했지만 오늘 수업을 마치고 온 영덕은 충격이었다. 정말 하루 종일 선생이 뭐라고 하는지 옆에 짝꿍이 뭐라고 하는지 한마디도 못 알아들었다. 책에서 봤던 단어와 봉천에 와서 준길이 붙여준 회사 직원을 통해 몇 마디 배운 것은 하나도 기억나지 않고 입에서만 맴돌 뿐, 정말 짖을 줄만 아는 짐승이 된 기분이다.

쉬는 시간이 되자 껄렁거리는 패거리들이 와서 영덕을 보고 툭툭 치면서 시비를 거는데, 도대체 이유가 뭔지도 모르겠지만 자기 빼고 주위 학생들이 막 웃어대니 자기한테 좋은 소리는 아닌 것 같았다. 개중에 제일 덩치가 컸던 얼굴이 얽은 친구는 말은 안 통하지만 주먹을 쥐어 보이면서 노골적으로 영덕에게 적의를 드러내니 당최 이유도 모르겠다. 자기 빼고 모든 사람이 자기를 동물원 원숭이 보듯이 하는 기분. 영덕은 난생 처음 느껴보는 기분에 아직 책가방조차 열어보지 못하고 머리만 감싸 쥐고 있다. 오늘은 영덕이 고향을 떠나 처음으로 우는 날이다.

한편 아침에 준길과 영덕을 배웅하고 집에 있던 순례는 속이 메스껍고 입맛이 통 없었다. 그리고 문득 손가락을 꼽아보더니 애가 들어섰음을 직감했다. 혼자서 잘 노는 딸 명자는 유모에게 맡겨놓고 순례는 저녁을 짓는 조선 사람 식모를 불러 냄새가 많이 난다고 갖은 짜증을 낸다.

어릴 적 사천 바닷가 마을에 태어난 순례는 여자라도 글은 읽을 줄 알아야 한다는 서당 훈장을 지낸 할아버지의 소신 때문에 소학교까지는 마쳤다. 보통 시골 여자들과는 달리 집 안에서 살림살이만

하다가 때가 되면 어른들끼리 짝지어 준 상대를 만나 결혼하며 애 낳고 사는 방식에 강한 거부감을 가진 그녀는 소학교 졸업하고 집에서 뛰쳐나와 진주 시장에서 쌀 도매상을 하는 고모네 집에서 일을 하다가 착실하고 똑똑하다는 준길을 소개받아 그냥 딱 한 번 얼굴만 보고 결혼했다. 그 남자가 좋네 싫네 할 선택권도 그녀에게는 없었고, 번개 불에 콩 구워 먹는다고 얼굴 보고 바로 날짜 잡고 혼례만 치르고 같이 봉천으로 온 거다.

순례는 여기 봉천의 생활이 너무 좋고 지금 사는 조건에 너무나 만족해한다. 남들이 보기에는 손에 물 안 묻히고 집에서 살림하는 사람 있지, 돈 잘 버는 남편도 있지, 아주 부러워 보이지만 순례에게는 제일 싫은 게 하나 있다. 바로 남편인 준길이다.

순례는 봉천에 와서야 남편 준길이 어떤 사람인지 제대로 알게 되었다. 야심만만하고 똑똑한 사람은 맞지만, 그녀가 보기에는 기회주의자에 전형적인 남존여비 사상을 갖춘 조선 시대의 남자인 것이다. 거기에다가 정이라도 많으면 몰라도 너무나 냉정하게 자기의 목표를 위해서만 뚜벅뚜벅 나가는 사람이다. 자기에게 하는 행동과 고객 앞에서는 하는 태도가 완전 180도 달라지는 준길을 본 순례는 자기 남편에 대해서 알면 알수록 가식적이라고 생각했고 못 믿을 사람이라고 확신해 왔다.

이런 준길에 대해서 무엇보다도 더 이해할 수 없는 것은 왜 그렇게 자기가 태어난 조선에 대해서 혐오감을 가지며 일본에 대해서는 그렇게 찬양을 하는지 하는 거다. 아직 어린 명자가 조선말도 제대로 못하는데 벌써부터 일본말을 가르치려고 하고, 혹시라도 자기가 명자와 조선말로 얘길 하면 그냥 잡아 죽일 듯이 쳐다보는 눈길이 너무 싫다. 깡촌에서 자란 아낙네라고 지금 세상이 바뀐 걸 모르지는 않는다. 그러나 아무리 조선이 일본이 되더라도 자기가 태어난 곳은 조선이며, 자기도 조선 사람 몸에서 태어난 건 변함이 없을 거고, 잘은 모르지만 조선은 조선 사람이 다스리고 사는 게 맞다고 생각한다. 순례에게 일본은 여전히 '쪽바리'이고 우리 강토를 침범한 나쁜 놈인 것이다. 일본어를 할 줄 아는 순례지만 백 번 양보해도 자기 자식에게까지 남의 말로 대화를 하라니 마음속에서 알 수 없는 반감만 생긴다. 서로 잘 모르는 사이에 별 대화도 없이 살만 맞대고 살다가 큰애 명자가 생기고, 또 덜컥하니 애가 들어선 거 같다.

어젯밤에도 준길은 안 들어왔고 오늘도 또 밖에서 자고 들어올 모양이다. 원래 정이 없는 부부 사이지만 요즘 들어서는 더더욱 예전과 달라진 것 같다는 여자의 육감이 꿈틀거린다.

"오빠, 오늘도 자고 갈 거지?"

"아무래도 그래야겠다. 내일 옷이나 갈아입으러 집에 들러야지."

"그래요, 그럼 좀 씻고 올게."

서탑가에서 조금 떨어진 새로 지은 2층 벽돌 건물의 방 한 칸은 준길이 자주 들르는 영심이 사는 집이다. 준길은 남녀의 뜨거운 몸부림으로 엉망이 된 침대 위에 누워서 땀을 닦으며 담배를 한 대 문다. 구로다 상과 몇 번 어울리면서 자주 갔던 황고의 유곽 집에서 만났던 영심은 이제 준길이 가면 지정으로 해 기다리고 있을 정도이고 나중에는 준길의 도움으로 유곽에 빚도 갚아주고 방도 구해주었다. 눈가에 색기가 돌면서도 동시에 청순해 보이는 영심은 경기도 수원 사람으로 조선에서 농사를 짓던 부모를 따라 봉천에 왔다가 노름빚을 진 애비 때문에 유곽으로 팔려 온 17살짜리 여자애다. 이제 모리마쯔 상사의 만주 사장으로 승진한 준길은 회삿돈을 유도리 있게 돌려서 표시 안 나게 아끼는 첩에게 방 하나 해주고 생활비 정도

줄 정도의 능력은 있다.

유곽에서 만난 여자라고 하지만 영심과의 잠자리는 너무나 궁합이 잘 맞았고 이 여자는 어떻게 하면 남자를 기쁘게 하는지 아는 여자다. 몸에 품으면 착착 감길 줄도 아는 데다가 준길의 눈빛만 보면 오늘 어떠했는지 기분도 맞출 줄 안다. 늘씬한 중국인, 만주인 아가씨도 준길에게 잘 보이려고 추파를 던지지만 아무래도 중국어를 통해 하는 대화와는 달리 우리말로 하는 것이 느낌이 다르다는 걸 준길은 많은 여자 경험을 통해 알고 있다. 그걸 보면 나도 뼛속 깊이 조선 사람이구만 하면서 준길은 씁쓸하게 웃어본다.

매일매일 먹고살려 발버둥치느라 정작 자기 답답한 마음은 어디가서 하소연할 곳도 없이 살다가 영심을 만난 준길은 한결 마음이 편해진다. 객지에서 만난 사람들에게 다 정 주기 힘들고 믿을 사람도 없다. 앞에서는 간이며 쓸개 빼줄 듯이 하지만, 그게 다 서로 먹고살기 위한 가면놀음이라는 생각을 떨칠 수 없었다. 그러다가 서로 간의 육체가 먼저 익숙해진 영심을 찾다 보니 이제는 별로 집에 들어가고 싶은 생각도 들지 않는다. 준길의 마음도 그렇고 몸도 그렇고, 세상에서 제일 편한 여자는 영심인 것이다.

반면 순례는 그녀에게 아주 불편한 여자다. 진주에 있을 때부터 준길은 그렇게 빨리 혼례를 할 생각도 없었고, 이 세상 좀 더 알고 나서 결혼을 해도 늦지 않다고 생각했지만, 나이가 25살이 다 되어 가니 집안 어른들의 성화가 대단했었다. 거기에다 죽으러 가는 것도 아닌데 이제 봉천으로 간다고 하니 애미 애비 죽이고 가든지 아니면 혼례라도 올리고 가라는 어른들 때문에 마음에도 없는 서포 출신의 색시를 만났다. 만나고 보니 눈, 코, 입, 귀 다 붙어있고 밉상은 아닌 데다가 소학교는 나왔다고 하니 까막눈은 아니라 그냥 좋다고 했다. 아니 좋다 싫다 얘기할 상황도 아니었던 것이다.

봉천에 오자마자 같이 사는데 이 여편네는 감정 표현도 잘 안 하는 데다가 자기 생각이 있는지 없는지도 모르겠지만 표현마저 잘 안 한다. 어찌 하다 보니 딸이 태어났고, 그냥 남들처럼 그렇게 살아왔다고는 생각한다.

밖에서 열심히 일하고 집에 가면 애 얘기 말고는 딱히 할 얘기도 없고, 아내라고 하지만 그렇게 깊은 정도 없다. 오히려 집에 가면 조카 영덕하고 더 할 얘기가 있지 아내라는 여자는 자기와 자꾸 겉도는 느낌이 된 지 이미 오래다.

"오빠, 오늘 좋았어? 내가 씻겨줄까?"

듣기 좋은 경성 말투로 환하게 웃어주면서 준길을 바라보는 영심을 보니 준길은 생각을 굳힌다.

'그래, 요즘 세상에 첩 하나 두는 거 아무것도 아닌데 처에게 얘길 해야겠다. 지까짓 게 어떻게 할려고?'

유곽 출신 첩이면 어떠리. 여자란 준길에게 속궁합 잘 맞고 자기 말만 잘 들어주면 되는 그런 존재인 것이다. 귀엽게 엉덩이를 흔들면서 애교를 떠는 영심의 뒷모습이 또 준길의 아랫도리를 자극한다.

한편 정주를 떠난 은심은 만주 봉천 서탑거리의 조그만 신발 수선 가게에서 일하고 있었다.

"은심아, 거기 있는 가죽때기하고 바늘 갖고 오라우."

서탑거리 개고기 식당이 밀집한 골목길에서 구석으로 돌아가면 찾으려 해도 눈에 띌까 말까 한 조그마한 신발 수선 가게가 있다. 조선 글자와 한자로 '신발 제작과 수리 가능'이라고 쓰여있는데, 단골은 제법 있는지 아직 끝마치지 못한 일감들이 적지 않게 쌓여 있다.

작년 가을에 범진이 데리고 온 은심을 범호는 끌어안고 부끄러운 줄 모르고 엉엉 울었다. 그저 얼어 죽지도 굶어 죽지도 않고 어떻게든 살아서 자기를 만나러 온 딸을 보니 대견하기도 하고 미안하기도 했다. 까무잡잡한 얼굴에 하나로 묶어놓은 댕기머리에다가 쌍꺼풀진 까만 눈을 보니 어찌 그렇게 먼저 간 에미하고 똑같이 생겼는지, 딸에 대한 미안함과 대견함을 제대로 말로 표현 못 하는 범호가 보여준 격한 감정이 이렇게 나온 것이다. 그리고 생각도 못했는데 은심이가 업고 온 경춘을 보니 밤마다 꿈에 나타났던 우석이하고 너무 똑같이 생겨서 놀라기도 했거니와 옆모습을 보면 그렇게나 자기 마음 갉아먹었던 지 에미 얼굴도 나오니 기가 찰 노릇이다.

잊고 있던 악몽이 떠올라서 몸서리가 쳐졌지만, 그러나 어쩌겠는가? 저 어린 것이 무슨 죄라고, 자기도 살려고 나온 생명인데…. 자기가 지은 업보라고 생각하고 같이 키우기로 했다.

범진의 친구 용섭이 소개해 준 신발쟁이는 범호에게 딱 맞는 자리였다. 만주 사람인 가게 주인은 범호가 게으름 안 부리고 성실하게 일하니 찾아오지도 않고 월급도 제때 챙겨주었다. 거기에다 조금 많이 했다 싶으면 또 잘했다고 몇 푼 더 쳐주는데, 이런 좋은 방법이 있나 싶을 정도로 범호는 여기에서 일하는 게 신이 났다. 여기서 겨울도 두 번이나 지내봤지만 농사 안 된다고 굶어 죽을 일도 없었고 얼어 죽을 일도 없다. 아무리 어려워도 목숨은 부지한다고 생각하니 사는 게 즐거울 수밖에 없는 범호다. 진작에 범진 말 듣고 왔으면 싶지만 그래도 이게 어디냐 싶다.

다만 한 가지 마음에 걸리는 건 만융보다는 훨씬 넓은 서탑이지만 혹시나 싶어서 벌건 대낮에는 마음 놓고 돌아다니지는 못한다는 점이다. 매일 컴컴한 점포 안에만 있다가 갑갑해서 어둑어둑할 때 밤

거리에 잠깐 나가도 저 멀리서 평안도 정주 쪽 말만 들리면 숨어버리거나 오던 길 돌아가는 범호다. 이제 살아서 고향 갈 일 없는 범호지만 그래도 그놈의 정이 뭔지 은심이가 와도 고향 생각은 난다. 언제까지 이렇게 숨어 살지 모르겠으나, 여기서 돈만 잘 벌면 고향 가서 살고 싶은 생각이 들기도 하지만 딱히 구체적으로 생각해 본 건 없다.

은심이는 수선 가게 바로 앞에 있는 삭주에서 온 점순 할매 밥집의 일을 봐주고 있다. 어린 나이부터 식모살이며 집안일 등 안 해본 것이 없는 은심은 군말 없이 안 시키는 일도 잘하니 점순 할매도 나중에 크면 손자며느리 삼고 싶다고 안달할 정도다.

“아부지, 점순 할매 집에서 일하면 밥도 공짜로 배불리 먹는데 우찌 돈까지 준답니까?”

“세상이 바뀌갔고 이제 자기가 일하면 굶을 걱정 덜었다고 좋아할 게 아니고 당연하게 자기가 일하는 만큼 대가를 받는 게 맞는 거다. 니가 아직 어리고 하니 정해진 삯은 못 주더라도 할매가 알아서 주는 거니까 받아도 된다.”

남은 반찬까지 싸주는 데다가 점순 할매가 돈이라도 쥐여주면 세상에 이런 게 있나 싶을 정도로 순박한 은심은 이제 이곳 생활에도 적응이 되어간다. 1년이 채 안 되는 짧은 시간이지만 용케도 중국말 하나하나 알아듣고 할매 심부름으로 장에 가서 채소도 살 줄 안다. 조선 글도 모르는 은심에게 중국 글자는 더더욱 까막눈이지만, ‘한자가 이렇게 생기면 배추고, 이렇게 생기면 마늘이다.’ 하며 그림으로 기억했고, 숫자부터 익히다 보니 짧은 중국말로도 흥정이 되고 제법 깎을 줄도 안다. 무엇보다 좋은 건 배 고프지 않고 아버지 범호랑 얼굴 맞대고 살며, 봉천에서 와서 조금 잘 먹였다고 살이 포동

포동 찌는 경춘이 커가는 걸 보는 즐거움이었다. 범호가 얘기하는데 조금만 고생하면 가게에서 세 식구 쪽잠 자는 신세는 면하고 방도 하나 구할 수 있다고 한다. 이 좋은 세상을 모르고 있을 고향에 사는 친구들 생각이 절로 나는 은심이다.

한편 서탑 거리는 이제 조선 사람들에게 봉천을 대표하는 곳이 되었다. 남부여대를 하고 온 조선 사람들은 저마다 들어온 얘기가 있어 일단 압록강을 거쳐 안동에 오면 더러 먼저 온 지인이 있는 사람은 안동에서 동쪽으로 가서 통화通化나 집안集安으로 가 터전을 잡기도 하지만 대개는 봉천으로 몰린다. 조선에서는 먹고살 거 없으면 만주 가서 개장사나 한다는 말이 나올 정도로 유랑하던 조선 사람들이 개고기 팔아서 터를 잡아 번성하게 된 곳이 바로 서탑거리다. 심양은 청나라 때 만든 동서남북 네 개의 탑이 있는데, 서쪽에 있는 탑이라고 해서 서탑이라고 불리는 이곳은 거리 어딜 가더라도 조선말이 들린다.

지역적인 특성으로 함경도 사람들은 바로 두만강 건너 용정이나 화룡이 있는 간도 쪽에 많이 거주하고, 연해주 곳곳에 자리 잡았다. 반면 삼남 지방이나 경기, 황해도, 평안도 사람들은 동쪽의 험난한 지형을 통해 간도로 갈 일이 별로 없어 압록강을 건너면 안동을 거쳐서 일단 봉천에 모여든다. 그러다가 다시 북쪽으로 길림이나 흑룡강까지 진출하여 터를 잡는데, 늦게 올라온 사람들은 이미 조선 사람이 자리 잡은 지역에서 또 벗어나 더 멀리 진출한다.

벼농사를 지을 줄 아는 조선 사람은 만주국 지주나 일본 사람들에게 인기가 많다. 일본 정부도 만주 개척을 위해 조선 농민들의 농업 이민을 장려하는 추세라 읍면 단위로 미리 갈 곳을 정해서 마을 전체가 만주로 오는 건 흔히 볼 수 있는 일이다. 각기 다른 사연을 안고 타지에 온 사람들이라 어디 먹고살기 힘들어서 온 농민들만 있으랴?

서탑 거리는 말 그대로 조선 팔도의 각지 다양한 사람들이 모여드는 곳이다. 살인범, 도둑놈, 사기꾼, 노름꾼, 깡패 등 조선에서 온갖 나쁜 짓 하다가 야반도주하여 이곳에 온 사람들도 부지기수다. 갖은 군상이 살아가는 서탑 거리는 툭하면 곳곳에서 싸움질에다 시비가 붙어 칼부림이 나기 일쑤였다. 그냥 식당에서 밥 먹다가 옆자리에서 우당탕하면 재빨리 자리를 피하면 되고, 칼에 맞아서 배 붙잡고 쓰러진 사람이 실려 가면 다시 제자리에 돌아가서 아무 일 없었다는 듯이 남은 밥 다 먹고 나와도 될 만큼 치안이 엉망이었다. 조선인이 많이 살아 항일 운동하는 세력이 있고 치안마저 좋지 않아 만주국 경찰과 관동군 부대는 여차하면 초기에 사건을 진압하기 위해 항상 서탑에서 차로 5분도 안 되는 거리에 있다.

그나마 공권력 때문에 치안이 비교적 잘 유지되는 낮과는 달리, 밤의 서탑 거리 주인은 따로 있었다. 조선에서 건너온 시라소니, 구마적, 신마적도 서탑을 중심으로 한 봉천 각지에서 활동했었고, 주먹 좀 쓰는 거친 조선 팔도 사나이들은 서탑을 무대로 자기들끼리 세력을 규합하여 뭉쳤다 헤쳤다 하기를 반복한다. 그중에서 평안도 주먹은 사람 수도 제일 많고 원래 또 세기도 했다. 시라소니 역시 평안도 신의주 출신으로 어릴 적 밀수를 하면서 익힌 도비노리(밀수품을 봇짐에 메고 세관의 눈을 피해 달리는 기차에 올라타는 기술)라는 기술로 평양과 만주 일대를 평정한 주먹이다. 이런 거친 환경에서 밀수, 밀렵으로 단련된 평안도 주먹들은 봉천 일대의 만주, 중국 건달들과도 힘을 겨루면서 세력을 확장하고 있었다.

이와 달리 범진네 가족이 자리를 잡은 곳은 서탑거리에서 남쪽으로 40여 리 떨어진 만융촌이다. 봉천의 남쪽에 있는 소가둔은 정착한 지 조금 오래된 평안도 출신 농민들이 이미 자리를 잡았고, 시내에 좀 더 가까운 조선인 부락 만융촌은 평안도 사람들과 경상도 사람들이 대다수이다. 이곳은 만주라고 말만 안 하면 조선의 평안도 어디라고 할 만큼, 1,000여 호나 되는 마을 주민이 모두 조선 사람이다. 떠돌이들이 잠시 몸을 의탁하는 서탑이나 이주 역사가 오래된 소가둔과 달리, 여기에 온 사람들은 만융촌에 터를 잡아 새롭게 정착하려는 농민들이다.

범진은 만융촌에 정착하자마자 특유의 시원시원한 성격으로 여기서 사귄 사람들을 통해 집 짓는 기술을 배우게 되고, 때마침 조선 사람의 이주가 늘면서 동네 곳곳마다 집을 짓는 수요가 많아 돈 버는 재미가 쏠쏠하다. 또 삼월이는 봉천 시내에서 물건을 가져와 동네 주민들 상대로 조그마한 잡화점을 열었고 애들도 여기 생활에 만족하고 있으니 남편 말대로 만주로 온 선택은 옳은 것 같다. 조선인 소학교도 있어 자기만 부지런하면 애들 먹이고 가르치는 데에 여기보다 더 좋은 곳은 없다.

원래 정주에서부터 힘 좀 쓴다고 알려진 범진은 서탑 거리의 평안도 주먹들로부터 같이 일하자는 제안을 받았지만 천성이 조직에 얽매이기 싫어하는 그는 몇 번이고 고사했다. 만융촌에서 배운 기술로 가족들과 같이 사는 편안함이 좋기도 할뿐더러, 철이 되면 안동에서 배타고 고기 잡아서 되팔아 목돈 마련하고, 어쩔 때는 압록강을 거슬러 올라가 나무 해서 장작을 팔아먹고 살기도 하던 범진은 그런 쪽에는 전혀 관심이 없었다. 그러나 여기도 사람 사는 곳인지라 싸움이 없을 수가 없는데, 범진의 완력과 호탕한 성격으로 질서를 잡게 된 만융촌 사람들은 이제 동네에 무슨 일이 생기면 범진을 찾아

도움을 구한다. 이제 범진은 이 동네에서 자타가 공인하는 해결사가 된 것이다.

범진 일행은 오늘도 훈하를 건너 시내 쪽으로 들어오려는 함경도 양아치들을 기다리고 있다. 며칠 전부터 한 무리의 함경도 사내들이 만융 일대를 떠들썩하게 해놓고 사라지더니, 어제는 소가둔에 나타나서 조선인 식당과 가게에서 기물을 부수고 자릿세를 뜯어갔다. 자기들 나와바리에서 외지로부터 온 함경도 사람들이 행패를 부린다고 하니 만융촌 평안도 사람들이 가만히 있을 리가 없다. 소가둔에서 헤매던 함경도 말 쓰는 녀석 하나를 붙잡아서 쥐 패버리니 자기들은 용정에서 온 건달들인데 봉천이 먹고살 만한지 보러 왔다고 한다. 안 죽을 만큼 패버리고 오늘내일 해서는 서탑 거리로 들어올 수 있다니까 미리 강 건너오기 전에 잡아버리려고 잠복하고 있었다. 잡히기만 잡히면 이것들은 제대로 두 발로 걸어 용정으로 가기는 힘들 것이다.

날씨가 어둑어둑해지면서 이제 남자 무리들이 쓰는 조선말만 들리면 따라갔다가 덮치면 된다. 밤공기가 차가워지니 이제 곧 겨울이 오려나 보다. 여기 만주땅은 10월부터 눈이 내리는 곳이니, 아직 9월이라도 벌써부터 한기가 든다. 범진은 만융촌의 고향 후배들 두 놈에게 망을 보라고 하고 길가에서 벗어나 담배 한 대를 문다. 사람 패고 돈 뺏는 건 범진의 전공이 아니지만, 그래도 동네 사람들 괴롭히는 건달들은 용서 못 한다는 심정으로 이번 일에 끼어든 범진은 빨리 끝내고 더 추워지기 전에 안동으로 가서 꽃게잡이에 나설 생각이었다.

조금 있다가 이름도 잘 모르는 후배놈이 헐레벌떡 뛰어온다.

"범진이 형님, 석기가 조선 사람 셋을 발견해서 달라붙어 따라가다가 들켜서 엄청 맞고 있습네다. 제가 어찌 해볼라캐도 못 하갔시오."

그놈의 이름이 석기였나 하면서 도망쳐 온 놈을 따라가 보니 인적이 드문 골목길 구석에 석기라는 놈이 무릎 꿇고 있고 남자 셋이 서 있다. 한 명은 보통 체구인데 옆에 있는 두 명은 덩치도 있지만 날렵해 보인다.

"야이, 용정 촌놈들아! 이것들이 남의 동네 와서 어디서 행패여?"

범진이 고함을 지르며 그들에게 다가간다. 그러자 셋은 서로 얼굴을 보더니 보통 체구의 남자가 그를 향해 뭔가를 쑥 내민다. 자세히 쳐다보니 권총이었다. 이건 범진이 예상했던 그림이 아니었다.

잠시 후, 범진 일행과 정체불명의 남자 셋은 인근의 한족이 하는 양고기 집에 들어섰다. 꽤 늦은 시간이지만 장사 안 한다면서 짜증 내려던 주인도 장정 여섯이 한꺼번에 들어오니 마지못해 주방에 들어가서 먹거리를 준비해 준다. 석기라는 녀석은 얻어 터졌으면서도 주인이 쫓아내면 이 남자들이 권총이라도 들이댈까 싶어서 조마조마했다. 동네에서 주먹 좀 쓴다는 자기도 이들에게 맞아보니 다들 주먹 쓰는 게 보통이 아니다.

"고거이 미안하게 됐수다. 아니 아새끼도 우짜 그란다니? 말도 안 하고 뒤에서 따라오믄 우리야 당연히 강도 놈인 줄 알고 그리할 수밖에 없는기지."

낯설은 함경도 사투리가 어색하게 들리지만 이들이 하는 말은 진심으로 미안해하는 것 같다.

"같은 동포끼리 미안함다. 오해가 있었다면 풀고 여기 술은 우리가 사겠소."

"고거이 희한하게 같은 함경도 패거리가 찾아와서 난리를 치니 우린 또 그쪽이 그놈들인 줄 알았소."

"자, 사내들끼리 이리 된 거 술 한잔하면서 풉시다."

용정 패거리 찾는 와중에 우연하게 함경도 말 쓰는 일행을 오인하여 시비가 붙어 일이 좀 커졌으나 술이 몇 배 돌고 나니 언제 싸웠냐는 듯이 다들 분위기가 화기애애해진다.

사내들의 얘기로는 자기들은 본시 함경도 회령 사람들인데, 간도 화룡으로 건너간 지 10년이 넘었고, 장사하느라 봉천과 길림성으로 왔다 갔다 한다고 하는데, 권총도 마적들이 나타날까 봐 호신용으로 가지고 다닌다고 한다. 산전수전 다 겪은 범진은 직감적으로 이들이 평범한 장사치가 아님을 알아챈다. 술을 마시면서도 쉬지 않고 밖을 경계하는 눈치고, 맞아본 석기의 얘길 들어보니 동작이 상당히 빨라 일반 주먹들하고 다르다고 한다.

'과연 이들이 뭐하는 사람들일까…?'

그러나 술잔이 돌고 돌면서 경계심은 흐트러지고, 거나하게 취한 그들은 서로 호형호제 하면서 밤새워 술을 마신다.

꿈틀거리는 대야망
〈1935년 5월 만주 봉천〉

하굣길의 영덕은 오늘도 장슈에웨이张学炜와 같이 봉천역 앞을 구경하면서 시간을 때우고 있다. 만주 최대의 도시이자 교통 중심지인 봉천역은 오고 가는 사람들과 인력거로 붐비고 그만큼이나 여기저기 볼거리도 많다.

처음에 말도 안 통하는 학교생활에 힘들었던 영덕은 중국어 수준이 올라가면서 놀라울 정도로 주위 환경에 잘 적응해 갔다. 울면서 과연 잘 버틸까 싶었던 처음과 달리 귀에 중국어가 들어오면서 말문이 터지고 논리적 이해가 필요한 수학 시간에 우수한 성적을 보인 이후에 공부에 대한 자신감이 더욱 커진 것이다. 석 달 정도 지나면서 급우들과 제법 말을 주고받더니 반년이 지나자 이제 자기가 하고 싶은 말은 하고 산다. 예를 들면, '집'이라는 단어를 중국말로 모를 때 '가족들이 같이 사는 거기'라는 표현까지 쓸 정도로 이제 새로운 언어에 대한 영덕의 습득 속도는 날이 갈수록 더 빨라지게 된 거다.

지금은 단짝이 된 장슈에웨이는 영덕과 왕타오라는 친구의 주먹다짐을 통해 친해진 첫 중국인 친구다. 처음부터 조선인 영덕에게 적대감을 보였던 얼굴이 얽은 왕타오에게는 사실 사연이 있었다.

19세기 말부터 가난한 하북, 하남, 산동 지역 등 화북 지방 농민들 역시 지금의 조선 사람처럼 먹고살기 위해 토지가 비옥한 만주로 몰려들었고, 청나라에서 만주를 자기들 조상이 기원한 신성한 땅이라 하여 인구 유입 제한을 펼쳤으나, 망해가던 청나라는 중앙 정부가 통제력을 잃는 바람에 유랑민들이 몰려들고 군벌들이 통치하는 무법천지의 땅이 되어버린 것이다. 무법천지라는 말 그대로 만주에서는 법보다 힘이 먼저였고, 빈손으로 온 가난한 화북지역 농민들은 억척과 성실로 농사를 지어 살아남거나, 아니면 마적떼에 들어가서 도적질이라도 해야 했다.

그런데 이들의 땅이 조선과 접경 지역이다 보니 화북에서 만주 지역으로 이주한 중국 농민들이 저렴한 인건비를 바탕으로 조선까지 진출하여 조선인 일자리를 빼앗자 조선 사람들의 불만은 팽배해졌다. 할아버지 때 산동성에서 만주로 이주한 왕타오 일가는 조선으로 건너가 처음에는 말 그대로 힘쓰는 농사일과 건설 현장에서 일을 했으나 임금이 싼 중국인들의 유입으로 피해를 본 조선 사람들의 반대 운동과 배척 때문에 다시 만주로 돌아오기로 했다. 그리고 우연찮은 기회에 조선 평양에 자리를 잡아 만주 지역과 무역업을 하면서 자리를 잡아 평양에서 꽤 큰돈도 벌었다.

그러다가 1931년 만보산 사건이 터지고 말았다. 만주 길림성 장춘현에서 발생한 미개간지 땅 문제로 인한 조선인들과 현지 중국인들의 충돌 여파는 조선 땅에서 살던 왕타오네 일가족의 삶을 송두리째 바꿔놓았다. 중국인 하오용더郝永德는 장춘현 정부의 인가를 받지 않고 200여 헥타르의 땅을 지주와 조차 계약하여 다시 조선인 농민 이승훈 등에게 임차하는 이중 계약을 체결한다. 계약을 마친 이승훈은 경작을 위해 조선인 농민 180여 명을 이 지방으로 이주시켜 개척을 시작하는데, 관개수로 공사 때문에 말썽이 터진 것이다.

평소에도 일본의 대륙 침략 준비를 위한 준비 과정으로 조선인이 대거 이주하게 되었다고 인식하여 불만이 많았던 중국인들은 반대 운동을 하고 공사를 중지시켰다. 현장에서 조선인 농민, 일본 영사관, 경찰, 중국인 농민 사이에 일대 충돌이 일어나 서로 험악한 분위기까지 갔다. 그러나 당시에 사상자는 나오지 않았고, 만주 일대에서 흔히 볼 수 있는 토착민과 이주민 사이의 충돌로 치부해도 될 일이었다. 이 시대를 배경으로 하는 잘 알려진 김동인의 소설『붉은 산』역시 만주에서 있었던 토착 세력과 이주 세력 간의 갈등을 나타낸 대표적인 이야기라 할 수 있다.

그런데 사실 이 사건은 일본이 기획한 준비된 작품이었다. 조선인과 중국인 사이에 갈등을 일으키고자 하는 목적으로 애초에 하오용더의 계약부터 분쟁의 불씨를 만들었고, 서로 충돌 사건이 일어나자 일본은 기다렸다는 듯 준비한 대로 행동했다. 관동군은 조선일보 장춘 지국장인 김이삼을 이용하여 자극적인 기사를 실어 보내게 했다.

'중국 관민 800여 명이 조선인 동포 200여 명 폭행하여 부상'이라는 타이틀은 조선 반도를 들끓게 했고, 소문에 소문은 더해져서 조선인이 만주에서 중국인에게 맞아 죽었다라고 번지게 된다. 평소에 조선인을 일본의 앞잡이로 보던 중국인과의 감정 대립은 곳곳에서 있어왔는데, 전후 사정을 모르는 조선 반도는 중국인에 대한 분노로 들끓었고 경성, 원산, 평양 등 각지에서 중국인 배척 운동이 일어나 대낮에 중국인의 상점과 집에 불을 지르고 조직적으로 중국인을 색출하여 학살을 저질렀다. 조선말 중에서 "호떡집에 불났다."라는 말의 어원도 사실은 화교배척운동에서 나온 말이라는 설이 유력하다.

여하튼 바라는 방향으로 폭동이 확대되자 조선총독부는 성난 조선 민중을 제지하지 않고 소극적으로 대응하는데, 조선인을 일본인 앞잡이로 보던 중국인과 일본의 술책에 말려든 조선인들 사이의 갈등은 일본이 진심으로 바라는 바였다. 두 민족 간의 분열을 통해 일본은 얻은 게 너무 많았고, 반대로 조선인과 중국인 사이는 걷잡을 수 없이 악화된 것이다. 공식적으로 확인된 수백 명의 중국인이 조선 땅에서 중국인이라는 이유로 죽었고, 부상자와 행방불명자는 수천 명이 넘었다. 중국 정부의 항의에도 불구하고 일본이 아무 성의를 보이지 않자 만주 내 반한 감정은 더욱 확산된다.

이듬해 조선과 중국이 연합한 쌍성보 전투와 중국에서 벌어진 항일 운동을 통해 조선인에 대한 인식이 바뀌어가고는 있었으나 민중들의 가슴에 쌓인 응어리를 지우기에는 좀 더 많은 시간이 필요했다.

왕타오 일가족이 자리 잡은 평안도 일대는 중국인의 유입이 늘어나면서 이전에도 자주 충돌이 있었으나, 만보산 사건으로 인하여 그동안 쌓인 감정이 본격적으로 터지게 된다.

1925년과 30년 사이 5년간 평양의 화교 인구 증가율은 112%까지 올라 유입되는 조선인과 일본인 인구를 압도했으며 100명 중 2.5명의 화교가 있을 정도였다. 그런데 만주에서 전해진 조작된 오보에 흥분한 평양 사람들은 경찰의 묵인하에 왕타오가 사는 화교 마을을 밤에 기습했다.

그날도 다른 날과 다를 바 없었던 밤늦은 시간, 길거리에서 사람들의 아우성이 들려오자 뭔가를 직감한 그의 아버지 왕쉬王旭는 재빨리 문을 걸어 잠그고 처와 어린 두 아들을 뒷문으로 피신시켰다. 밖은 이미 조선인들이 손에 칼, 몽둥이, 돌 등을 들고 만나는 중국 사람마다 두들겨 패는데, 다른 사람이 두들겨 맞는 동안 일가족은 북쪽을 향해 아무 것도 없이 달아났다.

성난 군중에게 붙잡힌 중국인들은 저항도 못 하고 살려달라고 울부짖었고, 그때 왕타오의 엄마는 얼마 못 가 잡혀 성난 군중에 의해 잔인하게 살해되었다. 맞아 죽어가는 엄마의 모습을 보면서 도망만 쳐야 했던 왕타오는 그때의 기억이 트라우마가 되어 평생 조선땅과 조선을 증오할 수밖에 없었다. 그런 왕타오에게 같은 반에 들어온 영덕은 정말 죽이고 싶은 조선 사람이었고, 그는 틈만 나면 영덕을 괴롭혔다. 영문도 모르던 영덕도 나중에는 왕타오와 주먹다짐까지 했는데, 영덕의 주특기인 박치기를 통해 서로가 피를 보고 몇 번 더 겨루다가 이들의 사정을 잘 아는 장슈에웨이의 중재로 말을 섞는 사이까지는 되었다. 중국어가 늘면서 왕타오의 집안 사정을 알게 된 영덕은 장슈에웨이의 주선으로 진심으로 조선 사람을 대표하여 사과하였고, 그 이후에는 왕타오와 데면데면하게라도 지내게 되었다.

학교에서 받는 만주국의 교육은 조선에서 받던 식민지 교육의 연장선상에 있었다. 조선에서의 일본과 조선은 하나의 조상이라는 일선동조론과 내선일체는, 만주 땅에서도 일본인, 조선인, 만주인, 중국인, 몽골인이라는 5개 민족을 융합한다는 명분으로 또 비슷한 논리를 편다. 일본인과 조선인은 같은 조상이므로 일본인은 1등, 조선인은 2등, 나머지 민족은 3등이라는 근거 없는 우생학을 기반으로 한 논리는 조선인들에게도 전염되어 일본에 다음 가는 2등 민족이라는 생각을 가슴에 단 훈장처럼 자랑스럽게 만들어준다. 황인종 중에서 일본인이 제일 우수하고 그다음 우수 민족이 조선인이라고 배운 조선인들은 중국인들을 '토민'이라고 낮춰 부르고, 중국인들은 이주한 조선인들을 '쪽바리 앞잡이', '두 번째 쪽바리'라고 부르면서 서로 멸시한다.

앞서 있었던 만보산 사건에서 알 수 있듯, 일본의 민족 간 분열 정책은 교묘하게 진행되었으나 대외적으로 만주국의 모든 민족은 다 중요하다고 표방한다. 그런데 만주국의 국기 자체가 노란 바탕에 5개 민족을 대표하는 5개의 색깔을 상징하기는 하지만, 실제로 만주는 누가 보더라도 5개 민족이 평화롭게 화합하면서 사는 땅이 절대 아니다.

이런 교육을 받은 소년들에게 오늘 봉천역에서 본 관동군의 모습은 위압적이었지만 큰 거부감을 느끼게 했다. 일본 본토에서 조선을 통해 속속 봉천역에 집결하는 관동군과 기차역 곳곳에서 하역되는 각종 차량 및 대포를 보니 일본의 기세가 만만치가 않다. 힘차게 구령을 외치고 봉천역 앞에 집결한 그들의 병력을 보면 저들이 든 총칼이 누구를 겨눌지 짐작이 간다. 어린 그들이 보기에도 일본은 중국 대륙을 옥죄기 위해 뭔가를 준비하고 있었고, 일본의 군인들과 무기들은 절대로 일본을 제외한 나머지 4개 민족의 안녕과 생존을 위한 것이 아니기 때문이다.

어릴 적과 다르게 영덕은 봉천으로 온 이후 준길에게 시간이 가면 갈수록 뭔가 모를 이질감이 느껴졌다. 등교 첫날에 같이 공원을 보면서 해줬던 얘기가 강렬해서 그다음부터 준길과는 공부나 학교 외에 다른 깊은 얘기는 하지 않았다.

영덕에게 일본은 우리 조상들이 지켜온 땅을 뺏어간 나쁜 나라다. "일본 사람은 어떻냐?"라고 묻는다면, 조선에도 득호와 무영이 있고, 일본 사람에도 키무라 선생과 나카무라 선생이 있듯이 좋은 사람이나 나쁜 사람은 어디에나 다 있으니 나쁜 사람은 안 사귀고 좋은 사람만 사귀면 된다는 게 영덕의 생각이다. 일전에 준길이 좋은 삼촌들을 소개해 준다고 데려간 봉천 시내의 한 식당에서 만난 일행은 관동군 군복을 입은 조선인 장교들이었다. 다들 밥 먹고 술 먹고 낄낄거릴 때는 조선말로 떠들다가 식당을 나가면 근엄한 일본 장교의 모습이 되는 그들의 모습을 보고 영덕은 큰 충격을 받았다. 본인들 역시 돈을 찔러주는 준길과 정보를 나누는 이해관계가 걸린 자리에서는 서로 모국어로 얘길 해야 속이 풀리는 조선 사람이면서도 길가에 있는 조선인을 보면 경멸하고 눈살을 찌푸리는 것이다. 그런 준길을 잘 알기에 영덕은 준길과 밖에서는 절대로 조선말로 얘길 하지 않아야 하는 걸 본능적으로 깨우치고 눈치껏 행동한다. 똑똑하고 장사 수완이 좋은 삼촌이지만 원래 이런 사람이었나 싶을 정도로 냉정한 모습도 가끔씩 보이더니 요즘 들어서는 정말 제정신이 아닌 거 같다.

영덕이 보는 외숙모 순례는 겉으로는 그렇게 살갑게 대하는 사람은 아니지만 잔정도 많고 사려 깊게 행동하는 걸 봐왔다. 밤늦게 공부하는 영덕을 위해 무뚝뚝하긴 하지만 간식이라도 갖다주고 힘들어할 때마다 쉬어가면서 하라는 표시 나지 않는 자상한 면도 많은 사람이다.

지난달에 딸을 출산한 외숙모 순례는 몸을 추스르면서 쉬고 있었다. 그런데 어제 저녁이었다. 준길과 순례의 언성이 높아지더니 방에서 뭔가 깨지는 소리가 난다. 겁을 먹은 유모가 애들을 데리고 뛰쳐나가자 영덕은 무슨 일인가 문에 귀를 대고 들어보았다.

"그래, 잘난 니가 마누라가 애 낳은 지 얼마나 되었다고 첩을 들인다고? 이제까지 밖에서 기집질하고 댕긴기가? 타지에 가족들 델꼬 와서 이리 사는 니가 인간이가!"

"니가 여자 같아야지 내가 같이 살지, 또 거기에다 딸을 낳았으면서 무슨 할 말이 있다고 지랄이고? 아들 못 낳는 여자는 소박맞아도 할 말 없는기다. 보기 싫으면 애들 델꼬 조선으로 가던가."

"야, 이 새끼야. 내가 니가 오라면 오고 가라면 가는 사람이가? 니가 그렇게 좋아하는 쪽바리들도 아들 못 낳으면 여자가 쫓겨나나?"

뒤이어 무지막지하게 사람을 때리는 소리가 난다.

"그래, 죽여라, 죽여봐라!"

악다구니 쓰는 순례의 목소리가 높아지는가 싶더니 좀 있다가 컥컥거리는 소리가 나자 아무래도 사태가 심상치 않음을 알게 된 영덕은 방문을 열고 뛰어든다. 바닥에 순례는 준길에게 목이 졸려서 얼굴에 벌겋다 못해 파랗게 변해가고 있고, 준길은 정말 죽일 듯이 두 손을 놓지 않는데, 그의 눈은 이미 광기로 가득 찼다. 순례가 얼굴을 제대로 할퀴었는지 왼쪽 뺨에 난 상처에서는 핏물이 뚝뚝 떨어지고 있어 그 모습은 마치 악귀와 같다.

"삼촌, 고마 하이소! 숙모 진짜 죽어예!"

영덕이 뜯어말려도 준길은 끝까지 손을 놓지 않고, 목이 졸린 순례도 입모양으로 그냥 죽이라고 한다. 마침내 제풀에 지친 준길은 손을 놓으면서 "독한 년!"이라는 말을 내뱉고 밖으로 사라진다. 그런 준길의 등에 대고 순례는 "왜 못 직이는데!"라며 악다구니를 쓴다. 난장판이 된 방 안에서 영덕은 어쩔 줄을 모른다. 잘은 모르지만 준길이 바깥에 여자가 있고, 정말 자기 손으로 아내를 죽이려고까지 하는, 생각보다 더 무서운 사람인 걸 두 눈으로 똑똑히 봤다.

그로부터 며칠 뒤, 구로다와 마주 앉은 모리마쯔의 표정은 침통해

지며 담배를 집어 드는 그의 손은 떨고 있다. 그 옆에 앉은 준길은 고개를 똑바로 쳐들고 구로다의 입만 쳐다본다. 준길의 왼쪽 뺨에는 순례가 할퀸 상처로 커다란 반창고가 붙어있다.

"모리마쯔 사장, 다시 말하지만 자네가 경성에 가있고 우리 사업은 만주 쪽이 더 커지는데, 자네와 자주 만나기도 힘드니 내가 정말 불편하네. 우리가 보다 더 먼 앞날을 보기 위해 이렇게 하는 거니까 더 크게 보자구."

사람의 눈을 쳐다보면서 잔인할 만치 침착하고 또박또박 한 단어씩 힘주어 말하는 구로다의 표정은 단호해 보인다. 모리마쯔가 경성에서 조선의 사업 위주로 집중할 수밖에 없는 사이에 준길의 활약으로 만주의 매출은 이미 조선을 뛰어넘었다. 이에 모리마쯔는 봉천점을 개편하여 만주 본사로 확대하고 준길을 모리마쯔 상사 만주 사장으로 임명했고, 이 정도면 충분하게 보상을 해주고 있다고 생각했다.

그러나 정계와 군계 인맥으로 조선 주둔군과 만주군에 군납 사업 브로커 역할을 하던 구로다는 이제 단순한 군납에서 벗어나 채굴권, 철로 개설권까지 손을 뻗치고 있는데, 그가 직접 나서기에는 껄끄러운 게 많아 역할을 대신해 줄 바지 사장이 필요했다. 항상 웃는 표정으로 고객의 비위를 맞추는 모리마쯔보다 웃을 때 웃지만 협상이 필요할 때는 냉정하게 대처하여 상황 판단이 빠른 준길의 영업 스타일을 평소에 눈여겨봤고, 이런 준길은 구로다의 장기 구상에 맞는 인물이었다. 헤헤 거리면서 봉천에 오면 자기 일만 하는 모리마쯔와는 달리, 준길은 시키지 않아도 관동군 젊은 장교를 중심으로 자기 인맥을 구축하고 여기저기서 꼭 필요한 핵심 정보도 잘 물어다 준다. 야자수를 심으려는 구로다에게 모리마쯔는 꽃병이지만 준길은 커다란 항아리인 것이다.

거기에다 준길은 구로다가 데리고 다니기에 만주국 상황에 딱 어울리는 병풍 같은 인물이다. 훤칠한 외모에 3개 국어를 능숙하게 구사하면서 필요한 사람에게 비위도 잘 맞추며 자기 실리는 확실하게 챙기는 아주 우수한 사업가 기질이 있는 사람이다. 이미 구로다가 내려준 요시다 준이치吉田俊一라는 일본 이름을 쓰는 준길은 어딜 가나 내선일체와 만주국의 오족협화라는 슬로건에 잘 맞는 인물이라 이런 인재를 볼 줄 안다는 구로다의 안목에 대한 칭찬도 덤으로 같이 듣게 된다.

지금 모리마쯔에게 사업을 더 확대하려니 모리마쯔는 조선 사업에만 집중하고 만주 사업은 상호를 다시 걸고 준길에게 전부 주라는 얘기다. 한마디로 자기 지분 하나도 없으면서 만주 사업을 통째로 준길에게(라고 쓰고 구로다로 읽는다.) 넘기고 나중에 만주 사업이 확대되어 북평까지 진출하면 그때 모리마쯔에게 북경의 사업권을 보장한다는 거였다. 정말 어처구니없는 일방적인 통보였다.

이렇게까지 얘기가 진행된 걸 보니 분명히 사전에 구로다와 준길 사이에 얘기가 오갔을 것이고, 분한 마음에 담배를 피우면서 옆에 앉은 준길을 쳐다보니 아무렇지 않게 고개를 돌려 그와 당당하게 눈을 마주치는 사람이 자기가 알던 평소의 준길이 맞는가 싶을 정도로 낯설었다. '어떻게 내가 저를 키웠는데….'라는 사람에 대한 배신감이 만주에 일궈놓은 사업을 고스란히 잃는 것보다 더 모리마쯔의 가슴을 아프게 했다.

"구로다 상, 앞으로 제가 구로다 상의 높은 뜻을 받들어 만주 사업을 더 키우고 나중에 대륙을 상대로 더 큰 장사를 하실 모리마쯔 사장님을 위한 기반을 미리 잘 닦아놓겠습니다."

갈수록 태산이라더니 이놈은 한술 더 떠서 감격스러운 표정으로 구로다에게 충성을 맹세하는데, 이 모든 게 다 연습을 한 행위 같다. 그러나 어쩌겠나? 지금 구로다 때문에 먹고살고 이만큼 커왔는데, 싫다고 거절하면 어떤 결과를 가져올지 모리마쯔는 잘 알고 있다. 상황 판단이 빠른 모리마쯔는 이내 표정을 바꿔 구로다의 말에 반응한다.

"역시 구로다 상은 멀리 보시고 또 제대로 보십니다. 여기 있는 요시다 사장은 앞으로 큰일을 하실 거고 나중에 중원까지 진출하면 저에게도 꼭 제대로 된 한자리 주실 거라 믿어 의심치 않습니다. 어릴 적에 봤던 삼국지에 나오는 여러 곳까지 직접 가보는 게 제 꿈이었는데 이제 그 꿈을 이룰 날이 얼마 안 남았나 봅니다. 하하!"

'제까짓 게 어쩔 건가'라는 표정을 짓던 구로다와 항복 문서를 내밀며 서명을 기다리던 표정의 준길도 그제서야 하하 하면서 따라 웃는다.

"그래, 역시 모리마쯔 사장은 호탕하고 남자다운 성격이야. 내가 꼭 요시다 사장하고 제대로 키워서 10배로 자네에게 갚아야지. 자자! 오늘은 좋은 날인데 우리 또 한잔하러 가야지!"

그다음 날, '모리마쯔 상사'의 입구에 새로 걸린 간판은 이제 '요시다 상사'로 바뀌어있다.

'그년 때문에 얼굴이 이렇게 되어서 제대로 놀지도 못했네. 이렇게 좋은 날에 진짜 얼굴에 똥칠을 하게 되다니…. 정말 독한 년.'

거울에 비친 상처를 이리저리 보던 준길은 처 순례에 대한 격한 증오와 함께 자기 얼굴의 상처를 보고 울면서 약을 발라주던 영심을 비교하니 이번 일을 계기로 순례를 쫓아내야겠다고 굳게 마음먹었다. 이제 처자식은 굶어 죽지 않게 적당히 생활비만 대주고 애들 생각나면 보러 가면 그뿐이고, 조카 영덕은 자기가 데리고 있어도 자기 앞가림은 잘할 거니 크게 신경 쓰지 않아도 될 것이다.

'나는 아주 완벽하고 재능 있는 사업가이고, 앞으로 나에게는 꽃길만 있다. 내가 선택하지 않은 결혼 생활만 실패한 것이지 지금이라도 잘못된 건 내가 하고 싶은 대로 바꾸면 그만이다.'

이제 조선인 황준길은 죽고 새롭게 태어난 요시다 준이치만 있다.

새로운 세상?
〈1935년 11월 만주 봉천〉

새로운 세상이 열린다?

처음에 이 말을 들은 범진은 코웃음을 쳤다. 어떤 세상이 열리더라도 이 썩은 세상은 절대로 공평하지 않고, 자기같이 천하게 태어난 놈은 개처럼 살다가 천하게 죽는 게 맞다. 살아있을 때 덕 많이 쌓고 다시 태어난 놈이 다음 세상에 양반이며 부자로 태어날 거고, 자기는 전생에 개망나니로 살아서 지금 세상엔 노비 자식으로 태어난 거다.

모래사장의 모래 한 줌 같은 자기도 이제 제대로 된 세상을 만들 수 있다니 정말 지나가는 개도 웃을 일이다. 주먹 다툼으로 이어져서 의기투합하여 의형제를 맺었던 함경도 사나이들은 그 뒤로도 가끔씩 봉천을 오갔고, 만남이 잦아지다 보니 그들이 뭐하는 사람인지도 알게 되었다.

그들은 범진이 패거리를 중심으로 모임을 만들어 교육도 시키고 새로운 세상에 대해서 얘길 해왔는데, 지금은 왜놈들을 몰아내는 게 목적이지만 궁극적으로는 모든 사람이 평등하고 골고루 잘사는 사회를 만들 거라고 한다. 사람 마음이라는 게 몇 번 듣다보니 정말 하는 얘기 하나하나 다 맞고 왜놈들 물러가면 양반 상놈 없는 새 세상을 만들면 좋겠다는 생각이 들긴 든다.

사사로운 감정으로 생각해도 조선 평안도 정주에는 범진이 손봐줄 놈이 참 많다. 소작 부칠 때 괴롭히던 우석이는 이미 죽었으니 제외하더라도, 왜놈보다 더 독한 주재소 순사 놈들, 피땀 흘려 일했는데 돈도 안 주던 선주 놈들, 어릴 적에 자기 엄마를 희롱하던 지주 박 첨지 놈과 그 자식 놈 등, 이런 개쓰레기들이 싫어서 조선을 떠났는데, 새 세상이 오면 이런 놈들 설치는 꼴 더 안 봐서 좋다.

이제 형님이라고 부르는 사내는 이름이 이호영이라고 하는데, 어제 그에게 술자리에서 처음으로 자기 신분을 얘기하면서 그동안 말해왔던 새 세상에 동참하자고 한다. 그는 조선혁명군 소속으로 지금은 중국 공산당에 가입하여 길림 통화와 백산 일대를 기반으로 항일운동을 하고 있다. 주로 중국 측과 연대하여 항일 전쟁을 하던 조선혁명군 산하 양세봉 총사령관 아래에서 영릉가, 흥경성 전투에서도 참전하여 승리를 거뒀으나, 일본이 보낸 자객에게 양세봉이 살해된 이후 남만주 일대로 내려와 현재는 군자금 모집책과 믿을 만한 조선 청년들의 모병을 맡고 있고, 상인 행세를 하면서 봉천과 신빈, 안동 쪽에서 활동 중이다. 우연한 기회에 범진을 알게 된 호영은 동네 건달을 상대하는 리더십, 위기에 대처하는 임기응변에 타고난 무인 기질을 갖춘 범진을 눈여겨봤었다. 그의 눈에 범진은 좋은 세상을 못 만났지만 귀인을 만나면 충분히 재능을 발휘할 그릇이었고, 자기가 그 귀인이 되었으면 한다.

서탑을 비롯한 봉천 일대에 무장 독립군 출신의 요원들을 곳곳에 심어놓아 봉천 바닥에서 누가 일본의 앞잡이를 하는지 잘 알고, 반대로 그들도 자기 같은 밀정들에 대해서 정보를 파악하려고 할 것이다. 범진이 거느리는 몇몇 건달들은 포섭이 되면 지속적인 정보원으로 가치가 있겠지만, 호영이 보는 범진은 다른 사람들과 그릇이 다른 게 눈에 보인다.

만주로 이주한 조선 사람을 상대로 하는 사회주의 교육과 민족 독립 운동은 이제 얼마나 더 지속될지 알 수 없다. 사회주의 계열 독립 운동 세력은 생존을 위해 중국 공산당과 연합을 했고 항일 운동의 기점은 이제 만주 동쪽과 연해주로 옮겨간다. 지금 대도시 봉천과 만주국 수도 장춘에 가까운 길림성 서부 지역은 수시로 관동군과 간도 특설대의 토벌에 시달려 입지가 좁아지고 있다. 그에게 필요한 건 많지 않은 시간 내에 동포를 상대로 사회주의 의식을 전파하고 항일 운동에 동참할 인재들이다. 조선과 만주 일대의 민족주의자들이 보내주는 자금 지원도 크지만 더 많은 지원자들이 자기들이 꿈꾸는 세상에 동참하면 조국 광복은 물론 인민이 평등하게 잘사는 그런 날이 오리라.

"이보게, 범진, 이제 새로운 세상을 만드는 일에 동참하겠나?"

"고민을 했습니다만, 내가 처자식 다 버려두고 새 세상 만든다고 합시다. 그러다가 새 세상 만들지도 못하고 어느 산골짜기에서 총 맞아 죽거나 얼어 죽으면 누가 날 기억해 줄 거고, 우리 가족은 어떻게 먹고삽니까? 그냥 어떻게 살아도 한평생인데 어린 애들을 생각하니 결정하기가 쉽지 않습니다."

보아하니 자기도 고민을 많이 했는지 범진의 눈도 충혈되어 있다. 이 문제는 호영도 마찬가지다. 간도로 이주한 후 사회주의에 심취하여 제 발로 독립운동을 하게 되었고, 가족이라는 멍에는 그런 그가 평생 짊어지고 살아야 할 미안한 존재이다. 처음에 집 떠날 때 죽은 목숨으로 생각하라고 나왔지만, 간혹 떠오르는 부모, 형제와 처자식 생각이 아예 없다고 하면 거짓말일 것이다. 여러 번의 전투에서 목숨을 잃은 동지들은 또 어떠한가? 쫓아오는 일본군 때문에 부릅뜬 눈도 못 감겨주고 그냥 버려두고 간 동지들이 몇이던가?

그들도 따뜻한 아랫목에서 마누라 궁둥이 두들겨가며 애들 커가는 거 보면서 평범하게 살 수 있는 기회가 있었지만, 지금은 까마귀 밥이 되어 자연으로 돌아가 버렸으니 누가 기억이나 할까? 당장 호영 자기조차 어느 이름 없는 산골짜기에서 죽으면 그의 존재를 기억해 줄 사람이 있을까? 이건 엄연한 현실이다. 어떤 결정을 하든 선택은 범진의 몫이다. 포섭 대상이 거부하여 실패하면 그 대상을 살해하는 경우도 있지만 호영은 확신한다. 이 사내. 정말 매력 있고 곧은 사람이다. 며칠 좀 더 시간을 갖기로 하고 부하들을 시켜 당분간 범진의 동태를 감시하기로 했다.

그가 존경하는 양세봉 사령관도 마적단과 손을 잡고 항일 운동을 하자는 꾐에 빠져 비극적으로 삶을 마감하고 말았다. 지금 만주 바닥은 누가 까치고 누가 까마귀인지 구분이 안 되는 혼란의 땅이다.

한편 오랜만에 서탑 거리에 온 범진은 사탕 봉지를 들고 먼저 형 범호가 있는 가게로 갔다. 가는 길에 안면이 있는 사람들과 눈인사를 하면서 이래저래 사람 구경하는 것도 재미있다. 범호가 경춘과 같이 웃으면서 밥을 먹고 있기에 먼발치에서 보니 너무 행복해 보인다. 벌써 밥때가 되었는가 싶어서 주위를 보니 자주 와봤던 점순할매 국밥집도 제법 사람들로 붐빈다. 왁자지껄하게 떠드는 말도 다 조선말이고 길거리에 오가는 사람들도 거의 대개가 조선 사람들이다.

'도대체 여기까지 와서 사는 사람들은 무슨 사연이 있길래 죽을 고생을 하고 왔을까.'

문득 드는 생각에 남의 땅에서라도 밥 먹고 사는 사람들이 행복한 건지 불행한 건지 판단이 안 된다. 그때 식당에서 나오던 은심이 범진을 발견하고 쪼르르 뛰어온다. 몇 달 못 본 사이에 제법 처녀티가 나는 은심이 삼촌을 부르며 품에 안겨온다. 범진을 발견한 범호가 좁은 가게 안에 자리를 마련해 주고, 철없는 경춘도 삼촌이라며 품에 안기더니 사탕을 달라고 조른다. 아까 보니 형 범호는 경춘에게 밥도 먹여주고 같이 웃어주면서 이제 자기 피붙이처럼 데리고 사는 모양이다.

"날래 앉으라. 은심아, 할매한테 찬 좀 더 갖다 달라 하라우."

오랜만에 온 동생이 반가워 범호는 함박웃음을 짓는다. 조그마한 가게 안에는 구두, 비단신, 나막신 등 온갖 종류의 신발은 다 있고 제법 정리가 되어있다. 아버지한테 신발 만드는 기술을 배우다가 적성에 안 맞아 때려치우고 배 타러 다녔던 범진보다 꼼꼼하고 손재주 좋은 범호에게는 딱 맞는 밥벌이라는 생각이 든다. 바로 가게 뒤에 조그마한 방 한 칸도 구해서 세 식구가 먹고 살기에는 문제가 없단다.

"그래, 어인 일인가? 제수씨하고 아들은 다 잘 있고?"

"네, 요새 잡화점이 잘되서 정신없이 보내지비, 고거이 한 냥 한 냥 파는 거 같애도 먹고 살만 하구마."

"오늘은 안동에서 만난 친구 보러 잠깐 나왔단 말임다."

"내가 바빠가 만웅에 한참 못 갔구만, 어서 먹으라."

밖을 보니 은심이가 만주 사람 또래 친구와 제법 애기도 주고받더니 깔깔거리면서 식당으로 들어간다.

"와, 형님, 은심이가 중국말을 꽤 하는고마."

"고거이 참 애들이 빨라. 내야 손님이 오면 손짓발짓으로 안 되면 종이에 그림 그려서 하는데 은심이가 오면 요거는 요리하고 조거는 조리하고 어쩌고 하면서 다 알려주지. 학교 문 앞에도 안 가보고 누가 가르쳐 주지도 않는데 오쫌 고렇게 똘똘한지."

자식 자랑은 어느 부모 다 똑같다.

"이제 이 구두방 사장도 다 믿고 잘해주고 노임도 꼬박꼬박 나오니 배도 안 곯고, 먼저 간 은심이 애미는 우찌 그리 빨리 가서 이 좋은 세상을 못 보누. 역병에 약도 못 써보고 그리 보내이 내가 요즘 배에 기름이 차니 생각이 많이 나지비."

그때 범진은 문득 호영의 말을 떠올렸다.

'우리가 말하는 새 세상에는 같이 벌어서 같이 쓰고 학교도 공짜로 다니고 아파도 병원에서 공짜로 치료해 준단다. 양반 자식이건 상놈 자식이건 다 차별받지 않고 다 잘사는 세상을 만들 수 있다는 거다.'

"그래, 이제 안동에 가 배 타고 꽃게 잡을 테지?"

조선에서 지은 죄 때문에 갑갑하게 여기에만 박혀있는 범호는 범진이 들려주는 바깥세상 이야기를 좋아한다. 한참을 얘기하던 형제는 범진이 먼저 일어나자 아쉬운 대화를 끝낸다.

"그래, 건너가라우, 애들 델꼬 내 만융에 함 건너가지."

돌아서던 범진이 환하게 웃으며 범호를 돌아보며 말한다.

"형님, 다음에 볼 때까지 잘 지내소!"

평소답지 않게 인사하는 그런 범진을 보고 범호는 고개를 갸웃거리면서도 손을 흔들어준다.

머릿속이 복잡한 채로 범진은 만융으로 돌아와 동네 어귀에 들어섰다.

"아바이!"

멀리서 걸어오는 범진을 보고 개구쟁이 아들놈들이 앞서거니 뒤서거니 하면서 뛰어온다. 분명히 반가워하는 건 지 애비가 아니고 서탑에 가면 자기들이 좋아하는 사탕을 사오는 걸 알기 때문이다. 두 놈 다 열심히 뛰어와 안긴다.

오른쪽 왼쪽에 한 놈씩 안고 범진은 잡화 가게 안으로 들어선다. 좀 있으면 추석이라 좁은 가게 안에 손님들이 제법 있다. 평안도 사람들이 많은 동네에 한 집 건너 다들 아는 사이인지라 인근 주민들은 지나가다가도 삼월이네 가게에 와서 하나둘 모이다 보니 조그마한 가게에는 항상 사람들로 붐빈다. 여기 가게에 반나절만 앉아있으면 조선 팔도와 만주 곳곳 소식이 범진에게 다 들어온다. 작게는 '윗집 개가 새끼를 몇 마리 낳았네.'부터 해서 멀게는 만주와 조선, 일본의 갖은 풍문이 다 들려온다. 지난번에 동네를 뒤흔들었던 함경도 패거리들은 평안도 주먹들이 나서서 뼈를 분질러서 혼을 내줬고, 마적떼가 나타나서 길림 시골의 지주네 곳간을 털어 갔다는 얘기, 일본군들이 계속해서 봉천에 들어오는데 뭔가 일이 나도 날 것 같다는 얘기 등등 가만히 앉아서 듣는 얘기도 쓸 만한 게 꽤 많다.

그날 밤 가게 옆에 붙은 방 안에서 삼월은 장부 정리하느라 머리가 꽤 복잡해 보인다. 언제 봉천 시내 남시장에 가서 물건을 가져와야 되나 싶어 가게 진열장도 둘러보고 다시 뭔가를 적고 부산하게 움직인다. 아들 녀석들은 금방 웃으면서 잘 지내다가 누구 눈깔사탕이 더 많이 남았는지 입 안에서 서로 사탕을 꺼내보더니 내 꺼가 크네 니 꺼가 크네 하다가 형 만춘이 동생 상춘을 쥐어박았는지 또 울고불고 시끄러워진다. 이렇게 가족들끼리 웃고 울며 사는 모습을 보는 하루하루가 너무 좋은 범진이다. 또 사이가 좋아져서 서로 업어주고 하던 애들은 이제 잠들었는지 조용하다. 자는 애들 이불 다시 덮어주려고 보니 작은 놈 입에는 아직까지 사탕이 물려있다. 자면서도 사탕을 먹는지 조그만 입이 귀엽게 움직인다.

"요새 무슨 일 있슴매?"

요즘 들어 쉬이 잠 못 자고 뒤척이는 범진이 이상하다.

"날씨가 추워지려니 일거리가 줄었는데, 며칠 있다가 안동으로 갈까 하오."

누워서 돌아보지도 않고 범진이 답을 한다.

"이제 배 좀 안 타면 안 되겠습네까? 당신 배만 타면 가슴이 콩닥콩닥 해서 미치갔시요."

"이 양반아, 그러면 날씨 춥다고 가마이 있으문 떡이 나오남 쌀이 나오남? 뭐라도 해야 먹고 살재. 그래야 이제 봄 되면 만춘이도 학교 보내고 해야지비."

"내는 지금 이대로가 좋습네다. 사람이 욕심이 많으문 제 풀에 꺾인다지 않습네까."

대답 없이 듣고 있던 범진이 화제를 돌리려는 듯 뜬금없이 물어본다.

"임자는 조선이 좋은가 아니면 여기가 좋은가?"

"아무리 여기가 배는 안 곯아도 자기 고향만 하겠습네까? 우리 부모님들 뼈가 묻혀있는 곳이고 죽어도 고향에서 죽어야기요."

"그러면 조선이 싫은 게 뭐이가?"

오늘따라 평소에 하지도 않던 범진의 이상한 질문에 삼월이는 야무지게 대답한다.

"나쁜 놈들이 많아서 싫지 우리 고향이 을매나 좋은 곳입네까? 고놈의 지주 놈, 마름 놈들 등쌀에 거지 콧구멍 밥풀까지 뺏어 먹을 그놈들 때문에 숨도 제대로 못 쉬고 산 생각을 하니 진절머리가 납네다."

"그럼 임자는 조선이 모두가 같이 잘살고, 아파도 의원에서 공짜로 치료해 주고, 애들 학교도 공짜로 보내주고, 그런 나쁜 놈들 싹 다 잡아 죽이는 세상이 오면 다시 갈란가?"

"실없는 소리 말라요. 그런 일은 이 세상 어디에도 없을 겁니다."

"이 사람아, 그러이 그런 세상이 오면 얼매나 좋은가 이 말이지."

"이 양반이 요 몇일 잠 안 자고 헛생각질만 했고마, 어디 댕기면서 기집질만 하지 말기요."

얼마 있다가 삼월의 코고는 소리가 들린다. 그날 밤도 범진은 쉽게 잠들지 못했다. 그리고 이틀 뒤, 범진은 안동에 꽃게 배 타러 간다고 삼월이와 아들들을 격하게 끌어안아 주고는 집을 나섰다.

핏줄
〈1936년 2월 만주 봉천〉

영덕은 청년거리 옆의 호숫가 있는 공원에서 학교 친구들과 같이 스케이트를 타는 중이다. 이제 추위가 한풀 꺾였다고는 하지만 낮에도 영하 10도까지 떨어지는 만주의 쌀쌀한 날씨는 따뜻한 고향 날씨와 비교하면 아직 적응이 되지 않는다.

영덕은 이제 중국어도 제법 능숙하게 구사하고, 거기에다 학교 성적도 괜찮게 나오다 보니, 여가 생활을 즐길 만큼 봉천 생활도 재미있게 보내고 있다. 시내 중심가에 학교가 있어 방과 후에는 만주에서 제일 번화하다는 봉천역 일대를 돌아다니다 보면 이제 봉천에 처음 오는 어리바리한 중국인들이 영덕에게 길을 물어볼 정도다.

서탑가에도 혼자서 여러 번 가보아서 이제 조선인 친구들도 조금씩 알고 지내게 되었고, 가끔씩 조선 음식 먹고 싶을 때는 서탑거리에 가서 고향 생각도 달랠 줄 안다. 조선의 고향에는 자주는 아니지만 인편을 통해 소식을 전하고, 무영이가 써 준 고향 소식이 담긴 편지를 받은 후 부모님 생각에 한 며칠은 향수에 시달리기도 하지만 그래도 자기가 가는 길이 맞다고 생각하고 금방 툭툭 털고 일어설 정도로 이제 영덕은 청년이 되어가고 있었다.

친구들과 헤어지고 오늘은 집으로 바로 안 들어가고 서탑 거리에 가보기로 했다. 외숙모 순례가 소박을 맞아 집에서 쫓겨난 후 서탑 거리에 작은 옷가게를 차렸다고 하는데 오늘은 소식도 궁금하기도 해서 준길의 눈치 안 보고 큰맘 먹고 간다. 지난가을 어느 날, 자기보다 몇 살밖에 안 많아 보이는 경성 여자를 외숙모라고 데리고 오더니 역시나 집에서는 한바탕 큰 소동이 났고 다음 날 학교에 갔다 오니 외숙모와 명자, 젖먹이가 보이지 않았다. 준길에게 물어보니 독한 년이 조선으로 가라고 해도 그냥 못 간다면서 서탑 어디에 장사해서 먹고 산다고 돈 좀 쥐어서 보냈다고 한다.

새 외숙모라고 데려온 여자는 세련되고 예뻐 보이지만 영덕은 그녀에 대한 알 수 없는 반감 때문에 집 안에 같이 있어도 참 어색하기 그지없었다. 예전에는 유모와 애들까지 있어 시끌시끌해서 공부하기에는 방해가 되기도 했지만 지금은 준길이 밖에 나가 늦게라도 들어오면 하루 종일 어색한 분위기에서 새 외숙모와 같이 있는 것이 더 힘들다.

중국인 유모가 일러줬던 서탑 어느 골목 어디쯤이라 생각하고 큰 거리부터 시작해서 서탑 골목 구석구석까지 찾아보자는 심산으로 발길을 돌렸다. 언제나처럼 서탑 거리곳곳에는 조선인, 일본인, 만주인, 중국인으로 북적거리고 거리 난전에 파는 물건은 없는 게 없을 정도로 신기한 게 많다. 조선 사람이 워낙에 많다 보니 만주 사람들도 이제 서탑은 조선식 풍물거리쯤으로 인식해서 가족끼리 구경 나오거나 특식으로 조선 음식 맛보는 그런 곳으로 여긴다. 가까운 곳에 관동군 사령부가 있어 일본인 군속들의 가족도 보이고 간혹 가다가 소련인들도 보이는 걸 보니 봉천역과 가깝고 시내 중심가 쪽이라 서탑은 날이 갈수록 번성하는 거 같다.

옷가게라고 해서 간판만 보이면 다 들어가 보았지만 아무래도 외숙모 순례가 처음부터 큰 장사하기는 힘들 거라 생각하고 조그마한 골목골목을 다니면서 다시 찾아봤다. 개장 골목 근처에서 구석에 있는 '명자복장'이라는 작은 입간판을 발견하고 밖에서 쓱 쳐다보니 순례가 가게에 앉아서 책을 보면서 손님을 기다리고 있었다. 반가운 마음에 문을 열고 들어오니 혼자 놀던 명자가 반갑다고 안겨 오고 순례도 반가이 맞아준다.

"영덕아, 왔나? 찾기 힘들었재?"

집에 있을 때보다 많이 힘들 줄 알았는데 의외로 순례의 표정이 밝아서 영덕은 일단 안심했다. 간단하게 서로 안부를 전하면서 둘러보니 벽에는 형형색색의 옷들이 가득 걸려있다.

"오빠, 오빠~" 하면서 명자가 품에서 떨어질 줄을 모른다.

난로 옆에는 태어난 지 1년도 안 된 둘째 조카가 자고 있다.

'참, 삼촌이 이름을 지어줬던가?' 싶을 정도로 아직 애기인 조카의 이름도 모르니 더욱 마음이 착잡하다.

"숙모, 둘째 이름이 뭡니꺼? 제가 기억이 안 나서예."

영덕이 사온 군밤에 신이 난 명자가 떨어져 나가자 어색한 분위기를 깨려고 영덕이 묻는다.

"이름? 아직 안 지었다. 그냥 중국말로 '샤오롱시小东西(작은 녀석)'이라고만 부르는데 이름은 저거 아빠가 지어줘야 안 되겠나?"

"요새 삼촌 왔다 간 적 있습니까?"

"한 달포 전에 애들 보러 왔길래 이름 지어달라 했드마 다음에 오면 지어주겠지. 그래, 니는 요즘 어떻노? 아직까지 공부하다가 책상에서 잠들고 그러나?"

이래저래 일상 얘길 하지만 영덕도 새 외숙모 얘길 꺼내지 않고 순례 역시 묻지도 않는다.

같이 있을 때는 몰랐지만 영덕의 습관이나 버릇까지 세세하게 기억할 정도로 순례가 이렇게 정이 많았던 사람인가 싶을 정도여서 영덕은 속으로 많이 감탄했다. 밝게 웃으면서 우리가 예전에 이랬지 저랬지 하면서 웃는 모습이 전혀 거짓으로 느껴지지 않고 뒤로 넘겨 하나로 동여 묶은 머리가 능력 있는 남편에게만 의지하지 않고 혼자서 먹고살겠다는 굳은 의지로 보였다. 삼촌과 있을 때 유모를 통해 중국어를 배우더니 이제 제법 혼자 장사할 정도로 하는 모양이다.

"외숙모, 근데 인제 고향으로 안 가실 겁니꺼?"

순례가 의례 당연히 그런 질문할 줄 알았다는 듯이 영덕의 눈을 피해 옷의 보푸라기를 떼면서 얘길 한다.

"영덕아. 내는 니가 처음 봉천에 올 때 모습 다 봤다 아이가. 니도 진주역에서 떠나올 때 어떤 마음 먹었노?"

"참 어렵게 왔다 아입니꺼. 제대로 성공해서 잘된 모습 보이기 전까지는 고향에 안 갈거라고 다짐했습니더."

"남자는 그러면 안 가도 되는 거고 여자는 꿈도 없이 그렇게 가라면 가야 되는 거니?"

정색을 하면서 순례가 돌아보며 말한다.

"내는 니하고 다르지만 그래도 생각해 보면 마찬가지다. 어쩔 수 없이 남자 만나서 여기까지 왔고 내 선택과 관계없이 소박맞고 이리 된 거다. 내가 애들 아빠가 생각하는 거처럼 저런 핏덩이들 데리고 고향가면 누가 나 좋다고 반겨주나? 소박맞은 여자가 데리고 온 딸들은 또 고향에서 무슨 소리 듣고 살겠노? 니는 공부하려고 왔지만 나는 여기 살려고 왔다. 지금은 그냥 애들 먹이고 입히는 게 중요하지만 난 그래도 딸들은 나처럼 그렇게 살게 하고 싶지 않다."

보수적인 고향에서 애 딸린 여자가 혼자서 어떻게 살아가는지 영덕은 잘 안다. 아랫마을 춘길이네 누나도 젊은 나이에 청상과부가 되어서 친정에 왔더니 동네 어른들이 '서방 잡아먹은 년'이라고 수군대는 걸 직접 봤지 않은가. 아들은 시가에 뺏기고 어떻게든 살아보려고 왔지만 고향에서의 멸시를 견디다 못한 춘길이네 누나는 어린 딸만 남겨놓고 돈 벌러 나간다더니 기별이 없는 지 몇 해던가.

"내는 돈 많이 벌어가 금의환향이라든가 감투 쓰고 고향 가는 생각 안 해봤다. 여기가 정이 들면 내 고향이 되는 거고 내가 잘돼서 그때 가서 고향 생각하면 되는 거고 그냥 아직은 고향 생각 없다. 그리고 애들 아빠가 데리고 온 그 여자, 내는 그 여자 안 미워한다. 무슨 사연이 있었는지 모르지만 지도 살라꼬 그러는 거 아이겠나? 원래 내 꺼가 아이고 그 여자 끼면 지가 델꼬 사는 게 지 운명 아이겠나."

처음으로 순례가 꺼내는 영심이 이야기다.

새 외숙모 얘기가 나오자 영덕은 어떻게 답을 해야 하나 잠깐 고민하는데 문이 드르륵 열리면서 열서너 살쯤 되어 보이는 계집애가 가게에 들어온다.

"이모, 명자 있습네까? 점순 할매가 개떡 만들었다고 먹으로 오랍네다."

순례에게 얘기를 하다가 가게에 있는 영덕과 눈이 마주친다.

영덕은 '평안도 말씨를 쓰는 단발머리의 까무잡잡하고 까만 눈동자가 예쁜 계집애'라는 첫인상이 먼저 떠올랐다.

"명자야! 은심 언니 따라가라. 늦지 말고 밥 먹기 전에 온나. 참, 영덕아 인사해라, 요 앞에 할매 집 식당에서 일하는 은심이다. 은심아, 요는 내 조카다. 봉천에서 중학교 댕긴다."

"안녕하십니꺼? 배영덕입니다."

영덕이 일어나서 꾸벅 인사를 하자 은심이는 부끄러운 듯 살짝 고개만 숙이고 명자의 손을 잡고 가게를 빠져나간다.

"은심이라고 하는 앤데 애가 참하고 읏스로 속이 깊다. 평안도 어디 사람이라 카던데 저거 아부지는 요 옆에 신발 수리집 있재? 거기서 일하는데 사람이 말도 없고 을매나 성실한지 모르겠다. 그라고 요 앞에 식당하는 점순 할매가 우찌나 사람이 좋은지 우리한테도 잘 해주고, 내가 이 골목에 와서 인복이 있는지 좋은 사람들이 많이 도와준다."

이윽고 순례는 간간이 들어오는 손님 받으면서 영덕과의 대화를 이어나간다. 준길의 통보에 사실 올 것이 왔다는 생각은 했고 애들 데리고 고향으로 가라는 준길과 대판 싸운 이후에 가게 얻을 돈만 받고 정리했다. 혹시나 준길이 애들을 자기가 키운다고 하면 어쩌나 싶어서 걱정했는데 다행히 '그 인간'이 애들 얘기는 입도 뻥긋 안 하길래 고마워라 하면서 그 돈이라도 냉큼 받았다고 한다. 봉천에서 아는 곳이 서탑 거리밖에 없어 애들 걸리고 업고 해서 여관에서 거처를 정한 후에 뭐해 먹고살까 알아보다가 남편 밑에 있는 중국 직원인 장밍이 도움을 줘서 가게를 순조롭게 얻었다고 한다. 고향이 절강성인 장밍이 아는 남쪽 지역 도매상으로부터 옷을 받아서 파는데 상해 제품이라고 해서 장사도 제법 되고 단골도 생겼다고 한다. 처음 거래할 때 물건을 들일 대금이 큰 부담이 되었는데 장밍이 자기 신용으로 물건 받아줘서 어려운 고비는 잘 넘겨 이제 조금 장사하는 재미가 들었다고 한다.

화려한 도시 '상해'에 대한 환상이 있는 북방 중국인들에게 잘 먹혀들거라는 장밍의 얘기대로 가게가 좀 더 커지면 남방 쪽 장식물도 들일 거라고 할 때는 정말 집에 갇혀있던 그 외숙모가 맞는지 의심스러울 정도로 밝은 표정이었다.

옷을 정리하며 막 깨어나 우는 젖먹이를 안으며 순례가 말한다.

"영덕아, 명자가 너무 오래 점순 할매 집에 가있네. 미안한데 니가 좀 델꼬 온나."

가게 문을 나서서 보니 신발수리점 안에 한 중년의 사내가 뭔가 작업을 하고 있고 밖에 나와 있던 영덕과 눈이 마주치자 얼른 고개를 숙이고 다시 신발에 열심히 망치질을 해나간다. 숙모가 얘기한 은심이라는 애의 아빠로 성실하다던 평안도 출신 그분이라고 영덕은 짐작했다. 바로 옆의 식당 문을 열고 들어가니 명자는 바닥을 닦고 있는 은심이라는 여자애 옆에서 혼자서 잘 놀고 있다.

"명자야, 인제 집에 가야지!"

주방에 있던 점순 할매가 영덕의 목소리에 고개를 길게 빼고 여기를 쳐다본다.

"아이고, 이 총각이 순례 조카지비? 인물이 훤하이 잘생깃다."

이제 제법 많이 들어서 익숙한 평안도 말이다.

"아지매, 말씀 마이 들었습니더. 우리 명자 잘 봐줘서 고맙습니다."

"아이구, 다들 객지에서 살면 이리 사는 기지, 식사는 혔소?"

50대인지 60대인지 모르겠지만 세월에 치여 이마에 깊은 주름이 패인 정 많고 사람 좋아 보이는 할머니다.

"명자야, 그래 오빠 잘 따라가고 내일 또 할매 집에 놀러 오란 말이. 참 은심아, 야가 명자 오빠란다."

은심은 아무 말 없이 명자에게 손을 흔들다 다시 영덕을 향해 목례를 한다.

'평안도 말씨에 단발머리의 까만 눈이 예쁜 애' 은심에게 영덕도 목례를 하고 명자의 손을 잡고 가게를 나선다. 은심은 가게에 와 있던 명자가 떠들어 대서 영덕이 뭐 하는 사람인지 알았다. 아직 어린 명자가 한 얘기는 이렇다.

사촌 오빠 영덕은 고향에서 공부를 워낙에 잘해서 공부에서 이길 수 있는 상대가 없어 더 똑똑한 사람이 많은 봉천으로 왔는데 여기 봉천에서도 유명한 중학교에서 1등을 한단다. 아는 것도 많고 명자하고 잘 놀아주며 항상 웃고 다니는데다가 먹을 거도 잘 사주는 이런 영덕이 아빠보다 더 좋단다. 잘은 모르지만 은심이 가진 영덕에 대한 첫 인상은 '뽀얀 얼굴에 귀티가 나는 공부 잘하는 중학생'이었다.

밥 먹고 가라는 순례의 만류를 뿌리치고 가게를 나온 영덕은 바로 집으로 가려다가 발길을 돌려 준길의 가게 '요시다 상사'로 갔다. 아직 해가 짧아서인지 저녁 5시가 안 되었는데 길거리는 벌써 어둑어둑해지고 손님을 끄는 인력거꾼들의 발걸음도 빨라진다. 요시다 상사 정문에 검은색 차가 와 있는 걸 보니 오늘은 구로다 상이 온 모양이다. 영덕은 두어 번 정도 구로다 상을 본 적 있다. 일본인답지 않게 비만에다 얼굴도 넓어 언뜻 보면 중국 북방 사람처럼 보이는데 평소에는 매서운 눈빛이 웃을 때는 아주 천진난만해 보이는 묘한 매력이 있는 사람이다.

"아재, 2층에 손님 오신 모양이네요?"

영덕을 보며 고개를 끄덕하는 경도에게 묻는다.

"오, 영덕이 왔는감? 고거이 한 10분 되었는 갑지, 요기서 기다리란 말이."

경도는 특유의 무뚝뚝한 말투와 함께 턱으로 비어있는 의자를 가리킨다.

"그래, 영덕이 공부는 여전히 잘하는감? 사장님이 하도 자랑을 많이 해서 우리 직원들이 다 알지? 허허."

"그냥 그렇게 합니다. 중국 애들 따라잡으려면 더 열심히 해야죠."

이윽고 문이 열리고 장밍이 들어오더니 영덕을 발견하고 반갑게 손을 들어준다. 급한 일이 있는지 장밍이 경도를 불러서 업무 지시를 하는데 장밍의 중국어 억양이 특이한 데다가 경도의 중국어도 아직 능숙하지는 않지만 신통하게도 서로가 다 알아듣는 눈치다. 경도가 퇴근하면서 눈인사하며 나가고 장밍이 다가와 앉는다.

"영덕 군, 공부는 잘하나? 학교는 재밌고?"

요시다 상사 직원들은 이제 영덕만 보면 공부 얘기 먼저 하는 게 인사인가 보다.

"부장님, 공부 얘기 그만하세요. 왜 당신 조상들은 글자를 어렵게 만들어서 사람 힘들게 합니까?"

영덕의 농담에 장밍은 영덕의 머리를 쥐어박으면서 자기 고향 특산물이라면서 녹차를 내어 온다. 절강성 시골에서 고아로 자라 친척 집에서 커온 장밍은 장사하는 무리를 따라 중국 각지를 다니다가 이곳 봉천에 겨우 자리를 잡았다. 체구는 왜소하지만 동작이 빠릿빠릿하고 일처리가 빨라 준길이 아끼는 부하이다. 남방 사투리 때문에 북방 중국인들과 의사소통이 잘 안 되기는 하지만 업무 능력과 성실함으로 바쁜 준길을 보좌해 나가면서 요시다 상사의 집안 살림을 맡고 있다.

잠시 후에 2층에서 사람 내려오는 소리가 들리더니 장밍이 잽싸게 계단으로 올라가 익숙한 듯 준길이 들고 있는 꽤 묵직해 보이는 가방을 얼른 받아 든다.

"오, 영덕이 왔는가? 어서 구로다 상에게 인사 드려야지."

영덕이 벌떡 일어나서 공손하게 인사한다.

"영덕 군, 그 사이에 키가 더 큰 거 같군. 가만있어 보자." 하면서 구로다가 주머니를 뒤져 지갑을 연다.

"아이고, 사장님 이러시면 안 됩니다."

준길이 만류하고 영덕이 사양하지만 구로다는 끝끝내 영덕의 손에 지폐 몇 장을 쥐여준다.

"대일본 제국의 유능한 인재가 되려면 먹을 것도 잘 먹고 공부도 잘해야지. 하하하."

호탕하게 웃으면서 구로다는 별일 아니라는 듯 영덕의 어깨를 툭툭 치고 계단을 내려가고 황급하게 준길과 장밍이 따라 내려간다.

"삼촌, 드릴 말씀이 있어서 찾아 왔습니다. 오늘 늦게 오십니까?"

"영덕아, 외삼촌 오늘 손님 모시고 늦게 가니 먼저 집에 들어가라. 나중에 얘기하고."

구로다의 가방을 차 안에 싣고 차를 향해 공손히 인사를 한 장밍이 돌아서면서 하는 말은 절강 사투리라 영덕도 못 알아듣는다.

"외삼촌은 돈다발을 구로다에게 주고 구로다 놈은 지폐 몇 장으로 그냥 입을 싹 닦네. 도둑놈들."

집에 가려던 영덕을 장밍이 붙잡아 둘은 봉천역 앞의 '항주 만두집'으로 간다. 같은 절강성 동향 사람이 하는 집이라는데 북방 만두와 다르게 뜨거운 즙이 나오는 감칠맛 때문에 손님이 제법 많다.

장밍의 어린 시절은 참 고달팠다.

절강성 온주 부근의 빈농 집안에서 태어났는데 장밍의 어머니는 동네 지주의 후처도 아닌 그냥 노리개로 데리고 놀던 여자였다. 애가 들어서니까 지주라는 사람은 가난한 집에서 태어나 전족을 못 한 그녀의 발이 징그럽다는 핑계로 쫓아냈고 16살 어린 나이에 장밍을 낳은 그녀는 장밍이 젖도 떼기 전에 고향을 떠나버렸다. 외가 친척 집에서 자란 장밍은 가난한 집에서 눈칫밥을 먹고 자라다 밥벌이라도 하려고 온주 시내에 일하러 갔다가 장사를 배워서 중국 여기저기를 돌아다니게 된다.

원래 절강성 일대가 비단으로 유명한 데다가 남방의 도자기, 녹차 등은 북쪽 지방에서 환영받는 물건들이라 싼 거부터 비싼 거까지 구색만 갖추면 상대적으로 남방에 비해 경쟁이 덜 심한 봉천 일대는 아직까지는 노다지 시장이었다. 여기저기 다니다가 자기보다 더 머리 빠른 남방 상인들이 다 접수한 고향보다는 아직까지 장사하기 쉽고 사람들이 덜 때 묻은 듯한 봉천이 자기의 꿈을 펼치기에 맞다고 판단해서 여기에 자리를 잡았다.

그러다가 준길의 눈에 띄어 요시다 상사에서 일하면서 그동안 장돌뱅이 수준으로 차액만 챙기던 신세에서 벗어나 준길을 통해 관리기법을 배워왔고 기대보다 빨리 자리를 잡아 준길이 밖으로 돌면 장밍이 착실하게 회사 살림을 챙기면서 이제 둘은 업무상으로 없으면 못 사는 그런 관계가 되어버렸다.

그러나 장밍은 준길이 어떤 사람인지 잘 안다.

준길이 모리마쯔로부터 어떻게 회사를 뺏었는지를 옆에서 지켜봐 왔고 자기의 역할이 필요할 뿐이지 결코 신뢰하지는 않는다는 걸 장밍은 누구보다 더 잘 안다. 말 그대로 장밍은 여기서 배울 것만 잘 배우고 챙길 것만 잘 챙기면 된다. 그나마 사람을 믿지 않는 준길의 신임을 얻어 준길의 집사 노릇까지 하면서 지켜본 준길의 가정사를 보고 속으로 얼마나 욕을 했던가. 힘없이 애들과 쫓겨나는 순례를 서탑으로 데려다줄 때도 장밍이 직접 갔었는데 얼굴도 모르고 헤어진 생모 생각에 그런 순례와 애기들을 보는 장밍은 이 모든 게 정말 남의 일 같지 않았다.

그냥 여느 여인처럼 울고 불면서 악을 쓰면서 나왔으면 보는 사람이 속이라도 시원했겠지만 말없이 눈물만 삼키고 하나 업고 하나 걸리고 당당하게 앞장서 가던 순례의 뒷모습에 동정과 함께 복잡한 감정이 겹쳐졌다. 혹시나 싶어 뒤돌아봤지만 준길이라는 인간은 문 밖에 나오기는커녕 창밖을 내다보지도 않는다.

'자기 피와 살로 만든 딸들을 저렇게 무정하게 보내다니!'

정말 준길과는 철저한 상하 관계만 유지하고 자기는 받을 거만 받으면 된다는 생각을 더욱 굳히는 계기가 된다.

그래도 영덕은 그런 준길과는 또 다르다.

처음에 왔을 때는 중국어가 너무 서툴러서 저러다 어찌 여기에 적응하나 싶었는데 이내 만날 때마다 말도 늘고 항상 밝게 웃으면서 다닌다. 서로 얘기가 되다 보니 정도 많고 아는 것도 많아 이제 동생 같은 친근감이 생기게 되어 자주는 아니더라도 가끔씩 만나면 영덕에게 밥이라도 한 끼 사주려고 한다.

"그래 ,영덕아, 요즘 어떻냐?"

"오늘 모처럼 외숙모 보러 갔습니다. 갔더니 장밍 삼촌이 많이 도와 주셨다길래 인사하러 왔네요."

"이놈의 자식이, 거짓말인 줄 알지만 그래도 기분은 좋네. 하하."

입이 작은 장밍이 뜨거운 만두를 입에 넣고 오물거리면서 말하니 사투리 중국어가 더욱 알아듣기 힘들다.

"사실은 오늘 삼촌 만나서 둘째 기집애 이름 지어달라고 왔습니다."

영덕의 말을 듣고 장밍이 눈을 동그랗게 뜬다.

그런 장밍의 표정을 보고 외삼촌 집 가정사까지 말해버린 영덕은 곧 후회를 한다. 벼르고 별러서 외삼촌한테 담판 지으려고 왔는데 말도 못 꺼내고 보니 쌓였던 게 그냥 튀어나온 모양이다.

"영덕아, 사장님도 둘째 애 이름도 안 지어준 거 알고 있었어. 언젠가 한 번은 바빠서 둘째 애 이름도 못 지어주네라고 하시던데."

물론 거짓말이다.

그날 이후로 준길은 가족 얘기 꺼낸 적이 한 번도 없고 준길의 기사 얘길 들어보면 가끔씩 한 번 보러 가기는 가는 모양이었다. 같이 만두를 입에 우겨 넣으면서 영덕은 그래도 삼촌이 아직은 애들 생각한다는 안도감에, 장밍은 얼굴도 모르는 애비가 그래도 '밍' 이라는 이름은 지어줬다는데 '이런 쓰레기 같은 인간'이라는 저주를 속으로 퍼부으면서 먹는다.

내가 세상에 태어난 이유
〈1936년 6월 만주 통화〉

"자! 이제 이동하자!"

분대장의 지시를 받은 분대원들은 잠깐의 휴식으로는 피로가 풀리지 않았지만 주섬주섬 개인 장비를 챙기면서 하나둘씩 일어난다.

조선혁명군 1연대 2중대 1소대 3분대는 지금 길림성 유하에서 통화로 이동 중이다. 일본 본토에서 건너온 관동군 세력이 증강되면서 조선혁명군은 갈수록 고전을 면치 못하고 있다. 중국 공산계열인 동북항일연군과 연합을 표명하고 있지만 중국 내 항일 세력들도 화력이 절대적으로 우수한 관동군의 토벌에 살아남기에 제 코가 석 자다.

상대적으로 화북 일대에 자리한 공산당의 팔로군은 국민당의 부패에 지친 민중들의 지지를 얻어 세력을 확장해 가는 추세이지만 만주 지역에서 활동하는 동북항일연군과 조선혁명군은 거친 만주 지역의 자연 환경뿐만 아니라 일제가 오랫동안 기반을 다져놓은 지역에서 항일 운동을 하느라 입지도 좁아 생존하기에도 벅찬 현실이었다.

오갈 데 없는 조선혁명군은 쌍성보 전투에 참여했던 주력이 북간도, 연해주로 이동해서 장기간 항일 운동에 들어갔고 일부는 남만주 쪽인 길림성 남부로 이동하였다. 끈질긴 토벌 작전에 장춘과 가까운 유하는 포기하고 통화의 산악 지역으로 이동하여 동북항일연군과 합류할 계획이었다.

만주국 정부의 실질적인 지배자였던 일본 관동군 당국은 본격적인 중원 진출에 앞서 만주 지역의 조선혁명군의 주요 근거지에 대한 대대적인 탄압과 토벌 작전을 구사하면서 혁명군은 물론 이들을 지원하는 후원자들도 검거하고 학살하기 시작했다.

1935년 후반에 항일 세력의 근거지를 뿌리 뽑기 위해 홍경현과 환인현 일대의 초토화 작전을 전개하면서 2,200여 채 민가를 불태우고 3,000명이나 되는 무고한 사람들을 살상하기도 했다.

음지에서 조선혁명군을 지원하던 많은 조선인과 중국인의 지원 세력의 뿌리를 잘라버리는 만행 때문에 항일 세력은 거의 아사 직전에 있었다. 만주국 당국의 통제로 갈수록 살기 힘들어지는 생활고에 당국의 탄압과 감시에 의한 피해를 두려워한 민중은 항일 세력을 지원하기에는 이미 벅찬 상황이었다.

그래도 압록강과 인접한 통화현, 환인현, 집안현, 관전현, 흥경현의 5개 현에 위치한 조선인은 약 1만 5천 명으로 추산되는데 이들은 궁핍한 생활에도 불구하고 조선혁명군에 대한 물자 지원을 아끼지 않았다. 동절기에 대규모 부대가 이동하기가 힘든지라 조선혁명군은 전 병력을 분대 단위로 쪼개어 각자 이동하여 통화와 백산의 중간 지점인 오도강 인근에서 합류하기로 했다. 오도강 일대는 산악 지역 가운데에 위치하고 있어 다시 부대를 정비하고 게릴라전을 펴기에는 알맞은 곳이다. 마침 동북항일연군도 길림성 통화, 백산을 근거로 이동 중이라 거기서 같이 연합하여 훗날을 도모할 계획이었다.

지난 겨울에 조선혁명군으로 입대한 범진은 요녕 신빈에서 퇴각하여 유하에서 버티던 부대가 제일 힘든 시기에 들어와서 제대로 된 전투는 못 해보고 매일 등짐 지고 후퇴에 후퇴만 거듭했다. 사회에서 밥이라도 좀 먹고 온 범진에 비해서 분대원들은 피골이 상접할 정도로 영양 상태도 안 좋았고 먹을거리는 지나가다 나오는 마을에서 해결했고 이마저 제대로 되지 않아 식량 구하러 간 전우가 오지 않으면 대개 얼어 죽었거나 맞아 죽었거니 하면서 바로 이동만 해야 했다.

낮에는 관동군 눈에 띌까 봐 꼼짝없이 숨어만 있었고 해가 떨어져서야 이동하다 보니 혹한의 겨울에 얼어 죽은 전우도 여럿 버리고 왔다. 그렇게 얼어 죽은 전우한테는 미안하지만 입은 옷 다 벗겨서 자기한테 걸치고 총기며 탄약이며 챙길 건 다 챙겨 와야 한다.

처음에는 죽은 사람 보는 게 무섭고 나도 저리 될까 몸서리쳐졌지만 이제 죽은 전우 옆에서 주먹밥도 먹을 만큼 범진은 이제 죽음 앞에 많이 덤덤해졌다. 작년 가을에 9명이던 분대원은 이제 5명만 남았고 이제 저 멀리에 통화의 산자락이 보이니 이대로 산을 따라 이동하여 본대와 합류하면 된다.

전우들의 얘길 들어보니 이호영은 조선혁명군 선전대장으로 공산주의 교육과 모병을 맡고 있다고 하는데 사회주의 사상도 투철하고 실전 경험도 풍부한 인물이라고 한다. 중국말도 능숙해서 올해 4월에 통화현 금창촌에서 있었던 중국의 동북인민혁명군 1군과 왕봉

각의 항일 부대, 조선혁명군 이렇게 세 항일 조직의 간부 회의가 있었는데 조선혁명군 제2군 참모 최명과 함께 50명의 대원을 이끌고 참석하기도 했단다. 중국인이 주를 이루는 동북인민혁명군을 이끌던 사람도 조선인 이홍광으로 이들은 공식적으로 서로 연합하기로 결의했는데 다수의 조선인이 중국의 무장 항일 부대에 있어서 가능한 일이었다.

힘들고 길었던 만주의 겨울을 보내고 이제 6월이 되어 대자연이 녹색으로 바뀌니 낮에 이동하기도 쉬워졌지만 언제 어느 곳에 관동군들이 매복해 있을지 모른다. 무리를 이끄는 분대장은 전라도 출신의 박만용인데 30대 중반으로 역시 먹고살 게 없어 만주로 왔다가 길림성 장춘에서 조선혁명군에 가입했다고 한다. 까만 얼굴에 키가 작은 다부진 인상에 말은 별로 없지만 부하들 통솔도 잘하고 상부의 명령에는 철저하게 복종하는 전형적인 군인 스타일이다. 여러 번의 전투에도 참가해서 실전 경험도 있고 원래 중대에서 박격포를 잘 다뤄서 본대에서는 그를 '박격포'라고 부른다. 제법 목청도 좋아 남도 창가도 잘 부른다는데 아직까지 들어본 적은 없다. 기분이 조금 좋아지면 분대원들에게 구수한 사투리로 자기 고향인 벌교 얘기를 하는데 거기에 나오는 꼬막이 맛있다고 나중에 좋은 세상 오면 자기 고향에 같이 가서 꼭 먹어보자고 얘기한다.

조상명은 올해 28살 된 평안도 사람으로 평양에서 중학교까지 나왔다고 한다. 신중한 성격에 상황 판단이 빨라 옆에서 분대장인 만용을 잘 보좌하는데 주로 중대에서 사회주의 교육을 맡았다.

그 외에 결혼한 지 2년 만에 입대한 22살 이용출과 19살 김석도가 아직까지 살아남은 분대원들이다. 이용출은 박만용의 고향 후배로 장춘에서 같이 입대했고 애기 같은 마누라 청상과부 안 만들 거라고 항상 킥킥거리면서 힘든 분대원들에게 많은 에너지를 심어주는 익살꾼이다. 김석도는 정말 얼떨결에 입대했다고 할 정도로 어느 날 조선인 장사꾼들 짐 들어주다 보니 여기에 오게 되었다고 한다. 앞니가 다 빠져서 시원하게 뚫렸는데 그 사이로 마른 침을 뱉는 습관이 있다. 고향은 충청도 제천이라고 했다.

9명에서 다섯 명으로 줄어든 분대원들은 같이 겨울을 나면서 생사고락을 같이한 사이라 서로 얼굴만 봐도 어떻게 해야 하는지 알 정도로 호흡이 잘 맞는다.

산등성을 타고 오르내리다 보니 저 멀리 한 20여 호 되는 민가가 보인다. 새벽부터 길을 나서 다들 배가 고픈데 멀리서 봐도 몇 집 안 되는 민가도 그렇게 풍족해 보이지는 않는다. 망원경을 들고 앞을 보던 분대장 박만용이 이윽고 입을 헤 벌리면서 말한다.

"와! 조선 사람 부락이구먼."

만주에서 잔뼈가 굵은 만용은 시골 부락을 지나더라도 그 동네 아낙네들이 애기를 업고 있으면 조선 사람 부락이라는 걸 잘 안다. 중국인이나 만주인들은 애를 안아서 키우지 조선 사람처럼 업고 키우지 않기 때문이다. 조선 부락이라는 말에 분대원들은 그래도 반가운지 다들 웅성거린다.

"이보게, 석도하고 범진, 자네들이 내려가서 함 추진해 보드라고."

이름이 불린 19살 먹은 석도와 범진은 총하고 배낭만 들고 앞으로 뛰어간다. 그런 그들의 뒷모습을 다른 분대원들은 총을 겨누면서 긴장한 채 지켜만 본다. 조심스레 산에서 제일 가까운 집 뒤로 돌아가 본다. 툇마루에 굴뚝이 있는 모습이 영락없이 조선에서 많이 보던 집이라 범진은 잠깐 반가운 마음이 들었다. 이 외진 통화 산골 마을에 조선 사람이 조선 방식으로 집을 짓고 산다는 게 참 신통하고 대견했다.

한참 집 뒤켠에 숨어있으면서 동정을 살피니 다들 밭으로 일하러 갔는지 조용하다. 살금살금 마당으로 나와 부엌 쪽으로 들어가려는데 막 대문을 열고 들어오는 한 노인과 딱 마주쳐 버렸다. 갑작스러운 그들의 등장에 노인은 깜짝 놀라 곰방대를 든 손을 들어 올렸고 역시 깜짝 놀란 석도와 범진은 조선말로 외쳤다.

"손 드시요!"

상대의 입에서 조선말이 튀어나오자 노인도 살살 눈치를 보면서 말한다.

"같은 조선 사람 같은데 여기는 웬일이요?"

"우리는 산사람들인데 먹을 것 좀 얻으러 왔습네다."

이리저리 두 사람의 행색을 보던 노인도 눈치를 챘는지 서서히 손을 내린다.

"여기도 궁핍한 동네라 먹을 게 있겠냐만 내가 동네 사람들한테 잘 얘기할 테니 이 집 저 집 보리쌀 좀 가져가 보시구려."

노인은 고맙게도 이들을 데리고 이 집에서는 요것만 저 집에서는 요것만 하면서 김치, 보리쌀, 씨옥수수까지 집어다 주었다. 동네 꼬마들 몇이서 자기들끼리 놀다가 다가오는 범진 일행을 보고는 쌩 하고 달아난다. 아까 만용이 망원경으로 봤을 여자애도 등에 동생을 업고 허겁지겁 일행을 따라 사라진다.

"우리는 강원도 홍천 사람들인데 여기서 터를 잡은 지는 한 대여섯 해 된 모양이오, 뭐 하시는 양반들인지 모르겠지만 이 정도만 하시고 몸 성히 잘 살펴가소."

저 멀리 하얀 옷을 입은 사람들이 모여서 밭에서 일하는 모습을 보고 범진은 노인에게 고맙다는 인사를 하고 다시 산으로 내달렸다.

비쩍 말라빠진 보리쌀이지만 입에 넣고 우적거리면서 오랜만에 맛보는 시디 신 김치는 굶주린 분대원들의 식욕을 자극했다. 모처럼 보급 투쟁에 나서서 성과가 있는 날이라 이제 몇 십리만 가면 약속된 합류 지점으로 갈 수가 있다. 그늘을 따라 쉬고 있던 분대원들은 모처럼 채운 배에 신이 나서 다시 군장을 챙기고 막 일어섰다. 저절로 콧노래가 날 정도로 기분이 좋은 날이다.

"범진 아재, 어제 내가 돼지꿈 꿨는데 오늘 배불리 먹으라고 산신령이 알려주신 모양이오."

신이 난 석도의 목소리가 뒤에서 들려오고 범진은 맞장구치듯 대답 없이 씩 웃었다.

"탕탕탕!"

갑자기 등 뒤에서 요란한 총소리가 나더니 맨 뒤에서 따라오던 석도가 머리에서 피를 내뿜고 픽 쓰러진다.

"석도가 맞았다!"

다급하게 범진이 외쳤다.

분대원들은 순간적으로 몸을 날려 근처의 수풀 사이에 몸을 숨겼다. 계속 되는 총소리에 나무 밑에 엎드려 있던 범진의 눈에 머리가 절반이나 날아간 석도의 시체가 널부러진 게 보였다. 범진은 그 와중에 손을 뻗어 석도의 총과 수류탄을 챙겨 들고 다시 몸을 숨겼다.

"대원들, 일단 움직이지 말고 먼저 몸부터 숨겨라!"

저 앞에의 어딘가 모를 위치에서 들리는 분대장 만용의 목소리다. 저쪽에서도 정확한 위치를 못 잡고 있는지 조준 사격은 못 하고 아무 데나 갈기고 있는 듯하다. 범진은 총 두 자루를 끌어안고 바로 위의 등성이로 엉금엉금 기어갔다. 왼쪽에는 큰 나무가 있어

직사탄을 막아주고 나무 사이에 보이는 석도의 시체가 거의 다 보이는 제법 시야가 터진 곳이다. 총 하나에 장검을 꼽고 장전하고 다른 총의 장전 상태를 확인한 후 범진은 숨죽인 채 앞을 노려봤다. 조금 조용해졌나 싶을 때 저 밑에서 인기척이 나자 바로 그쪽으로 총탄이 쏟아져 들었다.

"으악!"

누군가가 또 총에 맞은 모양이다.

범진은 조용히 손을 들어 앞에 있는 나뭇가지를 꺾어 자기 앞을 가려나갔다. 한참을 지났을까 주위가 너무나 조용하다. 뒤에서 누가 돌아오면 어쩔까 범진은 잠시 고민하다가 앞쪽의 꺾어놓은 나뭇가지의 절반을 덜어 내 뒤를 가렸다. 그대로 옷가지를 입에 물고 조용히 방아쇠에 손가락을 걸고 범진은 그 상태로 가만히 있었다. 어차피 지금 뛰어나가면 벌집이 되니 차라리 숨어있다가 기습을 하자는 게 범진의 생각이었다.

한참을 숨죽여 기다리니 아니나 다를까 저쪽 산길에서 살금살금 움직이는 인기척이 느껴진다.

잔뜩 경계하면서 이쪽으로 다가오는 사람의 모습이 하나둘 보인다.

관동군이다.

가만히 다가오던 그들은 석도의 시체를 총으로 쿡쿡 찔러보더니 다시 경계를 하면서 조금씩 앞으로 나아간다.

하나, 둘, 셋… 모두 9명이다.

혹시 뒤에 일행이 더 있을지 몰라 범진은 그 자리에서 꼼짝 않고 눈만 껌벅이면서 지켜봤다. 뒤쪽에서 더 이상 인기척이 없는걸 보니 9명이 전부인 모양이다. 앞으로 갈수록 수풀이 더 우거져 있어 시야가 잘 안 보이자 관동군들도 더 이상 들어가지는 못하고 이동이 조금씩 느려졌다. 대열 후미의 서너 명이 몰려있는 모습이 나무와 나무 사이의 빈 공간으로 훤히 보이자 범진은 수류탄을 뽑아 들었다.

어릴 적부터 돌팔매질의 달인이라 참새와 꿩도 돌로 수십 마리 잡았었고 배 타면서 흔들리는 배에서도 마음먹은 곳에 척척 밧줄을 걸어 던지던 던지기 선수인 범진이었다. 잔뜩 움츠린 자세에서 소리 없이 던져진 수류탄은 우거진 나뭇가지 사이를 피해 정확하게 범진이 노린 곳으로 들어갔고 '쾅!' 하는 소리와 함께 폭음을 내며 터져나갔다. 폭음과 비명이 동시에 들리는 가운데 범진은 아래로 돌진하면서 우왕좌왕하는 관동군을 향해 보이는 대로 총을 난사했고 그러는 그의 눈에 픽픽 쓰러져 가는 적군의 모습이 보였다.

총알이 다 떨어지자 바로 착검한 총을 들고 또 총을 쏴가면서 앞으로 돌진했고 범진은 날랜 호랑이처럼 눈에 보이는 대로 총검을 쑤셔 박고 개머리판으로 닥치는 대로 깨고 부쉈다. 앞쪽에서도 우리 편에서 누군가가 호응을 하는지 총소리가 들려오니 더 기운이 났다. 다리에 총을 맞고 당황해서 어떻게 해야 할지 몰라 울부짖는 바로 앞의 관동군 머리를 총으로 날리고 처음 직접 사람을 죽여보는 느낌이 어떨지 느껴볼 새도 없이 파편에 맞았는지 제대로 일어서지도 못하는 다음 놈의 가슴에 총검을 깊이 쑤셨다가 바로 빼내어 앞으로 돌진했다. 그의 눈에 쓰러져 있는 건 시체고 살아서 움직이는 건 무조건 죽여야 할 적인 것이다. 넘어져 있다가 막 일어나는 한 관동군을 보고 범진은 그대로 달려가서 상대의 턱을 발로 차서 쓰러뜨리고 목을 발로 밟고 총검을 세워 그대로 그의 가슴팍에 찔러 넣었다. 총검이 깊이 들어갈수록 콧수염을 기른 관동군의 코와 입에서는 피가 뿜어져 나와 콧수염이 붉게 물들더니 좀 있다 축 늘어졌다.

죽은 그의 허리에 38식 권총이 있기에 범진은 자기 주머니에 집어넣고 이제서야 정신이 드는지 총을 든 채 앞뒤를 살피며 천천히 주위를 둘러보았다.

"이봐, 범진이, 자넨가? 나야 분대장. 쏘지 말게나."

앞의 수풀이 들썩거리더니 분대장과 분대원 조상명이 서서히 나타난다.

"용출이는 죽었네. 자네는 괜찮은 건가?"

기습을 당한 직후에 만용은 분대 전멸만 막자는 생각이 제일 먼저 떠올랐다. 오랜 산중 생활에 다들 허기가 진 데다가 모처럼 배를 채우고 나니 분대장인 자기도 긴장이 풀렸다. 더군다나 조선인 마을이라는 생각에 방심을 했다가 제대로 당했으니 무능한 분대장 때문에 이 지경이 되었다는 생각에 눈에 눈물이 고였다. 어떻게든 하나라도 살아서 본대에 합류해서 이쪽 소식도 전해야 하는데 적의 총격을 들이니 숫자도 많고 기습을 당하니 반격할 엄두도 나지 않았다. 총알이 빗발치는 가운데 당황한 분대원들에게 일단 움직이지 말라고는 했으나 요란한 총소리에 곧 묻혀버렸다. 그러다가 건너편에서 고개를 파묻고 벌벌 떨고 있던 용출이 이때다 싶어서 앞으로 뛰어 나가려고 하더니 곧 집중 사격을 받고 쓰러진 모습을 그냥 지켜볼 수밖에 없었다.

'이제 여기서 끝이구만.'

만용은 막상 죽을 때가 되었다 생각하니 덤덤했다.

유하에서 후퇴 명령을 받고 어렵게 여기까지 같이 온 분대원들 다 못 살리고 여기서 죽는 게 그저 한스러울 뿐이다. 죽기 전에 한 놈이라도 더 죽이고 가자는 생각에 조용히 자세를 고쳐 잡고 있는데 갑자기 앞쪽에서 수류탄 터지는 소리가 들리더니 총성과 비명이 들렸다. 누군가의 반격이 있다는 걸 알고 만용은 저절로 튀어 올라 앞으로 돌진했고 그와 동시에 근처에 숨어 있던 조상명도 그의 뒤를 따랐다. 눈앞에 보이는 2명의 적군을 바로 사살하고 숨어서 저항하는 1명은 총격전을 거쳐 셋을 해치웠다. 첫 총성이 울리고 석도가 바로 쓰러졌고 총소리에 놀란 용출은 바로 자기 옆에서 죽었으니 뒤에서 반격해서 적들을 몰살시킬 사람은 범진밖에 없었다. 총을 겨누면서 다가오는 범진의 모습은 사람의 모습이 아니었다. 덩치 좋은 거한이 얼굴과 온몸에 피가 튀었고 살기가 등등한 채 걸어오는 모습은 적군에게는 공포 그 자체이고 아군에게는 천군만마와 같은 존재인 것이다.

"이보게 범진, 자네, 괜찮은가? 상명아, 얼른 이 새끼들 무기 챙기고 여기 뜨자. 곧 추격조가 올 거야."

범진은 아무 말 없이 다시 죽은 일본군의 무기를 챙겨 들고 수류탄도 두 개 더 넣었다.

그리고는 뒤돌아서서 오던 길로 돌아간다.

"범진아, 어딜 가나? 싸게싸게 이동하드라고!"

"저기 두 번째 봉우리에 보이는 바위 밑에서 봅시다. 내래 가서 할 일이 있습네."

살기 가득한 눈으로 대꾸하는 범진을 만용은 더 이상 막을 수가 없었다. 한 번에 6명의 적을 때려잡은 범진은 얼굴에 묻은 피가 그대로 굳어도 아랑곳하지 않고 다시 마을로 가는 길로 접어들었다. 아까 왔던 마을이 보이자마자 범진은 거침없이 노인을 만났던 집으로 뛰어들었다.

아무도 없다.

한 집 한 집 뒤지다가 저 멀리서 범진을 발견하고 달아나는 노인을 발견했다.

"탕" 하는 총성이 울리고 도망가던 노인은 다리를 움켜쥐고 풀썩 쓰러졌다. 총소리에 놀란 사람들이 여기저기서 모이더니 기세등등하게 다가오는 범진의 기세에 눌려 다친 노인을 돌볼 생각도 못 하고 있다. 장정 서너 명이 있고 여자와 애들도 있는데 덤빌 테면 덤비라는 범진의 무서운 피범벅 된 얼굴에 그저 다들 겁먹은 채 지켜만 보고 있다.

"야이 간사한 새끼야. 어디 팔아먹을 게 없어 동족을 그놈들한테 팔아먹냐?"

주위를 둘러보다 도끼를 발견한 범진이 도끼를 들고 노인에게 다가오자 마을 사람들은 고개를 돌려버리고 노인은 뭔가 말을 하려고 하지만 겁에 질려 그냥 벌벌 떨고만 있다.

"이보라우! 누구는 자식새끼가 없어서 추운 겨울에 맞아 죽고 얼어 죽는 줄 아오? 다 당신 같은 사람들 우리 같은 힘없는 사람들 더 잘사는 세상 만들라고 이렇게 개고생을 하는데!"

땅에 쓰러뜨린 노인을 똑바로 눕혀놓고 노인의 가슴을 발로 밟으며 범진이 다시 말한다. 범진의 무지막지한 완력에 노인은 캑캑거리면서 발버둥만 친다.

"내가 다른 사람도 아니고 동포한테 밀고당해서 죽은 우리 동생들이 생각나서 그냥 못 가겠구만! 앞으로 동포를 배신하는 새끼는 어떻게 하는지 똑바로 보라우!"

말이 끝나자마자 범진은 들고 있던 도끼로 노인의 목을 힘차게 내리쳤고 노인은 '억' 소리도 못 내고 숨이 끊어지고 말았다.

아직 피가 뚝뚝 흐르는 노인의 잘려진 머리의 상투를 들고 범진은 마을 사람들을 노려본다.

"자! 내는 평안도 사람 정범진인디 누구든지 밀고하는 새끼는 언제든지 찾아와서 죽여버리겠어. 왜놈한테 붙어먹고 밀고할 새끼들은 내가 왜놈들보다 그 새끼들 먼저 죽이갔어! 알간?"

침착하면서 조용히 눈을 부라리며 마을 사람들을 노려보는 악마 같은 모습의 범진에 다들 눈도 못 맞추고 알았다고 고개만 끄덕인다.

"누구든지 이 대가리 치우는 새끼는 내 손에 죽을 줄 알라우."

범진은 기세 좋게 잘려진 노인의 머리를 툇마루에 떡하니 올려놓는다.

"영감, 여기서 왜놈들한테 억울하다고 외쳐보기요. 퉤!"

노인의 얼굴에 침을 탁 뱉고 범진은 아무 일도 없다는 듯 다시 산으로 제 갈 길을 간다. 귀신의 형상을 하고 도끼로 사람의 머리를 자른 범진이 사라지자 마을 사람들은 걸음아 날 살려라 하면서 도망가고 잘려진 노인의 머리는 마을 사람들의 뒤꽁무니만 쳐다보고 있다.

범진은 다시 산으로 올라갔고 그제야 추격조가 따라 붙을까 걱정이 되기 시작할 정도로 감정이 최고조로 흥분되어 있었다. 아무도 그한테 전술에 대해서 가르쳐준 적 없지만 범진은 자기 몸이 시키는 본능대로만 했을 뿐이다.

그전에 도망가면서 총 몇 번 쏴보고 총소리만 나면 후퇴만 했던지라 눈먼 총알 말고는 자기가 사람을 죽였을 리도 없으니 아마 이번이 처음으로 사람을 죽인 것이리라. 수류탄이 터지고 바로 뛰어들어 자기가 겨눈 목표물이 피를 퍽퍽 뿜으면서 쓰러지고 자기의 체중이 실린 총 개머리판에 적군의 턱이 돌아가고 총검이 가슴팍에 박힐 때의 그 손맛은 아직도 믿기지 않을 정도로 황홀했다.

이제 나이 서른 넘어서 범진은 자기가 제일 잘하는 게 뭔지 알았다. 자기는 뛰어난 나무꾼, 뗏목군에 뱃사람인 줄로만 알았는데 타고난 싸움쟁이였던 것이다. 그것도 시정잡배들 주먹질이 아닌 총을 쏴서 사람을 죽이는 나쁜 놈을 죽이는 게 범진이 제일 잘하는 일이고 어쩌면 살아있는 동안에 이 행위를 계속 멈출 수 없을 거 같다고 범진은 직감했다. 그렇다. 범진은 타고난 용맹으로 겁 없이 전장을 누빌 팔자를 타고난 사람이었다. 다시 격전이 벌어진 곳에 도착하니 머리가 날아간 불쌍한 석도의 시신이 보였고 죽어 넘어진 관동군의 시체도 나뒹굴고 있었다. 잠시 그 자리에 멈춰선 범진은 총을 내려놓고 석도의 시신을 끌어안아 일으켜 세웠다. 그리고 혼자서 바쁘게 움직이다가 일이 다 끝났는지 재빠르게 수풀 속으로 사라졌다.

그날 오후 늦은 시간, 기관총으로 중무장한 관동군 1개 소대가 마을에 도착해 범진이 한 짓을 보고 나서 마을 사람을 앞세워 바로 산길로 접어들었다. 추적에 나섰다가 선발대로 갔던 대원이 돌아와서 이상한 게 있다는 보고를 하였다. 저 멀리서 봐도 이상한 모습이 보이길래 소대장은 조심스레 다가가 보았다.

조선혁명군 복장을 한 시신이 가부좌를 한 자세로 나무에 기대어 앉아있고 네 명의 관동군 시체가 조선인 시체에게 엎드려 절하는 자세로 가지런히 놓여있다. 정자세로 앞을 바라본 조선혁명군 시체는 늠름하게 군모가 씌어있지만 까까머리의 관동군 시체는 벌거벗은 채로 아주 비굴한 모습으로 죽어있는 것이다. 가까이 다가와서 그 모습을 본 관동군 소대장은 어이가 없었다.

역정을 내면서 부하들을 불러 저 조선놈 시체부터 치우라고 하고 관동군들이 죽은 석도의 시신을 드는 순간 수류탄의 안전핀이 뽑히면서 폭음과 함께 소대장을 포함한 대여섯의 몸이 비명을 지르면서 붕 떠올랐다.

산등성이를 오르던 범진은 저 멀리서 들리는 폭음을 듣고 그쪽으로 고개를 돌려 씩 하고 웃는다.

"석도야. 보고 싶다! 미안하다. 잘 가라!"

소리 나는 쪽을 보고 범진이 크게 외쳐본다.

더 큰 바다를 향해
〈1936년 9월 만주 장춘〉

만주 침략의 발판을 이룬 기반은 막강한 일본의 군사력과 더불어 약탈한 물자를 실어 나를 수 있는 철도 부설에 있었다. 이른바 만철滿鐵이라 부르는 남만주 철도부설권은 일본이 대륙 침략의 목적을 위해 경영했다.

원래 1901년 러시아가 요동반도 조차 조약에 의해 취득한 것을 1904년 일본이 러일전쟁에서 승리하면서 '남만주철도주식회사'로 간판을 바꿨다. 만철의 광대한 철도와 그 부속지는 일본의 대륙 침략의 전초 기지가 되었고 자연스레 만주와 조선은 철도로 연결되는 하나의 광역권이 되었다. 일본에서 실어 나른 물자는 자연스럽게 열차를 통해 조선을 거쳐 만주까지 수많은 사람과 물자를 실어 날랐고 반대로 또 만철을 통해 만주와 조선의 사람과 물자는 일본으로 건너갔다. 1936년 베를린 올림픽에 참석한 손기정도 일본 대표 자격으로 경성을 출발하여 만주-시베리아-유럽까지 15일간 기차를 타고 이동했다.

당시 만주의 폭발적인 호황에 힘입어 일본은 벌써 세계 대공황에서 벗어났고 미국의 서부 개척 시대와 같은 무법천지 만주는 다양한 민족이 모여들어 저마다의 삶을 살아가고 있었다. 광활하고 법이 없는 이곳에서 자기의 이익을 위해서 배신하고 죽이고 또 연합하고 하는 삶의 행태는 어디서나 볼 수 있는 모습이다. 어차피 다들 객지에서 만난 인연들이라 안 보면 그만이니 갈등이 생기면 힘으로 해결했다.

만주에는 기존의 만주인, 중국인 외에 지배자인 일본인에 농업이민으로 이주한 조선인 외에도 몽골인, 러시아인, 타타르인, 프랑스인, 독일인 등 50개가 넘는 민족과 45개의 언어가 존재할 정도였다. 말 그대로 대혼돈의 장소였고 꿈을 가진 자의 블랙홀이자 누군가에게는 희망의 장소, 누군가에게는 절망의 장소인 만주였다.

이민자 집단들은 자기 민족끼리 모여 살면서 정보를 교환했고 다른 이민자 집단과 맞서 싸우기도 했는데 이러한 복잡한 지역의 최상위자는 일본이었고 이제 만주를 손에 다 넣게 된 일본의 자신감은 하늘을 찔렀다. 1936년 조선 총독으로 부임한 미나미 지로南次郎는 그전 총독시대부터 실시해 왔던 내선융화 정책을 보다 더 강화하여 그 영역을 선만일여鮮滿一如라는 민족말살 정책으로 확대하여 나갔다. 이는 나중에 민족말살을 위한 황국신민화정책의 시작이었다. 그 여파로 조선 민중은 일본 패망 전까지 창씨개명, 신사참배 등의 민족 말살 정책에 시달리고 수많은 생명들이 징용, 위안부 등으로 동원되는 고난의 시대를 맞게 된다.

아직 창씨개명이 시행되기 전부터 자원해서 요시다 준이치가 된 준길은 지금 이 자리에 자기가 서있는 게 믿기지 않는다. 지금 준길이 와 있는 곳은 새로 조선에 부임한 미나미 지로 총독의 취임 축하연이 벌어지고 있는 장춘 만주국 정부 연회당이다. 말 그대로 만주 바닥에서 내로라하는 인물들은 다 초대를 받아 서로 칵테일에 와인을 마시면서 얼굴 익히기에 바쁘다.

연미복에 나비넥타이까지 맨 준길은 구로다 상과 같이 연회장에 들어가기 전부터 이 자리에 초대받았다는 게 영광스러웠다. 차에서 내릴 때 문을 열어주면서 보초를 서던 친분이 있는 위관급 조선인 장교들도 그런 준길을 보고 놀란 표정을 짓는다. 이제 요시다 상사의 사장인 준길은 여유 있게 그들을 향해 눈을 찡긋하면서 가볍게 손을 들어주면서 지나간다.

예전에는 준길이 밥을 사줘가며 안면 익히느라 일부러 찾아다니면서 관동군 젊은 장교들과 인맥을 만들어갔지만 이번 일을 계기로 해서 이제 그들이 준길을 불러내 밥 한 끼 같이 먹자고 할 것이다. 조선 출신의 관원이나 군인, 언론인이 아닌 상인이 관동군이면 다 아는 거물급 구로다와 같이 한 차를 타고 연회장에 초대되었다는 그 자체가 그저 놀라울 따름이다.

생전 처음 보는 화려한 조명과 파티장 곳곳에 울려 퍼지는 관현악단의 연주 소리, 서로 담소하면서 축배를 드는 귀빈들 사이에서 준길은 기죽지 않고 구로다를 보좌하고 귀빈들과 인사를 하면서 지나간다. 훤칠하게 생긴 준길은 구로다를 통해 늘 그랬듯이 '조선 출신의 일본인'으로 앞으로 일본 제국의 모범이 될 젊은 인재로 소개를 받았고 상대방은 의례 그렇듯이 이런 인재를 발굴하여 큰 사업을 벌이는 구로다의 안목에 대해 칭찬을 아끼지 않는다.

항상 준길은 구로다의 병풍이자 정치적 쇼를 위한 대상이었지만 준길은 개의치 않는다. 가만 생각해 보니 경상도 시골 출신의 자기가 어떻게 이런 자리에 초대받아서 신문에서나 보던 고관대작들과 애기를 해보겠는가? 고향에서 땅만 파다가 그냥 집에 가서 밥 먹다가 화나면 밥상 뒤엎고 집에서만 떽떽거릴 고향 친구들과 밖에서 차렷 자세로 경비를 서는 조선 출신 초급 장교들을 보니 자기가 진짜 출세하기는 한 거 같다.

사실 이들이 하는 얘길 들어보니 정말 별거 없었다.

요즘 내지는 어떻니, 뭐가 유행하니, 무슨 노래 들어봤니, 누구네 아들이 동경제대에 입학했네 등등 시정잡배들이 하는 얘기와 별반 다를 게 없지만 준길은 관계없다. 그들이 물어오는 질문에 공손하게 대답하면서 끊임없이 공통점을 찾아내고 거기에 맞게 화제를 이끌어 좋은 인상만 주면 그만인 것이다. 다들 얼굴에는 이 자리가 빨리 끝났으면 하지만 서로가 가면을 쓰면서 하하호호하는 분위기에 준길은 잘 녹아들고 있다.

오늘은 이 자리에 참석해서 중요 인물과 만나기로 약속했다.

구로다가 미리 일러주기를 오늘 연회가 파하면 장춘의 모처로 이동하여 관동군 1사단 군수참모 우에하라 소장과 약속이 되어있단다. 현재 1사단은 관동군 중 제일 북쪽에 주둔하고 있고 향후 몽골, 러시아를 가기 위한 길목을 터줄 일본 육군의 핵심 세력인 것이다. 이런 고관과 같이 자리를 갖고 안면을 익혀 장춘 북쪽으로 시베리아까지 가는 열차 내 판매권만 따내면 준길의 사업은 날개를 달 수 있다. 혹시 아는가 덩어리가 커져서 1사단 납품 업체까지 지정된다면? 준길은 이제 더 멀리 보기 시작한다.

거나하게 한잔하고 구로다와 함께 돌아가는 준길에게 김종대라고 이름이 기억되는 대위 계급장을 단 장교가 차 문을 열어주고 이들에게 경례를 붙인다. 봉천에 근무할 때 진주 출신이라 고향 사람이라고 알고 지냈는데 진급하면서 장춘으로 간다기에 준길이 거나하게 술을 사주고 여비를 찔러준 적이 있다. 이제 준길이 오늘 연회 참석한 일은 관동군 조선인 장교들 사이에서 봉천에서 알던 황준길이 예전의 그가 아니라는 소문과 함께 빠르게 퍼져나갈 것이다.

장춘은 만주국의 수도로서 길림성에 속하고 만주국에서는 신경이라고 불린다. 만주국의 실체인 일본이 도시 설계를 하여 길이 쭉쭉 뻗어있고 도심 곳곳에 주거지, 공원, 군부대가 잘 정돈되어 있어 수도의 느낌이 난다.

시내 외곽의 고급스러운 건물에 도착한 준길 일행은 안내를 받아 방으로 들어갔다. 아직 우에하라 소장이 도착하지 않아 착석하지 않고 구로다와 같이 담배를 피우면서 기다린다. 술이면 마다하지 않는 구로다인데 오늘은 만나는 사람마다 다 넙죽 받아 마시니 조금 힘들어 보인다.

"요시다 사장, 난 당최 이렇게 술만 먹고 그냥 자버리고 하기에는 시간이 너무 아까워, 다음에는 우에하라 소장을 초대해서 우리가 봉천에서 한번 놀자고. 우리 단골집 얼마나 좋은가? 술 한잔하고 한 번 땀 쫙 빼고 또 한잔 마시고. 이런 자리는 왠지 나한테는 안 맞아."

"저야 술을 즐기지는 못하지만 그래도 땀 쫙 빼면 구로다 상 주량의 절반은 따라가겠죠? 저는 오늘 바짝 긴장해서 마셔서 그런지 취기가 안 오르네요."

밖에서 인기척이 들리더니 군화의 또각거리는 소리가 들린다.

이윽고 들어선 우에하라는 놀라울 정도로 왜소한 체격에 안경을 낀 40대 후반의 남자다. 머리도 벗겨지고 콧수염을 기르니 더 나이가 들어 보이는데 준길이 느낀 첫 인상은 소설에서 봤던 욕심쟁이 스크루지 영감이 세상에 존재한다면 저런 얼굴이 아닐까였다. 원래 눈이 크지 않은 얼굴인데 안경을 끼니 눈이 더 작아 보여 도저히 어디를 쳐다보는지 자는 건지 깬 건지 구분도 안 될 정도였다. 그러고 보니 연회장에서 얼핏 본 얼굴이었는데 이 자리를 위해서 일부러 구로다 상이 인사를 안 시킨 게 아닌가 싶다. 정말 한 번 보면 잊을 수 없는 외모와 체격이다.

"소장님, 오늘 축하연에서 너무 바빠 보여서 일부러 인사드리지 못했습니다."

"뭐, 우리 사이에 번거롭게 그런 자리에서 인사하고 자시고 할 게 있나. 이렇게 조용히 만나서 사업 얘기나 하면 되는 거지."

말을 마치고 우에하라는 소개해 달라는 듯 준길을 쳐다본다.

"소장님, 제가 여러 번 말씀 드렸던 요시다 상사의 요시다 준이치 사장입니다. 젊은 친구가 얼마나 똑똑하고 일처리를 잘하는지 제가 아주 아끼는 후배이고 우리 사업을 키우는 데 없어서는 안 될 인재랍니다."

고개를 들어 준길을 아래위로 훑어보는 우에하라의 눈길이 어디를 향하는지 알 수 없지만 준길은 일어나서 고개를 숙여 인사한다.

"오, 자네 얘기는 내가 23사단 니시가와 소장한테 들었네. 젊은 친구가 눈치도 빠르고 일도 정말 잘한다고 그러지? 그래 올해 나이가 몇인가?"

"네. 올해 29살입니다."

"자네 일본어가 오히려 야마구치 출신인 나보다 더 표준어를 잘 쓰니 내가 정말 무안하구먼. 역시 구로다 상이 물건은 잘 보는 줄 알았지만 사람까지 잘 볼 줄은 몰랐네."

"하하, 소장님, 제가 물건 잘 보는 건 기본이지만 사람은 더 잘 보죠, 사실, 남자보다 여자를 더 잘 보지만 소장님께서 봉천으로 잘 안 오시니 모실 기회가 없었습니다."

"이 사람아. 내가 봉천으로 가면 여기 사람들이 뭐 또 먹을 거 있나 싶어서 얼마나 눈치를 주는지 모르겠네. 사실 장춘에 있으니 높은 분들이 많아서 더 불편해. 나야 봉천으로 가면 좋지만 말이지."

"이제 소장님도 빨리 대장으로 올라가셔야지 되는데 제가 사령부 쪽에 좀 더 얘길 해봐야겠습니다."

구로다의 로비력과 인맥 관계는 이미 관동군 고위급들은 잘 알고 있다. 소문에 의하면 내지의 육군성 고위 장군의 서자 또는 내각 장관의 서자라고도 하지만 이러한 구로다와 친해지면 우에하라에게도 나쁠 건 없었다. 술이 몇 잔 돌면서 구로다가 준길에게 눈짓을 하자 준길은 가져왔던 가방을 꺼내 우에하라 옆 자리에 살며시 내려놓는다. 우에하라는 가방을 열어보더니 바로 부관을 불러 차에 갖다 놓으라고 지시한다. 이제 분명히 주었고 구로다는 그가 필요한 얘기만 하면 된다.

"구로다 상, 여기는 우리 1사단에서 운영하는 접대소니까 자고 가도 되고 위병들이 잘 지키고 있는 안전한 곳이니 보안은 걱정하지 말고 오늘 자네가 하고 싶은 얘기 내가 한번 들어보지."

"소장님, 지난번에 23사단은 히로마쯔 대좌님께 잘 말씀해 주셔서 저희가 23사단 군복 계약을 잘 마무리 지었습니다. 평양하고 신의주 쪽에서 만들었는데 다행히 품질도 좋다고 그러고 이제 소개해 주신 김에 1사단 군복, 군낭, 텐트까지 어떻게 잘해보라고 하시는데 아무래도 소장님께서 힘 좀 써주셔야겠습니다."

"이 사람이 고작 군복하고 천 쪼가리 때문에 나 보자고 한 거 아닌 거 다 아니까 사실대로 말해보게. 그 양반이 자네에게 선봉 1사단을 소개할 때 그 정도만 얘기한 거 같지 않은데."

"아이고, 제가 좀 부끄러움이 많아 술 좀 마시고 술김에 부탁드릴랬는데 바로 이렇게 말씀해 주시니 뭐 그냥 염치없이 시작하겠습니다."

어디를 보는지 모르는 우에하라를 향해 두 손으로 공손히 잔을 든 후 구로다는 술을 깨끗이 비우고 옆에 있던 준길이 바로 채워주려고 한다.

그런 준길에게 구로다는 손짓으로 잠시 멈추게 한다.

"우에하라 소장님이야 나랑 술자리도 여러 번 했고 서로 눈빛만 봐도 잘 아는 사인데 자네는 오늘 첫 인사 드리는 자리이니 판이 펼쳐졌으니 속 시원하게 소장님께 얘길 해보게."

갑작스러운 구로다의 제안에 준길은 약간 당황했지만 그래도 자연스럽게 일어나 술잔을 들고 고개를 숙여 인사하며 당당하게 말한다.

"우리 관동군 선봉 1사단의 위상은 이 만주 바닥에 그 위용을 떨치고 남을 겁니다. 현재 우리 만철 노선이 시베리아를 통해 유럽까지 연결되어 있는데 몽골과 소련 접경까지 진출한 1사단의 중요한 보급 노선이기도 하고 제국이 꿈꾸는 더 큰 세계를 위해서 1사단이 선봉이 되어 우리 관동군이 소련까지 차지하게 되는 날은 이제 곧 머지않을 거라고 생각합니다. 이에 소장님께서 저희 요시다 상사에 장춘~시베리아까지 각 역사의 창고 운영권과 열차 내 판매권에 입찰할 기회만 주신다면 그 은혜 잊지 않겠습니다."

원래 열차 내 판매권까지는 이번에 얘길 할랬는데 각 역의 창고 운영권까지 달라고 할 줄은 구로다도 생각하지 못했다.

'역시, 이 녀석은!' 속으로 구로다도 감탄한다.

예상하지 못한 제안에 우에하라의 작은 눈도 조금 커진 거 같다.

장춘~시베리아 노선의 역사 창고 운영권이라는 것은 사실 당장 큰 이권이 걸린 사업은 아니지만 향후 크게 될 잠재력은 대단한 사업이다. 현재 관동군에서 역사의 창고 관리를 하고 있지만 군수 조달 위주이지 군수품에 대한 정확한 관리와 선입선출 등에 대해서는 관동군 일선 부대에서도 불만이 많아 전문 민간 업체에 위탁하자라는 얘기가 나온다. 이 이야기도 그동안 준길이 조선인 출신 위관급 장교들을 통해 부지런히 발품 팔아서 들은 정보이고 관동군 군수 장교들 사이에서 추진해야 할 긴급 업무 1순위라고 들었다. 일단 창고를 쥐고 있으면 당연히 어느 품목이 잘 빠져나가고 재고 순환이 어떤지 한눈에 알 수 있다. 회전이 빠른 품목이 당연히 돈이 되는 거라 그 품목의 공급처를 잘 꿰고 있으면 그물을 던져서 공급하는 거보다 작살처럼 콕콕 찔러서 물건을 대면 된다. 군대라는 게 정말이지 머리부터 발끝까지 다 돈을 써야 하는 조직이고 먹는 거, 입는 거, 사람 죽이는 거도 다 돈이 있어야 가능하다. 거기에다가 길고 긴 만철 노선의 각 역에 있는 창고 운영을 쥐고 있으면 그만큼 고용하는 인력이 많아지고 그 인원들을 교육시켜 관동군 입맛에 맞게 부릴 수 있게 되면 다른 업체가 들어오기도 힘들어진다. 한 번에 몇천 명의 인부를 고용하면 이를 통한 사람 장사도 충분히 가능한 크게 이문이 남는 사업인 것이다.

"하하, 나는 뭐 그냥 천 쪼가리 더 달라고 할 줄 알았는데 이거 뭐 내가 생각한 거 이상으로 욕심이 많은 친군데..."

정말 지금 군에서 뭐가 필요한지 콕 찝어서 얘길 하니 우에하라도 당장 어떻게 둘러대서 뜸을 들여야 할지 떠오르는 마땅한 핑계거리가 없다.

"우에하라 소장님, 저희 요시다 상사는 조선에도 거래처가 몇 개나 있고 경성과 봉천에서도 큰 창고를 운영하고 있어 맡겨만 주시면 제국 군대가 어디를 가더라도 똘똘하게 잘 맞춰서 최상의 서비스를 제공하겠습니다."

이미 준비가 된 듯한 준길의 말에 구로다와 우에하라는 연신 허허허 웃으면서 고개를 끄덕인다.

"나는 이제까지 구로다 상이 만주 제일의 사업가인 줄 알았는데 젊은 친구가 대단하구먼. 안 그래도 관동군 내부에서도 몇 가지는 민간 기업에 위탁하자는 이야기가 나오는데 일단은 내가 만철 판매권은 재입찰하기로 했으니 자네들도 기회가 있을 거고 창고 운영권은 우리 사단장께 내가 보고서를 만들어서 한번 추진해 보도록 하겠네."

들어주기 힘든 한 가지와 들어줄 만한 한 가지 모두 두 가지를 얘기해서 하나는 입찰 참여 통보를 받았고 더 큰돈을 벌 수 있는 힘든 한 가지는 꽤 낙관적인 답을 들었다.

입찰에 들어가면 뛰어난 로비력으로 떨어져 본 적이 거의 없는 구로다의 실력으로 승률이 높을 것이고 창고 운영권에 대해서 그 정도로만 얘길 들어도 굉장히 좋은 징조다.

"요시다 사장이 이런 면이 있어서 제가 정말 좋아합니다. 저는 처음에 조선 출신 장교들과 술자리를 자주 하기에 이 녀석이 고향 생각나서 그러나 싶었는데 술자리에서 나오는 하급 장교들 애로 사항 꼼꼼하게 적어나가더니 어떻게 하면 제국의 군대에 도움이 될까 고민을 많이 하더군요. 그런데 이렇게까지 생각이 앞서갈 줄은 저도 몰랐습니다. 하하하!"

우에하라 소장 역시 기분이 좋은지 연신 술잔을 비우면서 준길의 칭찬에 침이 마른다. 술이라는 게 사람의 경계심을 낮추고 더 마시게 되면 더 큰 그림을 같이 그리게 하는 마법을 소환하게 된다.

"자네 만약에 역사 창고 관리까지 맡으면 나한테 무얼 해줄 건가?"

아까 연회장에서 마신 술의 취기가 깨지 않은 상태에서 지금 이 자리에서 계속되는 술자리로 술이 그다지 세지 않아 조금 힘든 준길이지만 이 대목에서는 대답을 잘 해야 한다는 걸 직감적으로 알아차린다.

"먼저 역사의 창고에 저희 최정예 직원들을 투입해서 출고가 많은 제품부터 적은 제품까지 갑을병정으로 분류해서 위치를 정해놓겠습니다. 아무래도 회전이 많은 제품은 출입구 근처에 놓아야 할 것이고 그에 따라 작업자들의 작업 동선을 조정해야 합니다. 또한 역사 창고 운영을 통해 개선된 방법을 저희 직원들이 관동군 1사단 각 예하 부대로 파견 나가서 군수병과 장병들을 상대로 교육을 시켜나가겠습니다. 이렇게 되면 1사단은 최정예 부대라는 강군에다가 군수품 공급에 더욱 더 체계가 잡힌 부대로 만주뿐 아니라 전 세계 어디를 내놔도 뒤지지 않을 명성을 얻을 것입니다. 거기에다가 이런 획기적인 방법을 도입하신 소장님은 계속 진급하시어 앞으로 군인으로서 더욱 승승장구하실 것이고 저희 요시다 상사는 소장님의 미래를 위해 모든 걸 다 바치겠습니다."

술에 취해 달아올랐던 우에하라는 평소의 냉정한 그답지 않게 자리에서 일어나 '짝짝짝' 박수를 친다.

"내가 본 조선인 중에서 제일 좋은 조선인이 죽은 조선인이라고 생각했는데 이런 인재를 우리 제국에서 품을 수 있다니 내가 정말 복을 제대로 받았구먼. 하하하!"

"소장님, 요시다 사장은 조선에서만 태어났다 뿐이지 우리 일본 신민이 된지는 이미 오래이고 지금 미나미 총독이 추진하는 내선융화, 선만일여 정책을 벌써부터 충실하게 따르고 있는 엘리트입니다."

구로다가 기분이 좋아져서 바로 맞장구친다.

"이제 우리 제국이 중원을 삼키고 저기 시베리아를 넘어 유럽까지 가려고 하면 이런 인재가 더 많아져야죠. 요시다 군은 온 아시아인의 모범적인 상징이 될 겁니다."

"구로다 상, 요시다 사장, 잠시 자리에 좀 앉읍시다."

술이 좀 과했는지 따뜻한 차를 찻잔에 부으면서 우에하라가 앉기를 권한다.

"난 개인적으로 우리 제국이 어디까지 커가느냐에 대해서 그렇게 낙관적이지는 않네."

갑작스러운 우에하라의 발언에 구로다와 준길이 서로 얼굴을 쳐다본다.

"난 말일세, 사실 우리 제국의 군사력이나 국력을 보더라도 좀 더 만주에서 실력을 키워서 중원을 쳤으면 하네. 여기 만주국 땅만 해도 이미 본지와 조선보다 더 큰 땅이거든. 이 넓은 땅 위에 안 나오는 게 없고 땅 밑에도 어마어마한 자원이 묻혀있지. 먼저 만주에서 좀 더 틀을 잡아 몇십 년이 걸리더라도 모든 만주인들을 철저한 우리 황국 신민으로 만들고 난 후에 중원이나 러시아로 가도 늦지는 않아."

이제까지 다른 관동군 군부 고위급들에게는 들어보지 못한 새로운 의견이다.

"지금 만주에 조선인 항일 운동 부대와 공산당 항일 부대가 계속 암약하고 있는데 먼저 이것들을 다 쓸어버려야 하네. 육군성에서도 같은 의견인데 지금 관동군 수뇌부는 도저히 육군성의 제지를 듣지를 않아. 우리가 중원으로 가게 되면 분명히 만주에 있는 불순 세력들이 약해진 만주의 관동군을 상대로 뒤통수를 칠 것이고 그리 되면 우리 보급선이 길어져서 아무리 중국 국민당이나 공산당이 오합지졸이라고 하지만 우리도 승산이 없다네. 생각해 보게. 우리 군사 하나가 중국군을 5명씩 죽여야 그 비율이 맞아떨어지는데 매번 전쟁마다 그렇게 이길 수가 있겠는가? 만주야 우리 땅인 조선과 가까워서 병력 보충이 쉽고 내지에서도 바로 지원이 가능하지만 중원을 치는 거는 또 다른 이야기야."

우에하라의 얘기에 잠시 다들 침묵한다.

"지금 조선을 보게. 이제 소학교에서 우리 일본어를 가르치고 일반 사병들도 조선인이나 대만인으로 뽑아서 우리 제국의 병사로 키울 거라고. 아무리 우리 제국이 싫다고 해도 이렇게 몇십 년 지나면 조선인 다음 세대는 그냥 우리 일본인이 되는 거야. 그러면 지금 항일 운동하는 세대도 늙어가면 대가 끊길 거고 다음 세대 조선인에게는 항일이나 이조시대나 정말 까마득한 옛날 얘기가 되는 거거든. 지금 좀 더 이 땅에 뿌리를 박고 조금 시간이 더디더라도 만주국마저 조선처럼 만들어버리면 우리 제국은 그때 가서 중원을 치거나 소련을 쳐도 문제가 없을 거라고. 중국이라는 나라는 대대로 분열하는 특성이 있어서 우리가 가만히 있어도 자기들끼리 내전으로 죽고 죽이면 우리는 그냥 때만 기다리면 되는 거라고. 내가 보기에는 다들 1894년 갑오전쟁부터 중국이나 러시아와 붙어서 계속 승리만 해왔으니 내지는 물론 군부에서도 너무 신중하지 못한 거 같애."

이러한 우에하라의 말에 구로다는 속으로 '니가 그리 소심하니까 아직까지 소장밖에 못 하는 거지'라고 지껄이면서 앞에 놓인 술잔을 한입에 털어 넣는다. 이런 소극적인 사람이 바로 일본 제국의 독소와 같은 존재인 것이다.

"소장님, 우리 일본 제국은 세계 제일의 강군이고 전쟁에서 져본 적이 없습니다. 국제 사회가 지금이라도 간섭만 안 하면 산해관 넘어서 홍콩까지 충분히 밀고 내려갈 수 있습니다. 그리고 저기 북쪽에 있는 곰 같은 소련은 우리가 언제든지 마음만 먹으면 모스크바까지 몰고 갈 수가 있는 건 다 아는 사실 아닙니까."

지독한 극우주의자인 구로다가 자기는 표를 안 내려고 하지만 누가 듣기에도 귀에 거슬리는 볼멘소리로 반박을 한다.

"자네도 그렇게 보는지 모르겠지만 북쪽의 소련이 예전에 우리가 러일전쟁 때 상대했던 그 러시아가 아냐. 1사단도 노몬한까지 진출해서 소련군의 동태를 계속 살피지만 그들이 갖고 있는 무기 체계며 사기가 상당하더군. 예전의 제정 러시아 시대와는 다르게 애들이 공산화가 되더니 중화학 공업을 집중적으로 키웠는지 지금은 만만히 볼 상대가 아니네. 전쟁이라는 게 꼭 이겨야 하는 거고 이기기 위해서는 먹는 것, 입는 것, 무기 등을 제대로 공급을 해줘야 하는 게 기본인데 이 점에 대해서는 내지의 육군성에서도 분명히 제대로 지적했거든. 그런데 관동군은 도저히 말을 들어먹지 않아. 지금 우리 밖으로 뛰어나가려는 사자처럼 막 겁도 없이 나서려는데 군수를 맡고 있는 내가 보기에는 정말 걱정이야."

구체적으로 조목조목 얘기하는 우에하라의 얘기에 준길도 더 이상 반박을 못 하고 말없이 구로다와 우에하라에게 술을 채워준다. 갑자기 분위기가 조금 이상해졌다고 느낀 건지 아니면 자기가 술이 좀 과해서 실언을 했다 싶었는지 우에하라가 작은 눈을 더 작게 만드는 비굴한 웃음을 지으면서 다시 술을 권한다.

"그나저나 자네가 말한 봉천의 좋은 곳을 내가 언제 한번 가 볼려나? 여기가 봉천보다 미녀가 없지만 내가 오늘 특별히 귀빈을 위해서 준비한 손님들이 있으니 다들 즐겁게 놀아보세."

조금 불쾌해 보였던 구로다도 즐겁게 놀자는 말에 다시 입이 헤하고 벌어진다. 우에하라의 박수 소리에 문이 열리더니 놀랍게도 늘씬한 백인 여성 다섯이 들어온다. 하나같이 대단한 미모에 검은 머리, 갈색 머리, 금발의 20살도 안 되어 보이는 여성들이다.

"하얼빈에서 소련 여자 장사하는 친구가 있어 내가 특별히 좀 보내달라고 했지. 얘들이 얼마나 질투도 많고 남자 비위를 잘 맞추는지 안 놀아보면 모를 거야. 자네들도 맨날 보는 게 만주인, 한족, 조선 여자들일 건데 장춘까지 온 김에 소련 여자들도 품고 놀아봐야지 내가 봉천에 가면 섭섭하지 않게 해주겠지. 하하하. 다들 마음껏 골라보게."

갑작스러운 백인 미녀들의 등장에 구로다나 준길도 입맛을 쩝 다시면서 서로 눈치만 본다.

소련 여자들도 같은 사람인지라 이 세 명의 남자 중에서 누가 제일 마음에 드는지 안 봐도 알 수 있다. 자기들 가슴팍에도 안 오는 우에하라, 비만에 턱이 두 개인 구로다에 비해 훤칠하고 젊은 준길에게 곁눈질을 하면서 준길의 채택을 기다리는 눈치다.

서로 양보에 양보를 하다가 우에하라가 준길에게 먼저 지명하라는 반강제적인 명령에 준길은 감사의 인사를 표하고 그중에서 처음부터 그와 눈을 계속 맞춰왔던 금발에 파란 눈동자의 아가씨를 골랐다. 우에하라와 구로다는 하나씩 좌우로 끼고 아가씨 둘을 데리고 놀고 준길은 이 황홀하게 생긴 미녀를 옆에 앉혔다.

놀랍게도 소련 아가씨는 일본어를 상당히 유창하게 잘했다. 다섯 명의 소련 미녀들이 합석하면서 이들의 술자리는 계속 이어졌고 준길은 처음 만나보는 백인 미녀의 매력에 푹 빠져들었다. 자리가 파하고 접대소의 방으로 안내가 된 준길은 소련 아가씨에 취해, 그리고 술에 취해서 앞을 가누지도 못할 정도였다. 방으로 들어온 소련 아가씨는 준길과 눈을 맞추고 조용히 준길의 입에 혀를 집어넣으면서 흥분한 준길을 서서히 자극한다. 이제까지 접해보지 못한 진한 체취와 신비함에 준길은 이제 제정신이 아니다.

이렇게 살다 보면 이제 남부럽지 않게 만주 바닥에 황준길이 아닌 요시다 준이치로 이름을 떨칠 날이 멀리 남지 않았다고 생각하는 준길이다. 이제 돈과 권력을 끼면서 떵떵거리고 주지육림에 빠져서 살 자신의 미래가 너무 행복하다.

전설이 되어가는 남자
〈1936년 12월 만주 통화〉

조선혁명군을 압박하기 위한 시도는 꽤 오랫동안 지속되었다.

일본 관동군의 사주를 받고 있던 만주국 치안당국은 1936년 1월부터 3월까지 조선혁명군 정부 지방 지도원 및 항일 투쟁을 지원하는 후원자들을 '통비자'라는 이름으로 대대적으로 검거를 시작하였다. 이는 조선혁명군 조직의 운영에 아주 큰 손실이 되었고 일제는 아예 숨통을 끊으려고 계속 집요하게 토벌 작전을 전개했다.

앞으로 중국 대륙 중원으로 진출하기 위해서는 조선인, 중국인, 공산당계 할 거 없이 만주의 항일 세력을 소탕해야 뒤통수를 안 맞을 거라는 걸 일제는 잘 알고 있었다. 이런 와중에서도 조선혁명군은 압록강을 건너 조선 땅까지 가서 일본군과 교전을 치르고 또 만주로 건너와 통화 지역의 산악 지역을 근거로 유격전을 벌이는 등 지속적인 항일 운동을 전개해 나갔다.

치열한 항일 투쟁에 상당한 타격을 입은 일제 측은 1936년 가을 만주국 군경까지 동원하여 대대적인 작전에 들어갔고 12월에는 이를 확대하여 일본 군경과 만주국 관헌이 합동으로 남만주 일대에 '동변도치본공작東邊道治本工作'이라는 항일 세력 말살 공작을 추진하게 된다.

이제 항일 운동에 접어든 지 1년이 된 범진은 조선혁명군에서 아주 유명한 존재가 되었는데 문제는 이런 범진을 예의주시하는 건 관동군과 만주국 치안당국도 마찬가지였다.

지난번 조선인 마을에서 밀고자를 잔인하게 살해한 일은 인근 조선인, 중국인 마을에 다 퍼졌고 만주국 치안당국과 관동군은 범진이 직접 얘기한 '평안도 사람 정범진'이라는 단서만 있을 뿐 통화 일대에서 계속 벌어지는 격렬한 무장 항일 운동의 중심에 그가 있다는 것 외에 도대체 어떤 인물인지 아직까지 신상을 파악하지도 못했다.

외모 불상이지만 8척 장신에 기골이 장대하며 살인마와 같은 잔인한 존재로 알려져 있고 그가 속한 조선혁명군 1대대는 항일 운동의 선봉 역할로서 도깨비처럼 신출귀몰하며 유격전과 정규전에도 능한 정말 골치 아픈 존재였다. 처음에 박만용이 이끄는 분대가 합류한 이후 조선혁명군 내부에서도 이러한 범진의 행위에 대해서 반발이 없지는 않았다. 따지고 보면 왜 조선 부락 주민들이 밀고를 했는지 이유는 충분하기 때문이다.

관동군은 항일 부대의 활동을 제보하지 않는 남만주 일대의 주민들을 무자비하게 학살해 왔다. 범진의 사건이 일어나기 한 달 전인 1936년 5월 통화의 휘남현 조양진에 주둔한 나까무라 대위의 관동군 수비대 제1중대는 항일군의 활동을 보고하지 않았다는 이유로 유하현 백가보 마을을 방화하여 전소시키고 300여 명의 주민을 학살했다. 이 소문은 당연히 남만주 일대의 마을에 퍼져서 주민들을 공포에 떨게 했다. 가끔씩 보이는 항일 세력에 비해서 이 지역의 치안과 군사권을 장악하고 있는 관동군과 만주 군경은 주민들에게는 더 무서운 존재일 수밖에 없다. 마을의 원로들이 결정하기 나름이지만 범진의 분대가 마을에 나타났을 때 관동군의 보복이 두려웠던 노인은 소수의 항일군보다는 다수의 관동군에게 마을의 운명을 맡기고자 했다. 실제로 제보를 하면 제대로 된 보상을 해주는 등 관동군은 철저하게 항일 무장 세력을 고사시키기 위해 모든 노력을 다했던 것이다.

범진 일행이 떠난 후에 당장 관동군에 신고해서 몇 안 되는 조선인 잡으면 이제 두둑한 포상을 받아 마을 잔치나 할까 싶었는데 예상치 못하게 믿었던 관동군 1개 분대가 전멸해 버리고 추적에 나섰던 1개 소대도 소대장이 부비트랩에 걸려서 전사하는 등 관동군과 주민들이 받은 충격은 꽤 컸다. 이래저래 힘없는 백성들은 중간에서 눈치만 보다가 피해를 입기는 매한가지였지만 범진이 벌인 보복극 소문은 날개에 날개를 달아서 남만주 일대를 휩쓸었다.

'평안도 출신의 거한, 정범진'

그 공포의 대명사가 지난 6개월 동안 전투에 전투를 거듭해서 이제는 조선혁명군의 최정예인 제1대대 제1중대의 중대장이 된 것이다. 범진의 거듭되는 진급에는 그를 추천한 이호영의 뜻도 있지만 실제로 범진과 같이 전투에 참여한 혁명군들은 잘 안다.

전장에서의 그의 기개와 순간적인 작전은 항상 먹혔고 백병전이 벌어지면 장총에 총검 하나로 적의 대오를 무너트리는 그의 용맹은 그가 중책을 맡기에 부족함이 없음을 잘 말해준다. 중대장이 된 범진은 자기 고집만 부리는 다른 일자무식의 지휘관들과는 달리 항상 참모인 조상명과 전투 경험이 풍부한 그의 오른팔인 1소대장 박만용 등 부하들의 의견도 참고하면서 전체적으로 판세를 보고 섣불리 움직이지 않는다.

범진이 생각하는 전쟁의 방법은 간단했다.

병사의 사기와 적군의 상황을 놓고 지형을 판단한다.

이길 확률이 100이면 당연히 싸움을 하고 50이면 매복에 들어가 그 가능성을 80으로 올려버리면 된다. 일단 전투가 벌어지면 죽을 각오로 싸우고 자기가 선봉에 나서 뛰어나가서 부하들도 따라오게 만들면 절대로 질 수 없다고 생각한다.

이호영이 주최하는 공산주의 사상 교육에도 열심히 참여하고 있고 배운 게 없지만 질문도 많이 하고 여기서 공부도 해서 한글도 이제 다 깨우쳐간다. 입산한 이후 범진은 과연 할 수 있을까 반신반의하던 시점에서 이제는 정말 세상을 바꿀 수 있다는 자신감도 생겼고 마르크스, 레닌주의에 갈수록 더 심취해서 누가 보더라도 용장에다 지장으로 점점 더 변해가고 있다.

마음에 걸리는 게 있다면 아무래도 봉천에서 자기 생사를 모르는 가족들일 것이다. 지금처럼 추운 날이면 자기 추운 거보다 아들 둘은 잘 크는지 고향에서부터 고생만 시켜온 아내 삼월은 어떠한지 생각만 해도 덩치에 맞지 않게 미안함에 남몰래 눈물도 흘렸다. 언젠가 왜놈이 물러가고 새 세상이 와서 모두가 잘사는 세상이 올 때 자기 아들들에게 이 정범진이도 한몫을 했노라라고 당당하게 말하고 싶은 게 범진의 꿈이다.

가을 어느 날, 호영과 같이 본대로 갔던 범진은 아주 체격이 작고 안경을 낀 사람을 소개받았다. 거한의 범진과 비교가 안 되게 체격이 왜소하고 안경 낀 사람이었는데 얘기를 안 하면 누가 그 인물이 바로 조선혁명군의 총령인 고이허라고 하겠는가.

“자네가 바로 그 유명한 정범진 중대장이구먼, 반갑네 이 사람아!”

초면인데 자기보다 머리가 2개나 더 큰 범진을 반가워해 주면서 악수를 청하는 고이허 총령에게 범진은 황송해서 어쩔 줄 몰랐다.

지금 자기 앞에 있는 고이허가 어떤 사람인가?

조선혁명군의 이념과 이론적인 틀을 만든 장본인이면서 자신이 몸소 실천하는 투철한 애국자로서 성격도 활달하고 언변에도 뛰어난 이론가였다. 중국어에도 능통하여 통역도 없이 동북항일연군의 중국인 지휘자들과 같이 회의도 진행하고 정말 못 하는 게 없어 ‘작은 고추가 맵다’라는 걸 보여준 조선혁명군의 뛰어난 지도자다. 고이허의 본명은 최용성으로 황해도 수안 출신이며 서울의 배재고등보통학교를 졸업한 후 1922년 만주 장춘에서 정의부에 가입하였다.

“사실 이호영 사령관이 봉천에 갔다 올 때마다 여러 번 얘기를 했다네. 자네의 용맹과 전과를 모르면 우리 혁명군이 아니지, 정말 앞으로 잘 부탁한다네. 지금처럼 부하들 아껴주고 잘 이끌어줘서 우리 같이 사람 살 만한 세상 만들어보자고!”

말로만 듣던 총령 고이허의 격려에 범진은 자기도 모르게 왈칵하고 뜨거운 게 올라와서 눈물을 흘리고 만다. 옆에 있던 이호영이 껄껄 웃으면서 “총령님, 이 친구가 나이가 32살인데 어쩔 때 보면 어린애처럼 참 정이 많답니다. 내가 부하들한테 소문만 내면 부대 통솔을 못 할까 싶어서 말을 못 하는데 항상 입이 근질거리네요. 하하.”

“그래, 울고 싶을 때는 울어야지. 뭐 이거 덩치가 좋아서 그런지 눈물도 참 많이 흘리네 그려. 허허, 정 중대장, 우리가 중요한 회의가 있어서 이번에는 안 되겠지만 이번에 출병 마치고 나 한번 찾아오라고. 내가 술 한잔 시원하게 사겠네.”

범진은 다시 꼿꼿이 서서 힘차게 총령 고이허에게 경례를 한다.

"총령님, 꼭 사주셔야 합니다. 제가 이번 전투 마치고 꼭 찾아뵈겠습니다."

사실 이날 9월 2일에 조선혁명군 제2회 중앙행정회의가 있었는데 이때 고이허를 비롯하여 김진방, 문무경, 윤일파, 박대호 등 모두 5명이 참석하여 수뇌 조직의 변경에 대한 논의가 있었다. 군 정부 정치선전처를 취소하는 대신에 선전부를 설치하고 고이허는 총령에서 물러나 조선혁명군 정부 선전부장을 맡아 참석하게 되었다. 이에 따라 고이허는 조선혁명군의 정치사상 교양을 더욱 강화하여 내부의 단결을 강화하고 지속적인 항일투쟁과 반봉건운동을 위한 쪽에 더 집중하기로 했다.

이호영은 보직 변경 없이 후방에 침투하여 일반 대중을 상대로 한 사상 교육과 군자금 모금, 반역자 암살, 혁명군 간부 모병 등을 맡게 되어 자주 입산하기는 어려운 입장이 됐기에 범진은 조금 아쉬웠다. 그러나 더 큰일 하기 위해서 각자 해야 할 일이 있고 우수한 총령 고이허의 지휘 아래 범진은 전장에서 더 많은 적을 죽이고 이호영은 우수한 인재를 끌어모으면서 민중을 상대로 사상 교육을 해나가면 머지않아 가난하고 힘없는 사람도 살 만한 세상이 정말로 올 것이다.

그렇게 9월에 가슴에도 벅찬 고이허 총령과의 만남을 갖고 범진은 여러 차례의 전투에 참여해서 관동군을 지속적으로 괴롭혔다. 압록강을 건너가 평안북도에서도 분란을 일으키자 마침내 조선총독부에서 조선혁명군 정범진에게 중대 범죄를 적용해 어떤 인물인지 본격적으로 조사에 들어갔다. 그 사이에 범진은 압록강이 얼면 또 만주로 넘어와 요녕 안동의 관전현 일대는 물론 가까이는 길림 통화, 멀리는 유하까지 산악 지역으로 이동하면서 유격전을 전개했다.

조선혁명군의 선봉 제1대대장 정범진이 이끄는 1중대는 지금 눈이 쌓여 온 세상이 하얗게 변해버린 길림 통화의 이름 모르는 산에서 관동군 1개 대대와 치열한 전투 중이다.

조선인 마을을 통해 정보를 얻으니 적의 병력이 1개 중대로 파악되어 우선 1개 소대 병력으로 관동군 초소를 기습하여 도망을 치는 척 유인하기로 했는데 실제 맞닥뜨린 적의 규모는 1개 대대 병력이었다. 어디서 잘못된 건지 알 수는 없지만 일단은 협곡의 양쪽을 선점한 지형을 잘 살려서 버텨야만 했다.

원래 계획은 통화와 유하의 길목을 지키는 1개 중대 규모의 관동군 경비 병력만 걷어내고 동북항일연군 제1로군 총지휘관인 양정우(본명 마상덕, 중국 하남성 출신) 부대와 조선혁명군 부사령관 김두칠 장군의 연합군이 통화의 산악 지역에 주둔할 시간을 벌어주는 것이었다. 밀정의 밀고인지 아니면 적의 계략에 빠진 것인지 알 수는 없지만 생각보다 많은 적의 병력과 강력한 화력 앞에 범진은 또 생각한다. 어떻게든 이 자리를 지켜서 조선인, 중국인 연합 항일 부대에게 피해를 주면 안 된다는 마음뿐이었다.

협곡 위에서 바라보니 지금 아군에게 큰 타격을 주는 건 기관총 진지였다. 적의 뒤쪽에 있는 포병 지원은 상호 거리가 너무 가까워 처음에는 범진의 쪽으로 사격을 가하더니 근접 거리가 되자 포성이 멈췄다. 범진은 1소대장 박만용을 앞세워 빠르게 고지대로 이동하여 시야를 확보한다. 온 세상이 흰 눈으로 덮이고 수목도 없어 아군이나 적군이나 서로 노출이 잘 되기는 마찬가지였다.

박격포 기술자인 만용에게 지금 이 자리에서 기관총 진지를 목표로 영점을 잡도록 한 후 쏟아지는 총탄을 뚫고 지원자를 차출한다. 지금 화력으로는 열세지만 절대적인 지형상으로는 위에서 아래를 보고 진격해 오는 적을 방어하는 아군이 더 유리하므로 전 중대 병력에게 지금 자리만 사수하도록 명령을 했다. 기관총 진지 5개 중 전방의 2개는 만용의 박격포 실력을 믿기로 했고 뒤쪽의 3개 진지는 지원자로 구성된 특공조가 뚫어야 한다. 겨울철이라 박격포의 정확도가 떨어지기에 어차피 사람이 해야 할 일이다.

2중대와 3중대는 김두칠 부사령관과의 조우를 위해 먼저 이동하였으므로 당장의 지원은 힘들다. 어떻게든 중대원 중 전투 경험이 많은 자들을 차출하여 기관총 진지뿐 아니라 적의 포대까지 타격을 준다면 중대가 전멸해도 큰 성과는 있는 것이다. 지원자 10명을 추려내어 범진이 이들을 이끌고 나가려고 하자 대대장 참모인 조상명이 그의 팔을 잡는다. 범진이 말한다.

"상명이는 저격수 둘만 보내서 뒤에서 엄호만 해주게, 나머지는 내가 알아서 함세."

그런 범진의 의중을 알기에 상명은 그의 팔을 놓지만 수신호로 저격수 2명을 같이 보낸다.

지금 협곡 아래와 위로는 치열한 총격전이 벌어지고 있지만 화력의 우위를 알려주는 적의 기관총 소리가 더 크고 이에 응사하는 아군의 반격은 상대적으로 미미할 뿐이다. 하얀 위장복을 입은 채 3개 조로 나누어 접근한 범진 부대를 적 일부가 발견했는지 이쪽으로 사격을 하는 순간, 상명이 사전에 배치해 놓은 저격수가 바로 이들을 잡아낸다.

가장 가까운 기관총 진지가 수류탄 투척 가능 거리까지 왔을 때 범진은 바로 때릴까 살짝 고민했으나 이들을 우회하여 약속된 세 번째 진지로 낮은 포복으로 다가갔다. 특공조가 조금 더 가까이 접근하는 순간 "쾅!" 하는 박격포탄 소리가 나더니 지나왔던 적군의 첫 번째 기관총 진지가 날아갔다.

"와!" 하는 아군의 힘찬 함성도 저 멀리서 들려온다.

힘을 얻은 특공조가 이동하려는 순간 적의 총알이 빗발치듯 쏟아진다. 기관총 진지가 날아간 후 적의 사주 경계가 심해지더니 특공조의 움직임이 적에 포착된 모양이었다. 바위 외에는 아무 지형지물이 없는 상황이라 바로 2명의 대원이 하얀 눈밭 위에 빨간 피를 내뿜으면서 쓰러졌다. 나머지 2개 조도 아마 집중 총탄 세례를 받는지 네 번째 기관총 진지 쪽도 조용하기만 하다. 능선에 위치한 범진 중대의 반격이 줄어들자 관동군 보병들의 전진 속도가 빨라진다. 일단 지휘권을 상명에게 위임하고 왔으나 아직까지 부하들은 범진의 지시대로 후퇴는 않고 계속 방어를 하고 있다.

그러나 계속 이렇게 버틸 수는 없는 상황이다. 병력에서 압도적인 열세를 보이는데 부대가 살려면 후퇴를 해야 하지만 여기서 물러나면 통화의 앞마당을 내주는 셈이고 그리되면 동북항일연군과 조선혁명군 본진 앞까지 위험해진다. 간신히 몸의 반을 가려주는 작은 바위에 은신하면서 앞을 보니 총에 맞아 아직까지 숨이 끊어지지 않은 부하가 그의 눈을 쳐다보는데 눈에 눈물이 고여있다.

'저 녀석 이름이 뭐라고 했던가. 고향은 강원도라고 했던데.'

가쁜 숨을 내쉬던 젊은 생명은 하얗게 큰 입김을 쑥 뿜어내더니 이내 축 늘어지고 만다. 품 안의 수류탄을 만지작거리면서 때를 기다리던 순간, '피유웅~' 박격포탄 날아가는 소리가 들리더니 두 번째 기관총 진지 쪽에서 폭발음과 함께 다급한 비명이 들려온다. 역시 '박격포' 박만용의 솜씨다. 박격포가 발사된 방향을 향해 적의 집중 사격이 시작되고 이번에는 아까처럼 아군의 함성도 들리지 않는다. 적이 너무 많고 가까이 붙어버려서 제대로 응사하기도 힘든 모양이었다.

잠깐 적진을 보니 관동군들은 박격포가 있음직한 곳으로 사격을 하고 있고 아군의 반격이 잠잠해지니 기세를 몰아 협곡 상당한 곳까지 깊숙이 들어와 있다. 순간적인 판단이 중요한 때다. 지금 세 번째 진지를 치기에는 적이 너무 앞쪽에 몰려있어 발각되기 쉬웠고 네 번째 진지를 치기로 한 아군 특공조의 움직임이 없는 걸로 봐서 바로 네 번째 진지를 치기로 했다. 범진은 손에 잡았던 수류탄을 넣어두고 허리에 찬 단검을 빼들었다.

빼어든 단검을 입에 물고 그의 안전을 지켜주던 작은 바위와 작별을 하고 앞쪽으로 빠른 포복으로 기어갔다. 눈을 감고 아까 위에서 대충 봤던 네 번째 기관총 진지 쪽과의 거리를 재고 몇 걸음에 도달할 수 있는 지, 몇 명이나 있을지 몇 번이나 시뮬레이션을 해보고 바로 몸을 날렸다. 같은 흰색 위장복을 입은 상태라 적군도 갑자기 측면에서 나타난 범진에 신경을 쓰지 않고 전방만 응시하고 있었고 옆에서 총을 쏘던 두 놈 중 한 놈이 뛰어가는 범진을 발견하고 총구를 돌리는 순간 저격수가 쏜 총알에 그 녀석의 머리가 날아갔다.

'열하나, 열두 걸음' 범진이 생각한 것보다 세 걸음이 짧았고 범진은 전방을 향해 신나게 총질을 하는 사수와 부사수, 그리고 나머지 1명이 자리를 지키는 진지 안으로 뛰어들었다. 근접 거리에서 싸움은 범진의 장기이다. 갑자기 접근한 범진을 의식하기도 전에 단검으로 삽시간에 둘의 목을 따버리고 그제야 반응하는 기관총 사수의 등짝에도 단검이 박힌다. 축 늘어진 관동군 기관총 사수의 시체를 발로 차버리고 범진은 총구를 세 번째 진지를 향해 돌려 방아쇠를 당겼다.

"뚜루루루룩~" 시원하게 나가는 98/1식 선회기관총의 착 달라붙는 느낌도 좋은데 세 번째 진지 안의 일본군들이 픽픽 쓰러져 가는 게 눈에 보이니 범진은 더욱 신이 났다. 기관총 진지를 쓸어버리고 범진은 총구를 다시 등을 돌리고 있는 적들을 향해 쏴 갈긴다. 예상치 못한 배후의 기습에 전진했던 관동군들은 하얀 눈밭에 피를 뿜으며 쓰러져 갔고 이에 아군의 반격하는 소리가 커져만 갔다. 범진이 뒤를 공격하는 순간 세 번째 기관총 진지 근처에 매복하던 아군이 재빨리 기관총을 점령해서 다섯 번째 진지를 향해 사격을 가한다. 중간에서 우왕좌왕하던 관동군 병력이 앞뒤로 응사를 하다가 엄폐물이 없는 곳에서 힘없는 지푸라기처럼 픽픽 쓰러지는 순간.

산 위에서 하얀 옷을 입은 관동군 1개 중대의 병력이 함성을 지르면서 내려온다.

이건 정말 생각하지도 못한 기습이다.

협곡에서 함정을 팠다고 생각했는데 1개 중대의 경무장한 관동군 병력이 산을 넘어 이쪽을 치다니 전혀 예상하지 못한 상황에 범진은 당황하였고 저 멀리 보이는 아군의 반격도 산 아래로 위로 분산되어 큰 혼란이 온 것 같았다. 특히나 협곡의 오른쪽에 위치한 1소대와 2소대가 직접 산등성이에서 몰려오는 적을 상대해야 하는 입장이라서 타격이 더 컸다.

범진과 세 번째 진지를 점령한 부하들은 집중적으로 1소대와 2소대가 위치한 위쪽 산등성이를 향해 기관총을 발사하며 저항을 했다. 협곡 건너편에 위치한 3소대 역시 격렬하게 응전하면서 궁지에 몰린 1, 2소대를 지원했다.

그러자 그때, 하얀 눈밭을 미끄러지듯이 내려오는 관동군 부대 가운데로 비뢰포탄 소리가 들리더니 관동군들의 팔다리가 떨어져 나간다.

비뢰포는 범진도 본 적이 있는데 공산혁명군 소속의 까오원쿠이라는 젊은 장교가 고안한 무기로 보기에는 그냥 드럼통 같고 사거리는 짧지만 파괴력이 상당해서 항일 전쟁 때 보병전이나 산악전에 유용하게 쓰이는 무기다. 곧이어 3소대가 위치한 왼쪽 산등성이를 넘어서는 대규모 부대가 있었으니 바로 동북항일연군 양정우가 이끄는 제1로군 부대인 것이다. 사기가 오른 아군은 협곡에 갇히고 산등성이의 가운데에 끼어버린 관동군을 향해 신나게 사격을 가한다. 범진은 세 번째 진지에 있던 부하 한 명을 불러 기관총을 맡기고 다시 부하 셋을 거느리고 뒤쪽으로 뛰어간다.

앞쪽의 상황을 알게 되어 적의 포병 지원이 있으면 이 전투는 더욱 힘들어진다. 낮은 자세로 이동하는 범진을 발견하고 생존해 있던 특공조 2명이 더 따라붙는다. 협곡 입구에서 돌아가야 하는 길목이라 이쪽의 전황은 포대에서 제대로 알기는 어렵겠지만 빨리 처리하고자 하는 생각에 범진의 마음은 바빠만 진다. 적의 무기를 노획하면 제일 좋겠지만 정 안되면 포신이라도 부러뜨려서 당장 아군에 대한 공격을 막아야 한다.

기동 90식 야포 3문을 지키던 관동군들이 범진 일행을 발견하고 바로 총격을 가했고 사태를 파악했는지 포탄을 탑재하고 발사 준비를 하려는지 적군의 움직임이 분주해진다. 어떻게든 저것만은 막아야겠다고 범진이 벌떡 일어나려는 순간 총소리가 들리면서 야포를 둘러싼 관동군들이 풀썩풀썩 쓰러진다. 함성을 지르면서 이쪽을 향해 달려오는 부대는 조선혁명군 김두칠 부사령관이 이끄는 지원군인 것이다.

불리한 상황을 파악한 관동군들은 무기를 버리고 손을 들었지만 혁명군은 아랑곳하지 않고 바로 총으로 갈겨버린다. 어차피 살려둬

봤자 필요도 없고 포로한테 줄 먹을 것도 없는 혹한기의 겨울이다. 겁에 질려 떨고 있는 어린 관동군 병사가 살려달라고 손을 모아 비볐지만 혁명군 장교 한 명이 권총을 장전하더니 그 병사의 관자놀이에 대고 한 방에 편하게 보내줬다.

원래 입구를 틀어막기로 했던 범진 중대가 관동군 경비 중대를 소탕하는 사이에 통화 산악 지역으로 더 깊이 들어가기로 했던 김두칠 부사령관이 이끄는 본대가 눈밭에서 생각보다 많은 관동군의 이동 흔적을 보고 아군을 지원하기로 방향을 선회한 것은 범진 부대에 큰 행운이었다. 확인한 관동군의 이동 흔적에 비해 적은 것으로 알려졌던 적의 1개 중대 병력 규모에 의심을 품은 김두칠 부사령관은 바로 동북항일연군 양정우 사령관과 상의하여 작전을 바꾸기로 한 것이다.

하마터면 전멸을 맞을 뻔한 범진의 중대는 격렬하게 저항을 했었고 시간을 벌어준 덕분에 지원군의 가세로 협곡 자체를 관동군의 붉은 피로 물들게 했다. 김두칠 부사령관이 범진을 부르더니 꼭 끌어안아 준다.

“이 사람아. 자네가 이렇게 뛰어다니다가 잘못 되면 우얄 뻔했노? 몸 안 상하이 참 다행이다.”

김두칠 부사령관의 본명은 김현재이며 고향은 경상도 청도다. 가난한 농부의 아들로 태어난 김두칠은 결혼하자마자 신혼인 처를 고향에 두고 18세 나이에 신민회 인사들과 만주로 건너가 1913년 이상룡이 세운 신흥학교에 입학하여 만주 환인현에 자리를 잡고 항일계몽 교육을 실시하였다. 이후 1929년 신빈에서 조선혁명당에 가입하였고 1930년에는 조선혁명당 외교부장을 역임하였다. 조선혁명군을 이끌고 일본군의 본진이 있는 흥경성을 점령하여 성루에 태극기와 청천백일기를 게양한 주인공이기도 했다. 1934년 조선혁명군 양세봉 사령관이 밀정에게 속아 피살당한 이후에 김두칠은 선전위원을 거쳐 부사령관으로 추대되어 중국항일연군 1로군 양정우 부대와 연합한 조선혁명군의 실전 사령관이었다.

만세를 부르는 중국 동북항일연군과 조선혁명군들은 서로 승리의 기쁨에 얼싸안고 자축했으며 기쁨에 겨워 허공에다 총을 막 쏴댔다. 중국 동북항일연군 군복을 입었지만 조선말을 하는 조선 사람도 꽤나 많이 보였다.

김두칠 부사령관이 범진을 데리고 가 동북항일연군의 간부를 소개해 줬는데 나이는 범진 또래인 32, 33살로 보이며 눈썹이 짙고 눈과 코가 큰 장비와 닮은 전형적인 무장의 모습이다. 이 사람이 바로 그 유명한 동북항일연군 제1로군 양정우 사령관이다.

양정우는 키가 190인데 키와 덩치가 비슷한 범진과 마주서니 좀처럼 보기 힘든 두 거한이 함께한 모습이 다른 사람의 이목을 끌기에 충분했다. 처음 보는 양정우 사령관은 중국말로 뭐라고 한 후에 범진의 두 손을 꼭 잡고 말한다. 무슨 말을 하는지 몰라도 같이 어렵게 항일 운동을 하는 처지라 중국말을 잘 못하는 범진도 두 손을 마주 잡는다.

양정우. 그는 중국 하남성 출신으로 본명은 마상덕이며 1927년 공산당에 입당하여 하남성 일대에서 농민 운동을 하다가 1929년부터 중국 공산당 만주 지역의 무순특별지부 서기로 시작해서 노동자와 농민을 상대로 계몽 활동을 해왔다. 그러다가 1931년 9월 18일 만주 사변 이후 본격적으로 무장 항일 운동을 시작했으며 수많은 전투를 통해 남만주의 대표적인 항일 운동가이자 공산 혁명가로 이름을 떨쳤다. 관동군과 만주 치안당국이 그에게 건 현상금은 김일성의

10배에 달하는 등 양정우는 관동군의 제거 대상 1호였다.

나라를 잃은 조선 민족의 상황을 잘 이해하여 조선혁명군과 여러 번 연합 작전을 펼친 명실상부한 동북항일연군 제1군 6,000여 장병들의 정신적인 지주인 양정우 사령관이다. 양정우 사령관과 인사하는 사이에 동북항일연군에도 범진의 이름은 널리 알려져 있어 여기저기서 범진과 인사하러 오는 장교들도 여럿 있었다.

말이 통하는 조선인도 있고 말이 안 통하는 중국인도 있었지만 같은 목적으로 투쟁하는 사이라 그들은 다정하게 서로를 끌어안았고 사나이들끼리의 뜨거운 전우애에 심장이 끓어올랐다. 김두칠 부사령관과 중대로 복귀한 범진의 눈앞에 총에 맞아 이미 옷이 붉게 물들어서 마지막 숨을 몰아쉬는 소대장 박만용이 보였다.

옆에 있던 조상명이 범진을 보고 고개를 가로젓는다.

마지막 힘을 주면서 박만용이 눈을 들어 범진을 올려다보고 범진은 황급히 꿇어앉아 만용의 손을 잡는다.

"이보게 소대장, 아니 만용이 형님! 이게 무슨 일이랍네까? 날래 일어나시라요. 빨리 일어나서 창가도 불러주셔야죠. 우리들 데리고 고향에 가면 꼬막 무침도 맛있게 해준다고 했잖아요! 형님, 여기서 이러면 안 됩니다. 일어나시라요!"

울부짖으면서 만용을 끌어안는 범진을 보고 만용은 입을 움직이려고 했으나 말은 못하고 오른손을 바르르 떨면서 마지막으로 범진을 향해 거수경례를 하더니 곧 눈을 감는다.

박격포의 대명사, 말은 없지만 부대원들이 심심하면 목청 뽑아서 구수한 전라도 창가를 불러주던 형님 같은 사람, 지난겨울 아무것도 모르는 범진을 데리고 다니면서 모셨던 첫 리더인 박만용은 그렇게 추운 만주의 이름 없는 산골짜기에서 처자식 얼굴도 못 보고 이 세상을 떠나고 만다. 하긴 이 만주 바닥에 그런 죽음이 한둘이 아니건만 형제처럼 지내온 만용의 죽음에 범진은 목을 놓아 통곡에 통곡을 거듭한다. 조선혁명군과 동북항일연군이 놀라운 전과를 올리는 그 시기에 조선혁명군의 운명을 결정할 큰일이 벌어지고 있었다. 고이허가 만주 관전현 보달원 일대에서 투쟁을 계속하고 있는 사이에 관동군 수비대가 이를 알아채고 포위 작전을 진행했다. 탈출을 위해 호위대원 6명과 치열한 전투를 벌였으나 부상을 입은 고이허는 끝내 체포되었을 뿐만 아니라 조선혁명군 재정부장 이상관을 비롯한 이정헌, 김명암 등도 곧 체포되었다.

양세봉 사령관 역시 밀정에 의해서 잃은 데 이어 대대적인 조선혁명군 수뇌부 검거 역시 조선인 밀정 정만기, 박수림의 공작에 의한 것이니 정말 가슴 아픈 일이었고 혁명군의 타격은 아주 컸다. 혁명군 수뇌부를 검거한 관동군부 측은 모진 고문을 가해서 전향을 권유했으나 고이허는 고문을 다 이겨내다가 기밀 유지를 위해 혀를 깨물면서 저항했다. 회유에 실패한 일본 당국은 고이허 총령을 봉천의 관동군 헌병대로 압송한 후에 1937년 2월 17일 봉천 외곽의 동릉에서 총살형을 집행했다. 고이허 총령은 그보다 10년 이상 나이가 어린 부인 김명환 여사를 두고 향년 35세의 젊은 나이로 순국하였고 후손은 남기지 못했다.

김명환 여사는 그 후에 농촌계몽운동과 여성운동을 계속했고 말년에는 교회의 봉사 활동을 하는 등 성실한 삶을 살아 남편이 못다 한 꿈을 살아생전에 이루고자 노력하였다.

이제 총령을 만나면 약속했던 술 한잔 제대로 마셔야겠다고 다짐했던 범진은 앞으로 어떤 일이 일어날지도 모르고 싸늘하게 식어가는 만용을 끌어안고 허공을 보고 울부짖기만 할 뿐이다.

뛰는 놈 위에 나는 놈
〈1937년 3월 만주 봉천〉

낮에 그렇게 장난을 심하게 쳐서 결국은 진열장에 있던 술병을 깨버린 만춘, 상춘 형제들의 볼기를 쳤던 삼월은 잠든 아들들의 얼굴을 부드럽게 쓰다듬어 본다.

아직 농사철이 아니라 근처 이웃집에는 마을 사람들이 모여서 투전판을 벌이는지 술 마시고 행패 부리는 소리가 좀 잦아들더니 가끔씩 싸우는 소리도 들려온다. 추운 겨울 동안 농사가 다 끝나면 마을 남자들은 봉천 시내로 돈벌이를 가거나 남은 사람들은 투전판을 벌이며 겨울을 난다. 이도저도 아닌 사람은 조선에서의 버릇 개 못 준다고 한겨울 내내 술이나 퍼먹고 여편네 두들겨 패거나 자기들끼리 술 먹고 싸우다가 칼부림하기 일쑤다. 마작까지 손댄 사람들은 인근 만주인 마을이나 한족 마을까지 원정 가서 놀기도 하지만 돌아오는 건 무지막지한 빚뿐이고 조선을 떠난 사람들이 자기에게 주어진 삶의 기회를 박차버리고 여기서도 또 야반도주하는 경우도 삼월이는 여럿 봤다.

하루하루 커가는 아들들한테 꼭 옆에 있어줘야 할 아빠는 이제 가족들 곁에 없다.

그동안 먹고살려고 작은 매점 하나 하면서 이제 입에 풀칠도 하고 예전처럼 겨울 되면 굶어죽지는 않을까 걱정할 필요도 없지만 남편이 꽃게를 잡으러 간다고 집을 나간 지 1년 반이 넘었고 그 이후로 한 번도 보지 못했다. 마을에서 가끔씩 보이던 함경도 사람 두엇이 지나가면서 장백산 쪽에 가 있는데 장사가 너무 잘되어서 지금은 못 온다고 소식만 전해주니 어디서 죽지 않고 살아는 있겠지라고 생각하지만 그래도 이건 너무 아닌 거 같다.

어릴 때부터 한 동네에서 자라고 혼인한 범진인데 아무리 생각해도 삼월은 마지막 날 범진이 하던 말이 계속 마음에 걸렸다. 못 하는 일은 절대로 못 한다고 하고 하고 싶은 일은 꼭 해야만 하는 범진이 자기 입으로 모두가 잘사는 새로운 세상을 얘기했는데 그때 예사로 들었던 게 후회된다. 도대체 범진이 무슨 생각을 하고 사는지 왜 떠나기 얼마 전에 잠을 못 이루고 가족들 얼굴 들여다보면서 깊은 생각에 잠겼었는지 지금 생각해 보니 뭔가 큰 결심을 한 사람이었다.

"임자는 조선이 좋은가 아니면 여기가 좋은가?"

무관심하게 툭 던지듯이 물었던 범진의 이 말이 계속 삼월의 머릿속에 맴돌고 있다.

가게에 와서 수다 떠는 동네 사람들 통해서 이 세상 돌아가는 얘기를 듣는 삼월이가 사는 삶의 범위는 가게와 가끔씩 물건 하러 가는 봉천 시내 도매시장 골목, 이게 전부인 것이다.

요즘 얘길 들어보면 이제 일본이 군사를 모아서 중국을 치려고 하고 전쟁이 나면 사람이 많이 필요하니까 조선 사람들이 더 많이 만주 땅으로 들어온다고 한다. 삼월이도 봉천 시내를 행군하는 일본 군대의 행렬을 본 적이 있다. 지금 일본군은 세계에서 제일 강하고 중국의 만주도 잡아먹었으니 중국 대륙도 잡아먹는 거는 시간문제라고 한다. 이런 무서운 일본 군대에 맞서서 조선 사람들과 중국사람들이 같이 힘을 합쳐서 싸움질을 한다는데 그 사람들을 혁명 부대 또는 항일 부대라고 부르며 많은 사람들이 죽었다고 한다. 사회주의 사상을 가진 사람들이 얘기하기로는 먼저 일본놈들을 조선 사람과 중국 사람들이 힘을 합쳐서 몰아내고 이 세상을 싹 뒤집을 거라고 한다. 동네에도 사회주의 사상 열풍이 불어서 관심 있는 사람들은 밤에 모여서 공부도 하고 토론도 하는 작은 모임이 있다는 건 삼월이도 들어서 알고 있다. 그들이 말하는 새로운 세상이 바로 남편 범진이 말하는 그 세상과 같았다. 바깥세상을 잘 모르는 삼월이지만 아무래도 그런 세상은 쉽게 올 거 같지 않았다. 솔직히 그런 세상이 오고 안 오고를 떠나서 지금 일본놈을 몰아내는 게 먼저라니까 삼월이는 혹시나 남편이 그 항일 부대에 있는 게 아닌지 하는 불안감이 들더니 이제 거의 그렇다고 단정 짓게 되었다.

남편이 항일 부대에서 진짜 일본놈을 죽이고 있다!

이 생각이 든 이후에 삼월은 모르는 사람에 대한 경계가 들기 시작했다. 한 두어 번 봤던 함경도 청년이 안 보이더니 어느 날 물건을 고르던 처음 보는 청년이 주위를 둘러보고 아무도 없는 걸 확인하곤 범진의 안부를 묻는다. 지금 집에 없다고 하니 같이 고깃배 타던 동생 아무개인데 지나가다가 인사하러 왔다고 하지만 범진과 같이 동네에서 자라서 배를 타거나 나무하러 가거나 할 때 누구를 만나고 누구와 친한지 삼월이는 다 잘 안다. 아무래도 이 사람이 뭔가 수상했는데 한 며칠 동안 가게 앞을 얼쩡거리더니 이제 보이지 않는다.

그다음부터 낯선 사람들이 자주 보이는가 싶더니 이제 동네 주민들한테도 삼월이네 집에 대해서 물어보는 외지인이 있다는 얘기가 들린다. 여기보다 더한 조건에서 남편 없이 애들에 조카까지 데리고 살아본 삼월의 직감은 타고난 것이다. 잘 모르겠지만 남편이 집을 나간 이후에 뭔가 큰일을 했고, 이런 남편을 잡으려고 낯선 사람들이 자꾸 보이는 것이며 남편을 못 잡을 거라는 걸 알면 자기와 애들이 위험해질 거다!

'어떻게 해야 하나?'

본능적으로 도망가야 한다는 걸 알겠지만 도저히 어디로 가야 할지 동서남북도 알 수가 없고 어디로 가더라도 나중에 혹시나 범진이 돌아오면 또 어떻게 만나야 할지 생각하니 복잡해진다. 정말 이러다 영영 범진을 못 보게 되는 게 아닌가 불안하다.

아침에 일어나면 가게 앞과 뒷 창문에 떨어져 있는 수상한 담배꽁초가 계속 쌓여가니 이제 삼월이도 갈수록 절박해져서 밤만 되면 이렇게 잠을 설친다. 베개 밑에 숨겨둔 식칼을 다시 확인하면서 몸은 피곤하지만 잠이 오지 않아 뒤척뒤척하는 그때 삼월의 집이 보이는 골목길 구석에 두 사람의 그림자가 이쪽을 주시하고 있다.

"이제 잠든 모양이지?"

담배에 불을 붙이는 두 명의 얼굴이 잠깐 보인다.

상관으로 보이는 자는 마른 체격에 중절모를 쓴 얼굴이 길고 날카로운 인상이다.

"네, 이제 탐문 조사를 끝냈는데 조선총독부에서 온 자료와 만융촌의 정보원에 의하면 저 집이 정범진네 맞습니다."

"독한 새끼들, 처자식 새끼들 버려두고 이게 뭐하는 짓인지, 대가리 속 이상한 새끼들이 이런 짓거리를 하면서 사람 속을 썩이는 게지. 자 이제 더 이상 시간 끌 필요가 없으니 오늘 밤에 덮치자고, 일단 우리가 지 새끼들 데리고 있으면 정범진이라는 자도 어쩔 거냐고?"

이미 밀정을 통한 갖은 비열한 작전으로 조선혁명군의 수뇌부가 거의 와해되고 이제 조금만 더 조이면 조선혁명군은 거의 말라죽게 된다. 그런 상황에서 분전하고 있는 정범진의 존재는 만주국 치안당국에 눈엣가시 같은 존재였고 지난 가을과 겨울 압록강을 넘나들며 치안을 불안하게 한 범진 부대의 신출귀몰한 작전에 조선총독부마저 나서서 범진의 과거 행적과 호구 조사에 적극 협력을 해서 신원을 밝혀냈다.

조선 땅에서 명문 학교를 다녔거나 무슨 사회주의 혁명 이론에 투철한 인사로 알았는데 조선총독부에서 보내온 문건을 보니 그냥 일자무식에 살인자 가족에다 힘으로만 먹고사는 시골 무지렁뱅이인 것이다.

'학력 무학, 나이 31세, 처 최삼월, 아들 둘, 형 정범호는 살인 후 만주로 도주 추정, 현재 실종 상태, 직업: 선원, 나무꾼, 농업' 이게 전부였다!

거물급의 재야에 있던 사상가가 이제 조선혁명군의 새로운 영도자가 되어 조선혁명군의 부활을 이끌지 않나 긴장했었던 치안 당국은 범진의 정체를 파악하자 헛웃음을 쳤다.

정주에서 파악한 자료를 근거로 탐문을 통해 만주 만융촌에 거주하는 걸로 확인을 한 후 밀정들을 통해 조사를 해보니 실제로 범진이 집을 떠난 지는 꽤 시간이 흘렀고 처자식이 바로 저기에 산다는 것이다. 부하들도 손님으로 가장하여 염탐을 해보니 매점 주인 아낙네의 외모나 말씨가 조선총독부의 관련 내용과 일치한다.

그러면 다음 단계는 쉬워진다. 가족들을 납치해서 범진이 있는 곳으로 추정되는 통화로 데려가 귀순을 종용하면 된다. 경험으로 볼 때 이 방법이 제일 확실하고 효과가 있다는 걸 이들은 잘 알고 있다. 이런 일에 익숙한 듯 사내 둘은 조심스럽게 골목을 돌아 범진의 집 쪽으로 접근한다. 여자와 애만 있는 집이라 총까지 꺼낼 필요는 없고 문 따고 들어갈 공구 하나만 달랑 손에 들고 들어가서 조용하게 빠져나가면 된다. 괜히 야밤중에 동네 시끄럽게 하면 소문도 날 것이고 그들도 상부에 좋은 소리 못 듣는다.

"내가 여기 있을 테니 자네가 지금 골목 안으로 들어가 먼저 문을 따게."

먼저 움직이는 부하를 확인하고 뒤돌아서서 담배를 한 대 더 피우려고 하는 순간, 그의 눈앞이 캄캄해지더니 무언가 날카로운 게 자기의 목을 스치고 지나가는 게 느껴진다.

찍소리도 못 하고 그는 힘없이 차가운 땅 위에 쓰러진다. 문 앞으로 다가갔던 사내도 뒤에서의 기습을 피하지 못하고 그대로 목에 피를 뿜으며 쓰러진다. 너무나 조용히 진행되어 금방 이 골목에서 2명의 사내가 죽었다는 걸 아무도 알아차리지 못했다. 여전히 어디서 벌어지는 투전판의 소리와 쌍욕하는 소리가 가끔 울릴 뿐 여전히 동네 안은 쥐 죽은 듯 조용하기만 하다.

축 늘어진 사내를 발로 뒤집으며 얼굴을 확인한 후 그의 옷에 피 묻은 칼을 닦는 이는 이호영이다. 이윽고 두 명의 사내가 문 앞에 쓰러진 사내의 시체를 들고 골목길로 옮겨놓는다.

"이 새끼가 바로 만주 치안당국의 이시이라는 놈인데 조선 이름으로 박현길이라는 인물입니다."

얼굴을 확인한 부하가 박현길이라는 사내의 얼굴을 다시 들여다보고 그의 얼굴에 가래침을 탁 뱉는다. 이호영은 말없이 고개를 끄덕이고 다시 범진네 가게의 문 앞으로 다가가고 부하들은 여전히 골목길에 은신한 채 명령을 기다린다.

변장에 능한 이호영은 그동안 여러 차례 봉천, 무순, 장춘을 오가면서 지원가들로부터 군자금도 받고 요주의 인물에 대한 정탐을 계속 이어갔다. 그쪽에서도 밀정이 있듯 혁명군 쪽에서도 계속 친일 세력의 동향을 파악하고 있으며 기본적으로 봉천에서는 누가 앞잡이인지는 물론 친일 정부인물, 친일 상공인 등을 모두 다 꿰고 있다.

정확한 정보뿐만 아니라 봉천의 시내를 누비는 거지들과 인력거꾼들의 떠도는 이야기도 좋은 정보가 되는데 이런 풍문 또한 반대로 일본 측의 좋은 정보가 될 수도 있기에 서로 눈에 보이지 않는 끊임없는 신경전이 오가는 봉천 바닥인 것이다.

그러나 대놓고 정보활동을 벌이면서 물량을 대량으로 투입하는 관동군과 만주 치안 당국에 비해 조선혁명군이 접할 수 있는 정보는 제한적일 수밖에 없고 현상금 수배에다 밀고에 대한 막대한 포상금을 지급하는 적들의 손 큰 활동에 이미 혁명군은 큰 타격을 입었다.

가장 큰 기둥이었던 고이허마저 같은 조선 사람의 밀고에 의해 은신처가 발각되어 갖은 고문을 겪다가 지난달 이곳 봉천에서 순국하지 않았던가?

봉천에서 암약하던 조선혁명군 인사들에게는 큰 타격이었고 혹시나 구출 작전이라도 진행해 볼까 해서 봉천에 들어왔던 대원들도 삼엄한 경계와 검문검색에 시도조차 하지 못했다.

그렇게 힘없이 눈물을 삼키며 자신들의 한계를 느끼던 그 시기에 평안도 쪽 정보원에게서 연락이 왔다. 평안도 정주 경찰서를 중심으로 해서 정범진이라는 인물에 대해서 조사하고 행적을 추적한다는 내용이었다. 순사들이 범진의 고향 마을에 사람을 쫙 풀어서 범진에 대해서는 모든 걸 다 물어보고 갔다는 것이면 이건 틀림없이 만주 봉천 일대를 이 잡듯이 뒤져서 그의 식구들에게 뭔가를 하려는 것이다.

직접 보고를 들은 이호영은 보름 전부터 동네 주민인 첩보원을 통해 철저한 감시를 지시했고 사흘 전에 직접 만융촌에 들어와서 동태를 살폈다. 역시나 예상한대로 범진의 집 근처에 수상한 인물들이 보이기 시작하더니 이호영이 합류한 이후에 그들의 발 빠른 움직임으로 보아 이삼 일 내에 곧 움직일 거 같았다. 그전에는 조무래기들만 보이더니 봉천 치안당국의 이시이라고 불리는 악명 높은 박현길이 직접 나섰다는 걸 들으니 더 이상 지체할 수는 없었다. 만일에 대비하여 잠복한 지 이틀째에 이들의 행동을 바로 저지할 수 있었다는 건 정말 천운이었다.

함흥에서 고등학교를 졸업하고 사회주의 사상에 심취하여 전도가 유명한 광산회사의 관리직 자리를 걷어차고 이 어려운 투쟁을 하고 있는 이호영이다. 결정적으로 투쟁에 뛰어든 건 1931년에 조선에서 '브나로드 운동'을 하자는 안경 낀 서생들을 만나면서부터이다. '민중 속으로'라는 구호를 외치는 민중계몽운동이었는데 하필 러시아어라 공산주의 운동이라고 오해받을까 봐 계몽운동임을 누누이 강조하는 그들을 보면서 호영은 토악질이 쏠렸다.

이들이 나서기 전에도 20년대부터 간도 일대의 지식인과 종교계에서는 농민들을 상대로 계몽 운동을 하고 있었고 바쁜 와중에도 광산의 광부들과 인근의 농민들을 상대로 한글 교육과 계몽 운동을 해

왔었던 호영이었다. 무엇보다도 문맹률이 80%가 넘는 사회 하류층에 대한 문맹 퇴치가 우선이었고 이들이 글을 알게 되면 다른 사상의 주입이 쉬워지며 그다음에는 혁명이라는 행동을 옮길 수 있다는 걸 호영은 경험을 통해서 잘 알고 있었다.

그러나 호영의 눈에는 동아일보에서 주도했던 '브나로드 운동'이라는 행위는 그 목적보다 조선 국내뿐 아니라 만주, 일본까지 210만 부나 되는 교재를 뿌려가면서 하는 자기들만의 보여주기를 위한 거대한 축제로밖에 보이지 않았다. 일제가 순수한 의도로 브나로드 운동을 장려하기에 워낙에 의심이 컸었는데 동아일보 편집장이었던 이광수가 쓴 내용을 접하고 호영은 말하기 좋아하는 사람들이 모인 그 자리에서 문건을 찢어버리고 문을 박차고 나왔다.

'글과 셈 이외에는 이 운동에 다른 사상을 혼합하지 말 것, 지방 지국의 알선을 받아 당국의 허가를 받은 후에 할 것.'

이게 무슨 계몽운동이고 진실한 혁명을 위한 민중 교육인가? 더 이상 고려할 것 없이 호영은 무장 항일 투쟁의 길을 택했고 지금까지 그 길을 걸어오고 있다.

서생들이 앉아서 글만 읊다가 조선이라는 나라가 거덜이 났는데 가만히 있으면 계속 일제의 개가 되어 한 세대가 지나면 우리는 일본 국민이 되는 거다. 그러지 않기 위해서는 무기를 들고 싸워야 하고 그러기 위해서는 민중의 사상이 깨어나서 총칼을 들고 싸워야 한다라는 이념을 한 번도 바꿔본 적이 없다. 실제 전투 능력도 뛰어났지만 사상이 투철한 이호영은 조선혁명군 내에서 야전보다는 먼 미래를 보고 민중계몽, 군자금 조달 등의 일을 맡았고 그 일을 잘해왔다. 봉천과 만주 일대를 오가면서 그의 사상에 감화되어 혁명군에 자원입대한 조선 청년들도 수백 명은 되었고 봉천에서 밑바닥 생활을 하면서도 자기가 줄 수 있는 거는 이것뿐이라면서 꽤 적지 않은 돈을 군자금으로 내미는 동포들도 수십 명이나 된다.

반면에 일본의 밀정이 되어 독립투사들을 밀고하는 동포, 그리고 일본 군부에 빌붙어 잘 먹고 잘사는 상공인 동포 등등 이 봉천 바닥에서의 조선인 사회는 복잡하기 이를 데 없는 것이다. 그 와중에 범진이라는 인물을 발굴했고 범진은 호영의 기대 이상으로 잘해주고 있다. 그냥 개똥밭에 굴러도 남들처럼 평범하게 잘살 수 있었던 범진이 아니던가? 우연찮게 그를 알게 되어 정체를 숨기면서 서로 형님 동생 하다가 지금의 범진으로 만든 사람은 바로 이호영 자기 자신이다. 어떻게든 호영은 범진에게 큰 빚이 있고 그 가족들에게 진 빚은 더 크다. 자기를 안 만났다면 지금쯤 범진은 누추한 곳이지만 가족들을 품에 안고 코를 골면서 잘 자고 있을 것이며 아침이 되면 보통 사람들처럼 일하러 나갈 거고 그냥 그렇게 살았을 것이다.

그걸 잘 알기에 범진의 가족을 위한 호영의 생각은 더 각별하다.

"여보게, 제수씨 자네 안에 있는가? 나 범진이 보낸 사람일세."

문 안을 향해 이호영이 나직하게 불러본다.

"내가 범진이한테 얘길 들었는데 제수씨는 잘 때 식칼 품고 잔다지? 문 따고 들어가면 무조건 찌른다고 하니 내가 이리 불러보네, 인차 문 열란 말이."

역시 삼월이었다.

잠이 안 오는 와중에 뭔가 낌새가 이상해서 삼월이는 식칼을 꺼내 들고 문 앞에 바짝 다가서서 바깥의 동정을 살피고 있었다. 긴장한 상태에서 지금 이 시간에 문 따고 들어오는 놈은 필시 좋은 놈이 아니라고 생각해서 누구라도 들어오면 가차 없이 바로 찌르려는 삼월이었다. 그래도 믿음이 가는 호영의 목소리에 삼월이는 잠시 망설이다가 문을 열었다.

추운 바깥 날씨에 호영의 콧수염은 허옇게 얼어붙어 있었지만 눈망울은 따뜻하게 빛났다.

"제수씨, 이제 시간이 없단 말이, 지금 들어가서 챙길 것만 챙겨서 나오소, 지게 2개 가져왔으이 애들은 태워 가면 되고 언능 가야지."

이런 날이 올 줄 알았다는 듯 재빨리 움직인 삼월이를 보고 이호영은 과연 누구 여편넨데 하면서 속으로 혀를 내둘렀다.

다음 날, 범진이네 가게는 문이 닫힌 채 하루 종일 열리지 않았고 아침에 부식거리 사러 왔다가 가게에 왔던 사람들은 발걸음을 돌리다가 골목 안에 뻣뻣하게 얼어버린 시체 2구를 발견한다. 무슨 일인가 구경 나온 동네 사람들은 또 누군가 투전판에서 칼 맞아 죽었거니 하면서 웅성거리면서 구경한다. 만주 땅에서 같은 조선인 2명이 그렇게 죽어 나갔지만 그냥 아무렇지 않게 하루는 그렇게 시작된다.

엎질러진 물
〈1937년 5월 만주 봉천〉

"배영덕, 봉천 제1중학교 졸업생 152명 중 전체 2등."

집으로 돌아오는 영덕의 가슴은 흥분을 걷잡을 수 없어 매우 뛰었다.

3년 전 처음 봉천에 올 때 첫 등교하던 날이 엊그제 같은데 당당하게 2등으로 중학교 과정을 졸업하게 된 것이다.

모국어가 아닌 중국어 어문 시험만 잘 봤으면 1등 자리도 무난했을 것이라는 아쉬움도 들었지만 이런 성과를 낸 자기 자신이 스스로 생각해도 정말 대견했다. 이제 다음 달에 만주 일대의 수재들만 모인다는 봉천 제1고중 입학시험만 잘 준비하면 꿈에도 그리던 고등학교 진학이 가능하다.

처음에 봉천에 와서 언어 문제로 적응이 힘들었지만 강단 있는 성격으로 몇 차례 주먹 싸움을 통해서 장슈에웨이를 비롯한 중국인 친구들과 친해졌고 무엇보다도 공부에서 우수한 면을 보이자 동급생이나 교사들로부터도 인정을 받았다.

3학년에 진학해서도 학업 우수자로 유명세를 떨치자 1,2학년 조선인 학생들에게는 자랑스러운 동포 선배가 되어 있어 가끔씩 조선인 후배들 불러서 밥도 사주면서 애로 사항을 잘 들어주는 행실도 바른 영덕은 봉천 제1중학 조선인 학생들의 신화와 같은 존재가 되었다.

당장 삼촌을 찾아가 인편을 통해 고향으로 소식을 전해달라고 회사로 찾아갈까 하다가 사이가 조금 불편해진 삼촌 때문에 망설이며 그냥 집으로 가기로 했다.

지금까지 준길의 회사를 통해 고향 집의 식구들과 소식을 주고받을 수 있어 편하게 이용해 왔었다. 삼촌 집이 편하지는 않지만 그래도 일단 책보를 갖다 놓고 서탑에 있는 외숙모 순례를 찾아가든지 삼촌 가게를 가보든지 할 심산이었다.

집에만 가면 정말이지 갑갑하고 미칠 노릇이다. 자기야 그냥 방에 틀어박혀서 공부만 하면 되는데 집 안에 남아있는 여자들의 냉랭한 분위기가 항상 영덕의 마음을 불안하게 한다.

지난 가을 준길은 장춘에서 소련 여자 율리아를 데리고 집으로 왔다. 외숙모 순례를 쫓아내고 영심이라는 경성 여자 데리고 살림차린 지 얼마나 되었다고 또 이번에는 노란 머리에 파란 눈의 소련 여자를 데리고 온 것이다.

아직 스무 살도 안 된 조선 여자와 소련 여자의 기 싸움이 팽팽한데 이들보다 서너 살밖에 어리지 않은 영덕도 가운데에서 죽을 맛이었다. 가정부가 밥 먹으라고 해도 영덕은 웬만하면 같이 엮이지 않으려고 아예 늦게 가는데 같은 자리에서 맞닥뜨리면 정말 서로가 곤란하다. 영심과 율리아는 서로 대화할 마땅한 언어도 없고 그렇다고 서로 편하게 대화할 상대도 아닌 거다.

서로 말도 안 하다가 영덕만 나타나면 영심이는 조선말로 수다를 떨고 싶어 하고 일본어가 유창한 율리아는 또 영덕을 잡고 말상대를 해달라고 한다. 언젠가 율리아가 무슨 말을 했는지 술 취한 준길이 잠자던 영심을 깨워서 두들겨 패는데 이유도 모르고 무지막지한 매를 맞은 영심은 그날 아침부터 시름시름 앓다가 어찌 되었는가 궁금해서 들어온 영덕을 끌어안고 한없이 울었고 영덕은 그런 영심의 하소연을 다 들어주었다. 그전에는 영덕을 경계하던 영심도 준길이 변하니까 말할 상대가 없어 그녀의 이야기를 들려주었고 아버지 빚 때문에 어린 나이에 기구한 삶을 살아온 영심의 이야기는 영덕이도 직접 들어서 잘 안다. 화장기 없이 퉁퉁 부은 눈으로 엉엉 우는 영심을 다독이던 영덕을 율리아는 뒤에서 다 지켜보고 있었다.

그날 밤, 꽤 늦은 시간인데 술에 취한 준길이 영덕을 찾는다.

삼촌 준길과 제대로 같이 대화해 본 지가 언제였던가? 영덕도 까마득할 정도로 몇 달 동안 삼촌 준길과 얘기다운 얘기도 못 해봤다. 언제 집에 들어오는지도 몰랐고 집에 오더라도 영덕에게는 건성으로 인사만 하고 바로 율리아를 데리고 자기 방에 들어가서 나오지도 않았으며, 그런 영덕에게 서운한 영심은 혼자서 술 마시고 울고불고 하는 그런 날이 몇 달째 되풀이되고 있다.

"영덕아, 그래 공부는 잘되고 있나?"

"네, 삼촌, 이번에 시험 친 것도 잘 본 거 같고 이제 고등학교 갈려면 더 열심히 해야죠."

어떻게든 불편한 삼촌과의 대화를 빨리 끝내고 싶은 영덕이었다.

"니, 근데, 혹시 여자 생각하고 있고 다른 마음 있는 거 아이가?"

이제까지 준길이 자기에게 한 말 중에서 이렇게 비꼬는 듯한 말투는 없었다.

"아니, 삼촌, 여자라니예? 그게 무슨 소립니까?"

"내가 듣자하니 내가 집에 없을 때 니가 영심이하고 안고 댕기고 그런다는데 니가 그게 조카가 할 짓이가?"

벌써 눈이 풀려서 취기가 상당히 오른 준길이었다. 아무리 그래도 이건 아니었다고 생각한 영덕은 준길에게 바로 얘기한다.

"그날 삼촌한테 두들겨 맞고 하도 울고 있길래 제가 달래준 것뿐입니더. 율리아가 무슨 말을 했는지 모르겠는데 절대 그런 오해는 하지 마이소!"

그러자 준길 뒤에서 가만히 지켜보고 있던 율리아가 자기 이름이 나오자 조선말 모르니 자기한테 설명을 해달라는 듯 혀를 쏙 내밀고 양 어깨를 들어 올린다.

"영덕아, 니 나이 때 지금 장가도 가는데 뭐가 문제고? 그리 여자랑 하고 싶으면 말해라, 삼촌이 니한테 저 기집애 줄께. 저 기집애가 저리 생기도 남자 하나는 기가 막히게 잘 후리는 재주가 있는데 그게 뭔지 갈키주까?"

이 말을 들은 영덕은 귀를 막고 싶었다. 그런 자기를 보면서 킬킬거리고 있는 준길이 갈수록 무서워지고 거리감이 느껴졌다. 관동군 장교들한테 선물로 받았다는 벽에 걸린 일본도며 자기 책상 서랍 속에 있는 권총이며 이 모든 게 언젠가 자기를 향하지 않을까 하는 두려움에 온몸이 오싹해진다. 술에 취해 영덕을 붙잡고 횡설수설하던 준길이 제 풀에 지쳐서 방으로 돌아가고 영덕은 다시 생각한다.

더 이상 삼촌 집에 있기에는 너무 불편하다. 이제 봉천 땅도 익숙해졌으니 나갈 수만 있으면 나가야겠다고 생각한다. 그게 아마 삼촌이나 율리아가 자기한테 바라는 게 아닌지 영덕은 직감한다.

그날 결심한 이후 영덕의 행동은 더욱 조심스러워졌다. 조용한 집 안에 들어오자마자 가방을 내려다 놓고 밖에 나갈 채비를 하는데 갑자기 문이 열린다. 율리아였다. 듣기로는 18살이라는데 나이는 20대 중반으로 보일 만큼 성숙해 보인다.

"영덕아, 어디 가니? 오늘 좋아 보인다."

'이 양심 없는 년은 일본어를 배울 때 존댓말을 안 배웠나?' 영덕은 꾹 참으며 답한다.

"시내에 친구들하고 약속이 있어서 나갈려고요. 왜요?"

"나도 집에만 있으면 답답한데 나도 좀 같이 가면 안 돼? 아직 난 봉천에 친구도 없고 심심해 죽겠어."

그러면서 입술을 삐쭉하고 한쪽 눈을 깜빡이면서 영덕에게 말하는데 저 애교에 준길이 반한 거는 말 안 해도 잘 알 거 같았다. 그런 율리아를 보니 영덕은 측은하기도 했다.

여자를 한두 번 바꾼 것도 아닌 준길이 언제까지 율리아를 데리고 살지는 모르겠지만 이렇게 새장 안에 갇힌 새처럼 사는 율리아도 불쌍하긴 마찬가지다.

기껏해 봐야 영덕보다 두세 살 많은 여자앤데 무슨 사연이 있어 여기 봉천까지 왔는지 모르겠지만 꾸미기 좋아하고 놀러 다니기 좋아하는 나이에 얼마나 갑갑할까 영덕은 충분히 이해가 간다.

"나중에 삼촌 오시면 저기 북릉 쪽이나 만주황궁에 가보이소, 거기 놀러 가면 좋습니다."

서둘러 나가려던 영덕의 앞을 율리아가 두 팔을 벌려 가로막고 단호하게 고개를 젓는다. 그러고 보니 5월이라는 날씨에도 짧은 옷을 입고 팔다리를 노출한 율리아의 자세가 영덕의 숨은 본능을 자극한다. 하얀 피부의 여자가 그녀의 체취를 느낄 수 있을 만큼 가까운 거리에서 영덕을 막고 있고 그녀가 숨을 쉴 때마다 성숙한 여인의 가슴이 아래위로 움직여짐을 느낀 영덕은 순간적으로 아랫도리에 힘이 들어가 자기도 모르게 얼굴이 빨개져서 고개를 돌렸다.

그런 영덕을 율리아는 빤히 바라보면서 더 가까이 다가선다. 아마 지금의 답답함을 참을 수 없으니 오늘은 어떻게 해서라도 바람이라도 쐬고 싶은 모양이다.

"미친년 지랄하고 있네."

정적을 깨는 영심의 목소리가 반가웠다.

영심이 잠에서 막 깼는지 부스스한 머리에 담배를 물고 다가오더니 율리아의 얼굴에 대고 연기를 내뿜었다.

"영덕아, 가서 너 볼일 봐라."

서로 쏘아보는 두 여인을 뒤로 남겨두고 영덕은 이때다 싶어서 쌩하고 뛰어간다. 한참을 뛰어 달리는데 얼굴이 새빨간 게 숨이 차서인지 아니면 아랫도리를 달아오르게 했던 다른 이유인지 영덕 자신도 몰랐다. 뛰다가 걷다가 영덕이 도착한 곳은 서탑에 있는 순례의 가게 앞이었다.

오늘 어떻게 된 일인지 가게 문은 닫혀있었고 혹시 어디 근처라도 갔나 싶어서 안을 들여다봤으나 도저히 알 길이 없다. 머뭇거리면서 돌아서서 가야 하나 발걸음을 옮기려는데 안면만 있던 은심이 점순할매네 식당에서 나오더니 영덕을 보고 가볍게 목례를 하고 지나가려고 한다.

"저기요, 잠깐만요. 혹시 여기 주인아줌마하고 명자 어디 간 줄 아십니꺼?"

영덕이 불러 세우자 은심은 까만 눈을 마주치지 못하고 고개만 돌린 채 얘길 한다.

"어제부터 가게에 안 나왔습네다. 저도 궁금해서 왔다 갔다 하면서 보고 있구만요."

'이런 일이 한 번도 없었는데'라는 말을 꺼내려다 은심은 거기까지만 말하고 말았다. 그런 은심의 눈에 실밥이 터진 영덕의 구두가 들어온다.

'이걸 말해줘야 하나 말아야 하나' 평소에 수줍음을 많이 타는 은심이 또래 남자에게 먼저 말을 거는 게 쉬운 일은 아니었다.

은심에게 목례를 하고 영덕이 돌아서자 은심은 큰 결심을 한 듯 급하게 영덕을 따라간다.

"저기요. 잠깐만요."

예상치 못한 은심의 부름에 영덕은 뒤돌아본다. 영덕의 눈길을 다시 살짝 피하고 얼굴을 붉히며 은심이 말한다.

"그쪽 구두가 터진 거 같은데 저기 가서 꿰매고 가야겠는데요."

은심의 말에 화들짝 놀란 영덕이 밑을 보니 정말 오른쪽 구두의 실밥이 터져있었다. 집에서부터 뛰어나와 뒤도 안 돌아보고 달렸더니 그 사이에 구두가 그렇게 된 모양이었다. 예상치 못한 상황에 영덕도 멋쩍게 웃으면서 은심이 가리키는 곳을 보니 은심의 애비가 한다는 신발 수리점이다. 은심이 앞장서고 영덕이 뒤따라가는데 뒤에서 보니 은심의 귓불이 붉게 물들어 있다. 아까 율리아의 돌발적인 행동에 얼굴까지 빨개졌던 자기 생각이 나서 영덕은 웃음이 나와 입술을 꼭 깨물었다. 아까부터 안에서 이쪽의 상황을 지켜보던 중년의 남자가 은심과 영덕이 들어오니 하던 일을 멈추고 무슨 일인가 올려다본다.

"아바이, 명자네 오빠 신발 좀 봐주시라요."

은심은 이 말만 남기고 획 돌아서서 나가려다 영덕과 잠시 눈이 마주치고 이내 부끄러운 듯이 고개를 숙이고 밖으로 나간다.

'까만 눈동자가 참 곱고 참하게 생겼구나.' 잠깐이라도 눈이 마주치면서 자세히 은심의 눈동자를 쳐다본 영덕은 율리아와는 또 다른 은심의 순수함에 가슴이 두근거린다.

"거기 앉으라우, 총각이 바로 명자 오빠구먼, 명자가 오빠 자랑이 대단하던데. 허허."

맞은편에 앉은 중년의 남자는 사람 좋아 보이는 웃음을 지으면서 자리를 권한다.

"안녕하십니까. 저는 배영덕이라고 하고 명자 사촌오빠 됩니다."

영덕이 꾸벅 인사를 한 후에 자리에 앉는다.

"그래, 내가 자네는 여기 올 때 몇 번 보기는 했는데 인사 받기는 처음이구먼, 고향이 경상도라고 하던데, 여기서 중학교 다닌다면서?"

"네, 맞습니다. 아저씨네는 평안도라고 들었습니다."

"그래, 아무래도 여기가 평안도랑 가까워서 평안도 사람이 많기는 하지. 참, 내 정신 좀 보게, 신발 좀 벗어봐 주게."

영덕이 오른쪽 구두를 벗어 주자 범호는 바로 꿰맬 생각은 하지 않고 이리저리 살펴보더니 다시 영덕에게 눈길을 주고 물어본다.

"자네는 잘 모르겠지만 평소에 팔자걸음을 걷는 모양이군, 원래 신발 뒤꿈치라는 게 딱 가운데가 닳아야 하는데 바깥쪽이 닳은 걸 보니 그렇네. 될 수 있으면 걸을 때 똑바로 걷고 있는지 자기 걸음걸이를 신경 쓰면서 걸어보게."

영덕은 신경 쓰지 못한 부분인데 듣고 보니 팔자걸음 같기도 해서 그냥 멋쩍어서 말없이 뒤통수만 긁적였다.

범진은 멀쩡한 왼쪽 신발마저 벗으라고 하더니 이내 칼로 양쪽 신발의 굽을 다시 뜯어낸다.

"신발이 아프면 바로 고쳐줘야지, 애들도 주인 잘못 만나서 고생하는데 내가 다시 기회를 줌세, 이제 자네가 애들 아프게 하면 안 된다네."

마주 앉은 영덕을 보면서 씩 웃으면서 범호는 다시 진지하게 작업에 들어간다.

조용한 가게에 그냥 있기에 뭐해서 영덕은 가게를 쭉 둘러본다. 작업하다 만 듯한 구두와 나막신에 일본신, 일본군대 군화와 여러 공구들까지 다 있고 작업방은 가죽 냄새와 진한 본드 냄새로 꽉 차 있어 아직 숨 쉬기가 불편했지만 조금 있으니 적응이 되는 듯했다.

손에 골무를 끼고 대바늘로 이리저리 신발을 누비는 범호의 집중도는 옆에서 보기에도 한 땀 한 땀 최선을 다하는 모습이다.

"자, 이제 내가 다 꿰매놓았고 접착제 붙인 건 조금 붙을 시간이 필요하니 여기서 기다리기에 갑갑하면 저기 저거라도 신고 좀 나갔다 오게나."

마침 그냥 앉아있기에 어색했던 영덕은 범호가 신으라는 신발을 신고 다시 밖으로 나와본다. 그렇게 춥던 만주의 겨울이 지났는가 싶은데 언제 봄이 왔는지 제법 나무와 풀들이 초록색으로 많이 올라왔다. 어떻게 계절이 바뀐 걸 아는지 겨울에 죽은 것만 같았던 나뭇가지에서 새싹이 돋더니 갈수록 초록색이 짙어지는 자연의 섭리가 정말 신기하기만 했다. 졸음이 오는 걸 쫓고자 기지개를 켜는데 이런 영덕을 보고 가게 안에서 점순 할매가 급히 달려 나온다.

"아이고 총각, 도대체 무슨 일이 있었는가? 다들 괜찮은 건가?"

갑자기 달려와서 뜬금없이 허겁지겁 물어보는 점순 할매의 얘기에 영덕의 눈은 동그래졌다. 그런 영덕과 점순 할매를 뒤에서 은심이 나와서 걱정스러운 눈빛으로 쳐다보고 있다. 그 옆에는 은심의 치마를 잡고 무슨 일인가 자기도 꽤 걱정스럽게 쳐다보는 사내아이가 있다.

“긍께, 엊그저께 장 서방이 왔다갔는데 거기 명자 애비라는 사람이 가게에 들어와서 명자 애미한테 욕을 하고 갔다지 뭔가. 중국사람 장 서방도 거기서 딱 마주쳤는데 셋 다 뭐라고 말도 못 하고 그냥 갔었는데 내가 도저히 생각만 해도 마음이 불안해. 명자 애미가 오늘 명자 애비 찾아간다고 하던데 빨리 자네 삼촌한테 가보게나.”

장 서방이 누군지는 대충 알 것 같다.

장밍이 순례의 일을 돕기에 동분서주하면서 도왔고 일이 있든 없든 찾아와서 도와주는 걸 잘 알고 있지만 영덕도 모르게 장밍과 순례의 관계가 더욱 깊어졌다. 이미 쫓아낸 순례가 뭐를 하든 준길이 뭐라고 할 입장은 아니겠지만 질투심이 많은 준길의 정신 상태가 요즘에는 제정신이 아니고 영덕 자신도 영심이 때문에 의심받은 일이 있어 정말 걱정이 되었다.

장밍이 자주 왔다 갔다 하면서 점순 할매나 주위 이웃들은 이제 두 사람이 눈이 맞아서 살림을 차리려는가 보다 했는데 그날 예상치 못한 준길의 등장과 표정에서 드러나는 살기 때문에 다들 걱정하고 있는 것이다. 이틀 동안이나 가게 문을 닫고 안 나오니 걱정이 되었는데 마침 영덕이 오니까 그동안 소식이 궁금했던 모양이다. 영덕은 얘길 듣자마자 황급하게 아직 접착제가 덜 말랐다는 범호의 얘기를 뒤로하고 급하게 다시 구두를 신고 준길의 가게로 달려간다.

“은심아, 저 총각이 참 착실하고 똑똑해 보인다. 딱 저런 총각이 우리 은심이 남편이 되면 얼마나 좋겠는가?”

영덕의 뒷모습을 보고 범호가 중얼거리자 은심은 또 귓불이 빨개져서 황급히 점순 할매네 식당으로 들어가고 영문도 모르는 경춘은 또 강아지처럼 은심의 뒤를 졸졸 따라간다.

그냥 있다가 조용해질 때까지 기다리자는 순례의 만류를 뿌리치고 장밍은 심호흡 크게 하며 지금 요시다 상사 문 앞에 서있다. 도덕적으로 도저히 있어서는 안 되는 일임에도 자기 상사의 전처와 정을 통했지만, 그게 잘못된 게 아니라고 생각했고 이렇게 된 거 제대로 해명이나 해야겠다고 마음 굳게 먹고 찾아왔다.

준길과 순례의 별거 이전에 몇 번 본 적이 있었던 그냥 상사의 부인이었지만 이제 장밍은 순례를 자기의 여자로 받아들이기로 했고 자기 피가 섞이지 않은 명자와 수련까지 자기 자식으로 키우고자 했다. 처음에는 인간적으로 불쌍해서 소박맞은 여자 굶어 죽지 말라고 도와주었던 일이 순례와의 만남이 잦아지면서 그동안 몰랐던 순례의 매력에 빠지고 만 것이다. 조선 여인 특유의 근성과 동시에 애들을 챙기는 섬세함, 그리고 장밍이 자라온 과정을 알고 같이 진심으로 울어주는 순례의 인간성에 감화되었다가 차츰 차츰 이성으로서 정이 들게 되었고 이제 장밍은 더 이상 숨길 자신이 없었다. 얼굴도 기억이 안 나는 자기의 생모 생각도 나고 어떤 환경에서도 자기 자식을 지키려는 순례의 모습에 장밍은 커오면서 느껴보지 못한 모성애를 느꼈는지도 모른다.

어느 겨울밤에 술에 취해서 순례를 찾아갔고 평소에 장밍에 대해 좋은 감정을 가졌던 순례도 절대로 후회하지 않겠다는 장밍을 받아들여 그날 밤 이후 둘은 서로 연인 관계로 발전하게 되었다.

둘째에게 아직까지 이름조차 지어주지 않은 무정한 애비 대신에 장밍은 자기가 직접 수련(빼어날 수에 연꽃 연)이라는 이름을 지어주었다.

언젠가는 준길이 이 사실을 알게 될 것이고 상식적으로 볼 때 먼저 순례를 쫓아낸 주제에 딱히 할 말은 없겠지만 준길의 성격으로 보아 어떤 식으로 든 복수를 할 것이라는 걸 장밍은 잘 알고 있었다. 차일피일 준길을 만나야 하는데 하며 미루다가 어느 날 뜬금없이 순례의 가게에 들른 준길과 마주치게 되었는데 이 둘을 바라보던 준길의 차가운 눈빛이 마음에 걸려 일단은 자리를 피해보고자 순례네 식구들을 우선 지인의 집으로 피신을 시켰다.

'이왕에 맞을 매, 설마 죽이기야 하겠냐'라며 준길을 만나러 왔지만 쉽사리 발걸음이 떨어지지 않는 장밍이다.

큰마음 다시 먹고 문을 열고 들어가니 경도가 먼저 장밍을 발견하고 빨리 밖으로 데리고 간다. 준길의 기사한테 대충 얘기는 들었는데 그냥 자기가 잘 말할 테니 순례네하고 같이 살려면 어서 봉천 바닥을 뜨라고 하는 경도의 걱정스러운 조언을 뒤로하고 장밍은 2층으로 올라간다.

문을 두들기면서 장밍이라고 얘길 하자 준길은 친히 문을 열어준다. 준길을 보자마자 장밍은 무릎을 꿇고 이제 자기를 놓아주면 다시는 눈에 띄지 않는 곳에 가서 살겠다고 두 손을 모아 빈다. 준길은 아무 대답도 없이 뒤돌아서서 장식장으로 가더니 도자기 하나를 들고 와서 머리를 숙인 장밍의 뒤통수에 대고 그대로 내려쳐 버린다.

"쨍" 하는 요란한 소리가 나더니 도자기는 박살이 나고 장밍의 머리에서는 피가 솟구친다. 이내 쓰러진 장밍을 일으켜 세운 준길은 사정없이 장밍을 두들겨 팬다. 장밍은 머리에서 피를 흘리면서도 목숨만 살려주면 정말 조용히 살겠다는 말만 계속 하며 준길의 다리를 잡고 매달린다.

아직 흥분이 가라앉지 않은 준길은 또 방구석에 가서 빗자루를 가져오더니 이런 장밍에게 사정없이 내려치는데 아래층에서 소리를 듣고 달려온 경도와 직원들이 달려들어 준길을 말렸다. 이성을 잃은 준길은 막 흥분해서 날뛰는데 그때 언제 들어왔는지 준길의 눈에 싸늘한 눈빛으로 준길을 쏘아보고 피 흘리며 쓰러진 장밍을 품에 안는 순례가 들어왔다.

"이 년놈들이 그냥 죽으려고 환장을 했구먼!"

말리는 사람들을 뿌리치고 벽장으로 가더니 일본도를 꺼내 들었다. 모두가 놀래서 주춤거리는 사이 준길은 반쯤 미친 얼굴로 일본도를 겨누고 순례와 장밍을 향해 다가간다.

"그래, 이 인간 같지도 않은 새끼야. 죽여라. 나도 더 이상 이렇게 살기 싫다. 사내새끼가 칼을 들었으면 하나라도 직이야지, 아나, 내 모가지다."

당돌하게 목을 내밀고 쓰러진 장밍을 감싸 안은 채 악을 쓰는 순례다.

독한 년이라고 생각했지만 자기 앞에서 더 당당한 모습을 보이니 준길은 더 화가 치밀었다. 땅바닥에 피를 철철 흘리면서 멍한 눈으로 준길만 바라보는 장밍의 손을 꼭 잡은 순례의 모습에 준길은 질투심까지 생겨서 도저히 참을 수가 없었다.

'언제 저 년이 나한테 저렇게 해준 적이 있던가'라는 생각이 들 정도였다.

겁에 질린 경도와 직원들은 그런 준길의 살기에 가까이 오지는 못하고 말로만 사장님 참으라고만 하고 있고 준길은 결심한 듯 칼을 겨누고 순례를 향해 다가갔다.

그때였다.

"삼촌! 지금 돌았는교? 이럴라꼬 고향에서 숙모 델꼬와서 이렇게 직일 겁니꺼? 숙모 직이삐믄 애들은 우찌 삽니까? 이런 모습 보여 줄라꼬 가족들 봉천에 델꼬 왔습니꺼?"

영덕이 거친 숨을 몰아쉬면서 달려들어 와 눈을 감고 때를 기다리던 순례의 앞을 막아선다.

"그럴라문 내도 같이 직이삐소, 내도 이 봉천 바닥에서 살인자 조카라는 말 듣고 도저히 못 살겠고 이대로 고향에도 못 가니 죽은 거나 똑같습니더. 내도 직이소!"

갑작스러운 영덕의 등장에 준길은 당황스러웠다. 주변 사람들이 자기를 피도 눈물도 없는 비열한 인간이라고 욕하는 건 알고 있지만 그래도 조카인 영덕에게만은 존경받고 싶었고 이런 모습을 보이고 싶지 않았다. 요즘 들어 준길은 왜 이렇게 여자관계 때문에 일이 꼬이는지 짜증이 나기만 한다.

율리아가 베개 송사로 영덕과 영심의 관계가 이상해 보인다고 해서 술김에 영덕 앞에서 못 보일 모습 보이기도 했고 내친 김에 혹시나 해서 기사를 시켜 알아보랬더니 역시나 순례와 장밍이 그렇고 그런 사이였던 것이다.

가뜩이나 관동군 군부 일로 스트레스 많이 받는 상황에서 집안의 여자 일로 머리가 복잡해지니 준길은 자기가 잘못한 건 하나도 모르고 주위 사람들에 대한 불신만 깊어져 갔다. 자기가 쫓아낸 순례가 다른 사람도 아니고 자기가 키워준 장밍과 눈이 맞았다는 게 준길은 화가 났고 자기를 대신한 존재들을 도저히 용서할 수 없었다.

자기가 모리마쯔에게 회사를 뺏은 거는 어떻게 변명할 거냐고 누가 묻는다면 100가지 이유를 댈 수 있지만 장밍의 배신은 한 가지의 정당한 이유도 없다고 생각할 만큼 준길의 사리판단은 이제 정상인 수준이 아니었던 것이다.

겁에 질렸으면서도 자기를 똑바로 쳐다보면서 순례와 장밍을 보호하려는 영덕의 모습에 준길은 누군가가 장밍을 위해 나선다는 것에 대한 부러움과 동시에 영덕에 대한 배신감도 들어 칼을 쥔 손이 더 이상 주체할 수 없어 덜덜 떨렸다.

눈앞에 마주한 영덕의 간절한 얼굴을 보니 크면 클수록 어릴 때 자기를 업고 키워주던 큰누나 언년의 얼굴이 겹쳐 준길은 차마 더 이상 어떻게 하지는 못하고 칼을 내려놓는다. 기회를 보던 경도와 직원들이 잽싸게 장밍과 순례를 부축하여 밖으로 데리고 나간다. 안주머니를 더듬거리면서 담배를 찾던 준길은 차마 영덕을 똑바로 보지 못하고 노을이 져가는 봉천 역사를 쳐다보면서 영덕에게 말한다.

"영덕아. 삼촌이 계속 학비를 보내줄 거니께 니 인제 밖에 나가서 살거라."

"삼촌, 안 그래도 저도 이제 조용하게 공부할라꼬 나가서 살라고 했습니더. 글고 이제 머리도 굵어졌는데 한 1년 쉬었다가 돈 좀 벌고 제가 학비 모아가 고등학교 갈랍니다."

뒤에서 들려오는 예상치 못한 영덕의 단호한 목소리에 준길은 담배 필터를 세게 깨물고 만다.

"이제 삼촌한테 손 안 벌리고 제 혼자 힘으로 살겠습니더. 그동안 저 보살펴 주시고 이렇게 키워주셔서 감사합니다. 봉천역 앞에 지나갈 일 있으면 인사하러 오겠습니다."

이윽고 영덕이 내려가는 소리가 들리자 준길은 물고 있던 담배를 내동댕이친다. 사무실 바닥의 피를 닦고 정리하러 들어왔던 경도가 그런 준길의 모습을 살피면서 걱정스레 땅에 떨어진 일본도를 쳐다본다.

잘 짜인 각본
〈1937년 7월 화북 북평(현 북경)〉

1931년 9월 18일, 918 사변으로 만주를 점령한 후 괴뢰 정부 만주국을 세운 일본은 이제 인접한 화북 지역까지 넘보면서 호시탐탐 기회를 노리고 있었다. 1936년 6월 일본 천황은 '제국국방방침'과 '용병강령'에 비준하면서 아시아 정복은 물론 세계 제패라는 야심을 노골적으로 드러낸다. 8월 7일, 일본 각료회의는 '국책기준'을 통과시켰으며 이에 따라 중국, 러시아 침략과 향후 기회를 봐서 남진하는 전략 방안을 구체화했다.

1937년은 1936년에 이미 계획된 중국 정복을 위해 실제로 행동에 옮겨야만 하는 때였다. 따라서 1936년 5월부터 일본은 지속적으로 화북 쪽으로 병력을 증강했고 중국군 인근 지역에서 잦은 군사훈련을 하면서 긴장 분위기를 조성했다.

당시 중국군의 북경, 천진지구의 방어는 사령관 송저위엔宋哲元의 29군이 맡고 있었다. 중국에서 '노구교사건' 또는 '77사변'으로 불리는 사건은 우연을 가장한 일본의 치밀한 계획 아래 진행되었으며 중일 전쟁의 출발점이 되었다.

77사변 직전, 북평은 남, 동, 북쪽이 이미 일본군에게 포위된 형세였고 노구교가 거의 유일한 북평과 외부지역의 통로 같은 역할을 할 정도로 중요한 요충지였다. 북평과 중국 남쪽 지역이 왕래할 길을 끊고 중국 중앙정부와의 단절을 위해 일본군은 노구교 일대에서 실전에 가까운 실탄 훈련을 하면서 서서히 오랫동안 계획한 작전을 실행에 옮기려고 한다.

1937년 7월 7일 오후, 일본 화북주둔군 제1연대 제3대대 제8중대는 실탄을 장착하고 대대장 시미즈 세츠오의 지휘에 따라 노구교에 주둔한 중국군 주둔지 근처인 회룡묘와 대와요의 중간 지역으로 이동한다.

7월 7일 저녁 7시 30분, 대대장 시미즈 세츠오의 구령에 맞춰 전 대대원은 일제히 중국군 주둔지역 쪽으로 실탄 사격을 가했고 그 기세에 눌린 듯 중국군 쪽에서는 아무런 반응이 없었다.

일병 시무라 키쿠지로는 금년 봄에 조선에서 화북으로 왔는데 이 지역의 건조한 기후가 잘 맞지 않고 조금만 물만 바뀌면 항상 장염에 시달렸다. 오늘도 점심을 간단하게 먹자마자 도보로 노구교 근처까지 이동하는데 아까 마신 물이 잘못되었는지 계속 설사가 났다. 더군다나 더운 여름철에 갈증이 나서 또 물을 찾게 되고 설사는 계속되니 몸이 더 힘들어지고 기운이 다 빠져나갔다. 위생병이 준 지사제만 먹고 버티는데 저녁도 대충 거르고 실탄 사격장에도 나왔지만 지금 초인적인 힘을 발휘해서 배설의 욕구를 참고 있다. 아무래도 돌아가는 분위기를 보니까 언제라도 중국하고 전쟁을 해도 이상하지 않을 분위기인데 눈치 없이 그까짓 배탈 가지고 아프다고 하면 분명히 얼차려를 받을 것이다.

“부대 사격 중지!!”

이제 잠깐의 휴식 시간이 주어지자마자 요동치는 배를 붙잡고 다리를 덜덜 떨면서 바로 인근의 농수로 길가로 뛰어들어 허리띠를 풀자마자 바로 설사를 한다. 그동안 얼마나 참았는지 배설이 주는 쾌감에 시무라는 눈을 지그시 감고 빨리 이 고통이 지나가기만 기다릴 뿐이다. 머리를 들어 밤하늘을 보니 오늘은 왜 이렇게 별이 밝은지 문득 고향에 있는 가족 생각에 시무라는 잠시 자기가 전쟁에 나갈 군인이라는 것도 잊는다. 이윽고 겨우 급한 일 보고 허리춤을 올리고 다시 돌아서려는데 복통이 또 오는 것이다. 마음은 빨리 점호 시간에 맞춰서 가야 하는데 복통 때문에 더 걷기도 힘들어 다시 길가 아무 곳에 허리띠를 풀고 쪼그려 앉는다.

시무라는 자기의 복통이 앞으로 8년 동안 일본이 중국에서 긴긴 전쟁을 할 핑계거리가 될 줄은 꿈에도 몰랐고 신음 소리를 내면서 아랫배에 온 힘만 준다.

“소대장님, 시무라 일병이 보이지 않습니다!”

10시 40분, 점호 보고를 받은 8중대 1소대장 하야시는 다시 소대원들 인원 점검을 하고 바로 중대장을 거쳐 대대장 시미즈에게 보고를 한다. 직접 대대장 시미즈가 1소대 주둔지로 가서 현장 확인을 한 후 소대장 하야시에게 묻는다.

“이보게, 하야시 군, 아까 그쪽에서 중국군 발포 소리 듣지 못했나?”

하야시는 분명히 들은 적이 없어 당황스러워 소대원들을 둘러봤지만 아무도 총소리를 들었다는 사람은 없다.

“이 바보 같은 새끼가!”

하야시의 대답이 없자 시미즈는 바로 하야시의 뺨을 때린다.

"분명히 들었어야 했고 분명히 우리 군사 한 명이 실종되었을 거라고! 총소리 들었어? 못 들었어?"

"네. 분명히 들었습니다. 소대 전원, 총소리 들었나?"

"네! 분명히 들었습니다!"

대대장의 기세에 겁을 먹은 소대원들은 일제히 큰 목소리로 복창한다.

시미즈는 만족의 웃음을 지으면서 하야시의 어깨를 툭툭 치고 그 자리를 벗어난다.

'뭐지 이건?' 얻어맞은 뺨을 어루만지면서 하야시는 이해가 안 가는 표정을 짓는다.

잠시 후, 실종되었다던 시무라가 얼이 빠진 표정으로 배를 움켜잡고 나타난다. 뭐가 뭔지 모르겠지만 아직 이 시간까지 소대원들이 도열한 채 갑자기 나타난 자기만 쳐다보니 분명히 뭔가 잘못된 거라는 생각이 들었다.

"소대장님, 죄송합니다. 아까 갑자기 복통이 와서 말씀을 못 드렸는데…."

시무라의 말을 끊은 하야시 소대장은 사정없이 시무라의 배를 걷어차고 넘어진 그를 발로 밟다가 갑자기 무슨 생각이 난 듯 씩씩거리면서 대대장 시미즈를 찾아간다. 자신이 자리를 비운 불과 20분만에 무슨 일이 벌어진 줄 꿈에도 몰랐던 시무라 일병은 다시 터진 설사에 울상을 짓고 그 자리에서 일어날 줄 모른다.

"대대장님, 실종되었던 대원이 돌아왔습니다. 갑작스러운 복통 때문에 보고 없이 행동을 했습니다."

긴장한 채 보고하는 하야시를 대대장 시미즈가 본체만체하면서 고개만 끄덕인다.

"그래 됐어. 다들 오늘 밤 잠잘 생각하지 말도록!"

이제서야 상황을 파악한 하야시는 경례를 하고 긴장한 걸음으로 소대로 복귀한다. 드디어 올 것이 온 것이다.

그날 밤 12시, 중국군 측 기찰당국은 일본 화북 주둔군 특무 기관장 마쓰이 토시히사의 전화를 받는다. 내용은 이러했다. 몇 시간 전에 일본군이 노구교 근처에서 군사 훈련을 하는데 중국군 쪽에서 발사한 총성이 들렸고 일본군 병사 1명이 실종되었으니 일본군이 중국군 주둔지인 완평성에 진입해서 수색을 하겠다는 것이다.

연락을 받은 중국 제29군 제219단은 어이없는 일본군 측의 발언을 일언지하에 거절했다. 오늘 확인 결과 중국군 쪽에서 실탄 사격 연습을 한 적이 없으니 당연히 중국 쪽 오발이나 납치 사건이 아니라고 답을 줬으나 마쓰이는 다시 전화를 걸어 중국군에서 협조하지 않으면 일본군이 강제로 완평 읍내에 들어가서 수색을 하겠다고 협박했다.

중국 측에서는 어떻게 해서든 일본 측과 협상을 통해 같이 공동 수색대를 만들어서 찾아보자는 입장을 관철하고자 했지만 이미 병사 실종을 핑계로 공격 기회를 노리던 일본군의 억지에는 속수무책이었다.

7월 8일 새벽 5시, 일본군은 기습적으로 포격을 가했고 중국 제29군 사령부는 즉각적으로 '노구교와 완평읍 사수 명령'을 제219단의 지셩원吉星文 단장과 제3여단 찐쩐쭝金振中 여단장에게 하달하여 항전을 하게 된다.

전투가 시작되자 중국 공산당 중앙위원회는 전국에 긴급으로 '전 중국 동포들에게, 북평과 천진이 위기를 맞이하게 되었으니 중화민족이 모두 힘을 합쳐 이겨내야 우리가 살 수 있다! 일본제국주의가 중국의 영토를 한 치라도 가져가지 못하도록 우리의 땅을 우리 핏방울로 물들이자!'라는 통신문을 보낸다.

이에 반해 국민당의 장개석 정부는 '굴복은 하지 않되 확전은 반대한다'는 성명을 발표하면서 송저원宋哲文과 제29군 부군장 겸 북평시장으로 있는 친더춘秦德纯 등에 전화하여 완평성을 사수하고 굳건히 지키라고 명령한다.

7월 17일, 장개석은 노구교 사변의 전개에 가장 관건적인 시기가 왔다고 다시는 협상의 기회가 없으니 만약에 한 치의 영토라도 침해당한다면 중화민족의 수치라고 하면서 전국의 중국인들에게 담화를 발표한다.

전국적으로 전투중인 29군을 지원하기 위해 민중들은 지원 단체를 만들어 위문편지와 위문품을 보내오고 북평과 천진의 학생들은 자원대를 선발하여 부상병 지원, 포탄 운반 등등을 지원하였다. 동시에 노구교 인근의 주민들은 29군 군인들에게 물과 전투 식량을 지원하였고 인근의 장신점에 있던 철로 노동자들은 자발적으로 나서서 방공호와 기관총 진지 구축에 앞장섰으며 위기에 처한 조국을 위한 해외 화교들의 지원도 있었다. 상황이 녹록하지 않자 먼저 침공한 일본군은 '현지협상'이라는 방식으로 시간을 벌어 병력을 더 끌어모으기 위한 잔꾀를 부린다.

7월 9일, 11일, 19일 일본 화북 주둔군은 중국 측과 3차에 걸친 협상을 통해 중국군을 속이기 위한 시간을 벌어놓았고 이 전술에 말려든 중국군은 그만 치명적인 판단 미스를 범하고 만다.

7월 25일 전장에 모여든 일본군은 6만 이상의 병력이 되었고 침략에 박차를 가하기 위해 병력과 물자가 보충되자 자신감이 생겨 허울뿐인 '현지협상'을 깨기 위한 수단으로 7월 25일, 26일 랑방사건과 광안문 사건을 일으킨다.

26일 오후, 기회를 엿보던 일본군 화북 주둔군은 제29군에게 28일까지 병력을 철수하도록 최후통첩을 한다. 송저원은 이를 거부하였으며 27일에 결사 항전할 것임을 선포하는데 이날 일본군 참모부는 천황의 비준을 받아 제29군에 대한 전면적인 공격을 명령한다. 화북 주둔 일본군 사령관 카츠키 키요시는 '북평, 천진의 혈전을 피할 수 없는 상황이니 적군을 토벌하여 피로 그 땅을 물들여 천황의 은혜에 보답하라'는 본국의 명령을 신속하게 수행한다.

이미 본국에서 파병된 20만 명의 병력과 조선주둔 제20사단, 관동군 독립 혼성 제1여단, 제11여단 등의 지원으로 100여 문의 대포와 장갑차 수십 대와 공군 지원까지 받아 북평의 남서북 쪽에 맹공을 가하여 중국군 제29군 제132, 37, 38사단에 전면전을 감행한다. 군사 훈련 중이던 1,500명의 학생까지도 항전했지만 중국군은 부군단장, 사단장까지 전사하면서 28일 밤 송저원은 북평에서 철수하고 29일 북평은 함락되고 만다. 7월 29일에는 제29군 제38사단이 천진에서 크게 패하며 30일, 결국 천진도 일본군의 수중에 떨어지게 된다.

노구교 사건으로 촉발된 전쟁의 서막은 이랬지만 그 영향이 동북아 곳곳에 특히 우리 민족에게 준 아픔은 너무나 컸다. 중국은 수도인 난징(남경)을 떠나 충칭(중경)으로 천도하면서 상해에 있던 대한민국 임시정부도 중일 전쟁을 피해 창사, 광저우, 유저우 등으로 정처 없는 방랑의 길에 접어들게 된다. 중국 공산당과 장개석의 국민당 정부는 중일 전쟁에 대비하기 위해 국공 합작을 하지만 명목만 합작일 뿐 자기들끼리도 치열하게 싸워만 나갔다.

병력이 증가된 일본군들이 중국 본토를 침략하여 중일 전쟁을 벌이면서 우리 항일 독립군 부대의 만주 지역 무장 독립 투쟁이 사실상 불가능해졌다. 일제가 중국 본토를 침략하면서 중일 전쟁이 일어나자 소련의 스탈린은 일본과의 전쟁을 벌이면 연해주에 거주하고 있던 고려인들이 일본과 내통하거나 가담할 것을 우려해 강제 이주를 결정한다.

1937년 9월부터 12월까지 고려인 약 18만 명을 6,000킬로 떨어진 중앙아시아의 우즈베키스탄과 카자흐스탄 등지로 강제 이주시켰다. 강제 이주하는 과정과 도착 직후에 추위와 굶주림, 질병 등으로 우리 동포 약 2만여 명이 죽어갔다.

일제가 중국 본토를 침략하는 중일 전쟁을 일으킴으로써 조선총독부는 전쟁에 필요한 인적, 물적 자원을 수탈하기 위해 1938년 국가총동원법을 만들고 조선을 병참기지화하기 시작한다. 일제 강점기 우리 민족의 인적, 물적 수탈과 피해는 중일 전쟁을 기점으로 엄청나게 커졌고 공출이라는 명분으로 무조건 강탈되었으며 위안부, 징용, 징병 역시 강제적으로 동원됐다.

뜨거운 여름날
〈1937년 9월 만주 봉천〉

일본이 북평을 손에 넣은 이후에 전선은 갈수록 남쪽으로 확대되었고 중국군은 일본군의 상대가 되지 못하고 계속 후퇴만 하는 와중에도 국민당과 공산당의 내전은 계속되었다.

만주 땅은 대륙 침략의 전초 기지로서 이미 관동군이 착실하게 기반을 닦아놓은 일본의 텃밭이었고 본격적인 중국 정벌이 시작된 이래 일본 내지나 조선에서 주둔하던 병력이 반드시 거쳐야 할 일본군의 앞마당이었다.

만주에서 제일 큰 도시인 봉천은 전쟁 호황기를 맞아 혼란스러운 시기에 돈을 벌어보겠다고 일본 내지와 조선에서 온 사람들이 불 속으로 덤벼드는 불나방처럼 모여들었다. 시내 곳곳을 활보하는 일본군들 사이에 그들을 상대로 몸을 파는 여자들, 군용 열차가 설 때마다 군인들을 상대로 물건을 파는 장사꾼까지 사람들은 일본 군대를 따라다녔고 사람이 몰리는 봉천역 일대는 언제나 혼잡스러웠다.

봉천역 일대에서 구두통을 메고 한참을 돌아다니던 영덕은 잠시 나무 그늘에 앉아서 땀을 식혔다. 아침부터 나와서 두어 시간 돌아다녔지만 구두 딱 2켤레밖에 닦지 못했다.

'생각보다 혼자서 돈 버는 게 쉽지는 않구나.' 주머니 속에 손을 넣어 지폐를 만져보니 땀에 젖어 축축해졌는지 아니면 자기처럼 축 쳐졌는지 돈 같은 느낌이 들지도 않았다.

준길에게 죽지 않을 만큼 얻어맞은 장밍은 영덕을 자기와 순례가 사는 집으로 데려갔다. 좁은 집에 장밍과 순례, 그리고 두 딸들과 영덕까지 살게 되었지만 다행히 서로를 잘 챙겨주는 장밍과 순례의 사이가 좋아 예전보다 명자의 표정도 밝아지고 집안의 분위기는 화기애애했다. 부지런한 장밍은 봉천의 절강 상인들 모임을 기웃거리더니 중가에 번화가에 있는 절강 사람이 운영하는 포목점에 취직하여 밥벌이를 시작했고 순례는 젖먹이는 업고 명자는 손을 잡고 옷가게로 출근한다.

준길에게 얻어맞아서 아직 몸이 불편하면서도 장밍은 특유의 낙천적인 성격으로 킥킥 웃으면서 영덕을 생명의 은인이라 상전으로 모시겠다고 하고 학교도 보내주겠다고 했지만 영덕은 한사코 거절했다. 어차피 지금 중국 대륙이 전쟁 중이라 고등보통학교에 입학하더라도 제대로 수업이 될지 모르겠고, 그냥 아무도 없는 집에서 혼자 공부하기도 그렇고 해서 자기 용돈이라도 벌겠다고 구두통에 영어책 넣고 봉천역과 서탑 일대를 배회하는 것이다.

뒤쪽에는 준길의 사무실이 있는 건물이 있고 앞으로는 저 멀리 보이는 기차가 남쪽으로 향하는 걸 보니 '저 기차를 타면 조선으로 가겠구나'라는 생각이 든다.

고향 하면 항상 가슴이 벅차오르고 노심초사 자기 안부만 걱정할 고향 사천의 부모님 마음이 어떨지 영덕은 잘 안다. 그러나 자존심이 센 영덕은 지금 이 모습으로 고향으로 갈 생각은 조금도 없었다. 언제 가더라도 영덕을 받아주고 지금이라도 영덕이 오기만 기다리는 상수와 언년이 듣기에는 서운하겠지만 큰소리치고 제 발로 나온 집, 꼭 성공해서 돌아간다는 생각은 여전히 변함이 없는 것이다. 성공의 뜻이 어떤 건지 잘 모르겠지만 이제 머리가 꽤 굵어진 영덕은 어릴 때 꿈꾸던 세계를 돌아다니는 여행가나 탐험가가 아닌 아버지 상수의 기대대로 관원이 되는 걸로 마음을 굳혔다. 제 아무리 돈 많은 상인이나 배움이 많은 학자들도 관원들 앞에서 쩔쩔매는 걸 보니 왜 어릴 때 아버지 상수가 그렇게도 면 서기를 외쳤는지 이제 철이 드니 알 거 같다. 이왕에 관원이 되기로 했으면 목표를 더 크게 잡아서 영덕은 멋진 양복을 입고 보기만 했던 비행기를 탈 수 있는 때을 고향 가는 날로 잡았다. 그러기 위해서는 공부를 게을리해서는 안 된다. 어차피 전쟁은 언젠가는 끝날 것이고 그럴수록 더 책을 손에서 놓으면 안 된다는 게 영덕의 생각이다. 중고 서점에서 산 고등 영어책을 보는 영덕의 눈앞에 군화를 신은 발이 보인다.

올려다보니 일본 군복을 입은 하사관이 서있다. 영덕에게 서툰 중국말로 '시타'를 물어보는데 발음을 들어보니 조선 사람이다.

"서탑까지 가십니까?"

조선말로 영덕이 묻자 얼굴이 까만 하사관이 반가운 마음에 하얀 이를 드러내고 웃는다.

"어이, 자네도 조선 학생인가? 난 또 중국말도 못하는데 어떻게 길 물어보나 걱정했지."

"따라오이소, 요서 한 15분만 걸어가면 됩니더."

하사관이 저 멀리 있던 동료 몇을 부르더니 그들도 이쪽으로 온다.

"여기들 보게, 우리 배곯지 말라고 마침 조선 학생이 여기에 있네, 어서들 건너오게."

일본 군복을 입은 조선 청년 셋은 영덕을 앞세워서 서탑으로 향한다.

"봉천에 조선 사람이 많다고 들었는데 오늘은 큰맘 먹고 조선 음식 먹으러 오기 잘했지."

"그러게 말일세, 날도 더운데 칼칼한 개장국 한 그릇하고 시원한 콩국물 마시면 좋겠구먼."

하사관들은 영덕에게 관심을 보이면서 여기서 뭘 하는지 나이는 몇 살인지 물으면서 자기들은 조선주둔군 20사단 소속인데 그저께 봉천에 왔고 연결 열차를 기다리는 중인데 잠시 짬이 나서 조선인 동료들끼리 소문 듣고 서탑 구경을 가는 길이라고 했다.

서탑 거리에 들어서자 조선인 하사관들이 "와!" 하면서 눈이 휘둥그레진다.

말이 만주 봉천땅이지 경성의 어느 골목이라고 해도 믿을 정도로 조선글과 조선말이 곳곳에 들려온다. 나이를 보더라도 영덕보다 불과 너댓 살 많을 뿐이고 그중에 한 청년은 오히려 영덕보다 키가 더 작은데 아직 나이가 나이인지라 서탑에 들어서니 애들처럼 막 좋아한다.

그러고 보니 일본 군복을 입은 군인들이 무리지어 돌아다니는데 서로 조선말을 하는 걸 보니 다들 외박 나오거나 전선으로 이동 대기 중인 조선인 장병들이 외출 나온 모양이다.

"학생도 여기 같이 와서 먹자."

매콤한 개고기 장국에 잘 삶아진 개고기 수육을 시키면서 처음에 영덕을 불렀던 하사관이 말을 거니 키가 자그마한 하사관이 영덕을 잡아 자리에 앉으라고 권한다.

그러고 보니 아침부터 나와서 구두통을 메고 돌아다니다 보니 영덕도 허기가 졌다. 군인들 눈치를 보면서 같이 자리에 앉으니 군인들은 사람 좋은 웃음을 지으면서 어서 먹으라고 재촉한다. 자기들은 조선 주둔군 20사단 소속으로 경기도의 한 도시에서 같이 하사관으로 지원한 고향 친구들인데 조선에서 군사 훈련받고 이번에 처음으로 전선에 배치된다고 한다.

당장 전쟁터에 나가는 걱정보다는 지금 보내는 하루에 즐거워하면서 고향에 있는 가족들 얘기, 일본군 사병과의 관계 등등 자기들끼리 정말 왁자지껄하게 웃으면서 잘 먹는데 영덕은 이들 사이에서 아무 말 없이 같이 고기를 뜯는다.

다들 어느 정도 배가 불러가니까 누군가 한 명이 한마디를 꺼낸다.

“대륙으로 언제 가나 했는데 이제 정말 우리가 가긴 가는 모양이네.”

나머지 둘도 이제까지 애써 표현을 안 했던 것처럼 묵묵히 듣고만 있고 옆 테이블에서 이쪽을 보고 같이 웃고 떠들고 하던 또 다른 조선인 하사관 무리들도 그 얘기를 들었는지 갑자기 조용해진다.

“어차피 우리가 이 길을 걸으려고 지원한 거고 지금 조선 상황에서 뭐 딱히 할 일도 없으니 이까지 온 거 후회하지 말자고 했잖아.”

“정말 딱 3년만 참고 돈 벌고 나면 고향 가서 같이 장사하자.”

“꼭 그래야지. 그래도 우리 황군이 세계에서 제일 강군이라 중국 대륙에서는 우리 군복만 보이면 중국 군인들이 도망가기에 바쁘단다. 우리는 그냥 할 일 다 하고 어떻게든 살아만 남으면 되는 거야.”

자기들끼리의 대화를 멈추고 약간의 침묵이 흐르더니 자그마한 키의 청년이 영덕의 구두통에 있는 영어책을 발견하고 꺼내 들어 보인다.

"야, 이 책 나도 예전에 봤던 건데 여기서 보니 더 반갑네. 자네 책 보니까 온통 새까만 게 공부 좀 많이 한 모양이구먼, 그때는 왜 그리 이런 책이 보기 싫었는지 몰랐는데 지금 보니 그 시절이 참 그립구먼."

책을 한 장씩 넘겨보는 청년의 얼굴 가득히 그리움이 묻어 나온다.

"자네가 그 친구한테 단어 물어보고 틀리면 밥값이나 물리세."

"이 녀석은 누가 소학교 선생 출신 아니라고 할까 봐 군복 입어도 만날 그놈의 시험 얘기구먼. 하하."

어느새 친숙해진 하사관 청년들의 농짓거리에 영덕도 같이 따라 웃는다. 가게 문을 나서서 복귀를 서두르는 청년들에게 영덕은 잘 먹었다고 인사를 하고 돌아서는데 저만치 가던 청년들이 영덕을 부르더니 손에 지폐 몇 장을 쥐여준다.

"우리는 어차피 전장에 가면 쓸 데도 없어. 동생 같아서 주는 겨, 조선 사람끼리 이리 만난 것도 인연인데 아무튼 몸조심하고 꼭 소원 성취하시게."

영덕의 영어책을 보던 자그마한 키의 청년이 한사코 뿌리치는 영덕의 손에 지폐를 쥐여주고 청년들은 다시 저 멀리로 영덕의 시선에서 사라진다.

"고맙습니다. 어떻게든 꼭 살아서 고향으로 돌아가세요!"

영덕이가 해줄 말은 그것밖에 없는 거 같다.

오전 내내 신발 만들고 고치기를 다 하고 나니 오후 시간에 손님도 없고 날씨도 푹푹 쪄온다. 범호는 자리를 털고 일어나 가게 문을 열고 의자를 밖에 내놓고 부채질을 한다.

동생 범진이 소리 없이 사라진 지가 1년이 넘도록 소식이 없어서 답답했는데 만융에 살던 동생네 가족들마저 갑자기 연락이 안 된다. 지금이라도 덩치 큰 사내가 허허 웃으면서 가게 문 열고 들어올 거 같고 물건 하느라 서탑에 올 때마다 개구장이 조카 둘 앞세우고 오던 사람 좋은 제수씨도 못 본 지 오래다. 하도 연락이 안 되어 만융으로 가보니 살림살이도 그대로 두고 집 앞에 남자 시체 2구만 발견되었다고 하는데 어떻게 된 건지 도무지 알 길이 없다.

동생 오면 주려고 만들어 놓은 튼튼한 가죽신 한 켤레만 주인을 기다리며 가게 한 구석에서 자리를 지킬 뿐이다. 압록강 따라 나무하러 간다기에 튼튼한 쇠가죽으로 잘 만들어 놓았는데 언제 주인 찾아가려는지 아직 아무도 모른다.

고향 정주에서 사고를 치고 여기까지 와서 목숨 부지하는 것도 동생 범진 덕분이고 살아오면서 동생의 도움도 많이 받은지라 이제 먹고살 만해지니까 더욱 범진네 생각이 많이 난다. 조금이라도 짬만 생기면 만융에 들러서 동생네 소식이라도 들을까 싶었지만 어느덧 범진네 가게는 다른 사람이 들어와서 살고 있고 조선에서 지은 죄가 있는지라 평안도 사람이 많은 만융에서는 자기가 여기저기 묻고 다니기에도 부담이 많이 되었다.

"이놈의 자식, 처음에 연락 안 되어서 제수씨 속을 그렇게 태우더니 어딘가에 자리를 잡고 이제 식솔들 데리고 어디로 가서 잘 사는 거겠지? 어디 가도 굶어 죽을 애는 아니니 꼭 목숨만 잘 부지하라우."

담배 하나 꺼내서 연기를 뿜으면서 물끄러미 손가락을 보니 마디마디가 나무껍질처럼 울퉁불퉁하고 손톱 밑에 때가 끼어있다.

'참, 열심히 살았는디 우찌 자식놈 공부도 제대로 못 시켰는감.'

마침 은심이 점순 할매네 식당에서 오이를 가져오더니 지 애비 챙겨주려는지 이쪽으로 가져온다.

"아바디, 드시라요. 아직 날도 밝은데 이리 나와 계시면 안 됩니다. 날래 안으로 들어가쇼."

여기 생활에 적응이 되었는지 자꾸 밖으로 나가려는 범호가 걱정되어 은심이 또 한 소리 한다.

씩 웃어 보이면서 범호가 묻는다.

"경춘이 놈은 아까 애들하고 놀러 댕기더만 밥은 먹였는가?"

"아이고 그 망아지 같은 놈 어딜 쏘다니는지 이제 제가 따라 댕기지도 못합니다."

가게로 돌아가는 은심의 뒷모습과 함께 저 멀리에 순례의 가게 앞을 기웃거리는 영덕의 모습이 보이길래 범호는 다시 담배를 한 대 더 꺼내 불을 당긴다.

집으로 가는 길에 순례의 가게에 들러보니 어쩐 일인지 문은 잠겨있고 아무도 보이지 않는다. 잠깐 자리 비웠나 싶어서 점순 할매네 식당을 가니 손님도 없고 더운 오후의 날씨에 점순 할매는 식탁에 머리를 박은 채로 꾸벅꾸벅 졸고 있다.

밖으로 나가려다 장을 보고 돌아오는 은심과 마주쳤다. 언제나처럼 은심은 영덕을 보고 가볍게 목례를 하며 그냥 지나치려고 한다.

"저기요. 혹시 명자네 가게 언제부터 문 닫았는지 봤습니까?"

사실 영덕은 지난번 외삼촌 준길의 일로 또 무슨 일이 벌어질지 아직까지 신경이 쓰이는 게 사실이다. 혹시 준길이 찾아오면 어떻게 하느냐고 영덕이 얘길 했더니 제까짓 게 찾아오라면 오라지 하면서 당차게 나오는 순례 때문에 대놓고 얘기는 못 했지만 그날 봤던 준길의 살기등등한 눈길이 잊히지 않는다. 부지런하고 생활력 강한 순례라 웬만하면 손님 하나 안 놓치려고 젖먹이 업고 늦게까지 가게 문을 여는지라 걱정된 영덕이 밤늦게 여러 번 데리러 오기도 했다.

"아까 점심때까지는 보이던데 안색이 안 좋아서 식사도 거르시더니 빨리 들어간 모양입니다. 오전에 힘들다고 해서 명자도 우리 가게에 맡겨놓더니 계속 속이 안 좋았던 모양이네요."

고개를 끄덕이고 영덕이 돌아서는데 저기 구석에 있는 구두집의 범호가 손짓으로 영덕을 부른다.

"이리로 들어오게!"

"지난번에 자네 구두 이쁘게 새 옷 입혀줬더니 그건 어쩌고 넝마 같은 신발 신고 다니는감?"

그제야 영덕은 천에 구멍이 나려고 하는 신발이 눈에 띄어 한쪽 발을 뒤로 살짝 빼보지만 다른 한 쪽도 상태는 마찬가지다.

"여기 앉아서 이거 한번 신어보게."

범호가 자리에 앉은 영덕의 신발을 벗기더니 검정색 구두 한 켤레를 내어 온다. 영덕이 이게 뭐냐는 듯이 올려다보니 범호는 담배를 물면서 올라오는 연기에 지그시 한쪽 눈을 감고 말한다.

"마침 가죽 쪼가리하고 재료도 남아서 내가 자네 꺼 한번 만들어 봤네, 이게 이래 뵈도 봉천 백화에 가면 쌀 한 가마니 값은 달라고 할 정도로 값어치는 할 끼야. 흐흐."

"아이고 어르신, 뭐 이렇게까지 하실 필요 없습니다. 집에 지난번에 봐주신 것도 있고 지금 신발 잘 꿰매면 또 더 신을 수 있습니다."

"받게나 이 사람아. 누가 자네한테 지금 신으라고 하던가? 이제 전쟁통 다 끝나고 다시 학교 열리면 그때 가서 이 신발 신고 멋지게 학교도 댕기고 공부도 열심히 해야지."

영덕은 오늘 정말 운수 좋은 날인가 보다. 조선인 청년들에게 푸짐하게 점심 대접 잘 얻어먹었고 며칠 동안 구두 닦아서 벌 돈도 용돈으로 받았는데 반짝반짝 빛이 나는 새 구두도 범호로부터 선물 받았다. 지난번에 영덕의 발을 유심히 보는 거 같더니 신어보니 꼭 맞춤 신발처럼 편안한 느낌에 영덕은 범호의 보이지 않는 세심함을 더 느끼게 된다.

"새 구두는 말일세, 처음에 신을 때 질 들인다고 고생하면서 물집이 생기고 또 가라앉고 하지만 자기 발하고 나중에 딱 정이 붙으면 아무리 비싼 신발보다 더 편해질 거네. 우리네 사는 게 다 그런 거 아니겠나. 조선 팔도 사람들 여기 서탑가에 와서 서로 다투고 인상 쓰고 살다가도 어차피 객지 생활하는 사람들이니 서로 정도 들고 하면서 편안하게 될 거라는 거지비."

범호의 말에 영덕은 자기도 모르게 고개를 끄덕인다.

"내가 여기 좁은 전방에 앉아서 밖은 잘 모르지만 오가는 사람들이나 손님들 얘길 들어보니 앞으로 젊은 사람들에게 좋은 세상이 올 거 같네. 우리야 배우길 제대로 배웠나 그냥 먹고살기 바빠서 처자식 안 굶기려고 아옹다옹 살았다지만 지금 학교 다니는 학생들 보면 참 부럽기만 하지. 나도 어릴 때는 종놈 중에서 산수 제일 잘한다고 주인집에서 일거리도 많이 맡겼는데 그때 공부를 좀 했으면 어땠을까 싶기도 하고. 내가 못 배웠으면 은심이라도 제대로 배우게 해야 되는데 은심이한테도 애비처럼 까막눈하고 가난만 물려주니 내가 참 못난 놈이지."

그러면서 범호가 영덕을 다시 올려다보면서 우물쭈물한다.

"자네한테 이런 부탁하기는 좀 미안한데. 우리 은심이가 요즘에 공부가 하고 싶은 모양인가 보네. 뭐 대단한 건 아니고 그냥 조선글이라도 좀 가르쳐주면 어디 가서라도 사람 구실이라도 하고 살지 않겠나?"

범호 딴에는 이리저리 돌려서 하고 싶은 말을 한 거지만 벌써 마음이 촉촉하게 젖어버린 영덕이 어떻게 감히 거부를 하겠는가.

"아재요, 저는 은심이 글 가르쳐주는 거 아무렇지도 않은데 은심이가 부끄러워하지 않을까 모르겠네요. 저는 괜찮으니 신경 쓰지 마이소."

그 말에 범호가 웃으며 손사래를 치면서 말한다.

"아이고 무슨 말을 그렇게 하는가. 내가 보니까 걔가 배우고는 싶어 하는데 애비 맘 상하게 할까 봐 말을 안 하는 거지. 그리고 걔가 보기에는 저래도 머리가 잘 돌아가서 금방 배울 거라네. 허허허, 그나저나 그 거적때기 같은 신발이나 좀 더 손봐줘야겠구먼."

땀에 절어 냄새가 나는 영덕의 신발을 아무렇지도 않게 집어 들고 실과 바늘을 가지러 가면서 기분이 좋아 콧노래를 흥얼거리는 범호의 뒷모습을 보니 영덕은 고향의 아버지 상수 생각에 코끝이 찡해진다.

자식 잘되기 바라는 애비의 마음이 다 그런 건가 하는 생각과 함께 영덕의 성적이 나오는 날에는 항상 덩실덩실 춤을 추는 상수와 같이 덩달아서 어깨춤을 추던 언년의 모습이 떠올라 영덕은 누가 자기를 볼세라 무릎에 얼굴을 파묻는다.

한편 순례는 낮부터 속이 좋지 않은 것에 온 신경이 집중되어 있었다. 이건 또 애가 들어선 게 맞다. 애를 두 번이나 낳아본 순례가 절대로 이걸 모를 리가 없다. 웬만하면 버티려고 했지만 비위가 약해서 입덧이 심한 순례는 어제부터 속이 안 좋은 게 아무래도 심상치 않았는데 또 임신이라니 눈앞이 캄캄해진다. 지금 자기가 처한 상황이 어떤지 잘 아는 순례는 젖먹이 수련을 재우고 혼자서 잘 놀다가 잠이 든 명자를 보면서 땅이 꺼져라 한숨만 내쉰다.

준길이 신경 쓰이거나 무서워서는 절대로 아니다. 준길과 헤어진 지 얼마나 되었다고 벌써 애나 만들었냐는 주위의 수군거림이 부끄러운 건 더더욱 아니었다. 이제 겨우 준길로부터 벗어나서 순례는 순례대로 장밍은 장밍대로 같이 먹고살려고 열심히 각자 할 일 하면서 한 몇 년 고생해도 어떻게 될지 모르는 상황에서 이런 일이 생기고 만 것이다. 혼자서 고민 고민하다가 젖먹이 업고 어디 가서 양잿물이라도 먹고 애를 지워버릴까 생각했지만 차마 그렇게는 못 하고 그냥 돌아왔다.

아직까지 장밍과 애를 갖자고 서로 얘기를 한 적은 없지만 어릴 때부터 외롭게 자란 장밍이 빨리 자기 애를 바라는 걸 잘 알기에 그런 장밍을 떠올리면 더더욱 못 할 짓이다. 외롭게 자란 장밍인지라 지금은 여유가 없더라도 명자에 젖먹이에 또 영덕까지 서로 부대끼면서 사는 게 사람 사는 맛이 난다고 허허 웃으면서 다 받아주는 좋은 사람이지만 자기와 상의 없이 애를 지웠다고 하는 걸 알면 장밍마저 자기를 떠날까 두렵기도 하다.

'엄마, 나 이제 어떡하노?'

굳세고 강해 보이던 순례도 이런 상황이 되니 고향에 있는 엄마 생각에 그동안의 서러움이 밀려와서 울음보가 터지고 만다. 아무리 힘들어도 더 강해 보이려고 억지로 독한 여자라는 가면을 쓰고 살았던 순례지만 그녀 역시 연약한 여자였던 것이다.

"드르륵" 문이 열리는 소리가 나길래 순례는 울음을 집어삼켰다.

영덕일까? 아니면 장밍일까?

문을 열고 들어서는 사람은 조카 영덕이었다.

오늘은 돈을 좀 벌었는지 어깨에는 구두통을, 양손에는 애들 먹을 거리가 가득이다. 조심스레 순례의 눈치를 보면서 영덕이 묻는다.

"숙모, 오늘 괜찮은교? 몸이 안 좋아가 일찍 들어왔다면서요?"

걱정스럽게 자기를 쳐다보는 영덕을 보니 순례는 더 서럽게 영덕을 끌어안고 펑펑 울어버린다. 순례의 울음소리에 수련이 깨자 명자도 놀래서 눈을 비비고 일어나서 덩달아 울고 영덕은 어찌 된 영문인지 모른 채 세 여자들 사이에서 누구를 달랠지 몰라 당황스럽다.

오늘도 제일 빨리 출근해서 제일 늦게 퇴근하는 장밍은 머릿속이 복잡하다. 지금 들어간 상점의 주인이 고향 사람이라는 거 빼고는 정말 사람을 피곤하게 하는 스타일이다. 장밍보다 더 이른 시기에 봉천으로 들어와서 자리 잡기까지 고생이 많았겠지만 준길과는 달리 철저하게 장밍을 믿지 않는 거는 그렇다 치더라도 제때 품삯도 잘 쳐주지 않으니 정말 답답한 노릇이다.

'나중에 장사만 잘되면'이라는 단서에도, 적은 급여에도 불구하고 제 몫 이상을 해주는 장밍이지만 계속해서 이렇게 살아갈 수는 없다. 생각이 많아지다 보니 발걸음도 늦어지고 집에 다 와가면서 문득 집에서 군것질거리를 기다릴 명자 생각에 상점이라도 찾아보려니 길거리의 가게는 벌써 문을 다 닫았다. 잠이 와도 장밍이 사오는 과자 기다릴 명자를 생각하니 벌써부터 미안해진다.

"드르륵" 조심스레 문을 열고 들어가 보니 명자가 얼굴에 콩고물 묻혀가면서 떡을 맛있게 먹으면서 장밍에게 안겨 온다. 하루 종일 일에 지친 장밍이지만 자기를 반겨주는 귀여운 명자를 번쩍 안아준다. 순례의 품에 안긴 젖먹이는 고개를 이제 꼿꼿이 들고 들어오는 장밍을 보면서 눈 맞추고 웃고 있고 영덕이 집에 왔냐면서 반갑게 손을 들어준다. 그런데 순례의 눈이 울었는지 벌겋게 부어 있으니 조금 이상할 노릇이다.

"당신, 왜? 어디 아파?"

조심스레 명자를 내려놓으면서 장밍이 순례를 쳐다보지만 순례는 이내 고개를 돌린다.

"장밍 삼촌, 숙모 애기 생겼어요!"

잠시 후 동네가 떠나갈 듯, 숨넘어갈 듯한 웃음소리와 장밍이 지르는 만세 소리는 끊어지지 않고 계속된다.

재회 그리고 그리움
〈1937년 11월 만주 통화〉

범진네 가족이 지난봄에 이곳 통화에서 상봉하고 자리를 잡은 이후에 처음 맞는 겨울이다. 길잡이로 나선 호영을 통해 남편 범진이 어떤 위치에 있고 지금 조선혁명군이 처한 상황이 어떤지 삼월이는 상황을 조금 이해하면서 범진이 있는 통화의 산채에 합류했다. 그래도 몇백 명의 군인들이 사는 곳이라 어느 정도 갖출 건 갖췄을 거라고 생각했는데 막상 와서 보니 정말 거지 소굴과 진배없었다. 그나마 간부급 대원들 중 가족을 동반한 사람들이 있어 아들들 또래의 꼬맹이들이 여럿 있을 뿐, 말 그대로 피골이 상접한 군인들이 자급자족하고 이동을 하면서 목숨만 부지하고 있는 상황이었다. 제대로 모양을 갖춘 움막이라고 하기에도 허름한 하늘만 가릴 정도의 누추한 거처에서 만난 범진은 삼월과 애들에게 미안해하며 눈도 제대로 마주치지 못했다.

살이 쏙 빠져버린 남편은 대원들을 이끌고 조선 평안도로 침투하려는 작전에 참여했다가 실패하여 작전에서 희생된 부하들 생각에 더욱 의기소침해 있었다. 다시 만난 남편의 가슴을 치면서 삼월이는 그동안의 미움을 표현했고 범진은 그냥 미안한 마음에 먼 허공만 바라보고 괜히 헛기침만 했다.

여기서는 대대장 가족이라고 특별히 대우를 받는 게 아니고 봄, 여름이면 군인들 식사도 챙기고 산으로 가서 나물이라도 뜯어야 하고 하다못해 너덜너덜해진 군인들 군복이라도 꿰매주어야 한다.

지금 조선혁명군이 처한 상황이 어떤지 삼월이도 이제 눈으로 보인다. 매번 전투에 나갈 때마다 살아서 돌아오는 이들의 숫자가 눈에 띄게 줄어들고 있고 일본군의 항공기는 산골짜기마다 투항하라는 삐라를 뿌리고 다닌다. 삼월이 보는 게 맞았다. 이제 사실상 조선혁명군은 와해되어 가고 있는 거 같다. 조선혁명군의 최후는 사실 몇 년 전부터 조금씩 다가오고 있었다.

일제의 군사적 위협이 세질수록 이를 타개하기 위해 1935년 9월에 고이허 대신 대한제국 무관장교 출신인 김동산을 새로운 총령으로 선출하였으나 1936년에 단행된 일제 당국의 검거 작전에 후원자들과 밀정들 118명이 잡혀 들어가 큰 손실을 입게 되어 생존 기반에 결정적인 타격을 입었다. 거기에 같은 해 12월에 고이허가 체포되어 붕괴 과정에 있던 조선혁명군은 사실상 몰락의 길을 걷게 된다.

조선혁명군의 조선 반도 진입 작전에 타격을 받은 조선총독부 치안 당국은 대륙 침략을 위해 앞마당 만주의 안정화를 추진하던 군부와 합세하고 1937년 초부터 토벌 공작에 부응하여 휘하 경찰대 및 만주국 군경 수백 명 병력을 동원하여 대대적인 토벌 작전을 단행하였다.

1936년 10월부터 1937년 3월까지 '동변도 치본공작'을 추진하여 동북항일연군과 조선혁명군 정부는 갈수록 어려움을 겪게 된다.

1937년 3월 중순경 조선혁명군은 약 200명의 부대규모를 유지하며 평안북도 초산 위원군의 건너편 집안과 관전현의 변경지대에 있는 신개령에 튼튼한 산채를 구축하고 국내로 진격할 계획을 구상하고 있었다.

이러한 정보를 입수한 평안북도 경찰부는 초산과 위원경찰서에서 차출한 100여 명의 경관을 출동시키고, 만주국의 집안, 환인 경찰 및 관동군 정보기관과 협동하여 조선혁명군 본부에 대한 일대 탄압작전에 나섰다.

이들 합동 '토벌대'는 군용기까지 동원하여 3월 하순부터 약 10일간에 걸쳐 조선혁명군 본부를 공격하였다.

한편 조선혁명군 총사령 김활석은 1,004미터 고지에 위치한 요새지에서 이들 적을 상대로 100여 명의 부하들을 직접 진두지휘하며 완강히 저항하였다. 그러나 조선혁명군은 압도적으로 우세한 장비와 병력을 앞세운 일만 군경에 중과부적으로 큰 손실을 입고 패퇴하고 말았으며 오랫동안의 근거지였던 산채도 함락되고 말았다.

더욱이 3월 25일의 전투는 10시간이나 계속되었는데, 이때 조선혁명군은 9명이 전사하고 산채 3개소가 함락되어 불타고 말았다. 결사 항전을 주장하는 범진의 주장은 다시 후일을 도모하자는 총령 김동산의 명령에 의해 기각되었고 일단 살아남은 대원들을 데리고 다시 통화로 철수하여 여기서 범진은 가족을 재회하게 된 것이다.

3월 하순 일제의 대공세로 조선혁명군은 치명적 타격을 받았고, 이후의 투쟁도 큰 어려움에 부딪히게 되었다. 그 결과 조선혁명군 제1사 사령 한검추와 교육부장 윤일파 등 51명의 대원은 1937년 4월

초순 일제에 투항하고 말았다.

한검추는 1936년 9월 말 자신에게 투항을 권유하는 협화회 동변도 특별공작부의 귀순공작에도 아랑곳하지 않고 투쟁을 계속하였으나, 지역주민들의 생활여건이 날로 악화되고 이들로부터 물자를 징발하는 일도 어렵게 되었다. 이러한 상황에서 그는 결국 십여 년이나 지속해오던 항일무장투쟁의 깃발을 끝내 꺾고 말았던 것이다.

사실 협화회 동변도특별공작부는 특수공작의 한 방법으로 만주국 관헌과 일제의 '토벌공세'에 시달리고 있는 조선혁명군 지휘관들에게 그들의 심금을 자극하는 귀순권유 서신을 보내 투항할 경우 적극 우대하겠다는 회유공작을 벌였다. 협화회 동변도특별공작부는 1936년 9월 30일 조선혁명군 제1사 사령 한검추에게 다음과 같은 내용의 편지를 보냈다. 이러한 회유공작에 상당수 대원들은 어려운 처지에서 고생하는 가운데 마음의 동요를 일으키기도 했다.

'그대여! 그대들은 마땅히 민족을 위한다고 생각하지만, 이제 크게 눈을 떠보라! 정치적 투쟁이나 혁명이라고 말하는 것은 결국 무력으로 승부를 결정짓는 것이다. 숙고해 보라! 중국인의 소작으로서 그날그날의 생활을 영위하고 있는 조선농민으로부터 군량미를 징수하고 매호 연 3원 50전의 군자금을 강요하여 조선혁명의 재료가 되는 비행기·고사포·야포·기타 화학병기를 꿈이나 꿀 수 있는가? 몇억, 몇천만 원을 요하는 것이다. 조선인의 경제력으로 이러한 거액의 자금을 갹출할 수 있다고 생각하는가? 가령 자금을 조달했다고 해도 오늘날과 같은 국제적 감시하에서 어떻게 이러한 병기를 구입할 수 있을까? 만약 구입했다고 해도 그 병기를 누가 사용하고, 누가 싸운다고 생각하는가? 작전계획과 전투지휘를 하는 인재가 몇 사람이나 있다고 생각하는가? 아아 그대여! 이것은 자기 동포를 살

육장으로 이끌고 고혈을 짜는 기생충이 하는 일이다. 각성하는 바 있어 원대한 장래를 생각해 보라! 한군(한검추)이여! 그대의 문제는 가장 빨리 당지 헌병분대장과 협의하여 봉천헌병대장에 상신할 것이다. 이에 대해서는 절대로 안심해도 좋다…. 그대의 처에 대한 생활과 보호의 건은 절대 안심하여 달라. 당지 헌병대와 함께 극력 보호할 것이다. 그리고 그대 장모의 병도 완전 나았기 때문에 그 점도 안심해 달라'

가족을 언급하면서 회유하는 일제의 투항 전략에 갈등했을 제1사령관 한검추의 심정이 어땠는지 범진은 잘 안다. 사실 기약 없는 전쟁과 언제 끝날지 모르는 이 승산 없는 싸움에 대해서 승리할 거라고는 기대하지도 않았다.

사령급들 이상을 대상으로 회유 작전이 진행되고 이제 윗선이 회유되고 나면 범진과 같은 간부급을 대상으로 또 다른 공작을 벌일 것이다.

산 사람들은 벌써 목숨을 내놓고 산에 들어왔지만 가족들의 문제는 또 다르다. 자기 때문에 잘살고 있는 가족들 안위 문제를 들먹이면 아무리 심지가 굳센 사람이라도 무너질 수밖에 없다. 그렇게 굳건하던 한검추 사령마저도 가족 얘기가 나오니 결국은 투항하지 않았던가. 그와 같이 투항한 전우들의 심정 역시 이해가 간다.

솔직히 말해서 특별 공작부가 보내온 편지 내용은 틀린 거 하나 없다. 춘궁기에는 전쟁이 없어도 원래 먹을 게 없는 데다가 그동안 지원해 주었던 산악 지역에서 어렵게 살던 동포들마저 자기들 먹고 살기에 바쁘다. 하물며 조선혁명군을 도왔다는 사실이 발각되어 부락민이 학살되고 없어지는 사례는 수도 없이 있었고 잔뜩 겁을 먹은 지원 세력들로부터 도움을 받기에는 한계에 다다랐다.

그렇다고 어떻게 그들을 탓할 것인가?

다 살기 위해서 눈물을 흘리면서 고향을 등진 사람들인데 이미 형세가 기울어진 상황에 자기들 도와달라고 하기에는 역부족임을 서로가 잘 알고 있다. 연초에 이호영이 산채에 들어서 범진에게 가족에 대한 의향을 물어봤었다. 계속되는 간부들에 대한 회유 작전에 많은 대원들이 동요하고 있는 상황에서 호영은 인간적으로 범진을 찾아가서 솔직한 얘기를 하고 싶었던 것이다.

"이보게, 대대장. 언제든지 나에게 얘길 하란 말이. 우리들 사는 게 이런 거 다 알지 않은가? 자네가 투항해도 난 충분히 이해하고 자네의 선택을 존중한다네."

그 말을 들은 범진은 맥이 탁 풀렸다. 이호영이라고 저 멀리 함경도에 두고 온 가족이 없겠는가? 아무리 냉정한 이론가라고 하지만 그라고 가족들 생각이 안 날 리 없을 것이다.

"지도원 동무, 내레 그리 마음 쉬이 변하는 놈 아이요. 요렇게 그만둘 거 같았으면 오지도 않았을 겁네다. 앞으로 그런 소리는 하던들 마소!"

상대가 누구인가? 실전과 이론에 심리전까지 유능한 이호영이다.

"사실 내가 봉천에 잠입할 때 제수씨 사는 거 좀 보고 왔네만, 그리 녹록지가 않더구만."

차마 이상한 밀정 같은 놈들이 감시를 하는 거 같다는 말은 이호영도 하지 못했다. 어쩌면 정말 그가 더 충격을 받아서 진짜 하산할지도 모른다는 두려움일지도 모르겠다. 짧은 순간이지만 흔들리는 범진의 눈빛을 이호영은 놓치지 않는다.

"자네, 나한테는 솔직하게 말해주게. 내가 어떻게 하면 되겠나?"

범진은 조금이라도 산에서 내려갈 생각은 없다. 산에 와서 새로운 세계를 봤고 지금은 힘이 없어서 당하고는 있지만 설령 지거나 당장 죽더라도 올지 안 올지 모르는 새로운 세상을 위해 자기는 최선을 다했다고 생각한다.

"형님, 그러면 형님은 가족들 안 보고 싶습네까?"

이호영은 대답 대신 범진을 쳐다보면서 그냥 미소만 지어 보인다. 범진은 호영의 답을 기다리지만 호영의 답이 없자 격하게 입에 침을 튀기며 재차 묻는다.

"형님, 우리 정말 새 세상 만들 수 있습니까? 여기서 죽어간 수많은 전우들한테 맹세하시고 솔직히 말씀하시라우!"

"자네가 왜 그러는지 난 잘 안다네. 난 솔직하게 말하면 지금 우리가 살아있는 게 아니고 살아가는 과정에 있다고 생각하네. 이 길이 맞는지 모르겠지만 난 맞다고 생각했고 어떤 결과가 나올지 아무도 모르고 우리가 왜 이러는지 많은 사람들이 알아주지 않더라도 내가 맞다고 생각하면 맞는 거고 새 세상을 만들 수 있다면 만들 수 있다고 생각한다네. 그 새로운 세상이라는 것이 정말 우리가 꿈꾸는 별천지가 되지 못하고 내 머릿속에만 있다가 이뤄지지 못한다 할지라도 그 꿈을 꾸는 그 순간만큼은 나에게 새로운 세상이었다네."

말로 잘 표현하지 못하는 범진이었지만 이게 바로 범진이 표현하고자 하는 생각이었다!

그렇다.

범진은 호영의 말대로 앞으로 어떻게 될지 모르지만 최소한 산에 들어와서 항일 운동을 하는 동안은 행복했었고 그 과정이 그에게는 새로운 세상이었던 것이다. 같이 뜻을 이루지 못하고 먼저 간 전우들에게 언제 죽어도 떳떳할 수 있다고 생각했었고 그 과정을 만들어가는 시간들 한순간 한순간이 범진에게는 소중했던 것이다. 목이 메인 범진은 뒤돌아서며 호영에게 퉁명스럽게 한마디 건넸다.

"형님, 다음에 봉천 가면 우리 가족들 델꼬 와 주란말이."

돌아서서 걷는 이호영의 귀에 젖어든 범진의 목소리가 들린다.

"우리 여편네가 얼매나 독한지 잘 때도 식칼을 들고 잔다오. 델꼬 오기 전에 꼭 기별해야 함다."

역시나 이호영은 범진이 원한 대로 가족들을 무사히 범진의 곁으로 데리고 들어왔던 것이다.

범진의 가족들이 산채에 들어온 지 불과 한 달 남짓 지나 범진은 정말 놀라운 소식을 듣고 말았다. 조선혁명군정부 총령 김동산이 결국은 지난 5월에 투항하고 말았다. 그의 투항은 사실상 조선혁명군정부의 종말을 고하는 아주 충격적인 사건이었다. 조선총독부 경무국은 '20여 년의 오랜 시간 동안 조선 독립을 꿈꾸던 치안의 암이라고 불리던 조선혁명군도 드디어 재기불능에 빠졌다'라고 하면서 그 성과를 강조하였다.

총령을 잃은 모든 조선혁명군은 다시 상황을 수습하고 재기를 모색하였으며 조선혁명군 총사령관인 김활석이 어려운 상황에서도 여전히 100여 명의 잔여 병력을 이끌고 투쟁을 계속해 나갔고 정범진은 잔여 병력 중 핵심 인물이었다.

그러나 물고기도 물이 있어야 살고 소도 비빌 언덕이 있어야 하듯이 재만 조선인의 지원이 봉쇄되어 버린 상황에서 독자적인 활동이 거의 불가능하게 되었다. 이제 조선혁명군 내부에서는 어떻게 살아남아서 어떻게 후일을 도모할 것인지에 대해 의견이 분분해졌다.

그래도 아직까지 투항해서 자기 목숨만 살고자 하는 사람은 없다. 이들에게 가장 현실적인 방법은 남만주에서 활동하고 있고 여러 번 공동작전을 펼쳤던 중국 공산당계 동북항일연군에 가담하는 것이었다.

이제 100여 명 남짓한 소규모의 조선혁명군은 각자의 의견에 따라 자기의 운명을 정하기로 했다. 범진은 아직까지 조선혁명군을 벗어나서 동북항일연군에 가담할 생각은 없고 지금까지 모시고 있는 김활석 총사령관을 따라 끝까지 남기로 했다. 얼마 전에 계속 참모 역할을 해주었던 조상명도 앞으로의 거취에 대해서 물어왔었다. 이 결정이 맞는지는 모르겠지만 그래도 다음에 이호영이 와서 명확한 방향을 주기 전까지 혁명군에 남기로 했다.

정확하게 어떤 형세로 돌아가는지 알 수는 없지만 차가워지는 날씨에 또 가족들을 데리고 어딘가 모르는 곳으로 떠나기에는 너무나 미안했었다. 눈밭에서 범진을 보고 반갑게 달려와 안기는 아들들의 터진 볼살을 보니 그 마음을 굳히게 된다.

산산이 부서진 이름이여
〈1938년 1월 만주 봉천〉

"이제 조선 글은 다 읽고 쓰기도 잘 하는데 내일부터 셈법하고 일본어 볼까?"

영덕의 칭찬에 은심이는 귓불까지 빨개지며 말없이 고개를 끄덕인다. 점순 할매의 식당 한구석 자리에서 머리를 맞대고 있다가 영덕이 미소를 머금고 은심을 쳐다보며 얘기한다.

"내가 보니까 은심이는 중국어도 곧잘 하더라. 여기 글자가 어렵지만 그래도 곧잘 읽어내고 요 앞전에 손님들하고 얘기하는 걸 보니 따로 할 필요가 없을 거 같으니 이제 일본어를 배워도 될 거 같은데, 개안캤나?"

범호의 얘기대로 은심이는 열심히 잘 따라 했고 공부하는 머리도 좋았다. 매일도 아니고 영덕이 가끔 시간 날 때마다 오전에 한가한 시간에만 봐주는데 은심은 정말 배움에 목마른 듯이 모든 가르침을 스펀지처럼 빨아들였다. 조선 어문은 다 읽을 줄 알고 작문까지도 해내는 걸 보니 가르치는 보람이 느껴질 정도로 영덕의 기분도 좋았다.

은심은 이제 곧 점심 식사 준비하느라 일어나야 한다. 공부하는 누나를 기다리기에 지루했던 경춘은 은심의 뒤만 졸래졸래 따라나선다.

점순 할매가 내어준 잘 구워진 고구마를 챙겨 넣으며 영덕은 고구마 한 개를 손으로 툭 잘라서 경춘의 손에 쥐여주니 경춘은 함박웃음을 짓고 가게를 나서는 영덕에게 손을 흔든다.

아궁이 앞에 앉아서 불을 피우면서 나오는 연기에 은심은 눈물을 쏟는다. 사실 은심이 우는 건 연기 때문이 아니고 영덕에게 들었던 칭찬에 대한 고마움 때문이다. 자기는 감히 우러러볼 수 없는 배운 사람인 영덕이 언제나 자상하게 가르쳐주고 칭찬까지 해주니 은심은 감격스러웠다. 표현은 못 하지만 예전처럼 멀리서 지켜만 보던 영덕이 청년이 되어가는 모습은 이제 16살이 된 은심의 마음을 설레게 했다. 연필을 손에 쥔 영덕의 가늘고 흰 손가락만 보면 가슴이 뛰어 감히 얼굴을 들 수가 없었고 영덕이 일이 있어 못 오는 날에는 괜스레 가게 밖을 쳐다보면서 영덕을 기다리기도 했다. 어릴 때부터 소작농의 딸로 하대만 당하던 못 배운 자기한테 하나라도 더 가르쳐주려는 영덕을 보면 은심은 더 잘해야겠다는 마음뿐이었다. 영덕에게 글을 배우고 나니 일기라는 걸 쓰고 싶었고 이제 자기 마음도 글로 남겨서 혼자의 마음도 달래본다. 자기 마음 들킬까 봐 영덕 앞에서 하고 싶은 말도 제대로 못 하고 항상 고개만 숙이는 자기 마음을 이렇게라도 적을 수 있으니 은심은 글 배우기를 정말 잘했다고 생각한다.

"누나 울어?"

옆에서 은심을 보던 경춘이 자기만 고구마 먹어서 누나가 우는 줄 알고 고구마를 내밀어 은심의 입에 집어넣는다. 고구마를 입에 넣은 은심은 울음을 삼키며 흐르는 눈물을 닦는다.

이 눈물 역시 연기 때문에 흘리는 눈물이 아닐 것이다.

한편 장춘에서 열린 중국 수도 남경 점령 축하연에서 돌아온 준길은 봉천역이 보이는 사무실의 안락의자에 앉아 눈을 감고 그날의 환희를 서서히 회상한다. 일본과 만주국 정부의 고관들과 귀빈들이 모인 자리에 초청받은 준길은 그 자리에서 대일본 제국 만세와 천황폐하 만세를 누구보다도 큰 소리로 눈물을 흘리면서 불렀다. 역시 황군의 힘은 대단했다. 내 조국 일본이 이렇게 위대한 나라인 게 감격스러웠고 이제 이 일본이라는 그늘 아래에서 부와 명예를 쌓아가는 자기의 선견지명과 그동안 고생했던 시간들이 주마등처럼 지나가 흐르는 눈물을 주체할 수 없었다.

남경에서 학살당한 무고한 중국인들의 생명에 대해서는 아무도 관심을 갖지 않았고 관심을 가질 대상도 아니었던 것이다. 오직 준길에게는 대륙을 상대로 당당하게 이겨나가는 새로운 조국 일본이 자랑스러워 감격했고 옆에서 같이 만세를 부르던 구로다가 볼 때도 조금 과하지 않나 할 정도로 준길은 진심으로 울었다.

지난 1년간의 시간은 준길에게 정말 일생일대의 기회를 제대로 잡았던 시기였다. 입찰 들어가도 결과가 뻔한 역사 창고 운영권을 가져간 건 시작에 불과했고 운영 6개월 후에 일본군 간부들을 모아 놓고 형식적이었지만 개선 사례 발표를 가진 자리에서 준길은 완전히 스타가 되었다. 창고 관리에서 회전이 빠른 물품을 출입구 근처에 놓고 회전이 늦은 제품은 뒤쪽에 배치하여 공급 제품의 회전에 따른 운영, 화물 위치 추적 기법 등 기존에 군인들이 쉽게 접하기 어려운 방법을 설명하는 준길의 강의에 일본군 군수 장교들은 메모하기에 바빴다. 여기저기서 군수 장교들의 현지 초청 강연을 요청받을 정도로 성공적이었고 판을 깔아준 구로다 역시 만나기 어려운 귀한 몸이 되어간 것이다.

과거 포목상의 수준에 비할 게 아니고 전쟁에 필요한 건 뭐든지 세트로 공급할 정도의 네크워크를 가진 준길은 돈이 돈을 부른다는 말이 무슨 말인지 실감이 났다. 구로다의 주선으로 알게 된 일본군 인맥을 통해 군수 공급의 핵심 업무를 골라서 가져가게 되었고 그로 인한 수익을 구로다는 부지런히 군부 수뇌부에 가져다주었다. 전쟁 특수 때문에 돈을 쓸어 담는 준길에게 줄을 대려고 조선과 일본 내지에서 온 상인들은 돈을 싸들고 준길을 따라다니고 있었고 군부 납품 사업은 준길을 통하지 않으면 안 될 정도였다. 물론 뒤에는 구로다라는 배경이 있지만 형식적으로는 준길의 회사를 통해 거래가 이뤄졌기에 한 밑천 벌려는 만주의 상인들에게 준길의 이름은 신적인 존재였다.

이제 준길은 원하는 건 다 얻을 수 있고 좋다는 건 다 먹어봤고 놀 거는 다 놀아봤다. 바쁘게 살아오면서 이제 그에게 순례와 명자, 그리고 젖먹이는 거의 잊혔다고 해도 과언이 아니다. 그날 순례와 장밍의 그 일이 있은 후에 준길은 완전히 그쪽과의 발길을 끊었고 지금 생각해도 왜 자기가 그런 미천한 신분의 사람들을 죽이니 살리니까지 했을 정도로 철이 없었나 싶어 피식하고 웃음이 나왔다. 하찮은 것들하고 이제 다시 엮일 일 없을 것이고 그것들이 어디 가서 죽거나 살거나 이제 관심도 없다.

그의 야망은 이제 더 현실화되어 간다.

만주 땅에서 제일 성공한 조선 출신 사업가로서 만주 바닥에서 그가 나서면 안 되는 일이 없다. 막말로 지금 나가서 봉천역 앞에 있는 일본군을 동원해서 자기 사무실 청소라도 시키면 시킬 수 있고 군부에 전화 한 통 해서 누구 하나 잡아서 죽여달라면 죽여줄 수도 있다. 돈을 통해 권력을 알게 되고 권력의 맛을 보게 되니 이제 정말 구로다가 말했었던 준길의 미래 방향을 조금 더 구체화하고 싶었다.

이제 중국 대륙을 먹는 건 시간문제이고 그러면 준길은 대륙으로 진출해서 상해 중심가에다 일본 군부의 배경을 바탕으로 사업을 크게 할 회사를 하나 더 차릴 계획이다. 자기처럼 3개 국어에 능통하고 일본에 충성하는 인재는 이제 일본 내지에서 원하는 대륙 경영의 모범 사례가 될 것이다. 구로다가 발이 넓어 만주국으로 출장 오는 내각의 간부들에게 준길을 잘 소개해서 눈도장도 많이 찍어놓았겠다 아닌 말로 대륙 상권까지 가져가면 준길은 이제 본격적으로 일본 군부의 지원을 배경으로 정치에도 진출할 생각이 있다.

지금 이대로만 가면 조선 총독은 그냥 시간문제라고 자부하지만 제대로 된 일본인이 되기 위해서 딱 하나 부족한 게 있다. 일본인 배우자를 얻어 결혼을 해야지 완전히 일본 사람들의 관계망 안에 제대로 들어가게 되는 것이다.

신부가 될 사람은 구로다가 봐놓은 내지 각료의 딸로 애 없이 이혼한 현대 여성이라고 한다. 일본 기녀들과도 많이 놀아본 준길은 개인적으로 일본 여자는 그렇게 좋아하지 않는다. 그래도 어떠리 자기나 그쪽의 여자나 이미 이혼한 몸이고 자기와 그 여자가 서로 원하는 건 사랑이 아니고 어디까지나 이익 관계가 걸린 일이다. 이제 만주의 추운 겨울이 지나면 구로다와 함께 도쿄로 가서 정식으로 인사드리고 올해 안에는 결혼식을 올릴 계획이다.

일본 내각 각료의 사위, 성공한 사업가로 신분 상승을 한 단계만 더 거치면 이제 준길의 인생은 더 이상 거칠 것이 없다. 막강한 배경과 부를 축적한 신분에다 고위급 일본인 처과 혼인 관계까지 맺으면 조선 출신이라는 신분을 완전하게 세탁할 수 있고 일본 사회의 상류층에 본격적으로 들어갈 수 있는 기반은 이제 다 갖추게 되었다.

구로다로부터 일본인 여성과 혼담이 나오자 준길은 집에 있던 율리아를 내쫓아 버렸다. 장춘에서 봉천으로 데려온 이후에 혼자 집에 있으면서 술 담배만 하고 몸이 완전히 망가져 버린 율리아를 언제 내칠까 고민했었는데 마침 이번에 기회가 된 것이다. 나가라는 준길의 지시에 율리아는 얼굴에 침을 뱉고 알아들을 수 없는 러시아어로, 물론 욕이겠지만 저주를 퍼붓더니 결국은 일꾼들에 의해 차디찬 겨울의 길바닥에 내동댕이쳐졌다. 그전에 같이 데리고 있던 조선 여자인 영심은 두들겨 패고 욕을 했더니 자기 혼자 알아서 나가주던데 이 눈치 없는 러시아 여자는 몇 달을 안아주지 않아도 계속 곁에 있어서 많이 귀찮았었다. 준길에게 여자란 그런 존재였다. 너무 어린 나이에 결혼해서 잘 몰랐지만 이제 여자는 준길의 출세에 도움만 된다면 아무 문제될 게 없는 것이다.

혼자서 이런 저런 생각을 하다가 나중에 조선 총독이 되어 고향에 갈 일만 생각하면 준길은 즐거워진다. 양반들이라고 거드름 피우고 아무 능력 없이 착취만 하던 버러지 같은 것들 모두 모아놓고 자기 앞에서 머리 조아리고 벌벌 떠는 모습을 꼭 보고 싶었다. 그리고 그런 그들을 하나씩 마주 보고 세워놓고 서로 뺨을 때리게 하면서 미개한 조선인으로서 살아온 과거의 치욕을 곱씹게 해주고 싶었다.

어디 이뿐이랴? 조선 팔도 구석구석에 찌든 나태했었고 부패했었고 무능력했던 조선의 나쁜 때를 싹 벗겨내어 일본이라는 강대국의 은총으로 다시 한번 더 칠해주고 싶었다. 아무리 생각해도 자기보다 더 나은 조선 총독은 없을 거 같다는 게 준길의 생각이다.

시계를 보니 구로다가 도착하려면 30분 남짓 남았다. 오늘은 구로다에게 그동안 모아놓았던 수익금을 상납하는 날이다. 보는 눈이 많은 다른 곳보다 이곳을 구로다가 편하게 생각했다. 책상 밑에 놓여있는 커다란 가방에 들은 게 전부 돈인 것이다.

이름도 진짜인지 모르는 구로다가 가족이 있는지 어떤지는 모르지만 매달 저렇게 가져가는 돈을 구로다는 꼭 자기가 필요한 곳에 쓸 것이다. 구로다가 어디서 판만 깔아주고 알려만 주면 상사의 명의로 준길이 들어가서 계약을 따낸 사례가 한 번도 실패한 적이 없다. 그가 주는 돈 100을 1000으로 불리는 그 탁월한 기술과 수단에 준길은 지금 주는 돈이 나중에 10배에서 100배 이상으로 돌아오리라는 걸 의심하지 않는다.

이제 전선이 중경과 내륙으로 확대되면서 군수품에 대한 수요는 더 늘어날 것이고 일본 치하에 떨어진 상해를 다음 달에 한번 가볼까 하는 생각이 드는 순간, 담배를 물면서 창밖을 바라보던 준길의 얼굴 표정이 굳어진다. 저 멀리 보이는 추운 날씨에 얼굴을 싸매고 길거리에 앉아서 일본군들과 행인들에게 고구마를 파는 청년은 틀림없이 영덕인 것이다.

준길은 바쁜 와중에 전처인 순례와 애들은 생각이 안 났어도 영덕만큼은 자주 떠올렸다. 누나인 언년을 꼭 빼닮아 야무지고 착한 영덕이 어릴 때부터 자기를 잘 따랐지만 봉천으로 데려온 이후에 거리감이 생기더니 지난번 그 일 이후 영덕은 한 번도 찾아온 적이 없었다.

자기 혼자서 알아서 학비도 벌고 삼촌한테 의지 안 하겠다고 하더니 결국은 하는 꼴이 저렇게 역전에서 거지 동냥 하듯이 구두통 들고 고구마나 팔고 있는 것이다.

영덕이 지금이라도 자기한테 찾아오면 준길은 얼마든지 받아줄 수 있다. 부모가 일하러 가면 누나인 언년의 등에 업혀서 자랐고 언년이 고개 건너 질매섬으로 시집갈 때도 준길은 맨발로 엉엉 울면서 따라갔다.

시어머니 눈치 봐가면서도 짬만 나면 고개 넘어 준길을 한 끼라도 챙겨주고 먹을 거 먹여주고 다시 시댁으로 돌아가던 그 고맙기만 한 누나의 아들인 것이다. 아내인 순례에게는 어떻게 보여도 괜찮은데 조카인 영덕에게는 모범적인 모습만 보이고 싶었고 자기가 살아온 길을 인정받고 싶었다.

순간적으로 뛰어나갈까도 했지만 그래도 준길의 자존심이 허락하지 않았다. 따뜻한 자기 사무실에서 담배를 물면서 조선 총독까지 생각하는 남자와 남루한 옷차림으로 추운 날씨에 벌벌 떨면서 군고구마를 파는 청년… 그들은 외삼촌과 조카 사이인 것이다.

생각에 잠기던 준길은 1층으로 내려가 경도를 불러 저 멀리에 있는 영덕에게 돈을 좀 주라고 했다. 경도를 보내고 사무실을 둘러보니 못 보던 사내가 준길을 보고 있다가 눈이 마주치자 고개를 돌려 다시 눈길을 읽고 있던 신문으로 돌린다. 준길은 그냥 어디 거래처 직원이거니 싶어서 신경 쓰지 않고 2층으로 올라와 저 멀리에서 돈을 가지고 실랑이를 하는 경도와 영덕을 지켜봤다. 나중에는 경도가 돈을 구두통 안에 강제로 넣더니 그냥 이쪽으로 달려오고 영덕은 그냥 그 자리에 서있는 거 같더니 짐을 챙겨 다른 자리로 옮겨가는 걸 보고 '옳거니' 하면서 다시 자리에 앉았다.

'자식이 외삼촌이 챙겨주면 받아야지, 옷 입은 건 그게 또 뭐냐고. 추운 날씨에 좀 잘 입고 다니지.'

먼발치에서 봤지만 키도 제법 훌쩍 컸고 어깨도 벌어진 게 18살 청년의 모습으로 성장한 영덕의 모습을 보면서 준길은 측은한 생각이 든다. 언제든지 영덕이 온다면 준길은 다 용서해 주고 받아주리라고 다짐한다.

잠시 후 구로다가 문을 열고 들어와 언제나처럼 같이 웃으면서 사업 얘기를 하다가 준길이 가방을 들고 구로다와 함께 문을 나서려고 한다.

준길이 문을 열고 구로다가 문을 나서려는 순간.

복면을 한 사내가 구로다의 복부에 칼을 쑥 꽂아 넣고 구로다는 피를 뿜으면서 손으로 칼날을 잡지만 사내는 칼을 빼어 구로다의 복부와 목, 가슴을 사정없이 찌른다.

깜짝 놀란 준길은 몸을 뒤로 돌려 벽에 걸어놓은 일본도를 향해 달리는데 복면을 쓴 누군가가 또 따라 들어와서 준길의 등에 칼을 깊숙이 넣는다. 불에 타는 듯한 고통에 준길이 돌아다보니 복면을 쓴 사람이 누군지 단박에 알아봤다.

바로 경도였다.

"이보게 경도, 자네 나한테 왜 이러나?"

경도는 아무 대답 없이 다가가 쓰러진 준길의 등을 사정없이 칼로 찔러댄다.

"아악! 경도, 경도, 왜 이러나 살려주게."

"조선 민족의 반역자, 당신은 죽어 마땅하다. 편하게 가거라."

냉정하게 들리는 경도의 낯선 음성에 더 겁을 먹은 준길은 바닥을 기어서 벽 쪽으로 도망간다.

겨우겨우 기어서 벽에 기대 숨을 헐떡이는 준길의 눈에 두 사내가 칼을 들고 이쪽으로 다가오는데 사람을 부르려고 소리를 질러도 폐가 찔렸는지 아무 소리도 안 나온다.

자기가 쏟은 피가 흥건한 문 앞에 널부러져 있던 구로다는 "내가 이래서 조선놈을 믿으면 안 되는 건데…"라는 한마디를 남기고 곧 절명한다.

처음 보는 사내는 복면을 벗더니 준길에게 종이 한 장을 꺼내 눈을 맞추면서 읽어준다. 정신이 혼미해진 준길에게 그 남자의 콧수염과 경멸스럽게 자기를 쳐다보는 매서운 눈빛만 들어온다.

"민족의 반역자, 일제의 앞잡이 황준길, 당신은 사업으로 번 막대한 돈을 일본군의 군자금으로 상납했으며 그로 인해 무고한 동포의 생명을 뺏는 데 일조했다. 이에 조선혁명군을 대표하여 나 이호영이 당신을 처단한다."

글을 읽고 난 이호영이 경도에게 눈짓을 하자 경도는 들고 있던 칼을 정확하게 준길의 심장에 푹 찔러 넣었다.

'아직 할 일도 많은데… 이렇게 죽을 수는 없는데… 이렇게….'

소리 한 번 못 지르고 숨이 넘어가는 준길의 눈에 보이는 이 세상의 마지막 모습은 돈가방을 들고 내려가는 두 사내의 뒷모습이었다.

혁명군은 경도를 잠입시켜 준길의 반역 행위를 계속 주시하면서 준길의 생활 패턴과 가정사를 다 꿰차게 되었고 드디어 구로다와 사적인 자리를 만나는 시간을 거사 일로 정했는데 그날이 바로 오늘인 것이다.

이렇게 미래의 조선 총독은 자기 동포의 손으로 자기가 제일 익숙한 곳에서 비명 한 번 못 지르고 죽어갔고 준길이 그렸던 원대한 꿈은 그렇게 허무하게 31살의 나이에 끝나고 말았다.

영덕은 경도에게 돈을 받고 어떻게 할지 고민하다가 아무래도 준길을 직접 만나서 돌려주는 게 맞다고 생각했다. 자기를 기다리는 준길의 마음도 잘 알고 언제 가더라도 받아줄 수 있는 삼촌이지만 그래도 한번 이렇게 돈을 받으면 자기가 앞으로 심적으로 삼촌에게 의존할까 봐 겁이 났다. 자기가 정당하게 번 돈으로 살 거라고 큰소리쳤으니 더 그러면 안 될 것이다.

큰마음 먹고 준길의 회사로 발걸음을 향했다.

오랜만에 볼 준길에게 어떻게 이걸 거절하느냐 생각하면서 2층으로 향하다가 문득 밖에 세워둔 구로다의 차를 본 기억이 나서 계단에서 걸음을 멈췄다. 전에도 그렇지만 삼촌과 구로다가 같이 있을 때는 아무도 방해해서는 안 되는 걸 알기 때문이다.

그때 2층의 문이 열리고 경도와 처음 보는 사내가 영덕을 보더니 흠칫 놀란다. 당황하는 경도의 양손에는 커다란 가방이 들려있었다.

"아재, 우리 삼촌 사무실에 계십니까?"

평소의 다르게 경도는 영덕을 보더니 어쩔 줄 몰라 하는데 옆의 사내가 누구냐는 눈빛으로 경도를 쳐다보면서 상의 안으로 손을 집어넣는다. 경도는 그런 사내의 손을 잡으며 "착한 앱니다."라면서 단호하게 고개를 가로젓는다.

금방 만났던 영덕이 한참을 여기에 안 오더니 하필이면 지금 이 시간에 영덕과 다시 마주칠 줄은 경도는 꿈에도 몰랐다. 원래 현장 목격자는 그 자리에서 제거하는 게 불문율이지만 경도는 차마 영덕한테 그럴 수는 없었다.

낌새가 이상하지만 영문을 모른 채 가만히 서있는 영덕을 미안하다는 듯이 돌아보면서 경도는 앞서가는 낯선 사내의 뒤를 쫓아 황급히 계단을 내려가 밖으로 나가버린다. 생각하지 못한 장면에 영덕은 괜히 기분이 오싹해지면서 가만히 발걸음을 다시 2층으로 향한다.

이상한 기운에 문고리를 잡고 열까말까 하다가 '삼촌' 하면서 준길을 불러보지만 안에는 당연히 대답이 없다. 문을 열기도 전에 처음 맡아보는 비릿한 피비린내가 훅 나더니 이윽고 눈앞에 펼쳐진 모습에 영덕은 그냥 그 자리에 주저앉아 버렸다. 바닥에 떨어진 구두통에서 나온 팔다 남은 군고구마들이 어지럽게 계단 밑으로 굴러 내려갔다.

어둠에서 피는 꽃
〈1938년 5월 만주 봉천〉

"영덕 오빠 아직까지 저러고 있습니까?"

어두운 방구석에만 박혀있는 영덕의 모습을 확인한 은심은 걱정스레 순례에게 물어본다.

"시간이 이리 한참 지나도 아직까지 저러고 있다. 밖에 나가자고 해도 저러고 있고 이러다가 멀쩡한 애 하나 잡는 거 아닌가 걱정이다."

은심이가 만들어 온 식혜하고 생선전이 맛있게 보이건만 영덕은 방에서 나오지 않고 혼자서 무릎을 껴안은 자세로 계속 저러고 있는 것이 벌써 며칠이 지났다. 계절이 바뀌어 밖에는 완연한 봄날이 왔건만 영덕이 받은 그날의 충격은 너무나 컸던 것이다.

지난겨울 봉천역 바로 앞에서 벌어진 준길과 구로다의 피살은 온 봉천 바닥을 들었다 놓았다 할 정도로 큰 사건이었다. 봉천의 심장부에서 백주 대낮에 살해당한 인물들이 워낙 거물급이라 봉천 치안

당국과 일본군 헌병대에서도 중대 사건으로 보고 대책반이 꾸려졌고 일본 내지와 조선의 신문에도 오를 정도였다.

구로다의 시신은 일본군이 예의를 갖춰 수습을 해 갔지만 죽어서도 살아서도 일본인이 되고자 했던 준길은 그냥 조선인에 불과했다. 언론에 보도된 준길의 혐의는 살인 공모죄로 불량한 마음을 먹고 일본인에게 접근하여 환심을 사서 군사 정보를 알아내고 나중에는 자기를 도와주던 구로다를 살해한 후에 같이 공모했던 2명과 돈 문제로 분쟁이 생겨서 다툼을 벌이다가 살해되었다고 전해졌다.

평소에도 일본 정부에 불만을 품고 반동 세력과 비밀스럽게 연락을 취해오다가 욕심이 많아 일본도 배신하고 조선도 배신한 파렴치한으로 준길은 그렇게 알려졌다. 살인 공모 혐의와 반역죄가 적용된 준길의 개인 재산과 요시다 상사의 모든 자산은 정부에 귀속되었고 준길의 유족들에게 돌아간 건 동전 한 푼도 없었다. 조선인 그 누구보다 더 열심히 일본에 충성한 결과가 살인 공모죄에 재산 몰수이니 이미 죽은 사람만 억울하고 원통할 뿐인 것이다.

시신을 인계받은 장밍과 순례는 명자와 이제 막 아장거리는 젖먹이 수련을 데리고 허름한 화장터에서 격식도 없이 그냥 화장만 하고 준길의 재를 철도가에 가서 뿌려줬다. 그렇게 봉천 바닥에서 이름을 날리던 준길의 마지막 가는 길은 정말 쓸쓸했다. 동포 소식지에 부고란을 통해 사망 소식을 알렸는데 찾아오는 사람 하나 없고 제대로 된 위문조차 하는 사람이 없었다.

어떻게 준길의 소식을 들었는지 전에 데리고 살던 영심이 사내애 하나를 등에 업고 나타나더니 순례를 보며 가볍게 목례를 하고 유골 뿌리는 모습만 지켜볼 뿐이다.

"아가야, 잘 보거라, 저게 니 애비다. 니 아버지 이름은 황준길이야."

아무것도 모르고 등에 업혀서 자고 있는 아들을 깨워 결국은 준길의 마지막 가는 모습을 보여주더니 영심은 그냥 말없이 돌아섰다. 순례 역시 영심이 준길의 애를 가졌다는 걸 몰랐는데 아마 준길도 전혀 몰랐을 거라고 생각했다. 붙잡고 뭔가를 물어보고 싶었지만 순례는 이내 그만두었다. 물어본들 도움을 줄 수도 없고 더 알아봤자 서로의 마음만 아플 뿐이다.

그렇게 추운 겨울날 황고의 철도변에서 쓸쓸한 장례식이 있었지만 영덕은 그날 그 자리에 오지도 못했다.

현장의 목격자였던 영덕은 충격이 가시기 전에 치안 당국에 끌려가서 모진 고초를 당하면서 얼마나 맞았던지 얼굴이 다 붓고 몸 성한 데가 없다고 할 정도로 걸레짝이 되어서 겨우 풀려났다. 살인범 경도와 신원 미상의 남자 1명에 대해서 집요하게 물어보고 왜 그동안 내왕을 안 하다가 찾아온 날에 이런 일이 벌여졌는지 사전에 공모하지는 않았는지 정말 묻고 또 묻고 아니라고 해도 또 모질게도 맞았던 것이다.

그럴 때마다 고향 사천을 떠나올 때 상수가 했던 말처럼 무조건 잘못했다고 빌었던 게 효과를 본 건지 아니면 때리던 사람들도 지쳤는지 매질은 조금씩 덜해지더니 보름 동안 햇빛도 제대로 못 본 영덕은 어느 날 경찰차에 태워져 한참을 달렸다. 그러는 사이에 영덕은 자기가 뭘 잘못했는지 모르겠지만 무조건 잘못했다고 빌라는 아버지 상수 생각이 나 저절로 눈물이 흘렀다.

지금은 어떻게든 살아남아야지 자존심이고 뭐고 누구 잘못 따질 때가 아니고 아마 아버지 상수도 힘센 사람들 밑에서 살아남기 위해서 몸으로 배운 생존 철학이 이것이 아닐까 생각하니 깊게 패인 상수의 주름과 거친 손마디가 생각나 더 가슴이 저려왔다.

눈이라도 좀 붙이려고 하면 옆에 앉은 경찰이 영덕의 따귀를 날렸고 그냥 코에서 흐르는 피는 닦지도 못하고 굳도록 내버려 두더니 드디어 심양 교외의 한적한 시골 농가에 도착했다. 하얀 천에 덮여 있던 시신을 보여주고 영덕에게 시체가 누군지 확인하란다. 차마 눈뜨고 볼 수가 없어 고개를 돌리니 경찰의 묵직한 발길질이 영덕의 복부에 가해지고 길어진 뒷머리를 잡힌 채 억지로라도 볼 수밖에 없었다.

머리와 가슴 부위에 여러 번 총상을 입은 시체는 경도가 맞았다. 온몸의 피가 굳고 얼어있어도 눈을 감고 있는 모습은 너무나도 편해 보이는 경도였던 것이다. 영덕의 확인을 받은 경찰은 또 사진 여러 장을 보여주더니 그날 같이 봤던 사람이 누구인지 찾아내라고 한다. 어렴풋이 기억을 더듬어보니 여럿 중에 한 명이 있어 제대로 집어냈더니 경찰이 고개를 끄덕이며 아주 만족해한다.

다시 봉천으로 돌아오는 길에 경찰들도 긴장이 풀렸는지 자기들끼리 신나게 떠들어댄다. 사건이 접수된 이후에 영덕의 증언을 통해 경도와 신원 미상 1인의 소행을 알아낸 경찰은 즉시 봉천 일대에 수배령을 내렸고 현상금까지 걸면서 검거에 박차를 가했다. 그러다가 봉천에서 무순으로 가는 길목에서 거동 수상한 조선인 2명의 신고가 들어와서 추격전을 벌였고 보름이나 인근의 촌락과 산악 지역까지 추격해서 1명을 사살했다고 한다.

얼마나 격렬하게 저항하고 사격술이 좋은지 추격하던 경찰도 넷이나 죽었을 정도로 위험한 인물들이었다고 한다. 사라진 1명은 끝내 포위망을 탈출하여 신빈의 산악 지역으로 피신한 걸로 보여 이제 인근 군부대에서 본격적인 추격전에 나섰다고 한다. 달아난 사람은 이호영이라는 조선혁명군의 간부인데 이미 수배령이 내려진 상태로 신원 파악 다 끝났고 영덕에게 사진을 보여주면서 영덕의 태도가 어떤지를 보려고 했다고 한다. 정확하게 이호영을 찍어내는 걸 보니 확실히 가담하지 않았다고 판단했고 영덕 역시 피해자니까 간단한 조사만 마치고 곧 풀어준다고 했다.

그 말을 듣고 영덕은 "이호영, 이호영…" 하다가 그냥 의식을 놓고 죽은 듯이 깊은 잠에 들어버렸다. 꿈속에서는 죽은 준길이 나타나서 왜 도와주지 않았느냐고 울고 또 경도는 왜 자기를 밀고했냐고 죽이려고 하고 이호영이라는 자가 주머니에 손을 집어넣어 권총을 꺼내 자기를 죽이는 꿈도 여러 번 꿨다. 정말 경찰들 말대로 돌아와서는 고문도 하지 않고 며칠 동안 실컷 잠만 자게 내버려 두더니 산송장이나 다름없는 영덕을 장밍과 순례가 데리러 왔다.

그렇게 풀려난 이후 영덕은 꼼짝없이 누워만 있었고 밖에도 나가질 않고 저러고 있는 것이다. 그렇다고 잠을 자는 것도 아니고 그냥 저렇게 앉아만 있다. 눈만 감으면 준길과 경도가 보였고 둘이서 싸우다가 결국은 둘 다 영덕을 죽이려고 덤벼드니 영덕은 잠도 잘 못자고 그냥 방구석에 폐인처럼 박혀있는 것이었다.

준길의 죽음은 장밍과 순례의 삶에도 큰 영향을 주었다. 참고인으로 조사를 받으러 장밍이 몇 번 경찰에 불려 다니더니 경도와의 관계 등에 대해서 추궁을 받고 제법 심한 고문도 받게 되었다. 그냥 같은 직장 내의 상하 관계이고 경도를 준길이 채용한 걸로 밝혀졌지만 요주의 인물로 찍혀서 항상 경찰 두셋이 장밍을 따라다녔다. 상황이 이러하니 눈치 빠른 장밍의 주인은 괜히 불똥이 튈까 싶어서 장밍을 해고해 버린 것이다.

절강 상인회에서도 장밍의 상황에 대해서 잘 알고 딱해하지만 막상 나서서 도와주기에는 서로 큰 부담이 된다. 자연스럽게 순례의 옷가게에 물건을 대주던 절강 사람들도 상황을 파악하게 되었다. 그나마 다행이라면 물건 값은 나중에 좋아지면 받기로 해서 네 식구 밥줄이 당장 끊기지는 않았다.

경찰들이 눈이 시뻘겋게 장밍을 주시하는데 사정이 딱하게 된 장밍을 이제 써줄 사람도 없고 어디에다 부탁할 처지가 못 되는 것이다. 그러다가 고향 친구 하나가 와서 어떻게 해서든 먹고살라고 방법을 일러준다. 지금 상해, 남경 등 화동 지방은 일본이 차지하고 있고 전선은 남쪽과 서쪽으로 확전되고 있는 상황이고 그만큼 화동에서 오는 물건이 귀해졌으니 장밍이 직접 물건을 해 와서 넘겨주면 그 수고비만 해도 만만치 않을 거라고 한다. 지금 시점이 전쟁통이고 사람 목숨이 우선이니까 누구라도 선뜻 나서지 못하는 상황이라 정말 제대로 성공만 하면 해볼 만한 일인 것이다.

절강 상인들은 자기들끼리 인정하는 어음으로만 결제를 하기 때문에 누구를 속일 수도 없고 사기를 하다가 발각되면 온 중국 땅에서 발붙일 곳이 없을 정도로 장사와 인맥 관리에는 타고난 사람들이다. 이런 사람들이 직접 나서서 물건을 못 해 올 정도라면 정말 전쟁의 여파가 크긴 큰 모양이었다.

이제 곧 다음 달이면 순례의 산달이 되어가고 어떻게 해서든 순례의 곁을 지키고 싶었지만 정말 아무 것도 안 하고 손가락만 빨다가는 온 식구들 딱 굶어 죽을 지경이었다. 선택의 여지가 없이 궁지에 몰린 장밍은 순례를 설득하고 달래서 겨우 허락을 얻어냈고 경찰서에 가 상황 설명을 해서 겨우겨우 봉천 땅을 떠날 수 있었다.

혹시라도 불길할까 봐 애기 이름은 어떻게 할 것인지 서로 묻지도 않고 그냥 그렇게 먼 길을 떠나게 된 것이었다.

장밍이라는 남자의 타고난 부지런함과 가족에 대한 책임감을 알기에 순례는 더 이상 말릴 수가 없다는 걸 알았다. 하루아침에 삶의 모든 터전과 믿고 의지할 사람마저 멀리 보내버린 순례도 여기서 더 주저앉을 수가 없어 서탑 조선 식당에서 품을 팔면서 먹고살려고 하지만 이제 곧 산달이 다가온다. 어떻게든 늘어난 입 하나까지 먹여 살리려면 쓰러지면 안 되고 약해지면 안 된다는 걸 순례는 잘 알고 있지만 이제 어느 정도가 한계인지 자기도 가늠할 수가 없다. 매번 식당에서 애를 봐주는 은심의 도움마저 없었다면 순례는 그나마 버티지도 못 했을 것이다.

오늘도 고맙게 먹을거리라도 챙겨서 왔건만 영덕은 여전히 그 모습 그대로 있고 낯설게 변해버린 영덕의 모습에 명자는 겁을 먹고 언제나처럼 은심의 치마폭 뒤로 숨어버린다.

'명자가 나를 처음 볼 때도 엄마인 순례의 뒤로 숨었는데'라는 기억을 떠올리면서 그런 그녀들의 모습을 영덕은 초점 없는 멍한 눈으로 그냥 바라만 본다. 귀공자처럼 뽀얗고 곱던 피부는 꺼칠해져 있고 살이 쏙 빠져서 옛날 모습이라고는 찾아볼 수 없게 앙상하게 말라버린 그의 두 다리는 더 앙상한 팔에 안겨있다.

"영덕 오빠, 좀 그러지 말고 이것 좀 드셔요."

영덕은 눈도 마주치지 않고 애써 외면한다. 고소한 냄새의 생선전과 식혜가 보기에도 군침이 돌건만 영덕은 눈길조차 주지도 않는 것이다.

참다못한 순례도 나선다.

"영덕아, 니가 힘든 건 알지만 이제 할 만큼 했다 아이가, 죽은 사람은 죽은 기고 우리라도 살아야재. 이래가 있으면 고향에 너거 부모님이 뭐라고 하시겠노? 이제 고마 마음 비우고 그냥 고향에라도 돌아가거라. 보는 사람이…"

순례의 말이 끊기기도 전에 영덕이 버럭 고함을 지른다.

"이래갖고 우짜라고예? 내가 이 모습 보여줄라꼬 이리 온 줄 압니까?"

뭔가 쌓인 게 분명히 있는 영덕이다.

"이리 된 거 요서 고마 확 죽어버리면 그만인데 이제 고마 신경 끄이소!"

그때였다.

"이 노무 종간나 새끼가 못 하는 말이 없구만!"

얼굴에 분노와 안타까움이 서린 복잡한 표정의 범호였다.

영덕의 소식도 궁금하고 어떤 몰골인지 보고 싶던 범호는 은심의 뒤를 밟아서 이까지 따라왔다. 그냥 먼발치에서 보고 가려고 했지만 문 밖에서 들어보니 사태가 심상치 않은 걸 알았는데 영덕이 하는 말이 도를 넘었다 싶어서 그냥 그 자리에 박차고 들어온 것이다.

"야 이놈아. 나이 겨우 열여덟 먹고 그리 패기 없이 살 거이가? 니 하나 잘 사는 거 기대하고 여기 만주까지 보내준 고향의 부모님 입장은 뭐가 되는 기가? 준길이 죽은 건 니가 잘못한 것도 아니고 누구도 탓할 게 아니다. 그만큼 맞았으면 니가 더 강해져서 복수할 생각을 해야지 젊은 놈이 그냥 방구석에 처박혀서 그냥 뒤질라고? 그러면 니 지켜보는 니 숙모하고 생각해 주는 사람들은 기분 좋나? 이리 오라우! 그리 뒤지고 싶으면 내가 직접 해주갔어!"

팔을 걷어붙이면서 영덕의 멱살을 질질 잡아 끌어내려는 범호를 은심이 말리나 단단한 범호의 체격에 밀려서 역부족이다. 평소에 사람이 선하고 말 없는 범호지만 화가 나면 물불 가리지 않고 덤비는 성격인 걸 잘 아는 은심인지라 이러다가 무슨 큰일이 날까 싶어서 순례에게 도움의 눈길을 보내지만 순례는 그냥 범호가 하라는 대로 두라는 눈짓을 한다.

어른들의 갑작스러운 실랑이에 명자와 수련은 자지러지게 울고 이웃들은 무슨 일인가 싶어서 하나둘 문 앞에 모여든다. 해골처럼 말라비틀어진 영덕은 힘없이 범호의 손에 이끌려 밖에 나온다.

오후의 따뜻한 햇살에 눈이 부셔 눈도 제대로 뜰 수 없고 폐 속으로 들어오는 바깥 공기와 세상의 소리가 너무나 낯설게 느껴진다. 개구리처럼 바닥에 패대기쳐진 영덕이 그제야 눈을 뜨고 살펴보니 노기 등등한 범호의 얼굴과 걱정스럽게 자기를 쳐다보는 순례와 은심의 얼굴이 들어온다.

지금 죽었는지 살았는지 모르겠는데 패대기쳐진 어깨와 등이 아픈 걸 보니 아직 죽지는 않은 거 같다.

"이 간나야. 똑바로 들어라. 니 지금 어떤 상황인고 아나? 낼 모레 애 낳을 너거 숙모는 니 같은 새끼 하나 먹여 살리려고 저 몸으로 식당 댕기면서 일하고 있고 장밍이는 또 식구들 때문에 지금 전쟁터로 가갔고 살아볼라고 하고 있는데 니는 이래가 그냥 방구석에서 굶어 죽을라고? 그리 죽는 게 소원이가?"

영덕은 자세를 고쳐 일어서려고 하지만 이내 다리에 힘이 풀려 다시 바닥에 철썩 주저앉는다. 무슨 구경이 났나 싶어서 모여들던 이웃들은 서슬 퍼런 범호의 눈짓에 슬금슬금 눈치를 보면서 곧 물러난다.

"학교 안 가는 놈도 살고 성공 못 한 놈도 살고 어떻게든 살아야재. 목숨을 부지해야 나중에 부모를 만나도 효도하는 기고 니가 니 자신에게 떳떳한 기라. 니가 보기에 내가 왜 이 하찮은 목숨 하나 부지하면서 이리 아둥바둥 사는 줄 아나? 이왕에 태어났으면 멋지게는 못 살지만 최선을 다해서 살아야지. 그냥 그렇게 인생 포기할 거 같으면 왜 태어나서 이리 남한테 상처만 주노? 니 원래 이런 애 아이잖아. 하고 싶은 것도 많고 할 일도 얼마나 많은데 이리 살껴?"

영덕의 눈에 닭똥 같은 눈물이 맺히더니 그냥 목 놓아 울어버린다.

"아재요. 내 무지 힘듭니더. 진짜 답답합니다. 이 세상 살기가 무서워서 그냥 아무것도 못 하겠어예."

눈물과 콧물이 범벅이 되어 어린애처럼 우는 영덕을 은심이 가서 안아주고 등을 토닥인다. 이제 영덕은 체면이고 뭐고 은심의 품에 안겨서 엉엉 울고 있고 영덕이 우니까 울면서 난리치던 명자와 수련이 신기한 듯이 다가오더니 영덕을 콕콕 찔러본다. 예전에 고향 사천에서 봉천으로 오기 전에 비슷한 장면을 봤던 순례도 눈가를 훔치더니 영덕의 손을 꼭 잡는다.

"영덕아. 우리는 다 식구 아이가. 니가 아무리 힘들어도 우리는 다 이해한다. 무서우면 무섭다고 얘기하고 힘들면 힘들다고 얘기해라. 니는 잘못한 거 하나도 없고 이 세상이 나쁜 기다."

그렇게 울고 있는 영덕의 입속에 무언가가 들어온다. 명자가 고사리 같은 작은 손으로 생선전을 집어서 영덕의 입에 넣어준 것이다.

영덕은 울면서 생선전을 씹고 있고 명자는 배시시 웃으면서 식혜도 영덕에게 가져다준다. 범호는 헛기침을 하고 돌아서며 담배 한 개피를 꺼내서 입에 문다. 이런 모습을 저 멀리서 동네 사람들이 옹기종기 모여 기웃거리면서 도대체 무슨 일인지 자기들끼리 해석하기에 바쁘다.

혼돈과 안정
〈1938년 9월 만주 길림〉

몇 달 사이에 아들들 만춘과 상춘의 중국말이 많이 늘었다.

이제 조선애들하고는 조선말로 떠들다가 고개만 돌리면 또 중국말로 중국애들하고도 떠들면서 놀러 다니는 아들들의 모습을 범진은 흐뭇하게 바라본다.

매일 보고 듣는 게 전쟁 이야기인 만큼 길림성 휘남현 산골에 자리한 산채의 아이들은 모이면 전쟁놀이와 칼싸움을 하는데 큰아들인 만춘은 아빠인 범진을 닮아 벌써 동년배들 사이에서 대장 노릇을 하고 있다.

작년 5월 조선혁명군 정부의 총령 김동산이 투항한 이후 일제의 표현 그대로 재기불능에 빠진 조선혁명군의 일부는 김활석과 함께, 다른 일부는 동북항일연군에 가담하는 걸로 의견이 갈렸다. 조선혁명군의 규모가 축소되고 명맥만 유지하던 지난 봄날. 범진이 기다리고 기다리던 이호영이 드디어 나타났다.

봉천에서 일본인 군수업자와 조선인 반역자를 처단하고 돌아오다가 일본 군경의 추격을 받고 기적적으로 몸을 숨겨서 살아서 돌아왔다고 한다. 약간 야위었고 다리에 총알이 스친 상처를 제외하고 이호영은 그렇게 불사조처럼 다시 산채를 찾아와 총사령관 김활석에게 그동안의 활동을 보고하고 다시 몸을 추스르는 중이었다.

“형님, 내가 형님을 얼마나 기다렸는지 압니까?”

반가운 마음이지만 그 특유의 퉁명스러움으로 범진이 시비를 건다.

“이번 작전처럼 정말 죽다 살아나긴 처음이라네. 3년 넘게 밀정으로 심어놓은 좋은 애가 같이 추격을 당하다가 나 대신 총알 맞고 죽어버렸는데 난 그냥 뒤도 안 돌아보고 나 살겠다고 달아났지.”

이런 문제에 대해서 범진도 할 말이 없다. 죽음 앞에서 이제는 무덤덤해진 범진이지만 그동안 수많은 전장에서 이렇게 버리고 온 전우가 얼마나 되는지 생각만 떠올릴수록 미안한 마음뿐이다.

“그때 그 학생을 처단했어야 하는데 그 녀석이 그렇게 말리더라고. 안 그랬으면 군자금 안전하게 전해주고 충분히 쉽게 탈출했을 건데 신고가 되자마자 온 봉천 시내에 검문이 시작되더니 나도 처음에는 눈앞이 캄캄하더라고. 같이 이동하면서 경도라는 그 녀석에게 왜 살려줬냐고 타박을 했더니 그 학생은 아무 관련 없고 삼촌을 잘못 만난 게 죄라고 하대. 그 녀석이 죽을 운명이었는지 그렇게 목격자를 살려주더니 제 목숨을 내놓은 셈이 된 거지.”

경도가 누군지는 모르지만 범진은 지령을 받은 사람이 무슨 사연이 있으니 그랬으리라 생각해 본다.

“참, 자네가 부탁했던 자네 형님네 식구들 말이야.”

기다렸던 말을 들으려니까 범진은 긴장해서 침을 꿀꺽 삼킨다. 어울리지 않은 범진의 긴장한 표정에 이호영은 웃으면서 범진의 어깨를 탁 친다.

"이 사람아. 뭘 그렇게 긴장하나? 내가 자네 형님한테 구두 수선을 받아봤는데 형님 솜씨가 대단하시더구만. 자네처럼 덜렁거리지도 않고 얼마나 꼼꼼한지 오히려 내가 빨리 해달라고 재촉했다니까. 남자애 꼬맹이하고 처녀 하나도 왔다 갔다 하던데 다들 얼굴도 좋아 보이고 잘 사는 거 같애."

형님한테 소식을 전하지도 못한 지 벌써 얼마나 많은 시간이 흘렀나 범진은 생각을 해본다. 그런 범진의 마음을 아는지 이호영은 미안한 표정을 지으면서 범진을 바라본다.

"내가 이제 얼굴이 알려져서 봉천에 다시 가기는 힘들고 다른 사람을 써서라도 꼭 자네 가족들 소식은 형님께 전하겠네."

이제서야 마음이 탁 놓이는 범진이다.

둘이서 얘기를 하고 있는데 저 멀리서 박대호와 최윤구가 이들을 발견하고 다가온다.

"사실 우리 혁명군 처지가 말이 아닌데 자네 거취 문제도 있고 해서 내가 저 둘을 따로 보자고 했네. 자네 생각도 있겠지만 이번만큼은 내 의견대로 따라 주면 좋겠네."

그 둘이 오는 걸 보고 범진은 이호영의 결정이 무엇인지 벌써 알게 되었다.

박대호와 최윤구는 명분만 살리는 조선혁명군의 존재보다는 항일전쟁에서 실리를 주장했던 사람들로서 평소 연합 작전을 수행했던 양정우가 이끄는 동북항일연군 1로군에 가담하자고 했던 이들이다. 가볍게 악수를 하고 긴 시간의 토론 끝에 이들이 내린 결론은 그랬다. 유명무실해졌지만 지속적으로 계승된 독립군인 조선혁명군의 전통과 명의를 포기할 수 없는 조선혁명군 김활석 사령관의 뜻은 모두가 존중한다. 사실 김활석은 1935년 7월 5일 남경에서 성립한 통일전선체 조직 조선민족혁명당의 중앙집행위원을 역임했고, 그가 이끈 조선혁명군은 명의상으로는 한때 이 조선민족혁명당의 당군으로 편제되었다. 때문에 그는 조선혁명독립전쟁을 수행할 당군인 이 독립부대를 함부로 해산시킬 수 없었다. 김활석 사령관은 조선혁명당을 계승한 독자적 투쟁단위를 고집하며 최후까지 고군분투했고 이 또한 앞으로도 바뀌지 않을 것이다.

이상을 추구하는 방법이 다를 뿐이지 박대호, 최윤구, 정범진 등 실제 전장에서 잔뼈가 굵은 야전 지휘관 출신들은 명예보다는 실리를 택해서 보다 조건이 더 나은 동북항일연군에 합류해서 제대로 싸워보자고 의기투합을 한 것이다.

그리고 그동안 조선혁명군 정부에 적을 두었던 이호영은 이번에 봉천에서의 활동으로 얼굴도 알려져 더 이상 첩보 활동이 어렵게 되자 당의 명령에 의해 새로운 임무를 부여받게 되었다. 중국 공산당 만주 조직이 항일민족통일전선을 표방하며 독립운동 단체를 조직하고자 하여 '재만한인조국광복회' 창설 준비 지원 업무로 보직이 변경되게 된 것이다. 어디에 있든 조국 광복을 위한 이상을 펼치는 꿈은 같이 꾸겠지만 그래도 막상 이호영과 이별을 한다고 하니 범진은 서운하기도 많이 서운했다. 자주 볼 수 없는 사이라도 범진을 이끌어주고 항상 범진을 위해 모든 걸 다 해주려는 이호영이기에 범진은 속으로 눈물만 삼킬 수밖에 없었다.

이렇게 3월, 범진은 박대호, 최윤구 등과 함께 60여 명의 병력을 이끌고 양정우가 인솔하는 동북항일연군 제1로군에 참가하여 투쟁을 계속하게 된 것이다. 이들은 한인 독립 부대로 편제되어 조선혁명군의 명맥을 일부나마 유지할 수 있었고 범진은 기존 조선인과 조선혁명군을 재편성하여 연대장을 맡게 되었다. 그러던 그에게 오늘 정말 우울한 소식이 들려와서 또 마음이 심란해진다.

같이 싸워왔던 김학규, 최동오, 유동렬, 이웅 등이 동북항일연군으로 찾아왔는데 독자적인 투쟁단위를 고집하며 최후까지 고군분투했던 김활석이 체포되어 항복하고 말았다고 한다. 만약에 범진이 이호영과 만나지 않았다면 고지식한 범진은 김활석을 따르다가 체포되었을 운명에 처하고 말았을 것이다. 범진에게는 끝까지 따르지 못한 사령관에 대한 미안함과 지켜주지 못했다는 자책감이었지만 이로써 '조선독립'을 직접 표방한 만주 최후의 민족주의계 독립군인 조선혁명군도 종말을 고하고 쓸쓸하게 역사의 뒤안길로 사라지고 만다.

상대적으로 상황이 나았을 뿐이지 동북항일연군이 처한 상황도 그렇게 쉽지만은 않았다. 1938년 7월, 동북항일연군 제2로군 주력 부대가 현재의 흑룡강 오상 일대로 서진을 시작했으나 7월 31일 정치부 주임 송일부宋一夫가 군사자금을 갖고 적에게 투항하면서 항일연군의 서정계획을 밀고하여 적들의 집중 타격을 받고 막대한 피해를 입게 되어 소기의 목적을 달성하지 못했다. 북만주 일대의 4개군(3,6,9,11군)은 8월에 소흥안령을 향해 이동을 진행하여 주력 부대를 보전하면서 흑룡강 평원 일대의 항일 유격구로 기반을 다지면서 동시에 제3로군으로 재편하는 과정에 있었다.

범진이 편제된 동북항일연군 제1로군의 상황은 더욱 심각했다. 군수 물자 공급은 제대로 이뤄지지 않았고 남만주 일대의 거점 지역은 모두 파괴되었다. 이에 따라 1938년 초 본계, 환인 등 거점 지역을 떠나서 산간지역을 찾아서 끊임없이 이동해야 했는데 설상가상으로 6월 29일 항일연군 제2사단장인 청빈程斌이 배신하면서 적에게 1로군의 이동계획을 밀고하여 더욱 어려움을 겪게 되었다. 이에 1로군은 8월에 긴급회의를 소집하여 1, 2군 번호를 없애고 3개 조직과 1개의 경호 부대로 개편하여 양정우가 총사령관 및 정치위원장을 맡게 되었다.

동북항일연군 제1군은 거듭되는 관동군의 압박에 유격전을 벌이지만 병력은 계속 소모되어 이제 휘하에 남은 병력은 1,000여 명에 지나지 않을 정도로 위축되어 있다. 조선혁명군보다 상황이 조금 더 나을 뿐이고 병력이 좀 더 많다는 차이점이지 서서히 고사되어 가기는 동북항일연군 제1군의 운명도 다를 바 없는 것이었다.

한편으로 중일 전쟁은 남쪽으로 더욱 확대되어 80만의 대군을 집결한 일본군은 40만의 병력을 우한武漢 점령을 위해 투입하였고 장개석 정부는 우한 사수를 외치면서 결사 항전을 갖추고 있었다. 그만큼 일본군은 만주부터 저 남쪽의 광저우까지 중국 대륙을 상대로 무시무시한 전투력을 선보이면서 대륙 침략을 더욱 강화해 나가고 있었다.

그동안 눈치로 중국말을 알아듣던 범진이지만 이제 제법 중국어에 익숙해져 간부 회의를 할 때는 자기 의견을 내면서 동북항일연군 제1로군 조선인 부대의 지휘자 역할을 잘 해내고 있다. 같이 항일운동을 하면서 용맹한 장교로 소문이 나서 이제 중국 전우들에게도 인정을 받고 있지만 양정우 총사령관의 명령으로 부대가 재편되는 동안 가만히 산속에 숨어서 지내니 정말 시원하게 총을 쏴가면서 적들과 싸워 본 지가 언제인지 까마득하다. 그래도 사람이 간사해져서인지 어쩌면 그냥 지금 이대로 시간이 흘러갔으면 하는 생각도 든다.

잠자기 전에 보초 서는 부하들 점호를 끝내고 나지막이 자리에 누워 어서 좋은 세상이 와서 가족들과 같이 고향으로 가서 부모님 산소도 봐주고 제사라도 모셔야 할 텐데라는 생각이 막 든다. 산에 막 들어올 때도 그렇게 쉽게 새로운 세상이 오지 않을 거라고 생각은 했지만 이제는 그런 세상이 오기는 오려나라는 생각을 하면서 범진은 잠을 청한다.

살아가는 방법
〈1938년 12월 만주 봉천〉

밖에 날씨가 제법 추운지 오늘따라 찾아오는 손님은 더더욱 없다.

난로에서 나온 연기 때문에 실내 공기가 탁해지자 영덕은 가게 문을 열어놓고 밖으로 나가 찬 공기를 마음껏 들이켜서 깊은 심호흡을 한다. 폐 깊숙이 들어갔다 나온 공기가 영덕의 뇌를 시원하게 흔들고 다시 빠져나간다.

신발 만드는 기술이라도 배워서 밥벌이라도 하라는 범호의 성화에 못 이겨서 가게에 나와 일을 한 지가 반년이 넘었는데 영덕의 성격과 너무 잘 맞았다. 한 땀 한 땀 정성 들여서 바느질하고 접착제를 써서 신발 한 켤레 완성해 나가면 그 사이에 그동안 영덕을 괴롭혔던 잡생각들이 다 사라지고 명작을 완성한 예술가처럼 뿌듯했다.

영덕이 잘 따라 하니까 범호도 신이 나서 재단, 재봉과 신발 만들기까지 모든 과정을 다 가르쳐주었는데 영덕은 타고난 신발 기술자처럼 모든 걸 다 쉽게 배우고 곧잘 만들어냈다. 이제 가장 어렵다고 하는 나무로 신골 만드는 과정까지 배워서 손님의 발 모양을 보고 직접 나무를 깎아서 손도 볼 줄 안다.

처음에는 학교가 다시 열리기 전까지 돈도 벌고 마음의 안정이라고 잡으라고 억지로 끌고 나왔는데 정말 모든 기술을 하나씩 하나씩 자기 걸로 만들어가는 영덕을 보니 범호는 이제 까다로운 주문도 영덕에게 맡기고 마지막 검품만 해주고 있다. 게다가 영덕은 장사꾼이던 자기 삼촌을 닮아서 홍보도 할 줄 알아서 조선 식당을 다니면서 전단지도 나눠주고 닦을 구두도 모아 와서 범호는 신나게 구두 닦느라 눈코 뜰 새 없이 바빠졌다.

아무래도 대놓고 행동하기에 조심스러운 범호였는데 이제 밀려오는 주문에 가게 한쪽에서 열심히 구두를 닦고 영덕은 주문 들어온 구두를 만들고 수선하느라 정신이 없을 정도였다. 그렇게 바쁘게 시간을 보내다가 밥때가 되면 은심이 알아서 밥도 가져다주고 저 혼자 공부하다가 모르는 거 있으면 또 영덕을 찾아와서 물어보고 하니 이를 지켜보는 범호는 요즘처럼 사는 게 재미있던 적이 없었던 거 같다. 만주인 가게 사장도 이제 영덕을 정식 직원으로 인정해서 월급도 주고 일거리가 감당이 안 되어 지금 점포보다 멀리 떨어진 곳에 규모가 2배나 큰 자리를 얻어 이전까지 할 정도였다.

조금이라도 짬이 나면 영덕이 또 밖으로 나가 영업을 하다 보니 가게를 찾는 손님들은 인근 상인들과 식당 손님들뿐 아니라 관동군 장교, 서탑에 나온 정부 관료 등등으로 다양해졌다. 찾아온 손님들이 기다리는 동안 영덕은 눈치 빠르게 이들에게 절강의 녹차를 대접하고 녹차 맛을 본 손님들은 자연스레 영덕이 알려준 순례의 옷가게로 가서 옷도 고르고 녹차도 사 가게 된다.

이제 서탑에서 구두를 제일 잘 만들고 잘 닦는 곳으로 입소문을 타서 장사도 갈수록 잘되니 영덕을 비롯해서 모두가 언제 힘든 일이 있었냐는 듯 모두가 웃는 얼굴로 지낸다.

점심시간에 식당에서 모아온 구두와 군화를 열심히 닦고 있는데 오늘은 영덕의 친구인 장슈에웨이가 찾아왔다. 봉천의 도매시장에서 식자재 점포를 크게 하는 집의 아들인 장슈에웨이도 시국이 어수선하니 잠시 학업을 중단하고 집안일을 돕고 있고 올가을에 결혼까지 했다. 예전에 장슈에웨이의 아버지도 준길의 도움을 받아 관동군에 납품까지 했었는데 준길의 사건 이후로 군부의 주문도 끊어지고 조금 어려운 시간을 보냈다고 하지만 아직까지 신혼이라 그런지 얼굴은 밝아 보인다. 친구가 찾아오니 범호가 어서 나가서 둘이서 얘기 실컷 하라고 쫓아 보내고 자기가 대신 구두를 닦는다. 미안해서 엉거주춤하는 영덕에게 범호는 괜찮다고 어서어서 나가라고 손짓한다.

점순 할매의 식당으로 자리를 옮겨 서로의 안부를 묻다가 친구들 소식을 들어보니 영덕과 앙숙이었던 왕타오는 일본에게 복수하겠다면서 중경으로 가서 군사 학교에 입학을 했고 그 외 일본으로 유학 간 친구, 군대에 자원한 친구 등 여러 가지 소식을 듣게 된다.

전쟁이 길어지다 보니 언제 제대로 학교를 다닐지 알 수도 없는 상황에 둘은 한숨을 쉬면서 어떻게든 이 힘든 시기 잘 이겨내 보자고 오랜만에 만난 친구끼리 수다를 떨다 보니 시간 어떻게 흘러가는지 몰랐다.

열심히 구두를 닦는 범호의 이마에 땀이 흐른다.

깨끗하게 닦았는지 이리저리 살펴보다가 시간을 보니 어느새 식당으로 가져다줘야 할 때가 되었다. 웬만하면 낮에 출입을 잘 안 하고 가게에서도 손님들이 잘 안 보이는 구석진 자리에 앉아서 일하는 범호인지라 이 시간에 외출하기에는 조금 부담이 되었다. 마침 영덕도 친구가 찾아와서 자기가 안심하라고 보냈으니 달리 방법이 없었다. 군화 두 켤레에 구두 세 켤레를 양손에 들고 범호는 영덕이 일러준 식당으로 가서 손님들에게 돌려주고 수금까지 하는 중이었다. 그때 식당의 구석 자리에서 밥을 먹던 누군가가 돈을 세는 범호를 유심히 보는 걸 그때는 범호도 눈치채지 못했다.

영덕도 돌아오고 오늘 할 일을 다 마쳐서 정산을 하는데 순례가 들어오더니 지난달에 상해에서 돌아온 장밍이 자기들 집으로 식사 초대하니까 같이 가자고 한다. 이렇게 해서 영덕, 범호와 은심, 경춘과 점순 할매가 순례네 집으로 초대받아 가게 되었고 요리 잘하는 장밍은 특유의 웃음으로 앞치마 두르고 손님 맞이하랴 주방으로 가랴 정신없이 왔다 갔다 한다.

순례는 조선 음식을 만드는데 누가 식당에서 일하는 사람 아니랄까 봐 점순 할매와 은심이 또 가만 보지를 못하고 같이 거들어준다. 꿔다 놓은 보릿자루처럼 마냥 앉아있기도 뭣했던 영덕과 범호는 신나게 뛰어노는 꼬맹이들 봐주느라 얼굴에서 웃음이 떠나지 않는다.

모두의 걱정을 뒤로하고 그간 장밍은 두 번이나 상해까지 갔다 와서 물건을 가져와 막대한 차익을 남겼고 그 돈으로 가게를 얻어 옷가게와 상해 특산물 상점을 같이 운영하고 있다. 비록 준길의 사건이 이미 지나간 일이 되었지만 이제 남 밑에서 일 안 하고 자기 가게 꾸리는 꿈을 이룰 수 있어 요즘 같은 날은 장밍과 순례도 모두 행복하다.

톡 튀어나온 짱구 같은 이마가 장밍하고 똑같이 생긴 아들 인휘도 태어나 순례의 두 딸들과 아들 하나까지 이제 제대로 된 식구가 되어 요즘에는 돈 버는 재미뿐만 아니라 매일매일 살아가는 하루가 즐겁다.

사실 목숨 내놓고 했던 지금 생각해도 오싹한 경험이 한두 번 아니었지만 어쨌든 장밍은 살아서 돌아왔고 그 고생을 해서 이제 삶의 기반을 잡아나가고 있는 것이다. 그동안 가족의 정에 굶주렸던 장밍에게는 지금의 행복이 믿기지 않았고 영덕을 통해서 알게 된 범호네 가족도 이제 조선인 중국인을 떠나서 가족과 같은 존재가 된 것이다.

그날 저녁은 항주식 만두에 조선식 불고기에 만주 특유의 감자 돼지고기탕 등등이 나와서 모두가 맛있게 먹었고 다들 웃으면서 술도 마시고 꼬마들의 재롱잔치에 시간 가는 줄 몰랐다. 조선말을 못하는 장밍과 중국말을 못 하는 점순 할매도 그냥 아무 얘기해도 서로 웃고 손뼉치고 하다 보니 다들 객지에서 모인 사람들이라고 믿어지지 않을 정도로 서로가 가족 이상의 존재임을 다들 확인할 수 있었다.

순례네 식구들의 배웅을 받고 점순 할매, 은심과 같이 경춘을 둘러업고 길을 나서는 범호는 술도 거나하게 마셔서 밖의 찬 공기가 하나도 춥게 느껴지지 않았고 적당하게 반주를 마신 은심도 기분이 좋아 보였다.

어느새 하늘에는 눈발이 날리더니 제법 많이 쌓여서 길도 미끄러워진다. 은심이 술기운이 올라 말이 많아진 점순 할매를 부축하는데 이때 점순 할매가 벼르기라도 한 듯이 빠른 말투로 몇 마디 한다.

"은심아. 내가 딱 보니까 니 그냥 영덕 총각하고 날 잡아서 혼례 올리면 어떻간? 내가 평소에 봐도 영덕 총각도 은심이한테 관심이 있는 거 같더만."

"아이고 할매요. 내 같은 게 짝이 맞겠습네까? 많이 배우고 앞으로 공부 많이 할 사람인데 가당키나 하겠시요?"

은심이 펄쩍 뛰면서 극구 부인을 하는데 취기가 오른 얼굴이 더욱 벌겋게 달아오른다.

"그까이거 공부가 뭐가 대순가? 오늘 왔던 영덕 총각 친구도 벌써 결혼했다고 하지비. 고거이 청춘 남녀가 만나서 서로 좋으면 그만이지. 내도 열다섯에 서방 얼굴도 제대로 못 보구 결혼했지비. 올개 열여섯이면 이제 가야지. 아까 순례가 얘길 하던데 오늘 영덕 총각한테 넌지시 물어볼끼라네, 은심인 내가 잘 알지만 인물 괜찮지, 머리 잘 돌아가지 어디 빠질 데가 있는감. 안 그렇소 은심 아부지?"

사실 은심이하고 영덕하고 서로 호감을 갖고 있고 다른 이성들하고는 따로 만날 기회도 시간도 없다는 걸 범호도 잘 안다.

"영덕이 같은 총각이 어디 있는감? 내레 둘이서 좋다카면 그만인기지."

괜히 아닌 거처럼 말하지만 누구보다도 영덕을 사윗감으로 제일 탐내는 사람은 바로 범호 자신 아닌가. 말 그대로 영덕의 성에 안 찰까 봐 걱정이지만 아닌 말로 해서 자기 딸 은심이처럼 효성 지극하고 정 많은 요즘 처녀가 어디 있단 말인가. 정말 성사만 되면 범호로서는 춤출 정도로 좋은 일이다. 어른들 사이에 이런 말이 오가는데 은심은 자기 마음이 들킨 거처럼 얼굴이 더 빨개져 오고 또 영덕을 떠올리니 가슴이 벅차오른다. 다 죽어가던 영덕을 범호가 끌고 와서 기술을 가르쳐주더니 이제 매일 보는 영덕에 대한 짝사랑은 은심도 주체할 수 없었다. 공부를 가르쳐줄 때의 모습과 또 다르게 뭔가 배우고자 하는 그 열정적인 눈빛과 땀 흘려가면서 열심히 일하는 영덕의 뒷모습을 보면 은심은 뜨거워진 가슴을 어떻게 식혀야 할지 몰랐다.

'도대체 영덕 오빠는 나를 어떻게 생각할까?'

열여섯 살 처녀 마음은 오늘도 영덕 생각에 잠을 못 이룰 것이다.

오늘 손님들 다 보내고 피곤했던지 장밍은 벌써 방에 들어가서 코를 골고 자고 있다.

모처럼 떠들썩한 저녁을 보냈던 꼬맹이들도 이제는 지쳤는지 식탁에 엎드려 자는 걸 영덕과 순례는 하나씩 안아서 방에다 눕히고 식탁 정리하느라 바쁘다.

순례도 술기운에 얼굴이 상기되었지만 모처럼 이렇게 좋아하는 사람들 불러서 좋은 시간 보내니 피곤한 줄도 모르고 콧노래가 나온다. 영덕은 그런 순례 옆에서 식기 챙기고 설거지하러 나가려고 한다.

"영덕아. 잠깐 요 앉아볼래?"

영덕도 모처럼 과음을 해서 기분이 알딸딸하지만 오늘은 너무나 기분 좋은 날이다.

"내가 요새 자꾸 보니까 은심이가 니 좋아하는 갑더라. 니는 은심이 우찌 생각하노?"

"저도 은심이 좋아합니다. 볼 때마다 너무 잘 챙겨주고 너무 이쁘네예."

그냥 무관심하게 한마디 하고 영덕이 밖으로 나가려고 돌아서자 순례가 재차 물어본다.

"영덕아. 숙모 얘기는 그게 아이고 니가 은심이를 여자로서 좋아하는 건가 묻는 기다. 무슨 말인고 알겠나?"

그 말을 들은 영덕은 돌아서서 눈이 휘둥그레지면서 순례를 쳐다본다.

"여자로서 좋아한다는 얘기는 니가 은심이 색시로 삼고 싶은 마음 있나 없나 그 말이다."

그제야 영덕은 무슨 말인지 알았다.

"니도 은심이한테 마음 있고 좋아하는 거 숙모도 안다. 너무 그렇게 표현 안 하면 여자한테 큰 상처가 되는 기라 너무 그러지 말고 니도 표현을 좀 해라. 숙모가 니보다 나이가 몇 살 안 많지만 그래도 살아보니까 은심이처럼 마음 착하고 살림살이 잘하는 처녀 못 봤다."

언젠가 시간이 되면 영덕에게 진지하게 묻고 싶었던 얘기였다. 영덕은 대답은 안 하고 그냥 그릇 정리한다고 자리를 뜨고 순례는 그런 영덕을 바라만 본다.

그날 밤, 영덕은 취기가 올랐지만 쉽게 잠이 들지 못했다. 아까 순례가 했던 말이 머릿속을 떠나지 않는다. 은심이 영덕에게 보이는 관심이 어느 정도인지 영덕도 잘 안다. 처음에는 그냥 아는 오빠로서 대하던 은심이지만 가르치면서 은심의 깊어지는 마음을 더 잘 알게 되었고 영덕이 범호에게 이끌려서 펑펑 울던 날 그런 영덕을 바라보는 은심의 눈빛은 진심으로 남자로서 영덕을 생각하는 마음을 담고 있었다.

아직까지 이성하고 교제를 해본 적이 없지만 은심의 까만 눈동자만 보면 너무나 이쁘고 정말 결혼한다면 저런 여자하고 하고 싶다고 수백 번 생각을 했었다. 서탑 길거리에서 마주치는 봉천의 멋쟁이 아가씨들 백 명을 봐도 은심이보다 이쁜 사람 못 본 거 같다고 영덕은 늘 생각해 왔다.

오늘 만났던 장슈에웨이 신부도 아직 은심이보다 더 어린 15살이라고 하지 않던가. 그리고 영덕도 이제 18살 한창 피 끓는 나이의 청년으로 여자를 그리워하는 게 전혀 문제될 게 없다. 자기가 좋다고만 하면 순례하고 내놓고 사윗감 삼고 싶어 하는 범호가 양가 대표로 그냥 일사천리로 일을 진행시킬 수 있을 것이다.

그러나 영덕은 솔직히 자신이 없었다. 고향을 떠나와서 아직까지 이뤄놓은 게 없는 데다가 앞으로 어떻게 살 건지 확신도 들지 않았다. 공부를 더 해야 하는 건지 아니면 평생 이렇게 살아야 하는 건지, 이 모습으로 도망치듯 고향으로 가는 거만 빼고 영덕은 미래에 대해서 어떤 계획도 없는 것이다. 자기 몸 하나 건사하기도 버거운 상황에서 은심과 가정을 이룬다? 표현은 못 하지만 은심이를 여자로서 좋아하고 같이 평생을 살고 싶다. 그러나 자기 같은 남자 만나서 은심이처럼 불쌍하게 큰 착한 여자를 더욱 고생시키지 않을까, 다른 남자보다 더 잘해줄 수 있을까라고 생각이 미치니 영덕은 자신이 없었다. 이런 저런 생각에 뒤척이다 보니 술이 다 깼지만 영덕은 새벽까지 잠을 못 이룬다.

다음 날 아침. 밖에는 아침부터 함박눈이 내리고 있다. 가게 문을 열어놓은 범호는 공구함에서 하나씩 공구를 챙기면서 밖을 힐끔힐끔 쳐다본다. 오늘따라 왜 이렇게 늦게 나오는지 그리고 어제 순례가 정말 얘길 했는지 아니면 얘기가 잘못 되어서 영덕이가 안 나오는 건지 바짝바짝 조바심이 난다. 아침 챙겨주려고 온 은심이도 말은 안 하지만 눈길은 가게 밖으로 두면서 애타게 영덕을 기다리는 모습을 지켜보니 범호는 마음이 급해진다.

그때였다.

가게 문이 확 열리더니 경찰 네 명이 들어선다. 그들이 들어오는 순간 범호는 뭔가 잘못되었다는 걸 깨달았다. 그중의 한 명이 조선말로 범호를 가리키면서 외치고 나머지 경찰들의 손은 옆구리 쪽 권총으로 가있다.

“살인범 정범호, 이제 너의 도피 행각은 끝났으니 두 손 들고 순순히 체포에 응해라!”

손에 가죽 재단칼을 쥐고 있었지만 도저히 더 이상 도망갈 수도 반항할 수도 없는 걸 알고 순순히 손을 들었다. 범호가 손을 들자마자 경찰들은 달려들어서 우악스럽게 두 손을 묶고 밖으로 끌고 나갔다. 아빠를 부르며 울면서 따라오는 은심과 경춘을 뒤로하고 범호를 태운 차는 눈길을 거칠게 내달려 저 멀리로 사라져버린다.

새로운 출발
〈1939년 6월 만주 봉천〉

지난 겨울부터 석 달 동안 경찰서에 끌려가서 모진 고문을 당한 끝에 범호가 다 죽어가니까 경찰은 일단 식구들이 건사해서 목숨이라도 구해놓으라고 풀어는 주었다.

쉽게 말하면 아직까지 수사가 안 끝났는데 체력을 소진한 범호가 혼절하니까 일단은 집에 데리고 가서 치료해 놓고 다시 잡아들이겠다는 얘기다. 산송장처럼 실려 온 범호는 한 달 동안 꼼짝 못 하고 사경을 헤매다가 은심의 극진한 간호로 이제 겨우 몸을 추스를 정도였지만 허리를 제대로 맞았는지 걷지도 못하는 앉은뱅이처럼 되었다.

부모로부터 물려받은 튼튼한 몸 하나 밑천으로 먹고살았는데 이제 40을 갓 넘긴 나이에 똥오줌까지 딸 은심으로부터 수발을 받아야 할 정도이니 범호는 그냥 참담한 마음뿐이었다. 이렇게 살 바에야 그냥 확 죽어버리고 싶었지만 그래도 은심이하고 경춘이를 두고 죽을 수는 없었고 어떻게든 살아야만 했다.

그날 서탑에 구두 배달 나갔다가 평안도 경무국에서 출장 온 사람의 눈에 띈 게 가장 큰 실수였고 신고가 들어가서 끌려가자마자 모질게 얻어맞았다. 끊임없는 매질과 폭행에 범호는 계속 의문이 들었다. 자기는 분명히 우석을 살인한 죄로 끌려왔는데 이들은 우석이 살인 사건은 입도 뻥긋하지 않고 동생 범진의 행방을 대라고 언제 만났느냐고 추궁해 왔다.

정말 범호 자신도 범진이 사라진 지 몇 해가 지나도 어디서 뭘 하고 지내는지 몰라 끝까지 모른다고 했더니 이들은 믿지 않고 계속해서 고문만 가했다. 그냥 고문을 해도 믿지를 않자 은심이까지 데리고 와서 같이 잡아두겠다고 협박을 하는데 이건 정말 범호도 알아야지 안다고 하지 갑갑해서 죽을 노릇인지라 그냥 벽에 머리를 찧고 자살까지 시도했었다. 갖은 고문이 가해져도 방법이 통하지 않자 조선인 경찰이 범호를 앉혀놓고 범진에 대한 이야기를 들려줘서 어떻게 된 건지 그제야 이해를 했다. 일본어와 한자로 된 전단지에는 범진의 사진이 올라가 있고 막대한 현상금이 걸려있다고 한다.

그 조선인 경찰을 통해 들으니 동생 범진은 조선혁명군의 간부로서 수많은 일본 군인을 살상하고 아직까지 투항하지 않은 악질 중의 악질이라고 했다. 마지막으로 동생을 보던 날 왜 그렇게 범진이 애틋한 시선으로 자기를 봤는지 이제 어렴풋이 알 거 같았다.

혹시나 동생이 나무를 하거나 바다에 나갔다가 잘못된 게 아닌지 걱정했는데 어느 하늘 아래 있더라도 이렇게라도 살아있다는 소식을 들으니 범호는 기분이 좋아 미친놈처럼 웃어댔다. 가족들까지 같이 없어진 걸 보니 범진이 안전하게 데리고 있다는 걸 확신했고 그렇게 호락호락하게 잡힐 동생이 아니라고 확신했다.

범호를 통해 아무것도 알아내지 못한 경찰들은 약이 올라 더욱 모질게 고문을 가하고 그렇게 범호는 까무러치고 깨어나길 반복하다가 풀려나게 된 것이다.

그동안의 조사는 범진이 관련 건이라 우석 살인 사건에 대한 조사는 시작도 안 했으며 임시로 풀어줘봐야 꼼짝 못 하는 범호가 어딜 가겠냐마는 경찰들은 정말 매일매일 찾아와서 범호의 상태를 살피고 돌아갔다. 본성이 부지런하고 잠시도 놀지 못하는 범호인지라 몸이 어느 정도 회복되자마자 가게에 나가고 싶다고 했고 그런 모습 보면 경찰이 다 나은 줄 알고 잡아 간다고 은심이 극구 말렸지만 범호의 고집을 물리칠 수는 없었다.

영덕이 손수레를 하나 구해 와서 매일 데리고 오고 데려다 주었고 가게에서 사람 구경만 하겠다는 약속을 했건만 범호는 손에서 일거리를 놓지 않아 더 은심의 애를 태웠다. 처음에는 앉은뱅이가 뭘 하나 싶어서 경찰들도 기웃거리더니 그냥 독한 놈이라고 혀를 내두르면서 이제는 그냥 그러려니 하는 모양이었다.

어쩌면 경찰들의 관심사는 범진의 소재 파악이지 몇 년 전에 우발적인 싸움으로 죽어버린 우석의 문제는 아무것도 아닐지 모른다는 생각이 들 정도였다.

범호가 잡혀간 이래 은심이 넋이 나가 매일매일 울면서 범호의 옥바라지에 나섰고 주인에게 고용된 영덕은 정말 한숨 돌릴 여유도 없을 정도로 혼자서 일을 해냈다. 다행히 그동안 성실하게 일해온 범호와 영덕을 지켜봐 준 주인이 잘 봐준 덕분에 잠깐 매출이 떨어져도 만주인 사장은 고용인을 바꾸지 않았고 이에 영덕은 이를 악물고 할당량을 다 맞춰간 것이다.

아침부터 혼자 가게 문을 열고 일하고 한 푼이라도 더 벌고자 구두 닭을 물량도 가져오면서 몇 달을 보냈더니 영덕은 이제 기진맥진해졌다. 더군다나 자기가 잠시 자리를 비운 사이에 범호가 대신 일을 나갔다가 사람이 많은 장소에서 발각이 되었다니 범호와 은심에게 더욱 미안한 마음뿐이었다.

미안한 마음에 은심이 얼굴도 제대로 쳐다보지도 못하고 가끔씩 범호를 보러 갔다가 돌아온 은심의 지친 마음조차 제대로 달래주지 못할 만큼 영덕은 큰 죄책감을 느꼈다. 은심과 순례 심지어 범호조차 영덕이가 잘못한 게 없다고 했지만 영덕은 쉽게 떨쳐내지 못하는 것이다.

"이 사람아. 나쁜 짓하고 숨어 살던 내가 잘못인 게지 자네가 무슨 잘못인가. 괘념치 말게."

그런 영덕이 걱정스러워 범호가 여러 번 달래도 아무래도 완전히 회복되기에는 조금 시간이 걸릴 거 같았다. 그렇게 몇 달 동안 육체적으로 정신적으로 힘들게 버텨왔던 영덕이었다.

오늘도 아침 일찍 일어나서 가게로 가기 전에 범호를 데리러 가려고 일어났건만 영덕은 몸이 무거웠다. 조금만 더 누워있자 하는데 순례가 출근하면서 살펴보니 몸이 불덩이였다. 힘들면 오늘 쉬라고 했더니 영덕은 좀 있다 일어난다고 했고 순례는 마음이 안 놓였지만 그대로 집을 나섰다. 얼마나 잤을까 영덕이 허겁지겁 침대에서 일어나자마자 옷을 찾아 입으려는데 갑자기 머리가 핑 돌더니 그냥 그대로 쓰러지고 말았다.

아침부터 시장을 오가면서 점심을 준비하던 은심은 아직까지 가게 문을 열지 않아 걱정을 하다가 참다못해 집으로 달려갔다. 겨우 겨우 기어서 요강에 대소변을 보는 범호도 아직까지 오지 않는 영덕 때문에 몸이 달아서 어떻게 된 건지 궁금했는데 오도 가도 못하니 답답했는지 얼른 영덕에게 가보라고 한다.

'제발 무슨 일이 있는 거야!'

까만 치마저고리가 휘날리게 황급히 뛰어가는 은심의 마음을 아는지 모르는지 하늘이 새까매지더니 이내 장대 같은 소나기가 내린다.

다들 비를 피하느라 거리는 한산한데 은심은 아랑곳하지 않고 온몸으로 비를 맞으며 영덕의 집을 향해 뛰어간다. 숨이 차올라도 쉬지 않고 달려 신발도 벗지 않고 급하게 영덕의 방문을 열어본다.

다행히 영덕은 침대에 누워서 끙끙 앓고 있는데 조심스레 이마를 짚어보니 몸이 불덩이였다. 제 몸이 비에 흠뻑 젖은 줄 모르고 은심은 영덕을 제대로 누이고 물부터 팔팔 끓여서 따뜻한 수건으로 땀이 비 오듯이 흐르는 영덕의 얼굴과 온몸을 닦아준다. 그리고 당장 부엌으로 가서 미음을 끓이고 영덕이 상태를 살펴보았는데 어느새 영덕의 숨소리가 일정한 걸 보니 제대로 잠이 든 거 같아 마음이 놓인다.

침대에 기대어 영덕을 지켜보는데 여전히 잘생겼지만 요즘 들어 고생을 많이 했는지 많이 야위었고 그 곱던 손도 이제 본드가 달라붙었고 손가락 마디도 많이 굵어졌다. 그런 영덕의 옆을 지키다가 은심은 자기도 모르게 까무룩 잠이 든다.

은심이하고 같이 혼인식을 올리고 은심과 이쁜 애기들하고 같이 비행기를 타고 고향으로 갔다. 영덕은 이제 부모님은 호강만 하실 거라고 야위어진 상수와 언년을 업고 동네방네 인사하러 다닌다. 그리고 또 장면이 바뀌어서 은심과 애기들을 데리고 같이 배를 타고 주꾸미를 잡으러 갔다. 사공은 언제나처럼 든든한 만복이었고 낚시도 꽤 잘된다. 뭔가 묵직한 게 또 걸렸기에 재빠르게 낚아 올렸는데 바로 준길과 경도가 바닷속에서 쑥 하고 올라온다.

"허억!"

놀라서 깨어나 보니 꿈이었다.

그동안 안 나타나더니 몸이 쇠약해졌는지 준길과 경도가 또 찾아온 것이었다. 너무나 무서웠다. 이마를 만져보니 수건이 올려져 있고 가만히 몸을 일으켜 고개를 돌려보니 은심이 침대 가장자리에 얼굴을 묻고 잠들어 있었다. 은심의 옷도 축축한데 이불은 영덕에게 다 덮어주고 은심은 세상모르게 곤히 자고 있었다. 자고 있는 은심의 고운 얼굴을 가만히 지켜보았다.

17살 처녀가 무슨 고생을 저렇게 많이 하는지 싶을 정도로 지켜보는 영덕의 마음은 참 안쓰럽기만 하다. 젖은 몸 때문에 입술이 새파란 걸 보니까 그냥 두면 안 될 거 같았다. 이불을 들고 은심을 덮어주려고 하는데 비에 젖은 몸에서 나는 은심의 살 냄새가 물씬 올라오지만 하나도 역겹지가 않고 너무나 사랑스러웠다.

잠들은 은심이 숨 쉴 때마다 움직이는 가슴, 드러난 하얀 허벅지와 암컷의 냄새에 반응이 온 것일까, 영덕의 아랫도리는 팔팔 끓는 물처럼 솟아올랐고 욕정을 참지 못한 한 마리의 수컷이 되어버린 영덕은 잠자는 은심을 안고 입술을 세차게 빨아 당겼다.

갑작스러운 느낌에 은심은 눈을 번쩍 떴는데 이미 영덕의 입술이 자기의 입술을 가지고 가버렸고 영덕의 손은 벌써 자기의 젖은 옷 안으로 들어와 자기의 몸을 쓰다듬고 있었다. 차가운 은심의 몸을 영덕이 뜨거운 자기의 몸으로 따뜻하게 데워주려는 듯 영덕은 거칠게 은심을 하나씩 하나씩 벗겨나갔다. 지금 어떤 상황인지 은심은 어렴풋이 알지만 저항을 할 수도 없었고 저항을 하기도 싫었으며 오히려 더 강하게 영덕을 끌어안는다.

누가 가르쳐주지 않았는데 둘은 자연스럽게 그리고 또 격렬하게 상대의 몸을 탐닉하면서 태어날 때 모습으로 실오라기 하나 걸치지 않고 그대로 침대로 올라갔다. 영덕의 손길이 닿는 곳마다, 그리고 은심의 손길이 닿는 곳마다 서로가 원하는 대로 둘은 마음껏 상대를 받아주었다. 창밖에는 잠시 그쳤던 소나기가 또 오는지 후두둑하는 소리가 요란하게 나기 시작했지만 영덕과 은심은 마치 태어날 때부터 한 몸이었던 것처럼 서로 떨어질 줄 모른다.

영덕의 방안에는 청춘 남녀가 내뿜는 뜨겁고 깊은 숨소리만 들릴 뿐이고 영덕이 걱정스러워서 보러왔던 순례는 문 밖에서 뜨거운 숨소리를 듣고 잠시 멈칫하더니 그대로 우산을 들고 다시 밖으로 나갔다. 순례의 얼굴에는 환한 미소와 기쁨의 눈물이 흐르고 있었다.

그날 오후 어떻게 된 영문인지 답답해서 방안을 기어 다니면서 발만 동동 구르던 범호는 영덕과 은심이 같이 찾아오니까 뭔가 느낌이 왔다. 영덕은 들어서자마자 범호에게 넙죽 큰 절을 하고 은심은 애써 애비인 범호의 시선을 피한다.

"어르신, 은심이를 저에게 주십시오. 제가 꼭 잘 데리고 살겠습니다."

이게 얼마나 듣고 싶던 말이던가! 범호는 대답하고 자시고 할 거 없이 영덕의 두 손을 덥석 잡고 만다.

"영덕아. 내레 얼마나 그 말이 듣고 싶었는지 알간? 지금 심장이 떨려가 말도 제대로 못 하갔어. 내가 못나서 이렇게밖에 못 키웠지만 그래도 잘 자라준 착한 아이라네. 꼭 서로 아껴주고 자손들도 많이 낳고 행복하게 살아야지. 내가 이제 더 이상 바랄게 없지비."

끝내 범호도 울음을 터트리고 은심도 그런 애비가 가여워서 돌아서서 눈가를 훔친다.

"어르신, 걱정하지 마십쇼. 우리 어렵게 맺은 인연인데 꼭 잘 살겠습니다. 그동안 고생 많이 하셨는데 이제 걱정하지 마시고 저한테 은심이 맡겨주십시요."

믿음직한 영덕의 말에 범호는 정말 몸만 말을 듣는다면 일어나서 덩실덩실 춤이라도 추고 싶었다.

혼인식은 점순 할매네 식당에서 열렸고 구두방과 식당의 단골손님들, 인근 가게의 주인들, 영덕의 학교 친구들 등 조선인, 만주인, 중국인 등 다양한 하객들이 모여서 선남선녀의 출발을 진심으로 축하해 주었다.

혼인식이라고 해봤자 가까운 지인들 불러서 같이 맞절하고 손님들 식사 대접하는 간단한 의식이었지만 평안도식 전통 혼례를 올리는 분위기는 사뭇 진지했다. 신랑 가족을 대표하여 순례가 덕담을 하고 먼저 간 은심의 생모가 생각나서 혼례 올리기 전부터 이미 목이 메어버린 범호는 신랑 신부의 두 손을 번갈아가며 잡아주면서 잘 살라는 말만 반복했다.

경사스러운 혼인날이지만 영덕은 영덕대로 고향에 있는 부모와 가족들 생각에 가슴이 멍해졌고 은심은 은심대로 어미 없이 결혼하니 먼저 간 친모 생각에 눈시울이 벌게진다. 한 가정의 탄생을 축하하는 날인데 주인공인 신랑 신부나 가족들이나 하객들 모두 사연이 없는 사람이 없을 것이다.

그렇게 19살 청년 배영덕과 17살 신부 정은심은 고향을 떠나 멀고 먼 만주 봉천 땅에서 부부의 인연을 맺게 되었다.

희망
〈1940년 3월 길림 장백현〉

오늘도 관동군은 비행기를 동원해서 여기저기에 양정우의 전사를 알리는 삐라를 뿌리며 산골 깊숙한 곳도 자기 집 앞마당처럼 날아다닌다.

산등성이 계곡의 그늘진 곳에 숨을 죽이고 비행기가 지나가길 기다리던 동북항일연군 제1군 소속의 조선인 중국인 연합 부대는 부사령관인 정범진의 인솔하에 다시 이동한다. 한 30여 명밖에 남지 않은 병력의 축 늘어진 어깨와 무거워진 발걸음은 지난겨울에 이들에게 많은 일이 있었음을 보여주는 거 같다.

지난겨울은 범진이 항일 운동을 하러 들어온 이래 가장 힘들고 어려웠던 시기였다. 미리 손을 써준 이호영의 조치로 가족들은 길림성 돈화 지역으로 겨울이 오기 전에 거처를 옮겨서 같이 고생을 시키지 않은 게 다행이라면 다행이었다. 산간 지역의 영하 30도에 체감 온도가 40도까지 떨어지는 극한 추위에다가 집요하게 토벌전을 벌이는 관동군의 추격까지 받아 동북항일연군은 제대로 저항조차 못한 채 병력만 잃어갔다.

낮에는 관동군의 추격에서 벗어나 살기 위해 전투를 벌이고 어렵게 포위망을 뚫고 나면 또 밤에는 살을 후벼 파는 동장군이 기다리는데 적군의 추격이 무서워 불도 제대로 땔 수 없는 최악의 겨울을 보냈다. 한번은 너무 배가 고파서 추격을 따돌린 이후에 죽은 전우들이 신고 있는 군화를 벗겨서 푹 삶아서 고기처럼 부대원들이 나눠 먹기까지 했다.

지금 범진은 중대 결심을 했고 살아남은 부대원들을 데리고 소련으로 가는 길이다. 지난가을 가족을 데리러 온 이호영의 판단과 계속 그의 곁을 지켜온 조상명의 권유를 받아들이기로 했다. 동북항일연군 또한 제한된 산악 지역에서 항일 운동을 하기에 한계가 있었고 총사령관 양정우에게도 소련으로 건너가자는 제안이 있었으나 양정우는 끝까지 만주를 버리지 않기로 했고 소련으로 가서 후일을 도모하는 세력과 비공식적으로 결별을 했다.

한인 독립사의 편제 형태로 합류했던 조선혁명군은 줄기차게 대항했지만 이미 동북항일연군 참모로 싸우던 최윤구가 1938년 12월에 전사했고 대부분의 전우들도 전사했다. 한인독립사는 유격전을 벌이면서 패잔병으로 남아있던 중국인 출신까지 규합하여 정범진이 독립사 부사령관을, 조상명이 참모를 맡고 있지만 이제 남은 병력은 30명 남짓이었다. 혹독한 겨울이 오기 전에는 80명이 넘는 중대 규모의 병력이었지만 맞아 죽고 얼어 죽고 해서 이제 1개 소대 규모로 운영하기도 힘든 상황이다.

이호영의 권유에 정범진은 물론 김명준, 홍춘수 등의 간부들도 잔여 병력을 이끌고 소련으로 도피하고 이들은 후에 범진과 더불어 코

민테른과 소련 공산당 등 국제 지원 세력의 도움을 받아 조국의 해방을 준비하기도 한다.

김명준 등 일부는 일제가 패망한 뒤에 북한으로 귀환하기도 하였지만 박대호, 조화선이 이끄는 조선혁명군 일부는 1942년까지 동북항일연군에 남아 끝까지 투쟁하는 기개를 보였다. 힘없이 서북쪽으로 전진하는 부대는 매복이 있으면 돌아가고 반대로 적의 정찰 병력을 만나면 매복했다가 기습을 가하는 전형적인 치고 빠지기 식으로 장백현의 깊은 산중까지 들어온 것이다. 깊은 산에 들어와서 조금 안심이 되었는지 "우리는 동북항일연군~연합군의 1로군을 만들어 간다~중한 인민들의 단결을 통해 우리의 빼앗긴 강토를 찾자~나아가자 우리는 제1로군!"이라고 누군가가 나지막이 중국말로 된 군가를 웅얼거리면 또 뒤에서 복창을 하고 또 앞에서 받아주고 하니 이 거지 몰골 같은 부대도 조금씩 사기가 도는 거 같다. 동북항일연군 제1연군 군가로 작곡한 이는 바로 총사령관 양정우이다.

비행기에서 살포해서 나뭇가지에 매달린 삐라가 하늘거리면서 범진에게 어서 가져달라는 듯이 유혹을 한다. 양정우 사령관에 대한 이야기는 현장에서 살아남은 대원을 통해 들어서 그동안 차마 삐라를 볼 용기는 안 났지만 이제 그 사건이 지난 지 한 달이 다 되어가니 범진도 삐라를 들고 천천히 읽어본다. 흑백으로 처리된 눈을 감은 사진은 양정우 총사령관이 맞다. 짙은 눈썹과 사내다운 생김새, 가까이에서 그와 여러 번 회의를 했던 범진이 어찌 그를 모르겠는가?

양정우의 시신 옆에서 일본군인들은 자랑스럽게 웃고 있었고 삐라에는 너희들 대장도 이제 죽었으니 어서 투항하라는 내용으로 살아남은 부하들의 기를 죽이는 내용뿐이다. 예전에 투항 삐라 주우면 밑을 닦기에 좋다고 챙기던 부하들도 양정우 장군의 시신이 실린 삐라는 쳐다보지도 않으려고 한다.

관동군 500여 명의 포위망에 쫓기던 양정우 부대는 겨우 7명만 남아 사력을 다해 저항하였고 양정우는 어렵게 포위망을 뚫고 탈출하지만 대부분의 부대원은 전사하게 된다. 양정우는 지금의 길림성 몽강현의 산악 지역 집결지에 은신하며 부대원들을 기다렸으나 6일 동안 아무 것도 먹지 못해서 기진맥진한 상황이었다. 양정우의 오른팔로 동북항일연군 제1사장 청빈程斌은 1938년 115명의 부하를 이끌고 이미 관동군에 투항하여 양정우 부대의 토벌에 앞장섰고 그 변절자 중에는 양정우가 어릴 때부터 키워왔던 고아도 있었다. 산속의 인가를 찾아간 양정우는 동네주민인 짜오팅시赵挺喜와 주민들에게 돈을 줄 테니 먹을 거와 신발을 가져다 달라고 했다. 그래도 살기 위해서 투항을 권유하는 주민들에게 양정우는 모든 중국 사람이 다 투항하면 중국은 끝장이며 먼저 간 전우를 위해서라도 투항하지 않는다고 한다. 양정우를 만나고 신고를 하지 않아 후에 관동군에 당할 보복이 두려웠던 짜오팅시와 주민들은 일본 경찰 니시쿠니에게 달려가 양정우의 은신처를 알려준다. 먹지 못해서 기력이 다했던 양정우는 바깥에서 들려오는 트럭의 엔진 소리에 잘못되었음을 직감하고 바로 산 위로 뛰어올랐으나 100명이 넘는 일본 군경에 의해 금방 포위되고 말았다.

"당신이 양정우 사령관인가?"

배신자의 통역으로 양정우의 신분을 물어본다.

"그렇다. 내가 양정우다."

"목숨만은 살려줄 테니 어서 투항하라!"

관동군은 양정우 총사령관을 사살하지 말고 무조건 생포하라는 지령을 내렸다. 만주 항일 운동의 상징인 그를 생포하면 여러 가지

용도로 쓸 수 있고 전 중국의 항일 세력에게 큰 타격을 줄 수 있기 때문이다.

"나를 배신한 민족 반역자들, 어서 튀어나와라, 내가 꼭 할 얘기가 있다."

투항을 거부한 동시에 양정우 총사령관의 특기인 쌍권총이 불을 뿜고 짧은 총격전 후에 양정우는 2월 23일, 그렇게 35살의 나이에 전사했다. 그가 죽은 후에도 100여 명의 일본 군경은 그 전설의 양정우가 죽었다는 게 믿기지 않아 함부로 다가오지도 못할 정도였다.

도대체 그가 무엇을 먹었길래 이렇게 오랫동안 산에서 버텼는지 궁금했던 일본군이 그의 시체를 해부해 보니 위 속에서 나온 거는 나무껍질, 풀잎과 면화가 전부였다. 적이지만 위대한 군인 정신에 감동받은 일본군은 그에게 경례를 하여 장군으로서 예를 갖췄고 일본 승려들이 그를 위해 진혼제를 지내주었다. 그러나 항일 운동의 괴수라 불리우던 양정우의 수급은 만주국 수도였던 상경(장춘)으로 보내져서 포르말린에 담긴 채 진열되는 수모를 겪게 된다.

시간이 흘러 1948년, 철도 길에 인접한 하남성의 한 시골 마을, 한 사내애와 계집애가 사진을 들고 동북을 점령하고 남쪽 전장으로 투입되는 중국 공산당 군인들을 붙잡고 물어본다.

"아저씨, 우리 아빠 아세요?"

어린애들이 들고 있는 사진의 주인공은 바로 양정우였다.

고향인 하남을 떠날 때 갓 돌이 지난 아들과 태어난 지 5일이 된 딸을 두고 항일 운동에 나선 양정우는 그렇게 다시는 고향 땅을 밟지도, 젖먹이 때 두고 온 자식들도 보지 못하고 그렇게 만주의 깊은 산속에서 장렬히 전사한 것이다.

범진은 자기의 최후는 어떻게 될지 모르겠지만 역시나 자기가 존경하는 양정우 장군은 그답게 최후를 맞이했다고 생각한다. 어떻게 해서든 살아남은 대원들 잘 이끌고 보다 나은 조건에서의 항일 운동을 위해 소련까지 무사하게 들어가는 게 지금 범진의 눈앞에 닥친 임무이다. 다시 전열을 정비해서 먼저 간 전우들의 한을 씻어주고 조국 독립을 위해서 제 한목숨 바치는 게 자기의 운명임을 잘 알고 지금은 그 생각만 한다.

'죽을 때 죽더라도 제대로 죽어보자.'

이렇게 범진은 한이 서린 만주 땅을 조금씩 벗어나고 있었다.

한편 영덕과 은심의 신혼방에서는 새 생명이 탄생하고 있었다. 점순 할매와 순례가 들어간 지가 한참 되었건만 안에서는 은심의 비명 소리만 들릴 뿐 기다리던 소식이 안 들려오니 밖에 서 있는 영덕은 초조해진다. 그런 영덕 곁에서 지팡이를 짚고 계속해서 담배만 빨아 댕기는 범호의 이마에는 깊은 주름이 더더욱 깊어져만 간다.

은심이 산통이 와서 지금 점순 할매와 순례가 들어간 지가 한 식경이 넘었는데 직접 애를 낳는 산모에 비할 바는 아니겠지만 밖에서 기다리는 영덕과 범호도 애가 타기는 마찬가지다. 연신 마른 침을 뱉더니 영덕이 범호에게 담배를 한 대 달라고 한다. 술자리만 아니면 담배를 잘 피우지 않는 영덕도 얼마나 초조했던지 한 대 피우자마자 이내 또 한 대를 더 청해서 줄담배를 피워댄다.

작년 여름에 혼인식을 올리고 영덕네 부부는 범호를 데리고 서탑 구두 가게 뒤에 작은 방을 얻어서 신혼집을 꾸렸다. 원래 가게 주인이었던 만주인 사장은 전쟁통에 더 큰돈 벌겠다고 소유권을 넘겨서 범호가 그동안 벌어놓았던 돈과 장밍이 절강 상인회에서 융통해 온 돈을 합해서 영덕이 바로 인수할 수 있었다.

솜씨가 좋은 영덕의 기술과 장사 수완이 더해져서 구두 가게는 항상 손님으로 들끓었고 영덕은 눈코 뜰 새 없이 바빴지만 지금의 생활이 너무나 행복했다. 경찰서에 끌려가서 반송장이 되어서 앉은뱅이였던 범호도 이제 지팡이를 짚고 조금씩 거동을 할 수 있으니 그나마도 다행이었다. 평생 저렇게 걷지도 못하고 살 줄 알았는데 원래 건강했던 범호의 체력과 꼭 일어나고자 하는 의지력이 더해져서 혼자서 일어나려고 발버둥 치고 다시 주저앉고 하더니 그래도 자기 발로 나설 수 있다는 것만 해도 범호는 감사해한다.

다리는 불편하지만 손기술로 먹고사는 직업인지라 바쁜 영덕에게 일손을 보탠 범호의 지원은 영덕에게 큰 힘을 주었고 이제 한 1년만 더 고생하면 가게 인수한 원금도 다 찾고 자리도 잡을 수 있을 거 같다. 고생했던 대가였는지 이제 고등학교 한 2년 정도 다닐 학비도 모았다.

봉천으로 와 준길과 살면서 와해된 가족만 봐오다가 이제 자기가 열심히 일하고 돌아갈 곳이 있고 자기를 반겨주는 사람이 있으니 영덕은 이제 이런 소소한 생활에 만족하며 살고 있다. 범호는 이제 가을부터라도 다시 고등학교를 다녀서 공부를 더 하라고 채근하고 그동안 영덕은 일하면서도 손에서 책을 놓지 않았다. 비록 전쟁통에 학교 교육이 안정이 안 되었지만 이제 지금이라도 학업을 더 해서 더 좋은 직장을 찾아 안정적으로 생활을 유지하는 게 맞다. 그런데 작년 가을 들어서 은심이가 속이 불편하다고 하더니 임신을 하게 된 것이다!

영덕은 믿기지가 않았다. 이 세상 끝이라고 생각했던 봉천에서 자기가 아빠가 된다니 너무나 신기했고 기뻤다. 그때부터 영덕은 눈이 오면 은심이 눈길에 넘어질까 봐, 식당에서 힘든 일을 하지는 않을까 걱정되어 가봤다가 점순 할매한테 잔소리도 많이 들었다.

'내가 애기 아빠가 된다니.'

고향을 떠날 때 소학교 까까머리 소년이 6년의 시간이 흘러서 진짜 어른이 되는 것이다. 처음 가져보는 흥분감에 영덕은 불러오는 은심의 배에 귀를 대어보고 배 속에서 꿈틀거리는 어린 생명의 변화에 아주 놀라워했다. 은심의 배꼽을 보고 주위 어른들은 아들이네 딸이네 하는데 영덕은 아무래도 상관없었다. 아들인들 딸인들 뭣이 중하리? 어렵게 은심과 인연을 맺게 되어 얻은 결정체인데 어떻게든 귀하게 잘 키우리라고 다짐한다.

"응애!"

드디어 기다리고 기다리던 소리가 들려서 영덕은 황급히 문 앞으로 달려가고 범호도 넘어질 듯 아슬아슬하게 앞으로 달려 나간다. 점순 할매가 고개를 쏙 내밀고 "은심이 쏙 빼닮은 지집애여"라고 하더니 문을 다시 탁 닫는다. 아직까지 밖에서 불어오는 봄바람이 차가웠던 모양이었다. 영덕은 자기도 모르게 함성을 질렀고 범호는 은심이 어떤지 물어보는데 안에서 아무 대답이 없다가 이번에는 순례가 대답한다.

"산모하고 애기하고 다 괜찮으니 걱정 마이소!"

마음이 놓인 범호는 영덕을 부둥켜안고 또 엉엉 울어버린다. 엄마 없이 엄마가 되는 은심이 불쌍했고 이런 좋은 날에 제일 생각이 많이 나는 사람은 역시 은심이 생모였다.

그날 밤, 막 잠들어 버린 갓 태어난 딸의 얼굴을 유심히 들여다보는 영덕은 곁에 누워있는 은심의 손을 꼭 쥔다.

"미안해요. 당신한테 아들 낳아줘야 하는데."

"아니 당신 무슨 소리요? 이렇게 이쁜 딸이 생겼는데 애 낳는다고 고생 많았소."

감은 눈의 긴 속눈썹이 은심을 닮았고 뽀얀 피부는 영덕을 쏙 빼닮았다.

자는 애기의 얼굴을 찬찬히 살피던 영덕이 은심에게 말한다.

"오늘 내가 무슨 생각했는지 아시오? 이제 아빠도 되었으니 더 열심히 살아야겠다. 이렇게 이룬 가정 꼭 잘 지켜서 고생하는 당신하고 장인어른, 그리고 우리 애기 책임지고 행복하게 해줘야겠다고 다짐했소."

굳은 결심을 하면서 은심의 손을 꼭 잡은 영덕을 은심은 물끄러미 쳐다본다.

"학교에 다시 다닐까 고민을 했지만 지금 시절도 그렇고 난 이제 더 이상 공부에 미련이 없소. 가게 일에 열중하면서 장사할 거 찾아보면서 우선 경제적으로 안정을 찾아야겠소."

뜻하지 않은 영덕의 애기에 은심은 깜짝 놀란다.

"일 없습네다. 당신이 얼마나 공부 많이 하고 싶어 하는지, 그리고 머리도 좋은 사람인 거 다 아는데 무슨 그런 말씀을 하십네까? 먹고사는 문제면 걱정 말라요. 내레 어떻게 해서든 우리 식구들 건사할 자신도 있습니다."

그런 은심에게 영덕은 단호하게 고개를 가로젓는다.

"꼭 그거 때문만은 아니요. 나한테 맞지 않는 걸 억지로 찾아서 하는 게 이제는 한계점에 온 거 같고 내가 구두 가게를 하면서 운영해 보니 오히려 나한테는 내가 열심히 하면 그만큼 벌어가는 장사하는 게 더 맞는 거 같소. 언제 끝날지 모르는 공부보다는 그 길로 가는 게 더 좋지 않나 하고 그 생각은 쭉 해왔소."

"그렇지만 고향에 계신 아버님 어머님은 그렇게 생각 안 하실 겁니다. 공부하라고 멀리 보낸 아들인데 공부로 성공해서 꼭 고향의 부모님 찾아 봬야죠?"

아직 뵌 적도 없는 시부모이지만 영덕에 거는 기대가 어떠한지, 어떤 사유로 집을 나와서 봉천에 오게 되었는지 잘 아는 은심이다.

"내가 이렇게 한 사람의 애비가 되고 보니 애한테 바라는 게 있을 거지만 그래도 애가 뭘 하고 싶은지 그게 더 중요한 거 같소. 우리 부모님도 내가 꼭 뭘 해서 성공하기를 바라기보다는 어떻게든 자기가 만족하고 사는 모습 보여주면 그게 효도가 아닌가 하오. 내가 관원이 되든 상인이 되든 아니면 이도 저도 아닌 병신이 되더라도 받아줄 수 있는 분이 부모님이 아닐까 하오. 나 역시 마찬가지로 이 어린 것이 나중에 커서 뭘 하든 자기가 행복해하면 그게 맞다는 생각이 드오."

불확실한 자신의 미래에 대한 긴긴 시간의 고민 끝에 영덕은 현실을 택했다.

자기 혼자 하고 싶은 공부 하겠다고 나 몰라라 하며 늘어난 식구들 팽개치는 거는 아닌 거 같았고, 갓 태어난 딸 그리고 누워있는 아내를 보니 저 두 입에 평생 먹을 거 안 떨어지고 행복하게 살게 해주는 게 자기의 운명이라고 생각했다.

영덕의 굳센 의지를 알기에 은심은 더 이상 말리지 못한다. 영덕과 은심은 갓 태어난 딸의 이름을 천금과 같은 기쁨을 주었다고 해서 금희金喜라고 지었다.

주인이 바뀌다
〈1945년 8월 만주 봉천〉

만삭인 몸으로 은심은 부지런히 매장 진열하고 재고 파악하느라 정신없다.

영덕은 직원들에게 업무를 지시하다가 문득 그런 은심을 보고 또 걱정이 되어 그만두고 들어가서 쉬라는 눈짓을 주지만 은심은 모르는 척하면서 다시 눈길을 진열장으로 돌린다.

서탑 거리 가운데에 자리 잡은 '금희물산'은 서탑뿐 아니라 봉천에서도 손에 꼽힐 만큼의 규모를 자랑하는 신발 도소매상과 신발 제조 공장을 병행하는 업체다. 매장의 바로 뒤켠 문을 열면 진한 가죽 냄새와 접착제 냄새에 찌든 작업장이 나온다. 오늘 재단할 제품의 패턴을 사이즈별로 점검하면서 영덕은 작업반장인 만주인 왕룽에게 부품은 제대로 다 갖췄는지 또 확인을 한다.

신발이라는 게 단순해 보이지만 어느 하나라도 부품이 빠지면 생산이 안 될 정도로 세트가 딱딱 맞아야 작업 투입이 가능하다. 5년

간의 각고의 노력 끝에 영덕은 구멍가게 수준이었던 구둣방에서 사업을 확장해서 매장과 공장까지 직원 20여 명을 거느린 번듯한 사업체를 가진 청년 사업가로 성장했다.

구둣방을 하면서 기술과 성실함을 바탕으로 단골손님의 인정까지 받아 입소문이 나더니 봉천의 큰 신발 업체 하청부터 시작해서 일손이 달릴 정도가 되어 직원까지 추가로 고용하게 되었고 직접 도매상과 거래를 튼 이후에 아예 매장과 공장까지 동시에 운영하게 된 것이다.

처음에 자리를 잡을 때는 전쟁 특수로 인해 군화 주문이 많았지만 전쟁이 길어질수록 관동군의 보급 능력도 떨어져서인지 이제는 일반화와 수제 신발의 주문이 늘어나 중고가 시장을 대상으로 제품을 생산해 내고 있는 것이다.

신발이라면 나막신부터 구두에 군화까지 안 해본 게 없는 범호의 지도 아래 영덕의 제품은 봉천의 멋쟁이들이 꼭 신어봐야 할 정도로 입소문이 났다. 전통적인 방법을 고수하는 범호의 기술지도 아래 공정을 더 간단하게 하기 위해서 영덕은 혼자 책을 보고 연구하면서 재단기, 재봉기를 중고로 구한 뒤 다시 개량해서 작업 효율을 높였고, 그러다 보니 좋은 품질에 좋은 가격의 제품이 되어 안 팔릴 수가 없는 것이다. 직접 발로 뛰며 봉천 일대를 영업하면서 도매상과 고객들 앞에서 직접 손에 골무를 끼고 신발을 수선해 주고 이런 모양으로 디자인을 개선해서 만들어주겠다는 영덕의 영업 스타일은 보는 사람들에게 큰 신뢰감을 주었다.

이제 아침부터 저녁까지 눈코 뜰 새 없이 바쁜 게 일상이지만 돈 버는 재미와 사업하는 재미에 빠져 영덕은 정말 신이 났다.

이제 여섯 살이 된 금희의 이름을 걸고 명예롭게 장사하겠다는 다짐으로 '금희물산'을 내걸었고 장사가 잘되어 첫째 딸 금희가 진짜 복덩이라며 이쁘게 키우는데 이번에 또 은심이 둘째를 가지게 된 것이다.

금희는 부모인 영덕과 은심의 사랑으로 엄마를 닮아서 긴 속눈썹에 까맣고 큰 눈동자를 가진 이쁜 여자애로 성장해 갔고 보면 볼수록 어릴 적 은심이하고 똑같다고 범호는 신기해했다. 어릴 때부터 식당일 하는 엄마 은심의 등에 업혀 자라서인지 커서도 낯가림하지 않고 귀엽고 애교 있는 행동으로 이웃 어른들의 사랑을 독차지했다. 형편이 좋아지니까 영덕과 은심은 조금 무리를 해서라도 내년부터 금희를 봉천 시내의 사립 유아원으로 보낼 생각이다. 미천한 신분의 부모지만 어떻게 해서든 금희는 보다 좋은 환경에서 공부시키고자 하는 게 당연한 부모의 욕심일 게다. 더군다나 배움에 대한 방황을 심각하게 겪어 온 영덕에게 공부는 계속 안고 가야 할 숙제이기에 조금은 무리를 해서라도 금희는 물론 은심의 배 속에 있는 애기한테도 그렇게 할 생각이다.

봉천에 오자마자 계속 점순 할매네 식당 일을 돕던 은심은 이제 '금희물산'으로 자리를 옮겨서 매장과 집의 안살림을 하느라 잠시도 쉴 틈이 없다. 예전에는 몰랐지만 은심이 제품을 보고 떠오른 생각이 있어서 끄적여서 그려보면 디자인이 되었고, 혼자서 신발 갑피 여기저기에 꽃무늬도 달고 색깔을 달리 해보면서 연구를 하더니 그런 제품들이 또 봉천의 멋쟁이 아가씨들의 눈을 사로잡았다. 같이 살면서 아내의 디자인과 아이디어, 그리고 매장 진열에 대한 센스를 뒤늦게 알게 된 영덕은 천성이 부지런한 은심이 가게 일에 적극적으로 나서니 만삭의 몸으로 무리를 하지 않을까 걱정이 된다.

범호는 이제 조금 기력이 회복이 되면 공장에 나가서 소일거리를 찾지만 갈수록 몸이 쇠약해져서 요즘 들어서 그 횟수가 눈에 띄게 줄었다. 그때 경찰서에 끌려가서 모진 고문을 당한 후유증으로 제대로 걷지 못하다가 겨우 지팡이로 거동을 하지만 근력도 떨어지고 하니 겨우 50이 다 되어가는 나이지만 행동은 70먹은 노인네처럼 불편해 보인다.

장밍과 순례는 업종을 여러 번 바꾸기는 했지만 결국은 절강성 출신의 고향 친구와 동업을 한 항주 만두 음식점이 제대로 자리를 잡아서 요즘에는 바쁜지 통 얼굴 보기도 쉽지 않다. 서탑에서 더 북쪽에 위치한 중가의 번화가에 가게를 열어 영덕도 개업할 때 가보고 서로 바쁘니 왕래는 뜸하다.

반면에 이제 어엿한 처녀가 되어가는 순례네 큰딸 명자와 작은 딸 수련은 서탑 근처인 조선인 소학교를 다니면서 지나가면 인사라도 하고 가고 올 때마다 금희를 잘 데리고 놀아준다. 같은 학교에 다니는 처남 경춘은 사내아이라 그런지 여자 친척들보다는 서탑 골목에서 또래 친구들과 뛰어놀기에 한참 정신이 없다. 하교하고 꼬맹이들이 서탑 거리 곳곳을 쏘다니면서 놀기도 하고 사이좋게 손잡고 다니는 모습을 지켜보는 영덕의 얼굴에 미소가 피어오른다.

손님이 뜸해서 잠시 가게 앞으로 나와 지나가는 행인들을 구경하는데 범호가 다가오더니 영덕의 옆에 주저앉아 품에서 담배를 꺼내 입에 물고 불을 당긴다. 해가 뉘엿뉘엿 지는 늦은 오후에 비치는 범호의 옆모습을 보니 주름이 더 깊이 패인 거 같고 담배를 끼고 있는 손가락은 두껍고 새까맣다.

“오늘 쉬시지 왜 나오셨습니까?”

영덕의 물음에 범호는 저 멀리에 손잡고 놀고 있는 명자, 수련과 금희를 살피면서 담배 연기를 내뿜으며 대답한다.

"집에 있으니 갑갑한 거 알지 않은가. 왕 반장이 이제 잘하긴 하는데 내가 눈으로 봐야지 마음이 놓이지."

평생을 농사와 궂은일에 신발 만드는 일만 해온 사람이라 사지가 멀쩡하지 않아도 절대로 그냥 누워서 놀 사람은 아니다. 말을 하면서도 범호의 눈은 계속해서 애들을 좇고 있다.

"금희 에미가 매장에 나와서 잘해주니 저도 이제 공장만 신경 쓰면 되니까 많이 수월합니다. 이제 아버님 안 오셔도 되니까 몸조리만 잘 하이소."

"영덕아." 아직 결혼해서도 영덕이라고 부르는 범호다.

그런 범호를 돌아보는 영덕은 노을에 눈이 부셔 범호의 얼굴이 검게 보인다.

"아무리 생각해도 니가 참 대견하고 기특하다. 아무것도 없이 빈손으로 이까지 온 거만 해도 대단하고 이렇게 잘해주니 너무 고맙다."

영덕은 그냥 웃으면서 뭐라고 대답을 해야 할지 망설인다.

"그냥 앞으로도 열심히 살아서 우리 애들만큼은 저처럼 고생 안 시켜야죠. 그라고 어르신하고 고향에 부모님 더 잘 모시고 싶고예."

"자네 이 정도면 할 만큼 했네, 금희 에미 몸 풀고 둘째도 좀 크면 고향에 한번 갔다 와서 부모님께 인사도 하고 잘살고 있는 모습도 보여줘야지. 아니면 자네라도 먼저 고향에 한번 다녀오게나, 내년에 날씨 좀 풀리면 그때 애들도 데리고 가도 되는 거구."

외삼촌 준길이 죽은 이후에 고향 부모님과 서신 왕래가 한참 끊겼다가 재작년에 다시 인편을 통해 고향에 소식을 전하게 되었고 큰 매형을 통해서 부모님의 소식과 근황도 주고받았다. 결혼사진과 가족사진도 같이 보냈고 또 많이 늙어버리신 부모님 사진도 받아봤다.

아버지 상수가 갯일을 하다가 다쳐서 몸이 안 좋다는 내용도 있고 자나 깨나 영덕 생각에 건강이 좋지 않다는 게 자꾸 마음에 걸렸다. 그래도 봉천에서 좋은 색시 만나서 가정을 이루고 자리를 잡아간다는 소식에 마음이 놓이고 언제든지 힘들면 고향으로 오라는 내용이었다.

고향… 너무나 그립다.

특히 영덕이 아빠가 되어 금희가 커가는 모습을 보고 또 둘째가 태어나려고 하니 자식에 대한 기대가 어땠는지, 아버지 상수의 마음이 이러했을까 십분 이해가 갔다. 입장을 바꿔놓고 금이야 옥이야 곱게 키운 금희가 자기처럼 꿈을 좇아 떠난다면 어떤 심정이 들까라는 생각도 해보았고 이제 부모의 입장이 되어보니 상수와 언년이 더욱 간절하게 생각나는 영덕이었다. 자기 때문에 그 고생했던 아버지가 아프다고 하니 더욱 마음이 심란하고 고향의 가족들 생각에 자주 가슴이 먹먹했었다. 사실 영덕이 계속 고민하고 있었던 문제인데 먼저 얘길 꺼내주는 범호가 고마웠다.

그러한 영덕을 쳐다보던 범호는 다시 담배를 꺼내 물면서 말한다.

"나는 자네처럼 객지 나가서 이렇게 가정을 이루고 잘 삽니다 하고 보여드릴 부모님이 있다는 게 부럽네. 은심이도 자네랑 살 부딪히고 사니까 눈치 뻔히 아는데 뭘 그리 망설이는감. 사돈어른 몸도 안 좋으시다는데 한번 생각해 보게나. 이왕지사 가는 김에 어르신들 몸만 괜찮으시면 봉천에도 모셔 와서 구경도 시켜드리고."

생각만 해도 가슴이 떨린다.

가족들 데리고 고향으로 찾아가는 길… 그리고 10년 넘게 못 보던 부모님과의 반가운 해후.

자기가 뛰놀던 어린 시절의 고향 곳곳을 은심과 애들에게 하나하나 다 보여주고 싶었다. 한때는 생각하기도 싫었던 그곳을 갈 수 있다니…

부산에도 못 가본 부모님을 모시고 봉천까지 와서 자기가 어떻게 살아왔고 준길의 가족은 어떠하고 하며 지금 자기가 자리 잡은 모습을 보여줄 상상만 해도 가슴이 벅차다.

이곳 봉천에서 자리 잡은 지 10년이 넘는 세월 동안 이제 영덕은 가정을 이루면서 삶의 기반을 확실하게 다져나가고 있었고 이런 행복한 상상과 함께 이 생활이 계속 쭉 유지되길 바랐다. 이제 20대 중반의 나이로 자기 자신을 믿었고 자기에게 든든한 버팀목이 되어줄 가족이라는 존재가 있기에 영덕은 자신이 있었다.

그러나….

진주만 공습으로 판을 크게 벌였던 일본이 계속 수세에 몰린다고 하더니 8월 11일, 소련은 전격적으로 일본이 점령한 만주를 침공했다. 그리고 미국이 투하한 원자 폭탄 2개로 일본은 무조건 항복을 선언하게 된다.

예견되었지만 일본의 무조건 항복에 만주땅은 이제 무주공산이 되었고 모택동의 공산군은 작전 명령을 내려 소련군, 몽골군과 협력하여 일본군을 무장해제하는 한편 도로, 철도 등 주요 요충지를 탈취하고 주요 도시를 점령하도록 한다.

선견지명이 있던 모택동은 일본의 패망을 예견하고 5월부터 미리 만주 주요 지역에 지하 조직을 침투시켜서 미리 공산군이 들어올 터를 닦아놓았던 것이다. 이 시기에 만주가 중국은 물론 동북아시아에서 차지하는 위상은 대단했다.

일본이 세운 괴뢰국 만주국이 들어선 만주땅은 이미 중국 본토와 철저하게 분리되어 긴 시간동안 대규모 공업 지대와 탄광, 철도 등이 개발되었고 충실하게 대륙과 시베리아 침략의 발판 구실을 했다.

만주를 이렇게 군수 기지화한 인물은 아베 신조 일본 총리의 외조부인 기시 노부스케였다. 〈만주산업개발5개년계획〉을 통해 일본인을 만주로 이주시켰고 강제로 콩을 재배하여 수출도 진행하는 등 일본의 전쟁 준비를 위해 철저하게 자기 역할을 수행하고 있던 만주국이었다. 일본이 해외에 투자한 자산의 42%가 만주에 집중되어 있었고 석탄이 풍부한 무순 탄광과 제철소들은 당시 만주 인구가 중국 전체의 8%밖에 되지 않았음에도 인구 대비 엄청난 물량을 쏟아냈다. 만주의 콩 생산량은 중국 전체의 70%, 석탄은 36%, 철도는 41%, 전략 생산량은 61%, 시멘트 71%, 철강은 91%를 차지하면서 농공업 모두 중국 대륙의 근간을 이루는 핵심 지역이었다.

모택동은 1945년 4월 제7차 전국인민대표회의에서 만주땅의 중요성을 강조했다.

"만주는 특별한 곳이다. 만약 우리가 모든 근거지를 잃어도 만주만 있으면 중국 혁명의 기초는 견고하다. 물론 다른 근거지도 잃지 않고 만주도 있다면 중국 혁명의 기초는 더욱 공고할 것이다"라는 발언으로 보아 모택동은 일본 패배와 동시에 만주를 노리고 있었던 것이다.

만주의 중요성을 잘 아는 장개석 역시 "만주를 탈취하지 못하면 중국은 근대 산업국가로 발전할 수 없다"라면서 "만주가 없으면 화북도 없고 화북이 없으면 중국도 없다"라고 하였다.

전략적으로 제대로 개발된 만주땅을 놓고 당연히 일본군의 무장해제를 목적으로 모택동의 공산당과 장개석의 국민당은 누구라도 예견할 수 있는 혈투를 피할 수 없는 상황으로 전개되어 갔다.

해후
〈1945년 10월 만주 봉천〉

일본이 물러간 만주 땅은 무정부 상태의 혼란 그 자체였다.

소련군은 일본군 무장 해제라는 명목으로 요녕성 남단 대련까지 접수했지만 행정과 치안에는 관심이 없었고 거의 약탈에 가까운 수준으로 만주를 탈탈 털어갔다.

여기저기서 토비가 날뛰면서 치안이 불안해지니 자경단이 조직되었고 일본군이 버리고 간 무기로 무장하면서 자기 동네를 지키면 자경단이었고 옆 동네에 가서 약탈을 하면 토비가 되는 것이었다. 그러다가 국민정부군이 만주로 진입하자 대부분의 자경대는 국민당에 포섭되어 보안군, 보국군이라는 이름과 지위를 받고 공산당 토벌에 앞장서게 된다.

일시적으로 공산당 편에 섰던 지역 세력들도 군사적 세력이 막강한 국민당 편으로 돌아서서 만주 혼란시기의 공산당은 더욱 불리해졌다. 한때 200만이 넘던 만주 각지의 조선 사람들은 절반이 해방

된 조국 조선으로 돌아갔지만 아직 100만이 넘는 조선인이 남아있었는데 남아있는 조선인들은 처음부터 공산당을 지지했다. 공산당의 이념이 뭔지도 모르는 대다수의 조선인은 솔직히 살아남기 위해 어쩔 수 없는 선택을 할 수밖에 없었다.

그동안 만주 침략의 선두 주자 역할로 일본에 의해 진출한 조선인들은 만주 토박이 현지인들에게는 증오의 대상이 될 수밖에 없었다. 만주국 자체가 오족협화라고 하지만 1등 국민인 일본인 다음으로 대우를 받던 2등 국민인 조선인은 현지인들의 눈에는 자기들의 농토를 일본을 앞세워 빼어간 이들이고 현지인들은 법적으로도 조선인보다 아래 계층으로 갖은 차별을 당했으니 당연히 악감정만 남아있었다. 일본에 의해 철저하게 계획된 만주에서의 이간질은 성공적이었던 것이다. 많은 조선인들이 항일 운동을 벌였지만 실제로 현지에 사는 대다수 중국인들에게 조선인은 일본의 침략에 대응하는 공조 세력이 아니라 오히려 일본의 앞잡이로서 자신들을 업신여기던 나쁜 이민자 세력이었다. 중국말로도 일본놈, 쪽바리를 뜻하는 鬼子(구이즈)와 조선 사람을 뜻하는 말로 二鬼子(두번째 쪽바리)가 있을 정도로 만주에 있는 조선인에 대한 혐오감은 공공연한 것이었다.

일본이 항복하자 만보산 사건과 평양 화교 학살 등등을 기억하는 중국인들은 그동안 쌓였던 조선인에 대한 증오심이 폭발하여 조선인 마을을 무차별로 습격하여 학살과 약탈을 저질렀고 조선인들 역시 살아남기 위해 무장을 하여 자경단을 조직해 무력으로 저항했다. 그만큼 일본 항복 이후의 만주 곳곳은 약탈과 살인, 강간이 일상사가 되어버린 무법 천지였다. 110여만 명 남짓한 조선인은 살기 위해서 만주를 버리고 조선으로 돌아가든지 아니면 누군가 강력한 세력이 비호를 해줘야 살아남을 수 있는 선택의 기로에 서게 된 것이다.

이러한 상황에서 장개석의 국민당 정부는 명목상으로 '만주의 조선인은 우리의 항일 동지로 같이 일본에 핍박을 받았던 민족'이라고는 했지만 조선인의 생명과 재산 보호에 적극적이지 않았다. 국민당 정부는 만주의 조선인을 중국 땅에서 거주만 하는 외국인 신분으로 보았고 자기들이 보호할 의무가 없다고 판단한 것이다. 조선인들이 만주에 와서 이룬 재산은 일본이 뒤를 봐줘서 중국 공민으로부터 강탈한 것이라는 생각이 지배적이었고 적당한 시기가 되면 한국 독립당과 협력하여 만주의 모든 조선인을 해방된 조선으로 보낼 생각을 하고 있었다.

그러나 모든 걸 다 버리고 만주에서 기반을 잡은 조선인들은 결코 받아들일 수 없는 상황이었고 공산당은 이런 조선인의 심리를 이용하여 조선인에 적대적이던 국민당 정부와 달리 조선인을 습격하는 토비를 조선인 자경단과 협력하여 토벌하고 조선인을 정식으로 중국 공민으로 인정하여 일체의 권리를 보장하고자 했다. 즉 중국과 한국 국적 모두를 가진 이중 국적을 부여하여 만주의 조선 민중에게 계속 이곳에서 살거나 조선으로 돌아가든지 선택권을 주게 되니 조선인은 당장의 생존을 위해 공산당의 편에 서게 된 것이다. 특히 공산당이 점령한 구역에서 연변을 비롯한 주요 조선인 거주 지역의 행정 수장을 조선인으로 임명하여 자치권을 부여한 결정적인 정책 때문에 조선인은 공산당을 선택하게 된다.

봉천의 북쪽에 위치한 무순시 외곽, 김 노인의 가게에 수금을 하러 갔던 영덕은 놀라운 광경을 보고 황급히 그 자리를 빠져나왔다. 충청도 시골에서 올라와 무순에서 꽤 큰 신발상을 운영하던 김 노인의 가게는 현지인들이 약탈하여 불타서 없어지고 김 노인과 가족들의 시체는 까맣게 타서 그냥 길가에 방치되어 있었다. 장총을 끼고 아무렇지 않게 죽어있는 일가족의 시체를 앞에 놓고 웃으면서 담배를 피우는 중국인 자경단을 본 영덕은 심호흡을 하고 자연스럽게 지나가는 구경꾼인 척했다.

아끼고 절약하는 게 몸에 밴 이민자 신분으로 객지에서 열심히 살아왔던 김 노인이었다. 만주에서 농사를 짓고 자본이 조금 모이자 신발 가게를 하다가 제대로 키워보겠다고 중국인 밀집 지역으로 옮겨서 장사를 크게 했는데 자린고비 짓을 해서 이 지역 사람들에게 인심을 많이 잃긴 했다. 빡빡하게 살아온 삶이라 돈만 챙기는 조선 노인이라고 손가락질을 받더니 주인이 없어진 땅이 하루아침에 무법천지가 되니까 허무하게 약탈을 당하고 가족들과 같이 무참하게 살해된 것이다.

여기서 더 꾸물거리다가 조선인으로 발각되면 수금이 문제가 아니고 목숨을 부지할 수도 없을 거 같아 영덕은 황급히 무순 기차역으로 향했다. 기차역 광장에 들어서는데 딱 한눈에 보기에도 조선인으로 보이는 중년 남자 2명이 초조한 듯이 왔다 갔다 하고 있었다.

갑작스레 역 뒤편에서 총소리가 탕탕탕 들리더니 또 조용해진다. 총소리에 두 사내가 움찔하더니 또 불안한 모습으로 까치발을 하고 광장을 살피고 있다.

영덕이 조심스레 물어보았다.

"어르신들, 조선 사람 같은데 지금 무순에 무슨 일이 일어난 겁니까?"

갑작스럽게 들리는 조선말에 두 사내는 놀라서 돌아보더니 주위를 살피면서 영덕에게 답한다.

"우리는 무순 청원에 사는 사람들인데 시내에 왔다가 기차 타고 돌아가려니 조선 사람과 일본 사람을 따로 걸러내서 총살시킨다고 하오. 봉천이나 장춘 같은 큰 도시는 괜찮은데 지금 길림, 요녕 시골 지역은 조선 사람과 중국 사람이 서로 죽이고 난리도 아니라오. 우리도 빨리 집에 가야 가족들 데리고 조선으로 돌아가든지 할 건데 여기서 발이 묶여버리니 오도가도 못 하겠네. 젊은이도 괜히 여기서 얼쩡거리지 말고 얼른 다른 데로 가보오."

저 멀리에 손에 일본군의 장총을 들고 날카로운 인상에 완장을 찬 자경단의 모습이 보이자 셋은 자연스럽게 제 갈 길로 흩어지고 말았다.

일단 이 자리를 빠져나가는 게 중요했다. 광장을 돌아 나와 여기저기 물어보니 지금으로서는 기차를 타기보다는 마을마다 다니는 마차를 여러 번 갈아타고 봉천에 가는 방법밖에 없었다. 약간 농민처럼 보이게 모자와 누추한 옷으로 갈아입을까 하다가 더 이상할 거 같아서 그냥 포기했다.

좁디좁은 마차 안은 닭을 실은 시골 아낙네와 아이들, 그리고 노인들이 수시로 내렸다 탔다를 반복했고 영덕은 그들 무리에 어울려 마차를 여러 번 갈아타고 어느새 봉천 가까이에 도착했다. 이제 시내로 진입하는 마차에 타려는 순간 시골 사람들 무리에 어울리지 않는 옷차림과 행색의 영덕을 유심히 보던 마부가 잠시 사라지더니 자경단을 데리고 이쪽으로 온다. 손가락으로 영덕을 가리키는 걸 보니 거동 이상자로 신고한 모양이었다.

자경단 세 명의 손에는 낫과 몽둥이가 들려있었고 영덕을 향해 다가오고 있었다. 그 모습을 본 영덕은 다리가 후들거렸지만 어차피 도망가기에도 늦은 거 같아 자연스럽게 행동하기로 했다.

마음은 그렇게 먹었지만 그들이 이쪽을 바라보면서 한 발 한 발다가올 때마다 심장이 뛰는 소리가 자기 귀에 들릴 정도였다. 가족을 위해서라도 어떻게든 여기를 빠져나가서 살아서 봉천으로 돌아가야 했다. 집에는 어린 딸과 막 태어나서 꼬물거리는 둘째 딸, 그리고 아직 몸도 제대로 풀지 못한 은심, 이렇게 세 여자가 영덕을 기다리고 있다.

지저분한 옷차림의 3명이 다가오더니 영덕을 빙 둘러싼다.

"당신 어디 가는 거요?"

걸쭉한 만주 사투리로 묻는 사내에게 영덕은 겉으로는 시큰둥하게 대답한다.

"봉천 황고에 가오. 그런데 무슨 일이오? 빨리 어두워지기 전에 가야 하는데 바쁜 사람 잡고?"

이럴 때는 무조건 만주 사투리로 되받아야지 된다!

봉천에서 학교를 다닌 영덕은 만주 사투리가 자연스럽게 익어 나이 들어서 중국어를 배운 다른 조선인과는 말하는 수준이 다르다. 조선 사람 특유의 발음이 없는 걸 알아챈 자경단은 경계를 풀더니 영덕에게 길가에 있는 거적을 가리키면서 얘길 한다.

"아침부터 여기 길목 지키고 있다가 조선놈 두 놈하고 일본놈 한 놈 잡아서 패 죽였지."

누런 이를 드러내면서 웃는 자경대원의 손목에는 그의 외모와 어울리지 않게 값비싸 보이는 손목시계가 걸려있다. 거적 밑에는 그들이 때려 죽였다는 사람들의 맨발이 그대로 나와 있고 땅바닥에는 피가 굳어있다.

"별일 없으면 나는 그냥 내 갈 길 가오."

막 돌아서려는 영덕을 갑자기 그중에서 나이가 제일 많아 보이는 사람이 불러 세운다.

영덕은 다시 피가 얼어버리는 느낌이었다.

"이보시오, 신사 양반, 담배 있으면 하나 주고 가쇼." 뒤돌아서면서 영덕은 담배 안 피운다고 하면서 마차에 올라탔다. 태연하게 앉아있지만 영덕의 등은 이미 땀으로 흠뻑 젖어있었다.

영덕이 그냥 돌아오자 마부는 마차를 몰면서 되지도 않는 변명을 대면서 자기의 행동을 정당화하려고 한다. 자기 집은 원래 전답이 있는 부농이었는데 일본 사람한테 다 뺏기고 그 자리에 조선 사람들이 들어와서 경작하는 바람에 거지 신세로 살았다고 하면서 조선 사람들 꼴도 보기 싫으니 마음 같아서는 봉천 시내에 들어가서 싹 쓸어버리고 싶다면서 뒤를 돌아보며 영덕의 동의를 구한다.

영덕은 그냥 영혼 없는 대답으로 맞장구만 치면서 오늘 봤었던 김노인 가족의 불에 탄 시체와 금방 봤던 조선인 시체 생각에 헛구역질이 나더니 마차 안에 토를 하고 말았다. 마부는 인상을 쓰면서 돈을 더 내라고 하는데 저 놈이 밀고를 해서 조선 사람을 죽였다고 생각하니 그 뒤통수를 돌로 찍고 싶은 심정이었다.

겨우겨우 서탑에 도착해서 집에 오니 벌써 밤늦은 시간이었고 걱정하면서 기다리던 은심에게 별일 없었다고 둘러대고 잠자리를 청했지만 도저히 잠을 이룰 수가 없어 내일 아침에 날이 밝으면 장인 범호와 은심과 같이 어떻게 해야 할지 상의를 해야겠다고 생각했다.

이제 막 태어나 한 달이 갓 지난 둘째 딸 옥희도 이런 아빠의 마음을 잘 아는지 자꾸 칭얼거려 은심도 같이 잠을 설친다. 어릴 적에 봤던 준길과 구로다의 시체, 오늘 봤었던 끔찍했던 장면, 그리고 이호영과 경도 생각까지 떠올라 몸서리치면서 자다 깨다를 반복했더니 날이 밝아왔다.

다음 날 아침, 선잠이 들었다가 밖에서 나는 시끄러운 소리에 급하게 옷을 입고 밖을 나가 보니 거리에는 조선 상점을 상대로 약탈 행위가 벌어지고 있었다. 서탑 인근의 옛 일본군 주둔 지역에 소련군이 주둔하고 있어 상대적으로 치안이 안전한 봉천 시내에서도 아침부터 약탈이 벌어지다니 영덕은 믿기지가 않았다.

그때 그 시간, 소련군의 붉은 깃발을 단 군용 지프차 한 대가 서탑 거리에 들어왔다. 요즘 들려오는 흉흉한 소문에 이제 고향인 평안도로 돌아가려고 짐을 싸는 점순 할매는 가게 앞에 소련군 차가 들어오니 겁을 먹고 밖으로 나왔는데 차에서 내리는 사람을 보고 더 놀라고 말았다. 인근 상점을 약탈하고 폭도로 변한 중국인들이 영덕의 가게 앞으로 몰려왔다.

그들 앞에는 냉면집을 하는 평안도 출신의 청년 2명이 이미 많이 얻어맞아서 피투성이가 된 채로 길바닥에 널부러져 있었다. 조선 사람은 이렇게 두들겨 패도 된다는 말없는 신호였던 것이다.

일단 범호와 은심과 애들을 2층으로 피신시킨 영덕은 문 앞을 지켜 섰다. 출근길의 왕롱과 중국 직원들도 허겁지겁 달려와서 무슨 일인가 보더니 성난 군중의 기세에 기가 눌려 어떻게 할 건지 눈치만 보고 있다.

“어이, 조선 놈. 더 시간 끌 거 없으니 있는 거 다 내놓지.”

그냥 평범했던 사람들도 군중 심리에 이끌리니 다들 간댕이가 커졌는지 한마디씩 하더니 나중에는 저 새끼 잡아 죽이자는 소리까지 나왔다. 걔 중에 평소에 오가면서 알고 지내던 시장 사람들과 이웃까지 있는 걸 본 영덕은 아랫입술을 지그시 깨물었다

“이보시오들. 필요한 거 있으면 다 가져가고 원하는 건 다 주겠소. 그러니 괜히 문짝 부수지 말고 한 명씩 차례로 들어오시오.”

영덕이 순순히 문을 열어주니 군중은 와 하면서 매장으로 들어와

닥치는 대로 진열된 상품들을 다 집어 가고 지나가던 행인들도 이게 웬 공짜냐면서 우르르 몰려든다. 작업반장 왕룽과 직원들은 어찌할 바를 모르고 그냥 발만 동동 구르고 있었다.

평생 신발 한 번 못 신어본 사람처럼 손에 잡히는 대로 다 털어 가고 자기들끼리 더 가져가려고 싸우기도 하는데 평소에 안면이 있는 땔감 배달원인 레이하오가 영덕 가족이 사는 2층을 올려다본다.

"어이, 사장. 당신 사는 집 구경 좀 해야겠구만."

사실 이게 제일 우려했던 일이었는데 그 말을 들은 영덕은 머리끝이 쭈뼛하게 서는 느낌이었다.

양손에 제 발에 맞지도 않는 신발을 가득 들고도 모자라 옷 속에까지 집어넣은 그놈은 영덕을 밀치고 기를 쓰고 2층으로 올라오려고 했다. 여기서 더 물러나면 안 된다는 생각에 영덕은 계단을 올라서려는 그 녀석을 발로 밀어버리고 가게 구석에 숨겨두었던 준길의 일본도를 빼내 들었다.

우탕탕 하고 요란한 소리를 내면서 굴러떨어지던 녀석을 보고 와 하고 웃으면서 야유를 보내던 군중들은 영덕이 칼을 빼어 드니 서로 눈치를 보면서 다시 정색을 하고 영덕을 향해 모여든다.

그냥 평범한 소시민들이 군중 심리에 휘말리니 개념 없는 폭도로 변하는 건 정말 순식간이었다. 많은 사람이 보는 앞에서 망신을 당했다고 생각한 레이하오는 군중들을 휙 둘러보고 자신감이 생겼는지 억지로 씨익 웃으면서 선동질을 한다.

"우리가 이제까지 조선놈한테 뺏긴 게 얼만데 이거 가지고 간다고 발로 차버리네. 여러분, 우리 땅에서 우리가 조선놈한테 이런 수모를 당해야 되겠소?"

"정말 보고 있자니 기분 엿 같아지네. 그냥 죽여버려!"

누군가가 외치자 다들 그냥 죽여버려! 를 복창한다.

이들에게는 이미 양심과 도덕의 기준도 없고 그동안 눌렸던 억울함을 푸는 기회일 뿐이지 소수의 조선 사람이 느끼는 공포심은 안중에도 없었다. 그냥 하나의 놀이일 뿐이고 아침부터 신발 챙겨 가는 대박을 잡은 데다가 볼거리가 없이 심심한데 재미있는 구경거리가 생긴 것이다.

잘난 체하며 으시대던 레이하오의 목에 영덕은 재빨리 칼끝을 갖다 대었다. 예상치 못한 영덕의 선제공격에 레이하오는 주춤주춤 물러서고 영덕은 그런 그를 뒷걸음질 치게 해서 천천히 가게 밖으로 몰아갔다. 가게 안에서 약탈을 하던 사람들도 도둑질을 멈추고 하나 둘씩 밖에서 무슨 일이 벌어지는지 보려고 따라 나온다.

녀석의 목에 칼을 대고 영덕은 뒤를 돌아다보면서 군중을 향해 외친다.

"우리가 여기 서탑 거리에 같이 살면서 다들 아는 사이고 그렇거늘 어떻게 사람한테까지 손을 대려고 한단 말인가? 여자와 애들하고 노인밖에 없는 집이다! 이 가게 안에 있는 거는 다 가져가도 좋다! 그냥 이쯤에서 좋게 끝내자."

한순간 조용해지면서 서로 눈치를 보던 군중들을 레이하오라는 녀석이 다시 목에 핏대를 올리면서 또 자극질을 한다.

"우리 중국인들아. 조선놈들 때려잡기로 했으면 끝을 봐야지! 그동안 수모를 당했는데 또 수모를 당할 거냐! 이 조선 놈 손에 든 칼을 봐라. 저 칼로 얼마나 많은 우리 중국 사람을 죽였겠냐고! 그냥 죽여버리자!"

그의 말에 또 동조하는 녀석들이 영덕을 에워싸 오고 다급해진 왕룽과 직원들은 그냥 좋은 게 좋은 거라고 말리다가 군중들에게 또

매국노라는 욕을 듣고 같이 맞기까지 했다.

영덕은 직감했다.

이 싸움에서 지게 되면 자기뿐만 아니라 2층에 있는 가족까지도 위험하니 이판사판으로 죽을 각오를 하고 싸워야 했다. 일본도를 양손으로 들고 군중과 대치한 영덕의 행동은 더욱 폭도들을 자극하게 되었고 아침 댓바람부터 무슨 구경거리가 났나 싶어서 지나가던 사람들이 더 몰려들다가 합세해서 손가락질까지 하며 화난 군중을 더욱 자극시키는 악순환만 계속될 뿐이었다.

얼마 전까지만 해도 오가면서 얼굴 아는 이웃들도 있고 어차피 다들 동네 사람들이었는데 어떻게 이렇게까지 되었는지 차라리 일본이 통치할 때는 이런 일이 없었는데라는 생각이 미치자 영덕은 정신을 차릴 수가 없었다. 원래 신발을 약탈해 가던 폭도들과 지나가던 구경꾼까지 더해져서 모두가 영덕을 에워싸게 되는 상황이었다.

주위를 둘러보고 자기편이 많은 걸 확신한 녀석은 잔인한 표정을 짓더니 “죽여!”라고 외친다.

영덕도 더 이상 물러날 수가 없어 칼을 세워 들고 맞받아칠 기세를 갖추었다. 갑자기 조용해진 바깥 상황에 궁금증을 참지 못한 경춘이 말리는 은심의 손을 벗어나 무슨 일인가 싶어서 1층으로 달려와서 문밖의 상황을 살핀다.

그때였다.

”탕탕탕!”

갑작스러운 총소리에 모두들 놀래서 돌아봤다.

뒤에 따발총이라고 불리는 PPsh-41을 든 소련 병사 둘과 아직까지 연기가 나는 권총을 하늘 위로 치켜든 덩치가 큰 동양인 장교가 서있었고 그들 뒤에는 군중들의 위압적인 모습에 겁에 질려있는 점순 할매가 보였다.

동양인 장교는 폭도들에게 만주 사투리가 섞인 말로 물어본다.

"여기 지금 무슨 일인가?"

소련군 군복을 입은 동양인 장교의 등장에 놀란 레이하오는 군중을 한 번 둘러보더니 자기가 대표라도 되는 듯 비굴한 웃음을 지으며 대답한다.

"대장님. 우리 중국 사람을 대표해서 지금 조선놈들 손봐주고 있습니다. 죽이지는 않더라도 다리병신은 만들어야지 이 놈들이 앞으로 우리를 업신여기지 않겠죠. 헤헤헤."

190에 가까운 큰 덩치의 소련 장교는 말없이 다가오더니 녀석 앞에 섰다.

"왜 자네는 조선인을 해치려고 하나?"

"그거야 우리 중국 사람들이 당한 게 있으니 저 놈들하고 일본 놈들하고 다른 게 뭐가 있겠습니까? 마음 같아서는 다 때려죽이고 싶습니다만 그냥 적당하게 손만 봐줬습니다."

그러면서 손가락으로 피투성이가 되어 이미 걸레짝처럼 축 늘어진 조선 청년들을 자랑스레 가리킨다.

아침부터 동네를 흔드는 총소리를 듣고 소련군 순찰 대원 몇이 급하게 달려오더니 동양인 장교를 향해 긴장한 자세로 경례를 한다.

장교는 화난 목소리로 소련말 몇 마디 하더니 군화발로 소련 군인들의 배를 하나씩 걷어찼다. 걷어차인 소련군 병사들은 저 멀리 휙 날아가더니 다시 모자를 고쳐 쓰고 부동자세로 서있는다.

장교는 이윽고 고개를 돌리더니 다시 레이하오에게 다가가서 정강이뼈를 걷어차더니 비명을 지르고 주저앉은 녀석의 발목을 사정없이 짓이겨 밟아버렸다. 얼마나 세게 걷어차였는지 정강이뼈가 부러져서 덜렁거리는데 소련군 장교는 개의치 않고 다른 쪽 발목까지 군화 신은 발로 무자비하게 밟아댄다.

많은 구경꾼들과 폭도들도 갑작스러운 소련 장교의 무지막지한 행동에 겁을 집어 먹고 아무 말도 못하고 조용히 있을 뿐 움직이는 사람조차 없다. 다리를 잡고 뒹구는 녀석에게 올라타서 허리에 찬 단검을 꺼내더니 한쪽 다리의 아킬레스건을 사정없이 그어버리니 레이하오는 비명을 지르더니 그대로 기절하고 만다.

"이 새끼는 이제 뛰지는 못하지만 걷게는 해줄 테니 이 정도만 해주겠다."

장교는 아무런 감정이 섞이지 않은 말투로 별일 아니라는 듯이 도로 단검을 넣더니 무서운 얼굴로 좌중을 둘러보고 마침내 칼을 빼어 든 영덕과 눈이 마주쳤다.

소련군 장교의 기세에 눌려서 영덕도 슬그머니 칼을 내려놓는다.

"다들 잘 들으시오! 우리 공산당은 중국인민이나 소련인민이나 조선인민이나 다 같은 형제들이요. 이제 일본놈들이 물러갔으니 다들 어울려서 잘 살아야지 이게 도대체 뭐하는 짓이요? 조선 사람 중에 좋은 놈 나쁜 놈 다 있지만 여기 있는 사람들은 다들 이웃들이고 같이 잘 살아왔는데 어찌 사람의 도리로 이런 짓을 하는 것이오! 나도 조선 사람이고 나는 일찍이 왜놈들 죽이려고 항일 운동만 한 사람이요. 그럼 자신 있으면 누구든지 나와서 나도 다리병신 만들어보시오!"

소련군 장교가 조선 사람이라고 하니 사람들은 서로 얼굴을 쳐다보면서 작은 소리로 웅성거리기 시작한다.

미친 광풍같이 휘몰아치던 군중 심리가 싹 지나가니까 폭도였던 사람들도 그냥 평범한 사람으로 돌아갔고 구경꾼들도 눈치를 보면서 하나둘씩 흩어지기 시작한다. 그래도 끝까지 양손과 옷 안에 집어넣은 신발은 포기하지 않고 가려던 사람들은 소련 군인들에게 붙잡혀서 무자비한 주먹질과 발길질을 당하고 빈손으로 돌아갔다.

모였던 군중들이 눈치를 보면서 해산하고 왕룡과 직원들이 쓰러져 있는 조선 청년들을 일으키고 짓밟히고 더러워진 신발을 챙기는 사이에 소련군 장교는 영덕에게 다가간다. 총소리가 들리고 또 시끄러웠던 밖이 조용해지자 영덕과 경춘이 걱정되었던 은심은 허겁지겁 1층으로 내려왔다가 소련군 장교를 보는 순간 "아이고" 하면서 그냥 털썩 주저앉고 말았다. 아무 소리도 못 하고 그냥 오열할 뿐이고 경춘은 그런 누나의 품에 안겨 같이 울고 있다.

어찌된 영문인지 몰라서 영덕이 당황해하는데 점순 할매가 덜덜 떨면서 영덕에게 일러준다.

"이 양반이 바로 은심이 삼촌이여."

10년 가까이 행방불명이 되었던 말로만 듣던 은심의 삼촌 범진이 진짜 절체절명의 순간에 이렇게 생각지도 못하게 소련군 장교가 되어서 찾아오게 된 것이다.

"자네가 내 조카사위구먼. 젊은 친구가 용기가 대단하네."

씩 웃으면서 솥뚜껑만한 손으로 영덕의 양쪽 어깨를 감싸 쥐면서 범진은 사람 좋은 웃음을 짓는데 금방 봤던 피도 눈물도 없어 보이던 그 사람이 맞나 싶을 정도였다.

애들을 데리고 2층으로 피신했던 범호는 지팡이를 짚고 절뚝거리면서 나오다가 한눈에 동생 범진을 알아보고 울부짖으면서 두 팔을 벌린다. 노인처럼 확 늙어버리고 몸까지 불편한 형 범호를 알아본 범진도 뛰어나가 같이 뜨거운 포옹을 했고 은심도 범진을 붙잡고 서럽게 운다.

그날 밤, 봉천 시내의 고급 식당에 모처럼 모인 범호와 범진 형제의 대가족들은 서로 죽지 않고 살아 있음에 감사해하고 서로의 안부를 물으면서 그동안 못 다한 얘기를 하는데 밤을 새도 모자랄 정도였다. 범호, 영덕, 은심, 경춘, 큰딸 금희와 젖먹이 옥희, 그리고 범진 부부와 이제 청년이 된 만춘과 상춘까지 근 10년 만에 형제의 가족이 재회하게 된 것이다.

어릴 때 은심을 길러줬던 숙모 삼월은 연신 은심의 손을 잡고 놓을 줄을 몰랐고 범진과 범호는 계속 눈시울을 붉히면서 그동안 못다 했던 얘기를 하고 있었다. 서로 떨어져 살았던 시간에 얼마나 많은 일이 있었는지 얘길 하고 또 하는데 식사 자리는 끊임없는 울음소리와 안도의 한숨으로 가득했다.

1940년 그 혹한의 겨울철에 만주를 탈출하여 소련으로 들어간 범진은 하바롭스크에서 소련군이 되어 이제 해방된 조국으로 들어가서 새로운 세상을 만들기로 했다고 한다. 소련군도 이제 일본군이 물러간 조선 반도에 들어가서 현지의 치안 조직을 해산시키고 보안대를 창설하여 소련군 출신의 조선인을 대거 중용하기로 했다고 한다. 이 소식을 듣고 범진 역시 조선으로 들어가기를 자원해서 조선으로 향하던 중 아침에 봉천에 도착해 서탑에 살고 있던 형을 찾아 나섰다가 이렇게 다시 만나게 된 것이었다.

다음 날 아침, 해방된 조국에서 다시 자리를 잡으면 데리러 오겠다는 범진의 가족과 길고 긴 만주의 삶을 정리하고 고향인 삭주로 돌아가는 점순 할매 식구들을 영덕네는 눈물로 배웅했다.

범진은 쭈글쭈글해진 범호의 손을 꼭 잡고 얘기한다.

"형님, 그동안 살아줘서 고맙소! 내가 조선으로 돌아가서 다시 자리 잡으면 연락 하겠소. 남의 땅에서 눈치 보지 말고 우리 해방된 조국에서 다시 만납시다!"

정들었던 시간을 뒤로하고 이별을 아쉬워하는 다른 사람들과 달리 자기가 꿈꾸던 모두가 잘사는 세상을 만들러 가는 범진의 얼굴은 비장한 기대와 각오로 눈이 반짝이고 있었다.

새로운 세상
〈1946년 3월 조선 평양〉

지난가을 이제 일본군이 물러난 내 나라 땅에 들어올 때 범진은 평양으로 가기 전에 고향인 정주 땅에 먼저 들렀다.

그동안 돌봐주는 이 없어 잡초가 무성한 부모의 다 무너져 가는 산소에 들러 큰절 올리고 한참을 흐느꼈다.

먹고살려고, 죽지 않으려고 고향 땅을 떠나서 이렇게 가족 4명 다 목숨 부지해서 돌아온 게 기적 같았고 고향을 떠나서 보냈던 10년의 세월 동안 제대로 돌보지 못한 부모님의 산소를 찾아 그동안의 불효에 대한 용서를 구했다.

그리운 마음에 그전에 살던 집을 찾아가 보니 어느새 폐가처럼 문짝도 없이 찬바람만 숭숭 불고 있다. 삼월은 예전에 혼자서 아들 둘 데리고 돌아올 기약 없이 범진을 기다리던 그 시간이 떠올라서 눈물이 흘렀다.

그때 철없던 아들들 만춘과 상춘은 이제 19살, 17살 청년이 되어 삼월이와 함께 복잡한 심정으로 어릴 때 추억을 되새기며 집터를 둘러봤다.

정주의 시골 동네에 나타난 소련군 장교의 차는 작은 마을을 뒤흔들어 놓기에 충분했다. 그 차를 타고 나타난 주인공이 다름이 아닌 동네에서 갑자기 사라졌던 범진네 가족이라니까 그 소문은 정주 산골 마을과 바닷가 마을 곳곳에 전해졌다.

건너 마을에서 인사차 온 백정 마을 사람들은 범진을 향해 목이 터져라 만세를 불렀고 범진은 이들과 함께했던 세월을 회상하면서 거나하게 한잔하고 대취했다. 자기가 일개 농사꾼이었든 아니면 지금처럼 소련군복을 입고 나타났든 천한 이웃들은 똑같이 범진을 대해줬고 범진은 이런 민중들의 따스한 정이 고마웠다.

범진이 돌아오자 눈치 빠른 마을 유지들은 읍내 강당을 빌려 손에 태극기와 소련기를 들고 범진의 환영회를 연다고 찾아왔다. 예전에는 그냥 힘만 쓰는 무식한 농사꾼 범진을 상대도 안 했을 사람들이 비굴한 웃음을 지으며 '정 대장님의 귀향을 환영합니다'라는 플래카드도 동네 입구마다 잘 걸어놓았다. 이미 소련군이 평양까지 접수한 상황에서 항일 투사이자 소련군 상위(대위와 중위 중간 계급) 출신인 범진은 앞으로 지역 유지들이 살아가는 데 꼭 연결해야 할 중요한 끈인 것이다.

해방되기 전 인간 취급도 못 받던 범진에게 저 멀리 높아만 보이던 지주들이며 면 서기들이 범진을 향해 머리를 조아리자 범진은 누가 보기에도 분명하게 경멸의 눈빛으로 그들과 하나하나 눈을 맞추면서 악수한다. 특히 범진 가문과는 윗대부터 원한이 있던 박 첨지 노인과 그 아들들은 얼굴이 시퍼렇게 질려있었고 범호가 만주로 도망간 이후 범진을 괴롭혔던 주재소 순사는 아예 얼굴이 사색이 되어 범진과 눈도 마주치지 못했다. 얼마나 이런 자리에 오기 싫었겠냐마는 혹시라도 안 오면 나중에 더 큰 봉변을 당할까봐 벌벌 떨면서 온 것이 분명하다. 순사 녀석은 일본이 물러나고 정주에서 한 자리를 차지한 모양인데 범진은 악수를 하면서 일부러 그의 손을 꽉 쥐었고 상대방은 신음소리조차 내지 못했다.

강당에 꽉 들어찬 대중들의 호기심 어린 시선을 한 몸에 받은 범진이 연단에 올라서기 전에 같이 있던 소련군 병사에게 뭔가 귓속말로 지시를 하는 모습을 보니 예전에 밥 한 끼만 먹여주면 좋다고 궂은일 다 해주던 범진이 아님을 좌중은 강연이 시작되기 전부터 알게 된다.

아무런 원고도 들지 않고 연단에 올라선 범진은 좌중을 둘러봤다. 거진 삼분의 이는 범진이 나중에 좋은 세상이 오면 꼭 손봐주고 싶었던 그런 존재들이었다.

"친애하는 정주 인민 여러분. 저는 소련 적군 88독립보병여단 부대대장 상위 정범진입니다. 오늘 여러분과 함께하기에 앞서서 먼저 항일 전쟁을 하면서 만주와 간도 곳곳의 이름 없는 산하에서 산화하신 우리 항일 애국 동포들을 위해 묵념을 드리고자 제안합니다."

이윽고 짧은 묵념이 끝나자 범진은 이어서 연설을 계속한다.

"우리의 철천지원수 같았던 왜놈들이 물러가고 우리와 같이 피를 흘리면서 왜놈들과 싸웠던 소련 동지들이 우리만의 새로운 세상을 만드는 걸 돕기 위해 애쓰고 있습니다. 저 역시 만주에서 피를 흘려가면서 오늘같이 우리 민족에 의해 새로운 세상이 오기를 손꼽아 기다렸었고 조국 해방 소식을 듣고 이 새로운 세상을 건설하는 데 조금이나마 보탬이 되고자 이렇게 조국으로 돌아왔습니다."

여기까지 말을 한 범진은 조용하게 다시 좌중을 돌아보았다. 좌중은 잔뜩 긴장한 채로 다음에 범진의 입에서 무슨 말이 나올지 그의 입만 쳐다보고 있었다.

"과거 우리가 왜놈에게 핍박을 받았을 때 그때 그 시기가 그래서 어쩔 수 없이 왜놈에게 부역하고 같은 동포를 인간 취급 안 한 일부 불순 세력이 아직까지 남아 있는 게 우리 조국의 현실입니다."

여기까지 말하면 벌써 좌중은 누가 그러한 사람인지 대충 알고 있고 곁눈질로 자기가 생각하는 대상자의 표정 변화를 살피며 자기가 대상자라고 생각되는 사람은 그냥 못 들은 척한다. 그러나 그 '대상자'들의 눈을 하나씩 하나씩 쳐다보면서 범진이 한마디 한마디에 힘을 줘서 얘기하자 눈이 마주친 사람들의 시선은 자연히 아래로 떨어졌다.

"이번에는 그냥 고향 방문으로 어떻게 변했는지 보러 온 겁니다. 오늘 이 자리를 마치면 저는 평양으로 들어가서 새로운 사회 건설을 위해 제가 할 수 있는 모든 건 다 할 겁니다. 조상 때부터 몸에 젖어 온 신분제도를 과감하게 타파하고 힘없는 사람, 가난한 사람도 인간답게 살 수 있는 그런 세상을 만들 겁니다. 지금 이 자리에 계신 여러분들과 저 밖에서 오늘도 피땀 흘려 일하는 우리 동포들, 모두가 평등하게 잘살고 국가가 공짜로 공부도 시켜주고 아픈 사람은 다 치료도 해주는 그런 세상을 만들기 위해서 앞으로 목숨을 바쳐 내 조국을 더 부강하게 만드는데 앞장설 겁니다."

눈치 빠른 사람들이 이 대목에서 "정 대장님 만세!"를 외치면서 박수를 치자 온 강당은 박수 소리가 끊이지 않고 계속 이어진다.

박수 소리가 끝나자 범진은 계속 말을 이어나간다.

"지금 우리 조국, 우리 고향이 더욱 잘되기 위해서는 여러분 같은 우리 지역 유지들이 앞장서야 합니다. 이제 새로운 세상에서는 니

것 내 것 할 것 없이 모두가 다 평등하고 공평하게 살 겁니다. 이런 세상을 만들 수 있는 기초는 바로 이 자리에 계신 여러분들이 솔선수범해 주셔야 하며 지금부터 위대한 조국 재건을 위해서 앞장서시는 분들께 우리는 과거의 죄를 묻지 않을 것입니다. 다만 우리와 함께할 수 없다면 모든 걸 버리고 만주든 일본이든 아니면 저 남쪽으로 가든 어느 땅으로도 좋으니 빨리 떠나시기를 권합니다. 저는 만주 땅과 소련 땅에서 왜놈들과 싸워가면서 수많은 전우들의 죽음을 지켜봤습니다. 여기 계시는 분들이 추운 겨울날 따뜻한 방 안에서 편한 잠을 잘 때 우리 전우들은 밥도 제대로 못 먹어왔고 얼어 죽고 또 총에 맞아 죽었습니다. 그들이 바봅니까? 왜 자기들도 가족을 등지고 그 오지까지 가서 그런 죽음을 맞이했겠습니까? 지금도 저는 제가 살려고 버려두고 와서 까마귀밥이 되고 들짐승의 밥이 되어버린 전우들을 생각하면 밤에 잠이 안 옵니다. 저는 그렇게 죽어간 전우들에게 약속했습니다. 우리 힘으로 꼭 해방된 조국에서 모든 인민이 평등한 사회를 만드는 게 나중에 내가 죽어서 저세상으로 가면 떳떳하게 전우들을 볼 수 있는 유일한 자랑거리라고 말입니다!"

이까지 말하고 범진은 감정이 북받쳐 목이 메어 더 이상을 말을 잇지 못한다. 좌중은 또 열렬하게 박수를 치면서 "옳소"와 "정 대장님 만세!"를 끊임없이 외친다.

정주 읍내 근방까지 천하장사로 알려졌던 범진은 이렇게 정주가 낳은 가장 위대한 혁명 투사로 화려하게 금의환향을 하게 된 것이다.

범진의 연설을 들은 사람들은 잘은 모르겠지만 이제 앞으로 큰 변화가 있을 거라고 감지했고 어떻게 처신해야 살아남을지 머릿속이 복잡해졌다.

고향을 들러 평양에 온 이후에 범진은 정말 바쁜 시간을 보냈다. 소멸된 동북항일연군의 1로군에서 얼마 안 남은 분대원 10여 명을 이끌고 소련군으로 합류한 범진은 1942년 동북항일연군교도려東北抗日聯軍矯導旅로 편성된 뒤 곧 명칭을 바꾼 88독립보병여단 소속이 된다.

하바로프스크에 자리한 가족들은 물론 과거 만주에서보다 더 안정적인 삶을 누리게 되었고 큰아들 만춘은 16세가 지나자마자 소련 적군에 지원하여 범진의 뒤를 이어 군인의 길을 걷기로 한다. 어릴 적부터 통솔력이 있고 애비인 범진을 닮아 기골이 장대한 만춘이 군인이 되지 않는 게 오히려 더 이상할 정도였다.

범진이 소속된 여단1대대의 대대장은 범진보다 나이가 여섯 살 어린 김일성이었다. 같은 동북항일연군 출신인 김일성과 최용건 등은 범진보다 먼저 소련으로 들어와 활동했으므로 범진 역시 만주에서 항일전쟁을 할 때 김일성의 이름은 많이 들어보았으나 이전에는 일면식도 없었고 소련에 와서 알게 되었다. 나이는 어리지만 김일성은 군율에 의한 엄격한 관리력과 친화력, 그리고 뛰어난 러시아어 실력을 앞세워 이미 소련 군부가 눈여겨봐 둔 미래의 조선 공산당의 지도자로 커가고 있었다.

최용건은 소령으로 대위인 김일성보다 계급이 더 높았다. 범진은 발로 뛰는 야전 부대 출신으로 어느 이론가에 뒤지지 않는 충분한 실전 경험이 있는 백전노장으로서 최종적으로 상위 계급의 부대대장 직위까지 달게 되었다. 타고난 기질이 정치와 협잡과는 거리가 먼 범진은 권모술수에 능하고 소련군 간부들에게 이쁜 짓만 골라서 하는 김일성과 아예 어울릴 생각이 들지 않았다. 김일성이 범진과 만날 때마다 가식적인 웃음과 친밀감을 오버해서 표현하는 게 눈에 보여 마음 대 마음으로 사람을 대하는 그와는 처음부터 기질이 맞질 않았다.

김일성에게도 역시 같은 동북항일연군 출신이지만 소련으로 온 시기가 다르고 실전에서 잔뼈가 굵은 일반 전사 출신의 범진은 아예 자기와 다른 물에서 노는 그저 싸움만 잘하는 유능한 군인 정도의 존재일 뿐이었다. 즉 꿈이 큰 김일성은 범진을 자기보다 한참 아래로 본 것이고 이를 잘 알고 있는 범진도 애초부터 김일성과 깊은 교감을 나누지 못했다.

나중에 북한 정권을 이끌 선두 주자인 최용건, 김일성 외에도 핵심 인물이 될 김책, 강건, 안길, 김광협, 허봉학 등등이 88여단 소속이었다.

사실 범진은 자기보다 5살이 더 많은 평안도 태천 출신으로 범진의 고향인 평안도 정주의 오산중학교를 나온 최용건을 많이 존경하고 따랐다. 오산중학교에서 교장이자 교사였던 조만식을 섬기던 최용건은 동맹 휴학을 주동하다 이 일로 중국 상해로 망명하여 후에 중국의 총리가 되는 저우언라이周恩来가 졸업한 천진의 남개대학을 졸업한 뒤에 운남 군관학교를 나와 황포군관학교의 교관까지 지낸 인물이다. 그 후에 최용건은 1926년 공산당에 입당하여 저우언라이周恩来 이예지엔잉叶剑英과 함께 1927년 12월 광저우 폭동에도 가담한다.

조선공산당 화요파로 파견되어 만주로 와서 본격적으로 항일 빨치산 운동에 참여하게 되고 만주의 길림성, 흑룡강성 일대에 각종 학교를 세우면서 항일 세력을 키우고 사회주의 이념을 보급하다가 1930년대에는 본격적으로 무장활동까지 한 최용건은 범진이 보기에는 문과 무를 겸비한 가장 배울 만한 선배였다. 실제로 최용건은 조선공산당과 중국공산당 이중 당적을 갖고 있었고 소련에도 드나들어 공산계열 항일 세력 중에서는 유명한 인물이었다. 동북항일연군이나 88여단 시절에는 직접적인 군사 활동보다는 이론, 정치 교육 등에 관련한 고위 직책을 주로 부여받았다. 다양한 경험과 학식을 바탕으로 향후에 북한이 건국된 이후에 김일성을 도와 북한의 부주석까지 오르게 되는 최용건은 유일하게 사석에서 김일성에게 반말을 하는 사람이었다. 조선으로 들어올 때도 최용건은 범진과 함께 만주 봉천을 거쳐서 들어왔고 특별히 시간을 내주어 범진에게 가족과 해후할 수 있도록 하는 등 우직한 군인인 범진을 아주 아끼기도 했다.

나치 독일이 항복한 이후에 소련극동군 88여단의 조선인 중국인 부대원들은 소련의 대일 참전과 이를 통한 조국의 해방을 고대하였고 각자의 조국에 돌아가서 조국 재건을 위해 앞장서기로 결정했다. 이에 따라 소련군에 남은 인원은 그리 많지 않았다.

88여단 중 김일성, 강건, 최용건, 김책, 정범진 등 조선인들은 김일성을 사령관으로, 최용건을 정치위원으로 하는 조선공작단을 설립하였고 김일성은 소령으로 진급하게 된다.

그냥 평범하게 소련군 장교로 군대에 남아있을 수 있었으나 범진은 조금의 망설임도 없이 조국으로 돌아와 사회주의 낙원 건설에 앞장서기로 했다. 입산하기 전부터 그가 꿈꿔왔던 세상이 곧 다가올 거고 그걸 만드는 데 자기도 일조할 수 있다니 자신의 평생소원을 실현할 수 있는 날이 목전에 있으니 이 모든 게 믿기지 않았다.

자기를 잘 챙겨주고 앞으로 해방된 조국에서 할 일이 많을 거라고 힘을 북돋아 주는 최용건의 응원도 큰 힘이 되었지만 말로만 듣던 새 세상이 눈앞에 펼쳐지려고 하는데 이럴수록 간절하게 생각나는 사람이 있다. 바로 자기를 무장 항일의 길로, 그리고 새 세상이 오는 데 일조할 수 있도록 이끌어준 이호영이다.

당시 만주에서 끝까지 항전하려던 그를 설득해서 소련으로 가도록 길을 일러줬고 자기는 다시 화북 쪽으로 가서 중국 공산당과 연계하여 후일을 도모하겠다고 한 후에 그의 소식을 알 수가 없었다. 살아있다면 조국이 해방된 걸 알고 누구보다도 새로운 세상을 만들기 위해 제일 먼저 조국으로 돌아왔을 이호영이다.

이제 평양에 자리 잡은 범진이 큰 희망에 부풀어 있을 때 실제 해방된 조국의 현실은 복잡하게 돌아가고 있었다.

1945년 10월 김일성, 최용건이 주도하는 조선공산당 북조선 분국이 창설되었고 최용건은 1946년 2월에 북조선임시인민위원회 보안국장이 되었다. 최용건은 스승인 조만식의 가택 연금을 주도했고 조만식을 미국제국주의에 속아서 조국을 배신한 인물이라고 규탄하는 데 앞장섰다. 이에 따라 조만식이 당수였던 조선민주당은 북한 내에서 김일성의 최측근인 최용건에 의해 이끌어졌다.

범진은 위에서 돌아가는 정치 현황은 잘 모르지만 최용건에게 귀띔을 받은 바 이제 남쪽과 달리 북쪽에서도 새로운 사회주의 조국을 건설할 것인데 공화국의 군대가 세워지면 범진과 같은 인재가 꼭 필요하니 준비를 잘 해놓으라고 들었다. 공식 직함은 인민군대 창설 이후에 받기로 했지만 지금 최용건이 벌이는 일 때문에 신변의 위협을 받고 있는 상황이니 이에 범진은 항일 전쟁 출신 장병들을 차출하여 근거리에서 최용건을 경호하는 임무를 부여받게 되었다. 첩보전에 능숙한 최용건의 예상대로 이미 서울에 있는 대한민국 임시정부는 비밀조직 백의사의 정치공작대원들을 파견하여 김일성, 최용건, 김책, 강량욱 등 친소 스탈린주의자들을 처단하려고 했다. 이들이 제거되면 반탁 우익 진영 인사들에게 큰 정치적인 힘이 실릴 거고 공산당 중추부에는 큰 타격이 생길 것이다.

평양으로 파견된 백의사 단원들은 주로 월남한 20대 전후의 젊은 이들이었는데 북한의 토지 개혁을 통해 가족을 잃거나 무일푼으로 탈출한 사람들로서 사회주의 정권에 대한 증오심이 팽배했다. 이들은 먼저 가장 활발한 활동을 하고 있는 최용건을 저격 대상으로 삼고 며칠간 잠복하면서 기회를 엿보고 있었다. 늦은 시간 최용건이 집으로 들어간 것을 확인한 백의사 단원들은 오늘을 거사일로 잡기로 했다.

미행을 하면서 보니 백주 대낮에 저격은 상상도 못 할 정도로 최용건은 보위원들의 이중 삼중 호위를 받으면서 다녔다. 그런 상황에서 동선을 살펴보니 밤에 자택에서 집행하는 게 맞다고 판단했다.

이윽고 밤이 깊었다.

주위의 정적을 확인한 2명이 조심스레 몸을 일으켜 날쌘 동작으로 최용건이 사는 담장을 타고 넘어갔다. 그리고 잠시 후에 나머지 3명이 조심스레 담을 타고 넘었다.

최용건의 마당에 착지한 3명이 내려서자마자 갑자기 주위가 확 밝아지더니 열댓 개의 총구가 그들을 향하고 있었고 먼저 넘어온 2명은 피떡이 되어 쓰러져 있었다.

"동무들, 왜 벌건 대낮에 안 건너오고 이리 사람을 기다리게 만드오?"

손에 든 권총을 버리고 항복하는 그들에게 나타난 사람은 바로 범진이었다.

최용건을 통해 첩보를 입수한 범진은 오히려 역으로 서울에서 파견된 임정 정치공작대원 김정의, 최기성을 밀행하여 계속 감시해 오고 있었다. 신원이 확인되자 바로 잡아들이자는 의견이 있었지만 범진은 느긋하게 기다렸다가 자꾸 시간이 지체되어 조바심이 난 백의사 대원들의 심리를 이용하여 한꺼번에 잡아들이게 된 것이다.

백의사 암살 미수 사건을 해결한 범진의 공로는 김일성, 김책 등에게도 알려져서 이제 정범진의 위상은 단순히 싸움 잘하는 장교가 아닌 그 이상이 되었다. 동북항일연군 장교 출신에 88여단 상위 계급까지 지냈으며 지금 제일 잘나가는 최용건의 경호 부대 핵심 인물로 큰 주목을 받게 된 것이다.

살아남기
〈1947년 1월 만주 봉천〉

일본이 항복을 선언하자마자 주요 전략지인 만주를 노리던 공산군과 국민당군은 이제 제대로 붙게 되었다. 만주로 진입한 공산군은 현지의 만주 군경과 무장 세력들을 흡수하면서 세력을 확대해 나갔고 소련군은 노골적으로 관동군으로부터 접수한 무기의 태반을 공산군에게 넘겼다.

스탈린은 교활하게 소련군의 철수와 이동 계획을 국민당 정부에게는 철저하게 비밀로 하고 공산군에게만 정보를 흘렸다. 덕분에 국민당이 본격적으로 진입하기 전에 공산군은 재빨리 주요 도시와 요충지를 선점했다. 소련의 적극적인 지원과 모택동(마오저뚱)이 일본 항복 이전부터 발 빠른 준비를 해서 앞서기는 했으나 이제 장개석(장제스)이 본격적으로 반격을 시작했다.

1945년 10월부터 본격적으로 만주 탈환에 나선 장개석의 국민당군은 미국이 제공한 수송기와 수송함을 타고 친황다오에 도착하여 만주로 향하는 관문인 산해관을 점령하였고 만주 탈환의 장기 계획을 실행에 옮기게 된다.

린빠오林彪가 이끄는 공산군은 국민당군의 압도적인 전력에 밀려 동쪽으로 철수하고 만다. 1946년 마셜의 중재로 정전 명령은 하달되었지만 최전방에서는 아무 효력이 없었고 국민당군은 만주의 공산군 숨통을 끊기 위해 오히려 본격적으로 주력 부대를 투입했다.

태평양 전쟁에서 버마 등 남양 일대에서 막강한 전투력을 뽐내어 '천하제일군'으로 불리던 신1군과 신6군도 합류하였고 1개 전차 대대와 400여 대의 차량을 보유한 중국 유일의 기계화 부대까지 약 14만 명의 병력이 만주로 동원되었다.

국공내전의 한가운데에 있는 봉천은 이미 아수라장이 되었다. 폭도들에게서 가까스로 목숨을 건진 영덕네 가족이었지만 이제 앞으로 어떻게 세상이 변할지 몰라서 불안했다. 봉천 시내 중심가는 거의 파괴되다시피 했고 도시의 기능은 마비가 되었다. 산해관과 금주를 차례대로 점령한 국민당군은 봉천을 비롯한 남만주 일대를 장악했고 공산군은 연변을 비롯한 길림성 동부와 흑룡강 쪽으로 물러선 형국이었다.

해방 전에 200만이 넘던 중국 내 조선인은 이때 약 110만 명이 넘었는데 60% 이상이 길림성, 20%가 흑룡강성, 영덕이 있는 봉천이 속한 요녕성에 약 10%가 남았었고 나머지 10%는 북평, 상해 등 중국 본토에 있었다.

지난번에 범진이 말하기를 이제 더 이상 남의 땅에서 눈치 보지 말고 고향으로 돌아가자고 했고 정리되는 대로 그리하고자 했지만 실제로 삶의 터전으로 삼은 여기에서 쉽게 발을 떼기가 쉽지 않았다. 영덕은 우선 경영하고 있던 신발 가게와 공장을 헐값이라도 정리하려고 했지만 혼란스러운 시국에 아무도 사려고 하는 사람이 없는데 가게 주인으로부터 계속되는 독촉에 시달려서 울며 겨자 먹기로 억지로 가게를 열어야 했다. 할 수 없이 데리고 있던 직원들 보내고 갖고 있는 재고라도 가지고 어떻게 운영을 해보려고 했지만 도저히 버틸 재간이 나지 않았다.

내전 통에 사회의 모든 체계가 다 무너져서 무법천지가 된 상황이라 영덕은 할 수 없이 일가족을 데리고 외숙모 순례에게만 살짝 알려주고는 조선인이 많이 사는 만융으로 지난겨울에 야반도주해 버렸다.

몇 십 년 거주하던 조선인의 태반이 떠나버린 만융 마을은 예전의 모습을 찾아볼 수 없을 정도로 황폐해졌고 영덕은 버려진 폐가를 찾아서 겨우 살아가게 되었다. 국민군이 장악한 지역이라 기존의 중국인들과 조선인들의 앙금이 완전히 사라지지 않아 또 언제 갈등이 터지더라도 오히려 이상하지 않을 지경이었다. 국민군은 이러한 조선인과 중국인의 원초적인 갈등 문제에 대해서 관심이 없었고 소규모의 충돌이 일어나면 당연히 중국인 편을 드니 최대한 중국인과의 마찰을 피하면서 사는 게 상책이었다.

치안 유지 흉내는 내느라 경비 병력으로 군인 몇 명 보내는 게 다인지라 만융에 사는 조선인 젊은이들은 일본군이 버리고 간 무기를 구해 자경단을 조직해서 혹시 모를 충돌에 대비해 자기 살길은 자기가 챙겨야만 하는 상황이었다.

갑작스럽게 닥친 어려운 상황과 겨울철의 부실한 영양 때문에 몸이 좋지 않던 범호의 상태가 더욱 나빠져서 이제 거동조차 제대로 하기 힘들 정도였고 폐렴까지 심하게 앓아 올겨울 들어서 죽을 고비를 여러 차례 넘기기까지 했다. 병든 장인 범호에다가 이제 일곱 살이 된 금희와 아직 두 살이 안 된 옥희에 처남인 경춘까지 건사해야 하는 영덕은 매일 컴컴한 새벽에 집을 나와 만주인 사장이 경영하는 신발 공장으로 출근한다.

전쟁이 한창일 때라 공장에서는 하루 종일 군화, 군용 장갑에 방한모까지 만드느라 사람이 모자라는 형편인데 영덕이 같은 경력자가 일하기에는 딱 제격이었다. 다른 조선인처럼 농사 지어놓은 것도 없어 그나마 갖고 있는 신발 만드는 재주라도 있어서 당장 입에 풀칠을 할 정도만 먹고산다.

그날도 늦은 시간까지 고된 작업을 마치고 온 영덕은 집에 들어와서 얼은 몸을 녹인다. 밖은 영하 30도가 넘는 강풍에 코와 귀가 다 떨어져 나갈 정도로 매서운 만주의 거센 바람이 쌩쌩 불어온다. 잠들어 있는 금희의 터진 볼살을 보니 너무나 안타까운 마음이 든다. 그래도 한때는 봉천에서 제법 장사를 크게 해서 부잣집 딸처럼 곱게 키웠는데 여기로 도망 오고 나서 제대로 못 먹이니 애들은 금방 티가 나는 모양이다.

방 한구석에는 범호가 연신 기침을 하면서 잠을 제대로 못 이루는지 뒤척이고 있다.

"어르신, 좀 어떠신지요?"

범호는 뭔가 말을 하려고 하지만 계속되는 기침에 그냥 손사레만 친다.

"금희 아버지, 옥희도 열이 나는 모양인데 내일 날 밝으면 의원이라도 가봐야 할 거 같네요."

부지런한 은심은 만융으로 들어오자마자 인근의 조선 식당에서 품을 팔면서 식은 밥과 남은 반찬이라도 얻어 와서 애들 배는 안 고프게 하려고 한다.

"여기로 와서 더 잘 먹이지도 못하니 애가 조금만 한기가 들어도 쉽게 감기에 걸리네. 일단 뜨거운 물이라도 좀 먹이고 더 지켜보도록 합시다."

영덕은 차마 지금 수중에 돈이 없다는 말을 할 수가 없었다.

"여보, 우리 올겨울만 보내고 당신 삼촌이 얘기한 것처럼 우리도 조선으로 돌아갑시다. 지금 세상이 앞으로 어떤 일이 벌어질지 우리 가족 모두가 목숨이 남아 있을지 의문스러울 정도로 너무 어지럽게 돌아가는 거 같소."

요즘 들어서는 차라리 그때 범진과 같이 조선으로 돌아갔으면 어땠을까 생각하는 은심이었다. 장사가 잘되어 가는 시기에 닥친 일이라 쉽게 포기할 영덕이 아닌 걸 잘 알았고 일본이 물러가서 잠시의 혼란기만 겪으면 다시 일어설 거라고 믿었다. 그동안 갖은 고생을 겪어온 영덕이기에 잠시 세상이 바뀐 거뿐이지 그동안 정직하게 살아왔고 기술과 시장도 있어서 조선으로 가기보다는 여기서 못다 한 사업 제대로 해서 재기하는 게 목적이었고 그만큼 자신도 있었다. 그런데 갑작스럽게 내전이 발생하면서 봉천이 완전히 무너져 버리고 이렇게 아수라장이 될 줄은 꿈에도 몰랐다.

작년에 봉천의 북쪽에 위치한 사평까지 전선이 확대되어 지금 봉천은 전쟁 준비로 길거리 곳곳에는 국민당 군인들로 꽉 차있고 또한 공산당 밀정을 잡는다고 아무데서나 사람 붙잡고 길거리에서 즉결 처형하고 아무나 잡아간다. 봉천 시내 곳곳에서 총에 맞아 죽은 시체가 아무렇게나 길거리에 널부러져 있어도 이제 더 이상 이상할 게 없다.

혼란의 시대가 오면 더더욱 무서운 게 뒤숭숭한 분위기에 편승해서 평소에 자기한테 감정 있던 사람에게 보복을 가하는 무리들이 있기 마련이라는 것이다. 어떻게든 봉천에서 재기하려고 하던 영덕에게 지난번에 범진에게 당해서 병신이 되어버린 레이하오의 존재는 생각만 해도 아찔하기만 하다. 이제는 사업을 다시 하느냐 마느냐를 논할 단계가 아니고 죽고 사는 문제가 걸릴 정도가 되니 더 이상 봉천에서 살아갈 용기와 희망도 없다.

"오늘 식당 손님들 얘길 들어보니 정말 조선으로 돌아가도 집도 절도 없는 사람들은 여기에 남는다고 그럽니다. 넘어간 사람들 얘길 들어보니 조선도 지금 이 사람 말 다르고 저 사람 말 다르고 해서 앞으로 어떻게 될지 모르겠다고 하네요. 어떤 사람은 소련이 조선 사람을 살려줄 거라고 하고 어떤 사람은 또 미국이 조선을 살려준다는데 일본놈들이 물러나니까 더 센 놈들이 와서 조선에서 힘자랑한다고 합니다. 내는 잘 모르겠는데 여기나 거기나 마음 놓고 살 곳은 아니라고 하네요."

요즘 만융촌에서는 사람들만 모이면 어지러운 봉천과 조선을 두고 어디로 가야 할지 서로 갑론을박하는 것도 먹고사는 문제만큼이나 큰 화젯거리이다.

"여보, 여기는 정말 나도 쉽게 포기할 생각이 없는데 조선 땅에 가면 그래도 조선 사람이라는 이유로 맞아 죽을 일은 없지 않소? 지금은 재기할 의욕도 그럴 기회도 없을 거 같고 하루하루 안 죽으려고 사는 이런 생활이 너무 힘이 드오. 무엇보다도 나보다 중한 내 새끼들이 이런 불안한 삶을 산다는 게 참 참기 힘든 거 같아. 이제 여기를 떠나게 되면 나도 고향으로 가서 부모님 뵙고 거기서 농사를 짓든 아니면 장사를 하든 어떻게 살더라도 여기보다는 나을 거 같소."

잔기침을 하던 범호가 기침이 조금 가라앉자 몸을 일으켜 이쪽을 쳐다본다.

"영덕아, 은심아. 우리 이제 할 만큼 했다. 이제 나도 몸이 병들고 이렇게 되어버리니 죽을 때는 고향으로 가고 싶네. 어떻게 해서든 니 애미 무덤은 내가 이쁘게 꽃단장해 주러 가야지."

요즘 들어 기력이 많이 떨어지고 쇠약해진 범호의 상태를 잘 알기에 은심은 그런 범호를 향해 말없이 고개만 끄덕인다.

다음 날 아침, 출근을 준비하는 영덕네 집 앞에 두 청년이 찾아와서 인사를 하겠다고 한다. 서탑에서 중국인 폭도들에게 거의 맞아 죽을 뻔하다가 나타난 범진의 도움으로 목숨을 살린 냉면집을 하던 청년들이었다. 젊은 사람들이라 회복이 빠른지 그 일이 끝난 후에 생명의 은인이라고 인사를 하러 왔었는데 이름이 태열과 만균이었다.

고아로 자라다가 친구지간에 마음이 맞아 서탑에 작은 냉면집 하나 하면서 열심히 살던 태열과 만균이었는데 여느 조선사람처럼 완전히 빈털털이가 되어 목숨 부지하고자 먼저 만융에 들어온 이후 영덕에게 고맙다면서 오가며 인사하고 지내는 사이가 되었다.

"형님, 우리 이제 만융을 떠나려고 하는데 가기 전에 형님께 인사는 드리려고요."

"아니, 자네들도 조선으로 가기로 했는가?"

태열이 비장한 얼굴로 고개를 가로저으며 대답한다.

"아닙니다. 우리는 이제 조선의용군으로 들어가서 공산군이 되어 국민당과 싸우려고 합니다. 공산군이 우리 만주를 해방시키면 우리 같은 사람에게 땅도 주고 조선 사람이라고 차별하지 않고 평등하게 대우해 준답니다."

길림성 연변에서는 공산당의 지원 아래에서 많은 조선인들이 조선으로 돌아가지 않고 자치권을 인정받고 한족과 조선인 구분 없이 똑같이 토지를 분배하여 가구당 900평에서 1,400평의 토지를 받았다고 한다. 조선에서 억압받고 만주에 와서도 한 뼘 땅 없이 살아온 농민들에게 자기 땅이 생긴 것만큼 기쁜 일이 어디 있겠는가? 말로만 듣던 새 세상이 이런 것이고 공산당은 실제로 행동으로 보여준 것이다. 당연히 피 끓는 젊은이들은 앞다투어 공산군으로 입대하였고 공산당은 이런 조선인들을 아주 적극적으로 받아들였다.

사실 김무정을 중심으로 했던 연안파 사회주의계열인 조선의용군은 소련 당국이 키워주는 김일성의 권력 장악에 방해가 될 수 있다는 판단에 의해 조선으로 입국이 막힌 상황에 국공 내전이 발생하여 만주에 자리를 잡게 되었다. 그 사이에 소련 당국은 보안대를 구성하여 보안대의 수장으로 김일성을 임명하면서 북한 내에서 김일성에게 힘을 실어주기 위해 노력하고 있었다.

조선의용군은 제1지대, 제3지대, 제5지대로 나누어 각각 요녕성, 길림성, 흑룡강성을 맡아 토비 토벌과 현지 조선인들을 조직하는 임무를 계속해 왔다. 국공 내전이 시작되면서 국민정부군의 막강한 화력 앞에서 봉천, 장춘, 안동을 뺏긴 공산군은 압도적으로 밀리는 상황이었는데 이 시기에 조선인들의 공산군 합류는 큰 도움이 되었다.

1년 전인 1946년 1월, 동만주의 목단강에서 국민당 1천여 명의 공격을 받은 공산군은 일부 예하 부대가 국민당 편으로 돌아서는 배신을 당했지만 조선인 부대의 맹활약으로 목단강을 사수했고 그해 2월에는 공산군이 점령했던 길림성 통화에서 일본군 패잔병들이 반란을 일으켰으나 이들을 진압한 건 조선의용군 제1지대를 지휘한 이홍광의 부대였다. 1지대는 이름을 동북만주연군 이홍광 지대로 불리다가 1947년에는 만주연군 요동군구 독립 제4가사로 이름을 바꾼다. 조선인 부대의 활약으로 공산군은 동만주로 향하던 전략적 요충지였던 통화를 지켜내어 장기적인 항전의 교두보를 마련할 수 있었다.

이뿐만 아니라 조선의용군은 북만주와 동만주 일대의 토비들과 국민당 지방 부대를 상대로 유격전과 전면전을 동시에 전개하면서 중국 공산당의 큰 신임을 얻게 된다. 공산당의 조선인 포용 정책은 성공했고 조선인 또한 공산당의 정책을 열렬히 지지하여 이는 만주의 조선인 젊은이들이 공산당에 합류하는 자연스러운 공식이 된 것이다. 공산당은 조선인에 대해 간부들이 제대로 된 교육을 받지 못해 역량은 부족하나 학습 능력이 뛰어나고 전사들은 대체적으로 강인한 정신력과 공산당에 대한 복종심이 높고 우수하다는 좋은 평가를 내린다.

"10%의 지주가 70% 이상의 토지를 소유하는 모순을 해소하겠다"라는 '5.4지시'라는 전국의 토지 개혁은 조선 민중뿐 아니라 일반 중국인들에게도 큰 지지를 받았다.

토지 개혁을 통해 내전의 정당성을 부여받은 공산당은 국민당이 헛발질을 하는 동안 점차적으로 민중의 지지를 얻어가게 되었고 이는 나중에 만주에서 공산당이 승리하는 결정적인 요인이 된다.

만주는 오랜 기간 동안 일본이 지배하는 바람에 토지 집중 현상이 가장 심했는데 전체 인구의 90%를 차지하는 빈농과 소작인들은 겨우 30%의 토지를 소유했고 공산당은 90% 인구의 지지를 받는 게 어떤 건지 잘 알고 있었다.

그야말로 단순하게 현장 조사나 준비 없이 선동적인 구호만 앞세워서 지주들을 인민의 적이라고 처벌하고 토지를 몰수하여 농민들에게 일괄 분배하는 방식이었다.

당연히 기준이 없으니 사적인 원한이 있으면 서로 고발하여 어떻게 보면 자연히 엉뚱한 피해자가 무고하게 인민재판에 올려져 살해되고 재산을 뺏기는 사례가 빈번했지만 토지를 무상 분배해 준다는데 가난한 농민들은 당연히 공산당을 지지할 수밖에 없는 것이다.

이에 반해 국민당 정부는 토지 개혁을 위한 법률과 제도를 갖고 있었으나 국가가 토지를 매수한다는 유상 매수, 유상 분배 원칙이었기에 이를 집행할 행정 기구도 없어서 실행에 옮기기에 시간이 지체될 수밖에 없었다. 더군다나 만주는 이미 행정 체계가 무너진 지 오래이고 사회 시스템은 제대로 작동하지 않았다.

과거 군벌 세력이었던 만주의 국민당 관료들은 농민 문제에는 관심 없이 일본인들의 자산 몰수와 약탈에만 몰두하여 자기들 배를 불리고 있으니 점점 더 민중의 지지를 잃어가는 건 당연한 이치였다.

"형님, 그동안 잘해줘서 고마웠소. 가만 앉아서 언제 죽을지 모르는 거보다 총이라도 쏘고 그래서 살아남으면 이제 내 땅 가지고 결혼도 하고 그렇게 살고 싶어서 이렇게 결정했습니다. 아무쪼록 가족분들 다 강건하시고 살아서 만납시다."

아직 컴컴한 새벽에 작별 인사를 하고 돌아서는 태열과 만균을 보니 영덕은 아마 자기한테도 처자식이 없었으면 당연히 그렇게 했으리라고 생각하면서 그들이 보이지 않을 때까지 손을 흔들었다.

개천에서 용 나다
〈1947년 8월 조선 평양〉

만주에서 공산당에 의해 행해진 토지 분배는 김일성이 장악한 북쪽에서도 시행되었다.

1946년 김일성을 위원장으로 하는 북조선임시인민위원회가 수립되었고 3월부터 즉시 무상 몰수, 무상 분배를 원칙으로 한 토지 개혁이 단행되어 이 과정에서 지주나 부르주아 세력들은 공산당의 무자비한 탄압을 받아 월남을 선택하는데 이는 북쪽의 사회 구조를 본격적으로 공산화시킨다는 큰 의미가 있었다. 해방 후에 범진이 고향인 정주에서 했던 연설의 내용이 바로 그것이었다.

대변혁이 휩쓸고 간 조선의 북쪽은 어느 마을이 그러듯 그동안 억눌려 왔었던 민중의 분노가 공산당의 사법 살인을 핑계 삼아 지주에 대한 약탈과 토지 몰수로 이어지게 되었고 대대로 지주였던 박 첨지는 소작농들에게 잔인하게 그 자리에서 살해당하며 아들 셋 중 둘은 도망치다가 붙들려 맞아 죽어 막내아들만 간신히 남쪽으로 피신하여 목숨을 부지했다. 범진에게 지독한 고문을 가했던 순사는 몰래 짐 싸서 월남하려다가 발각이 되어 도망치다가 결국은 정주 바닷가에 몸을 던져서 자살했다고 한다.

고향에서 들려온 소식에 의하면 정말 새로운 세상이 온 것이고 범진은 이러한 공산당의 개혁을 당연한 걸로 생각했다. 민중의 피땀을 빨아먹어 몇 대에 걸쳐서 호의호식한 불온 세력, 일제의 앞잡이로서 왜놈보다 더 민중을 핍박했던 나쁜 놈들이 새로운 세상이 왔으면 자발적으로 부당한 이익을 바치고 과거의 죄를 사죄할 기회를 줬건만 아직까지 과거의 악습에 벗어나지 못해서 그런 최후를 맞이했다고 생각했다.

이제 최용건의 절대적인 신임을 얻는 범진의 앞날에는 승승장구할 날만 남았다. 그동안 무관의 신분이었던 범진은 보안대 시절, 평양의 보안간부 훈련 대대부 창설의 핵심 역할을 하여 훈련 대대 부대대장으로 임명되었다.

거기에다가 작년에 보안대가 인민 집단군 총사령부로 개칭하자 초대 총사령관에는 최용건이, 부사령관에는 김책이 올라갔고 올해 5월 17일에 최용건은 총사령관에 재선출되었다.

이제 범진은 본격적으로 정규군으로 전환될 훈련 대대부의 간부로서 군부 내의 입지를 확고히 했고 그의 아들 만춘은 소련군 전사의 군복을 벗고 초급 군관 과정에 입교하였다.

사실 아무런 전술에 대한 이해와 이론적인 기반 없이 전투 경험으로 승승장구한 범진이기에 아들인 만춘은 제대로 교육받은 군관으로 키우고 싶었다.

둘째인 상춘은 이제 사범학교 진학을 앞두고 있고 공부 쪽에 머리가 있어 군관보다는 다른 쪽으로 진로를 결정했으나 소련군 전사로서 2차 대전에서 독일과 실전을 겪은 군관 밑에서 배운 아들 만춘은 범진을 닮은 큰 골격과 리더십을 갖춰 누가 보더라도 군부 쪽에서는 전도가 유망한 인재였던 것이다.

오늘은 범진이 주위 동료들에게 한턱 거하게 사고 인사불성이 되도록 마셔도 되는 기분 좋은 날이다. 두주불사의 주량인 범진이지만 오늘 도대체 무슨 좋은 일이 있었기에 이렇게 마시는지 삼월이는 충분히 이해를 한다. 벌써부터 장군의 싹이 보이는 이런 아들인 만춘이 자랑스러웠지만 범진은 아들이 공군이 되기를 바랐다.

동북항일연군시절에 조금만 진군하더라도 굉음을 내며 나타내는 관동군 비행기가 무서웠고 한 걸음마다 전우들의 피로 얻어낸 점령지가 공군의 공중 지원에 순식간에 적의 손으로 넘어가는 걸 속수무책으로 바라보고 후퇴할 수밖에 없었다. 분한 마음에 맞지 않을 거 뻔히 알면서 소총으로 응사한들 비행기는 자기를 놀리듯이 저공비행해서 겁만 줘도 범진은 꽁지가 빠져라 숨었던 기억밖에 없었다.

제 아무리 보병 전력이 뛰어나도 공중 지원 없이 전쟁에 승리하기에는 불가능하다는 걸 범진은 실전에서 체감했고 특히 소련에 있으면서 눈앞에서 소련 공군의 위용을 직접 본 후 그런 생각을 더욱 굳히게 되었다.

땅이 넓은 나라라 모든 보급이 항공으로 이뤄졌고 범진은 소련에서 처음으로 전투기, 후송기, 폭격기 등 다양한 기종을 접했다. 조선 사람이 소달구지 몰듯이 젊은 장교들이 멋있는 고글에 파일럿복을 입고 비행을 마치고 나올 때면 범진은 자기 아들 만춘이 꼭 그 길을 걸었으면 하고 간절하게 바랐던 것이다.

범진이 군복을 입고 간부가 되어 알아보니 1945년 10월에 신의주 항공대가 발족하여 이번 달에 정식으로 비행대를 창설한다고 한다. 듣기로는 소련에서 유학을 마친 인재들이 신의주 항공대의 중심 인력이 된다는데 자기 아들 만춘도 소련 말에 능숙하고 실제 전사 출신이니 항공 교육만 받으면 충분히 가능할 거라고 생각했다.

편법과 협잡을 싫어하던 이전과 다르게 자기 자식 문제이기 때문에 범진은 과감하게 부관을 통해서 항공대에 전화를 넣는다. 이제 자기는 예전처럼 발로 뛰던 그런 사람이 아니고 이런 건은 부관을 통해서 항공대에 연락을 넣는 게 더 권위 있다는 걸 잘 안다.

"부대대장님, 연락 되었습니다."

범진은 이제 어떻게 하면 되는지 잘 안다.

"내레 집단군 총사령부 부대대장 정범진입니다."

"아, 그렇습네까? 조국 건설 이바지에 노고가 크십니다! 근데 어인 일로..?"

상대방이 공손히 전화 받으면서 일순 긴장하는 게 수화기 너머로 느껴진다.

편제가 다른 공군이라지만 신의주의 변방과 평양에 있는 집단군 총사령부는 아무래도 격이 다르기 때문이다.

"이번에 항공대에 아주 유능한 인재를 추천할까 하오. 내가 자세한 얘기는 안 하겠고 내 부관을 통해 설명을 들으라우."

범진은 그럴 리는 없지만 만약에 만춘의 입학이 거부당하면 최용건의 힘을 빌려서라도 꼭 쟁취하고자 했었다. 다른 일도 아니고 자기 자식의 일인데 체면이고 원칙이고 그런 거 따질 그가 아니었다. 누구의 청탁인데 누가 감히 안 된다고 할 것인가? 전화를 넣은 그다음 날에 만춘은 훗날 북한 공군의 출발점이 되는 300여 명의 인원에 합격하였고 범진은 만세를 부르면서 통 크게 동료와 부하 직원들에게 한잔 쏘게 된 것이고 이렇게 기분 좋은 날에 그냥 맨 정신으로 집에 올 수가 없었던 것이다. 코를 골면서 곤히 잠든 범진의 넓은 등을 지켜보며 삼월은 쉽게 잠이 오지 않았다.

낮에 범진을 통해서 전해 들은 만춘의 소식에 자기도 덩달아 기뻤고 지금처럼 지내는 요즘 생활이 믿기지 않게 행복했지만 한편으로는 불안한 생각도 들었다. 삼월이 범진과 결혼하고 정말 소설 몇 권을 써도 모자랄 만큼 고생을 많이 했고 죽을 고비도 여러 번 넘겼다. 작년에 고향에 갔을 때도 개가하라고 그렇게 권하던 삼월의 에미도 맨발로 뛰어나와 사위 잘 뒀다고 동네방네 자랑하고 자기를 바라보는 이웃들의 부러움 섞인 시선도 한 몸에 받았다.

반면에 삼월은 그냥 자기가 태어난 곳에서 평범하게 살아온 이웃들의 표정이 더 좋아 보였고 이들이 웃는 모습이 가식이 섞이지 않은 자연스러운 웃음이라고 생각했다. 자신이 오늘이 오기까지 얼마나 많은 세월을 가슴을 졸여가면서 남편을 기다리고 언제 죽을지 모른다는 불안감에 살았는지 다시는 생각하기도 싫었다. 오랜만에 찾아간 친정집에서 에미와 밤을 새워가며 울면서 살아온 애길 했는데 애길 하다 보니 자기가 정말 어떻게 살아왔는지 깜짝 놀랄 정도였다.

봉천 만융에 자리 잡자마자 범진이 입산하여 남편 없이 애들 건사하다가 극적으로 자기를 찾아온 이호영의 도움으로 다시 범진을 만났지만, 입산하여 항일부대를 따라다니면서 정말 내일 총 맞아 죽어도 이상하지 않을 정도로 하루하루 연명하면서 살아왔다.

매일 매일 봐온 게 총에 맞아 죽거나 다친 사람이었고 어젯밤에 인사하고 지냈던 옆에 있던 움막이 포탄에 날아가 한 가족이 비명횡사했던 일 등등 그런 말로 표현할 수 없었던 참상들을 삼월과 애들은 같이 지켜봤었고 그 와중에 또 살아남아서 소련까지 갔던 것이다. 소련 생활은 정말 그전의 생활과 비교하면 천국이 따로 없었다. 빵이라는 주식도 처음에는 낯설었지만 끼니 걱정 없이 자리를 잡았고 애들도 커오면서 겪어온 정서 불안에서 벗어나 제대로 자라주었다.

솔직히 범진이 다시 조선으로 들어오겠다고 했을 때 삼월은 내심 불안했었지만 어차피 범진의 고집을 꺾을 수 없다는 걸 알고 있기에 입을 다물고 군말 없이 따라왔다. 범진이 입산하기 전부터 고대하던 새로운 세상이 왔고 오늘까지 그날을 기다리면서 살아온 사람인데 말릴 수 없다는 걸 너무나 잘 안다.

일부 조선인 장교 가족은 조선으로 들어오지 않고 소련군에 남기로 했다는데 삼월은 그들이 정말 부럽긴 했지만 절대로 범진에게 표내지 않았다.

범진이 따르는 최용건을 모시고 봉천과 신의주, 고향 정주를 거쳐서 이제 평양에 자리 잡았다. 지난번 봉천에서 극적으로 만난 은심네 가족은 요즘 봉천에서 어떻게 지내는지 많이 궁금하다. 어릴 때부터 키워왔던 은심이가 잘 커줘서 고마웠고 경상도 출신의 훤칠한 외모의 조카사위도 마음에 들었다. 어릴 적 은심을 꼭 닮은 금희가 너무 이뻐 그날 밤새워 얘기하는 동안 삼월은 잠든 금희의 손을 한시도 놓지 않았다. 그렇게 범진이 싫어했던 경춘도 은심이가 잘 키워내서 누나의 보디가드처럼 한시도 곁을 떠나지 않고 제법 의젓한 모습으로 잘 자라주었다. 무슨 운명을 타고 났기에 못 본 사이에 노인으로 변해버린 범호가 안타까웠지만 그가 알고 있는 범호는 가족을 위해서라면 지옥에도 갔다 올 사람인지라 자기가 할 능력 안에서는 최선을 다해 가족을 건사해 왔으리라. 멀쩡하던 사람이 총에 맞아서 픽픽 쓰러져 나가는 게 이상하지 않은 세상에서 이렇게 온 가족이 살아있다는 게 삼월은 고마울 뿐이고 앞으로도 그냥 이렇게만 살면 좋겠다.

남편인 범진의 숨소리가 고르지 않은 걸 보니 정말 과음을 하긴 한 모양이다. 잠도 오지 않아 꿀물이라도 좀 타올까 싶어서 일어나 보니 늦은 시간에 작은아들 상춘은 아직까지 공부를 하는지 방에 불이 켜져있고 친구들과 한잔하고 온 만춘은 곤히 잠이 들어서 온 집안이 조용하다.

지금 사는 집은 일본인들이 살았던 곳으로 평양에서도 고려 호텔 근처에 위치한 간부들이 사는 고급 주택가였다. 처음에 이 집을 배정받고 삼월이는 2층집에 보모가 딸린 지원에 몸 둘 바를 몰랐는데 정주에서 내려온 삼월 에미는 고향에 돌아가자마자 얼마나 자랑을 해댔는지 이제 정주에 가면 범진네는 거의 국가 최고 지도자급으로 대우받는 줄 안다. 삼월은 이제 더 이상 바라는 게 없고 그냥 이대로만 살고 싶다.

하지만 에미를 통해 전해 들은 고향 정주의 이야기에 삼월이는 몸서리를 쳤고 또 불안해진다. 앞에서는 굽신거렸지만 돌아서면 뒤에다 침을 뱉고 귀신은 뭐하는고 저런 것들 안 잡아가고 했었던 놈들이 진짜로 다 맞아 죽었다는 것이다.

토지 개혁이 발표되자 땅을 내놓으라며 찾아간 군중들 앞에서 끝까지 저항하던 지주 박 첨지와 그에 못지않던 난봉꾼 아들들이 개처럼 맞아 죽었고 잘난 척하던 박 첨지네 마나님도 사람들한테 밟혀 죽었다고 한다.

어린애들은 차마 죽이지는 못하고 누가 주워서 어디로 데리고 갔다고 하는데 그 말을 들은 범진이 너무나 덤덤하게 죽을 놈은 죽어야지라고 답하니 삼월은 더 세상이 무서워졌다. 물론 젊은 시절

박 첨지가 범진의 모친에게 몹쓸 짓한 거 잘 알고 있고 워낙에 망나니짓을 해서 갈아 죽일 놈이라고 욕을 듣고 살았지만 실제로 그런 일이 벌어지게 된 것이다.

그뿐만이 아니고 왜놈 밑에서 벼슬아치 하던 사람들 다 맞아 죽고 미리 눈치챈 사람들은 다들 도망가고 이제 세상이 바뀌어서 못살고 잘사는 사람 구분 없이 평등한 세상이 왔다고 다들 좋아한다고 들었다. 삼월이는 이제 갓 40이지만 아직까지 인간 사는 데 다 업보가 있다고 믿어 남한테 나쁜 짓을 하면 그만큼 벌을 받는다고 믿는다.

꿀물을 타고 들어오니 역시 범진이 머리가 아픈지 깨어나서 침대 위에 걸터앉아 있다. 삼월이 타 온 꿀물을 들이키고 범진이 이제 좀 정신이 드는지 시계를 보더니 삼월에게 묻는다.

"임자, 지금 몇 시인데 아직 안 잤소? 내가 어제는 정신을 못 차릴 정도로 퍼 마신 거 같네. 이거 내일 아침에 제대로 출근이나 할런지 모르겠구먼. 허허."

덩치에 맞지 않게 과장된 몸짓으로 범진이 또 머리를 감싼다. 밖에서는 위엄 있는 위치에 있지만 어릴 때부터 순박했고 장난기 많은 범진 성격을 삼월은 잘 안다. 아마 저렇게 하는 건 지금 가장 기분이 좋은 거고 아무 문제없다는 걸 삼월에게 보여주기 위한 표현인 것이다.

"만춘 아바이, 괜히 내 얘기 듣고 화내지 마오. 내 솔직히 마음이 많이 불안하오, 좋은 일만 생기는데도 가슴이 콩닥거리는 게 도저히 잠이 안 오오."

이런 삼월의 대답에 범진은 그냥 피식 웃는다.

"우리 만춘이 이제 항공대에 들어가겠다. 내가 여기서 이제 자리 잡았겠다. 그리고 작은 녀석 공부 잘해서 평양사범학교 다니겠다,

뭐가 그리 불안하오?"

"다 좋은 일이디요. 다 좋은 일인데 이게 어떻게 돌아가는지 앞으로 무슨 일이 벌어질지 난 마음이 안 놓이네요."

이까지 들은 범진도 이제 눈살을 찌푸리면서 조금 역정을 낸다.

"임자, 고거이 정주에서 일어난 일 가지고 그런 모양인데 지금 새로운 세상이 오기 위해서는 어쩔 수 없는 과정인기지. 이제 신경 쓰지 말라."

"만춘 아바이, 이렇게 큰 집에 이렇게 좋은 일만 있으니 고맙기도 하지만 내는 그래도 고향 가서 농사짓고 마음 편하게 사는 것보다 더 못한 거 같소."

기분 좋은 일만 벌어지는데 삼월이 옆에서 초 치는 거 같아 이제 범진도 언성을 높인다.

"아이 여편네야. 그러니까 이제 우리가 대세가 변하는 걸 받아들이고 거기에 맞게 살아야지. 우리가 그냥 공짜로 이런 세상을 누리는 게 아이지 않은가? 잔말 말고 이 세상 흐르는 대로 따라가고 어디 밖에 가서 그런 소리 하지도 말고. 요새 호강을 누리니까 별 쓸데없는 생각을 다 하고 있소."

이왕에 이렇게까지 얘기가 나왔으니 삼월은 범진에게 할 얘기 다 해본다.

"만추이 아바이, 내가 요새 잠이 들라고 하면 꿈자리에 박 첨지네 가족들도 생각나고 잊고 있었던 만주에서 죽었던 사람들이며 자꾸 나타나는데 정말 불안하오. 우리 그냥 애들 공부만 시키고 고향 가서 조용하게 살면 좋겠소."

참고 참던 범진이 이제 버럭 소리를 지른다.

"아니, 죽을 놈들이 죽은 거지. 그라면 그렇게 원한 품고 죽은 놈이 다 귀신 되어 나타나면 저기 쪽바리 놈들 다 귀신한테 죽었을 게고. 당장 여기 있는 나부터도 귀신한테 잡혀갔겠네. 임자도 내 이 두 손으로 몇 명이나 죽인지 알지 않은가? 그런 나약한 정신이 우리 사회주의 지상 낙원 건설에 방해가 되는 불순한 사상의 바탕이 되는 게요. 이거 당장 임자부터 교육을 제대로 시켜야겠구먼!"

들고 있던 그릇을 범진은 거칠게 바닥으로 던져버리고 그릇은 쨍 소리를 내면서 산산이 깨져버린다. 20년 넘게 범진과 살아왔지만 범진이 이런 모습을 보일 정도로 과격한 적은 없었다.

"이것 보소, 나는 내가 직접 그 박 첨지 일가족하고 순사 놈 처리 못 한 게 지금도 원한이 되오. 지난번에 봤을 때 내가 얼마나 그놈들 쳐 죽이고 싶었는지 아오? 어떻게 그런 썩어 빠진 정신 상태로 새로운 조국에 재수 옴 붙는 얘기만 하고. 에이!"

거칠게 이불을 덮어쓰면서 범진은 다시 돌아눕는다.

늦은 시간에 시끄러운 소리를 듣고 공부하던 상춘이 놀라서 달려왔으나 기세등등한 범진의 목소리에 눌려 안으로 들어오지는 못하고 밖에서 눈치만 보고 있다.

삼월의 바람은 그냥 단순했다. 더 이상 욕심부리면 하늘이 주는 죄를 받을까 봐 무서웠고 이거보다 못해도 좋으니 지금처럼 가족들 모두 무사하고 행복하기만 하면 좋겠다.

재수 없는 얘기를 하려고 한 건 아니고 요즘에 들어서 불안한 마음을 범진에게 얘기했건만 오히려 면박만 당하니 앞으로 이제 속 얘기도 못 할 거 같았다.

어릴 적, 그냥 땅 파먹고 사는 소작농 집안에서 태어나 철들자마자 농사일을 거들었던 삼월은 동네에서 제일가는 박 첨지네 딸들이 학교 갈 때 색동옷 입고 눈깔사탕 먹는 것만 보면 부러워서 침을 흘리고 쳐다보다가 같이 있던 할머니한테 손등을 맞았다.

"이것아. 저것들은 전생에 덕을 많이 쌓아서 이생에 저렇게 잘사는 것이여. 괜히 부러워하지 말고 그냥 니가 이렇게 사는 거 니 복이거니 하면서 살면 되는 것이여."

"할무니, 그러면 우리는 전생에 뭘 했기에 사는 게 이렇게도 힘듭네까?"

울상이 된 삼월을 향해 할머니는 주름살로 쪼글쪼글해진 손을 들어 삼월의 얼굴을 쓰다듬으며 말했다.

"전생에 우리는 나쁜 놈이었든지 아니면 소, 돼지로 살다가 이렇게 태어난 겨. 이생에는 다시 사람으로 태어나서 기회가 주어진 거니께 이렇게 살다가 죽으면 다음 생에는 또 우리도 저 사람들처럼 복 받고 잘사는 겨. 알간?"

알 듯 모를 듯한 할머니 말에 삼월은 고개를 끄덕였지만 최소한 자기가 태어난 굴레에서 더 욕심을 부리면 안 된다고 생각했었다. 원래 자기가 태어난 운명을 거스르면 다 죄를 받는 거고 그렇게 생각했는지라 애초부터 범진이 얘기했던 새로운 세상에 대해서는 부정적이었으며 그렇게 될 거라고 믿지를 않았다.

자기가 새로운 세상의 주인공이 되어 박 첨지네 못지않게 살더라도 반대로 또 새로운 세상이 오면 자기도 박 첨지처럼 비참하게 죽을지 누가 장담한단 말인가? 이제 할머니 얘기처럼 다음 생에 자신이 과연 어떻게 태어날지 더 좋은 운명을 타고날지 아니면 개돼지로 다시 태어날지 도저히 자신이 없었다. 삼월은 더욱 잠은 안 오고 돌아누운 범진의 넓은 어깨만 쳐다보다 다시 몸을 돌리며 잠을 설친다. 반대로 범진은 하루 종일 들었던 좋은 기분이 삼월이 때문에 다 망쳐진 거 같아 기분이 나빴다.

이제까지 내 양심에 맞게 살아왔고 내가 생각하는 주관에 어긋나지 않게 당당하게 살아왔으니 지금 누리는 혜택은 당연하며 처절하게 살아온 자기의 삶에 대한 정당한 대가라고 생각한다.

운 좋게 수많은 고비를 넘기고 살아남았고 그 결과로 지금 새로운 세상을 만드는 데 앞장서고 있으니 앞으로 해야 할 많은 일만 생각하면 저절로 신이 났고 오늘 낮의 일을 몇 번 회상해도 너무나 기분이 좋아 자기도 모르게 주먹이 꽉 쥐어진다. 거만한 목소리로 전화를 넣었더니 불과 하루 만에 공손하게 좋은 인재를 추천해서 고맙다는 인사와 함께 언제 평양에 오면 인사드리겠다고 항공대 대장이 직접 연락을 했다. 만약에 자기가 그냥 고향에서 소처럼 일만 하고 농사짓고 고기만 잡고 살았으면 자기도 지금의 자기와 같은 다른 영웅 앞에 선 군중의 한 명으로서 같이 만세나 따라 부르고 자기 땅이 생겼다고 좋아할 그런 평범한 사람에 지나지 않았을 것이다. 자기 아들들도 자기처럼 대를 이어서 땅만 파고 살았을 것이고 그 아들에 아들들도 그렇게 살 것이다.

이제 범진은 그런 평범한 사람들 위에 군림할 수가 있고 또 자식들을 이 새로운 세상을 이끌어나갈 수 있는 엘리트 계층으로 만들 수도 있다. 왜 이렇게까지 가문을 일으킨 자기한테 잘했다고 칭찬은 못 해주고 못 배운 여자 티를 내듯 삼월이 재수 없는 얘기만 해대니 김이 빠지고 더 화가 난다. 자기야말로 정주 노비 마을이라는 개천도 아닌 개울가에서 평양까지 온 크게 될 용이라고 생각했고 충분한 자신이 있었다.

말없이 서로 등만 돌린 채 누워있는 두 사람 사이의 침묵은 길고도 길었다.

선택의 기로에서
〈1947년 11월 만주 봉천〉

모처럼 바람이 차지 않는 초겨울의 한낮이다.

오늘 영덕은 같이 놀아달라는 애들 성화에 못 이겨 밖으로 나와서 연을 만들어 날려주고 또 안으로 들어가서 팽이 만들어 주기에 바쁘다.

아직 세 살이 안 된 작은딸 옥희는 언니 금희의 손을 꼭 쥔 채로 잘 뛰어다니고 경춘이는 자기도 제법 삼촌이라고 어린 조카들을 위해 옆에 있는 폐가의 부뚜막에서 고구마 구워주느라 열심이다. 솜씨가 좋은 영덕이 만들어준 연은 저 멀리 하늘 위로 올라가서 꼬리를 살랑살랑 흔들면서 자기는 잘 있다는 신호를 보내주고 아이들은 손으로 연을 가리키면서 마냥 좋아라 한다. 눈물 질질 흘려가면서 후후 불을 불어넣던 경춘이 이제 고구마가 다 익었는지 다들 들어오라고 하고 애들은 와 하면서 뛰어간다.

"아바이, 팽이 다 만들었어요?"

"아이고, 이 애비가 만들고 싶은데 추워서 손이 얼었는가 아니면 배가 고파서 그런가 팽이가 안 나오네. 어떻게 하면 좋을꼬?"

영덕의 얘기가 떨어지자 금희가 얼른 뜨거운 고구마를 반으로 잘라서 반은 영덕의 손에 쥐여주고 반은 또 영덕의 입안에 넣어주려고 한다. 옆에 있던 옥희는 아무것도 모르고 언니가 하는 거 그대로 따라 하는 걸 보니 영덕은 이런 딸들이 너무 이뻐서 양쪽으로 꼭 끌어안아 준다.

"우리 딸들이 이렇게 배 안 고프게 해주고 따뜻하게 해주니 아빠가 팽이도 금방 만들겠네."

이런 아빠의 말을 듣고 금희는 안심이 되는지 하얀 이를 드러내며 웃는다.

"금희야, 이제 아빠가 팽이 다 만들어주면 또 글공부, 셈공부 같이하자."

금희는 알았다면서 고개를 끄덕인다.

"자, 그러면 우리 금희 노래 한번 불러봐라."

이 소리에 얼굴에 숯검정이 묻은 경춘과 옥희도 다 같이 박수를 친다.

"뜸북 뜸북 뜸북새 논에서 울고 뻐꾹 뻐꾹 뻐꾹새 숲에서 울 제, 우리 오빠 말 타고 서울 가시면 비단 구두 사 가지고 오신다더니 기럭 기럭 기러기 북에서 오고 귀뚤 귀뚤 귀뚜라미 슬피 울건만 서울 가신 오빠는 소식도 없고 나뭇잎만 우수수 떨어집니다."

딸이 부르는 노래에 영덕은 가만히 눈을 감았다. 고향에서 외삼촌 준길을 손꼽아 기다리던 그 시절로 돌아간 느낌이 들며 어린 시절 생각에 코끝이 찡해져 왔다.

왜 아니겠는가, 말 그대로 우리 삼촌 기차타고 봉천 가시면 좋은 선물 사 가지고 오신다던 그 시절이 영덕에게도 있었으니…. 이제 자기 나이가 그 당시의 삼촌 나이만큼 되었으니 이제 곧 있으면 여기 만주로 온 지도 15년이 다 되어간다. 원하는 만큼 공부도 못 했고 돈도 벌지 못했지만 그래도 후회하지 않는다. 객지에서 천생연분을 만났고 지금은 제일 소중한 아내와 딸들이 옆에 같이 있어줘서 너무나 고맙다. 어떻게 해서든 지금의 상황을 잘 이겨나갈 힘이 되어주는 건 고마운 가족이라는 존재였다.

"금희야, 이제 그거 시작하자."

금희가 까만 눈을 들어 영덕을 올려다보며 고개를 끄덕인다.

"니 이름이 뭐꼬?"

"배금희."

"너거 엄마 아빠 이름이 뭐꼬?"

"엄마는 정은심, 아빠는 배영덕."

"너거 아빠 고향이 어디고?"

"경상남도 사천군 곤양면 중항리 안도 마을."

"너거 할아버지 할머니 이름이 뭐꼬?"

"할아버지는 배상수, 할머니는 황언년."

"너거 외가집은 어디고?"

"평안도 정주."

"정주가 다 너거 외가집이가? 뒤에는 없나?"

금희가 고래를 가로젓는다.

"엄마가 뒤에는 모른다고 했는데요."

사실 영덕도 처가가 정주 어디쯤인지 물어본 적도 없고 아마 은심이도 모를 거 같다고 생각했다.

"너거 외할아버지 이름은 뭐꼬?"

"정범호."

그러자 옆에서 언니가 하는 걸 뜻도 모르면서 따라 하며 옹알거리던 옥희도 마지막 글자 "호"는 같이 따라 하곤 자기가 대견해서 칭찬해 달라는 듯이 영덕을 쳐다본다.

이런 딸들이 너무 이뻐 영덕은 두 딸들을 양쪽으로 다시 꼭 끌어안아 본다.

큰딸 금희는 동그란 얼굴에 까만 눈동자가 지 엄마 은심을 꼭 닮아있다. 예전에 서탑에 살 때 혼자 아장거리고 돌아다니면 조선인 아낙네들은 첫눈에 은심이네 애기라고 알아볼 정도라고 했다. 외모뿐만 아니라 시키지 않아도 작은 고사리 손으로 엄마 아버지 일 도와주고 동생 챙겨주는 걸 보면 정말 은심이를 하나 더 만들었다는 게 농담이 아니었다.

작은딸 옥희는 또 어떻게 된 게 외모가 영덕과 판박이다.

하얀 피부, 갸름한 얼굴에 아빠를 닮아서 팔다리가 길고 자기 감정 표현도 제대로 하지만 막내답게 언니한테 안 지려고 하고 언니가 하는 건 다 따라 할 만큼 호기심도 많다. 못 따라가도 언니가 뛰어가면 자기도 뛰어가야 하고 언니가 노래를 부르면 따라 부르지는 못해도 옆에서 흉내는 내면서 칭찬받길 좋아한다.

객지에서 얻은 이런 소중한 딸들을 잘 먹이고 잘 키우는 게 중요한데 지금은 어떻게 해야 살아남을 수 있는지 하는 문제에 부딪히며 피를 말리면서 사는 요즘이다.

"금희야, 금방 그거는 니가 꼭 기억해야 되고 평생 잊어 먹으면 안된다이. 알긋나? 어디 가서 길 잃고 하더라도 이것만 기억하면 엄마 아빠 바로 만날 수 있는 기다."

금희는 뭔가 잘 모르지만 큰 임무를 부여받은 거처럼 다시 고개를 끄덕인다.

"자, 아빠하고 약속. 매일 하루에 열 번씩 하면 아빠가 금희 하고 싶은 거 다 해줄 끼다. 금희 하고 싶은 거 있나?"

그러자 금희가 하얀 이빨을 드러내며 기다렸다는 듯이 말한다.

"아바디, 그 노래에 비단구두가 나오는데 내 그거 신고 싶어요."

어린 금희도 노래에 나오는 비단구두가 얼마나 소중하길래 어린 소녀가 그렇게 오빠를 기다리는지 아는 모양이었다.

비단구두든 금구두든 신발장이 영덕이 신발이라면 무엇인들 못 만들겠는가?

"그래. 인자 나중에 날씨 풀리고 아저씨들이 싸움 안 하면 아빠가 봉천 가서 비단 사 가지고 우리 금희하고 옥희 비단구두 만들어 줄 꾸마. 그라문 그거 신고 우리 같이 놀러 가자."

금희가 좋다고 와 하고 뛰니 옥희도 같이 뛴다.

"아바디, 근데 아바디 고향은 어떤가요?"

"아버지 고향은 여기서 아주 먼데 요서 기차 타고 땅끝까지 가면 나온다. 바다가 아주 이쁘고 산도 이쁘고 거기 가면 금희 할배, 할매, 고모들도 계시고 다들 금희 보고 싶어 하실 끼다."

"바다를 한 번도 못 봤는데 거기 많이 무섭죠?"

"아빠랑 있으면 하나도 안 무섭다. 앞으로 금희는 무서우면 아빠한테 온나, 아빠랑 있으면 하나도 안 무섭다. 이 아빠가 할아버지 배에 너거들 태워 가지고 같이 고기 잡으러 데리고 갈게. 우리가 고기 잡고 오면 할머니가 고기 맛있게 구워줄 끼다. 아빠 사는 동네가 얼마나 아름다운지 아나?"

이렇게 말하면서 영덕은 자기도 모르게 눈가가 촉촉해진다.

고향을 떠나기 전에는 온갖 정이 떨어져서 꼴도 보기 싫었던 곳이 이제 정말로 돌아가고 싶은 그런 곳이 된 것이다. 거기에만 가면 여기처럼 애들의 안전을 걱정할 필요도 없고 그냥 자연이 내어준 조건에서 먹고살고 자기만 부지런하면 된다.

최근 몇 년 동안 많은 일을 겪은 영덕은 이제 부귀와 명예도 싫고 그냥 남들처럼 평범하게 가족들이 행복하게 사는 게 삶의 진리라고 깨달아간다. 생명의 위협을 받을 정도까지 오게 되니 평범한 삶에 대한 그리움이 밀려온다.

지난겨울, 날씨가 풀리면 정말 조선으로 돌아가고자 했고 범호 역시 자기 생이 얼마 안 남았음을 아는지 계속 고향으로 가고 싶다고 졸라댔다. 그러나 겨울 내내 범호는 앉아있는 날보다 누워있는 날이 더 많았다. 겨울에 폐렴에 걸려 생사를 넘나들었는데 다행히 타고난 강한 체력이 있어 위기를 넘겼지만 올겨울은 또 어떨지 장담할 수가 없다. 그때 잡혀가서 당한 고문의 후유증으로 성치 않은 몸에 제대로 먹지도 못하니 건강이 악화되었고 범호 자신도 죽기 전에 은심에미 무덤이나마 한 번 더 보고 싶다고 입버릇처럼 얘길 한다.

가야지 가야지 하면서 큰마음 먹고 준비를 하려고 했지만 조선인 부락에서 젊은 사람들이 빠져나가서 공산군에 합류하는 조짐이 보이자 만융촌 자치 경비대에서 갑작스럽게 조선인의 이동을 막기 시작하면서 시기를 놓쳐버렸다.

예전에는 조선인은 모두 조선으로 돌아가는 게 제일 좋겠다고 노골적으로 말하면서 신경도 안 쓰더니 만주 곳곳에서 들려오는 조선 의용군의 활약에 이제 점점 조선인 부락을 감시하는 대상으로 보기 시작했고 개인의 이동은 봉천까지만 허가를 내주게 된 것이다. 도저히 먹고살기 힘들어 가족들 데리고 조선으로 간다고 해도 봉천 상부에 직접 찾아가라고 얘길 하면서 꼼짝도 안 한다.

낮에 못 가서 야반도주하다 통행금지 시간에 걸리면 무조건 총살인 거 뻔히 아는데 그러면 그냥 여기서 굶어 죽든지 내전이 끝나면 그때 상황을 보고 알아서 하든지 하라는 정말 무식한 조치가 내려진 것이다.

몸이 아프면서 어린애처럼 되어버린 범호는 처음에는 고향에 안 데려다준다고 떼를 쓰고 짜증을 내더니 요즘은 기운이 조금 나면 그냥 넋을 놓고 밖에 나와서 햇볕만 쬐는 노인처럼 되어버렸다.

희망을 놓아버리면 더 병세가 나빠질까 봐 영덕과 은심이는 이제 다 정리되어 가고 있으니 이번 겨울 잘나고 봄에는 꼭 고향으로 간다고 얘기는 하고 있지만 올겨울을 범호가 견딜 수 있을지 걱정스러운 게 사실이다.

국민당이 점령한 남만주 일대의 조선인 주거지에 대한 도를 넘는 감시는 충분한 이유가 있었다.

1946년부터 1949년까지 국공내전 동안 만주의 조선인 중 공산당 편에 서서 입대한 조선인은 63,000여 명에 달했는데 이는 약 8개 사단에 달하는 병력으로 중공군 내 소수 민족 중에서 가장 큰 규모였다. 더군다나 조선의용군 출신들은 중국 전역을 돌며 항일 운동은 물론 국민당과 실전 경험까지 갖춘 고참병들이 주류를 이루는 데다가 만주 지역에서 새로 합류한 조선인까지 더해졌다.

또한 집계되지 않은 각 지역의 무장 유격대 조직으로 공산당에 가담한 병력만 10만 명에 달하고 수십만 명이 물자 운반과 후방 병참 지원 등으로 암암리에 공산당을 위해 협조하고 있었다. 인구 100여만 명의 조선인 중 남자가 60%라고 보더라도 웬만하게 사지 멀쩡한 사람은 다 이처럼 국공내전에서 공산당을 위해 싸운 것이다.

만약에 내전에서 국민당이 승리하면 당연히 지금 분배받은 땅과 재산은 모조리 몰수당한 채 추방될 것이 뻔하고 추방지가 조선이 아니라 저기 서쪽 사막이나 북쪽 지역이 될 거라는 소문은 이미 다 퍼진 것이다.

괘씸죄에 걸려 가진 거 다 뺏기고 조선이라도 갈 수 있으면 다행이지만 몇 해 전에 스탈린에 의해 자행된 연해주 지역의 한인들처럼 중앙아시아로 강제 이주될 수 있다는 소문에 의한 위기의식 또한 조선인들의 적극적인 참전의 한 요인이 된 것이다.

이런 조선인의 상황에 대해 무관심했던 국민당은 조선인을 회유하려고 하지도 않았고 오히려 현지 사정을 고려하지 않은 억압적인 정책을 고수하면서 조선인들이 국민당 통치 구역에서 벗어나 공산당 통치 구역으로 탈출하는 걸 방관만 하고 있다가 점점 사태의 심각성을 깨닫게 된 것이다. 뒤늦은 조치마저 그냥 대책 없는 통제만 이뤄지다 보니까 가뜩이나 국민당에 불만이었던 조선인의 민심은 이제 더 이상 돌이킬 수 없는 정도가 되었다.

실제로 국공내전 말기에 국민당 내부에서 올린 보고서에서도 조선인에 대한 탄압이 만주에서의 가장 큰 정책의 실패라고 국민당도 스스로 오판을 인정한다.

이제 영덕이 살고 있는 만융촌 부락은 중점 감시 대상이 되어 국민당 군인들이 사방을 철통같이 지키고 있고 개개인의 출입마저 통제를 받게 되어 조선인 거주민들에 대한 정당한 의료, 행정, 서비스는 완전 봉쇄되다시피 했고 주민들은 제한된 범위에서 자기들 간의 상거래만 가능할 정도로 삶의 수준이 형편없이 떨어졌다. 동네에 조선인 한의사들이 침 놓아주고 하는 수준의 구멍가게 의원만 있는 상황에서 또 이번 겨울에 범진의 상태가 더 나빠지면 도저히 손을 쓸 수가 없다.

오늘은 아침부터 출입 허가증을 받아서 봉천 시내로 나가려고 영덕은 길을 나선다. 서탑 거리를 벗어난 이후에 중가 쪽에 자리를 잡은 장밍과 만난 지도 한참 되었고 그쪽은 지금처럼 혼란스러운 상황에 어떻게 지내는지 궁금하기도 했다. 무엇보다도 그동안 벌어놓은 품삯으로 만주의 추운 겨울을 나야 할 가족들 먹을 양식도 준비를 해야 한다. 가뭄에 콩 나듯이 부락 내에 들어오는 양식으로는 도저히 커가는 애들과 대식구들 먹여 살리기에는 턱없이 부족한 상황인 것이다.

일부러 서탑 거리 안 거치고 우마차와 인력거를 여러 번 갈아타서 중가에 도착했다. 심양역전과 서탑거리까지 이어지는 중심가와 상업 지구인 중가는 심양에서 손꼽히는 번화가이다. 그러나 내전 상황이다 보니 중심가는 썰렁했고 길가 여기저기에 소총을 든 국민정부 군인들이 매서운 눈으로 거리를 순찰하고 있고 사거리에는 기관총 진지까지도 만들어져 있다.

바쁜 걸음으로 장밍의 만두 가게를 향해 걸어가고 있는데 갑자기 뒤쪽이 시끄러워지더니 젊은 청년 2명이 영덕의 옆을 휭 하고 지나가고 군인 대여섯 명이 고함을 지르면서 그 뒤를 쫓고 있다.

맨 앞에서 뛰던 군인이 총으로 청년들을 조준하다가 아무래도 인파가 많다 보니 곧 쏘기를 단념하고 계속 잡으러 뛰어간다. 사람들은 괜히 총에 맞을까 봐 가던 길을 멈추고 공포에 질린 표정으로 다들 머리를 감싸 쥐고 땅바닥에 엎드리거나 주저앉아 있다.

호루라기를 불고 쫓아가던 군인들은 곧 맞은편에서 나온 군인들과 합세하여 청년 2명을 포위하더니 총 개머리판과 발길질로 무지막지하게 이미 땅에 엎드려 빌고 있는 청년들을 구타하기 시작하는데 지나가야 할 길 앞에서 이런 장면이 펼쳐지니 영덕은 오가지도 못하고 그냥 구경만 할 수밖에 없었다.

한참 동안 구타를 하던 국민정부군 장교 1명이 권총을 뽑아 들더니 군중을 향해 외친다. 말투가 장밍의 고향 근처인지 남방 사투리가 아주 진하다.

"이놈들은 공산당 빨갱이 놈들 첩자들인데 우리 평화로운 봉천을 염탐하려다가 발각되니까 도주하다가 잡힌 것이다. 공산당 앞잡이 놈들은 어떻게 해야 되는지 똑똑히 보여주겠다."

땅에 엎드려 겁에 질린 청년 한 명이 불안한 눈길로 위를 올려 보자마자 장교는 권총을 청년의 뒤통수에 대고 방아쇠를 당겼고 피가 튀면서 바닥은 피로 물들어 갔다.

남은 청년 한 명은 후다닥 일어나서 도망가려고 했지만 몇 걸음 가지 못하고 또 뒤통수에 총을 맞아 그 자리에 고꾸라지고 만다. 행색을 보니 남루한 옷차림의 청년들인데 정말 공산당의 첩자인지 아니면 그냥 검문을 당하니까 겁을 먹고 달아나는 시골 청년인지 아니면 배가 고파 식량을 훔치려던 좀도둑들이었는지 영덕으로서는 알 길이 없다.

군인들은 아무런 감정 없는 표정으로 죽은 청년들의 시체를 거리 구석으로 옮겨놓고 자기 일 다 했다는 듯이 다시 거리로 향하고 행인들은 잠시 웅성거리더니 각기 제 갈 길로 흩어진다. 전에 봉천 시내에서 가끔씩 보던 장면이었지만 이런 일이 늘상 일어나는 것처럼 영덕을 제외한 사람들은 익숙하게 그냥 그렇게 사는 모양이었다.

괜히 주눅이 든 영덕은 오가는 행인들을 날카롭게 쏘아보는 정부군 장교의 눈길을 피해 고개를 숙이고 품속에 있는 통행증이 잘 있는지 확인하면서 계속 바쁘게 발걸음을 옮긴다.

오랜만에 만난 장밍네 가족들은 그래도 시내에 있으니 그나마 상황은 조금 나았다. 반갑게 맞이해 주는 순례와 장밍한테 서로 근황을 주고받으면서 못다 한 얘기도 많이 나누었다. 역시 생각한 대로 장밍과 여기 봉천에 자리를 잡은 순례는 조선으로 돌아갈 마음이 조금도 없었고 그냥 봉천에 자리 잡고 살기로 했단다.

영덕은 이번 겨울만 잘 넘기고 먼저 은심의 고향인 정주에 들렀다가 범호의 건강이 회복되면 다시 고향인 사천으로 갈 거라고 얘길 했다.

고향 사천 얘기가 나오니 순례는 잠시 아랫입술을 깨물면서 말을 이어가지 못한다. 객지에 살면서 강한 모습 보이고 있지만 아무리 그래도 어찌 순례라고 고향의 부모님 생각이 나지 않겠는가.

"숙모, 나중에 제가 먼저 가면 서포에 가서 어르신들께 잘 말씀드릴 테니 소식 들어오면 아재하고 조카들하고 같이 인사드리러 오이소."

"내가 서방 잡아먹은 년이 무슨 낯짝으로 고향에 가겠노? 난 그냥 요서 살다가 늙어 죽을란다. 저 멀리 시집 간 딸년 그냥 새 남자 만나서 잘 살고 있다고만 전해주라."

어색해진 분위기를 깨려고 장밍이 담배를 꺼내더니 눈짓으로 영덕에게 잠시 나가자고 한다.

만융에 박혀있어 외부 소식을 제대로 들을 수 없는 영덕에게 장밍은 요즘 세상 돌아가는 얘기를 해주었다.

전쟁통에 눈치가 빠른 절강 상인들은 그동안 국민당과 공산당 가운데에서 어느 쪽 편도 들지 않고 관망만 하다가 근래에 들어서는 다들 공산당 쪽으로 많이 붙는다고 한다. 작년 6월 사평전투를 시작으로 내전은 전면적으로 확대되어 초반에는 국민정부군이 압도적으로 우세했지만 병참을 고려하지 않은 전선의 확대로 금년 초부터 교착 상태에 들어갔다. 장개석은 공산당의 심장부인 연안을 점령하는 데 총력을 쏟기로 하는 대신에 만주는 더 이상 진격하지 말고 수비만 하라고 명령을 내린다. 그 결과 화북에서 만주로 향하는 철도가 공산군의 손에 떨어지면서 국민정부군의 병참선이 끊어지고 주력 부대는 고립되었고 만주의 동쪽으로 밀렸다가 기회를 노리던 린뺘오는 금년 가을부터 국지적인 반격에 나서게 된다.

공산당의 심장부의 상징과 같은 연안 공격에 집중했던 국민정부군은 지난 3월에 결국 연안을 손에 넣었지만 아무 실속 없는 승리만 하고 말았다. 국민정부군 곳곳에 심어놓은 간첩들의 활약으로 국민정부군의 이동 경로와 작전 내용까지 다 공산당 쪽으로 넘어가서 공산당 주력을 섬멸하지도 못했고 공산당 주요 지도자들을 잡지도 못한 것이다.

장개석이 적의 수도를 점령했다는 상징만 있었을 뿐 실제로 국민정부군 병력이 입은 손실은 막대했고 전쟁은 끝날 기미를 보이지 않았을뿐더러 공산군 또한 항복하지 않았다. 1946년 6월부터 1947년 7월까지 상실한 병력만도 정규군 78만 명을 포함하여 110만 명에 달했고 그 사이에 26명의 장군이 전사하고 178명의 장군이 포로가 되었다. 병력의 90% 이상이 공산당의 수도 점령이라는 작전에 투입되다 보니 후방에는 예비 부대를 제대로 갖추지 못해서 병력을 단기간에 증원하기도 쉽지 않았고 병참선은 더욱 길어지고 만 것이다.

이렇게 되다 보니 상황이 가장 급박한 곳은 만주였다. 1946년만 해도 만주에 군사력을 집중했던 장개석은 여기에서 중대한 오판을 하고 만다. 겁만 줬더니 군사를 물린 린뺘오를 만만하게 보고 언제든지 제대로 공략하면 만주는 자기들 손에 들어올 거라 생각하고 화북과 산동성으로 공세를 집중하고 만주에는 전략적 방어만 하도록 했다. 잘못된 판단 덕분에 남북으로 갈라져서 한때는 조선으로 쫓기기까지 했던 공산군은 다시 서서히 주도권을 잡아나갔다. 점령 지역의 민심을 얻게 된 토지 정책을 강행함과 동시에 1947년 5월 동북야전군의 병력을 야금야금 증강하여 약 46만 명까지 병력을 보유한다. 표시나지 않게 농촌 지역을 지지 기반으로 하여 세력을 빠르게 키워나가는 한편 6월부터 하계 공세를 감행하였고 9월부터 11월까지 추계 공세를, 그리고 지금 들리는 소문으로는 겨울철에 또 동계 공세를 감행하여 국민정부군의 수중에 있는 도시에 지속적으로 싸움을 걸어온다는 것이다.

여전히 국민정부군의 전력이 막강하고 주요 도시에 대한 공산군의 공격은 대부분 큰 희생을 치르면서 실패했지만 국민정부군은 병참선이 끊긴 상황에서 계속적인 소모전에 병력을 잃어가며 눈에 보이지 않게 점점 수세에 내몰리기 시작한다.

절강 상인들은 봉천의 남서쪽에 위치한 영구營口항구를 통해 화동 지역과 거래를 하고 있는데 철로까지 봉쇄된 상황에서는 영구가 사실상 국민정부군의 만주 지역 유일한 병참 창구 역할을 한다. 근래에 영구에 다녀온 고향 친구들의 얘길 들어보니 영구항구를 통한 중국 남쪽 지역에서 병력 지원은 충분히 이뤄지지 않고 있는 걸 보아 후방에서의 보충 병력이 잘 모이지 않는 거 같고 주둔하고 있는 군인들이 숫자도 눈에 띄게 줄고 사기도 많이 저하되었다고 한다.

지금 보기에는 국민정부군의 숫자가 많아 보이지만 계속 세를 불리는 공산군의 기세에 눌린 모습은 비단 영구항을 방어하는 정부군뿐만 아니라 장기간 동안 만주에 주둔하면서 고립되다시피 한 봉천의 정부군에게도 나타난다.

보급이 제대로 되지 않다 보니 곳곳에서는 치안 안정보다는 약탈을 일삼고 자기들의 정보가 유출되자 주둔지에서 공산당의 간첩을 잡는다면서 죄 없는 사람을 죽이니 지지기반이었던 도시에서도 국민당의 횡포에 대한 원성은 높아만 갔다.

장밍도 영덕과 마찬가지로 지금 봉천에서의 생활에 환멸을 느끼고 있다. 몇몇 고향 친구들은 지금이야말로 돈을 벌 시기라면서 국민정부군 배를 얻어 타거나 화물선을 통해서 화동을 왔다 갔다 하면서 여전히 큰 이문을 남기지만 항일 전쟁 시절에 진짜 할 게 없어서 상해까지 왔다 갔다 하면서 죽을 고비를 여러 번 넘겼던 장밍은 이제 이런 생활에 환멸이 났다. 살아보니 큰 재산 모으는 게 다가 아니고 그냥 어디로든 가서 가족들 지켜가면서 평범하고 안전하게 사는 게 제일이라는 생각뿐이다. 할 수만 있다면 가족들 데리고 영구로 가 화동으로 가는 배를 얻어 타서 고향으로 가서 살든지 아니면 봉천을 벗어나 무순 쪽 산골짜기에 들어가서 살더라도 지금 눈만 뜨면 생지옥이 펼쳐지는 이곳에서 벗어나고 싶었다.

지난주, 장밍의 가게에서 벌어졌던 일은 아직까지 장밍에게는 큰 트라우마로 남아있다.

아무래도 남방 사람들이 많은 국민정부군이다 보니 우연찮게 가게에 들른 절강에 인근한 강소성 출신(장개석도 강소성 출신이다) 장교들이 단골이 되었고 어떻게 하면 살아남을지 아는 장밍은 고향 사투리 써가면서 이들에게 잘 보여서 책잡히지 않으려고 했다.

문제는 대낮부터 장교들 대여섯이 몰려들어 고량주를 마시다가 일어났다. 자기들끼리 지금 전황 얘기하면서 서로 불안한 마음과 고향 얘기 등등을 하다가 키가 작고 얼굴이 검은 장교 1명이 장밍의 식당에 돼지고기 배달 나온 도매상 시石 사장의 배달원인 짜오趙영감을 붙잡고 시비를 걸다가 결국은 큰 사달이 났다.

나이 50이 넘은 짜오 영감은 시 사장네 부식물을 싣고 중가의 식당가에 납품하는 사람인데 일자무식하지만 성실하고 부지런한 사람이다. 일이 날려고 그랬는지 그날 장밍에게 배달해 준 돼지고기를 싼 종이가 문제가 되었다.

술을 먹고 비틀거리던 장교가 물건을 내리던 짜오 영감을 유심히 지켜보더니 갑자기 종이를 풀어서 읽어나갔다. 물기를 머금었지만 '위대한 공산당 만세! 모택동 만세'라는 글귀가 분명하게 보였고 그걸 본 장교들이 일제히 일어나서 짜오 영감을 구타하기 시작했다.

"여기도 공산당 빨갱이놈 첩자가 있었구먼, 영감! 그래 음식에 독을 넣으라고 하던가?"

장밍은 당황했다.

글을 모르는 짜오 영감이 무슨 생각이 있어서 그럴 리는 없을 것이고 어디서 어떻게 잘못되었는지 모르지만 일단 말리려고 하다가 술에 취한 키가 큰 장교가 장밍에게 권총을 들이댔다.

"너 이새끼, 같은 남방 사람이라고 봐줄 줄 알아? 철저하게 조사해 보고 너도 관련되어 있으면 정부군 장교 독살 미수 혐의로 잡아넣겠다. 가만 있어!"

그러면서 아랫배를 걷어차여 장밍도 꼼짝할 수 없었다.

길가에 호루라기 소리가 요란하더니 장교들은 짜오 노인을 질질 끌고 가면서 도매상 시 사장네 가게로 쳐들어갔다.

좀 있다가 총소리가 요란하게 나더니 시 사장과 그 아들, 짜오 영감이 길거리에서 즉결 처형을 당한 것이다.

끌려가면서 군인들에게 자기는 글자도 모른다고 억울하다고 살려달라고 울부짖던 짜오 영감이 꿈속에서도 나타나 지금 장밍은 아주 괴로웠다. 알고 보니 밤에 공산군 첩자들이 길거리에 뿌린 선전물을 아무것도 모르는 직원이 주워 와서 그냥 고기 싸고 야채 묶을 때 쓰던 건데 그게 사람을 목숨을 앗아가게 된 것이다. 이제 장밍은 뒷간에서 밑을 닦을 종이도 어떤 건지 봐야 할 만큼 이렇게 살아야 하는 이 도시가 너무 싫었고 자기 이마에 닿던 권총의 그 차가운 느낌은 더욱 싫었다.

지금 봉천에 남아있는 국민정부군은 장교나 병사들이나 다들 광기가 들어 아무나 보고 공산당 첩자라고 몰아붙이고 기분 잡치면 불심 검문해서 쏴 죽이는데 도저히 사람 살 곳이 못 되었다.

장밍은 고향으로 가고자 하는 영덕의 의견을 지지했고 어떻게 해서든 지금 이 숨 막히는 곳에서 벗어나 가족의 안전을 도모하라고 했다. 자기도 상황을 봐서 가족들을 데리고 영구로 가서 기회를 봐 고향으로 가든지 아니면 어디 산골짜기로 숨어들까 한다고 말하려다 그냥 안 하고 말았다. 자기처럼 가족의 안전 때문에 불안해하는 영덕에게 손윗사람으로서 해서는 안 될 말이라고 생각한 것이다.

그날 만융으로 돌아가는 영덕에게 순례와 장밍은 애들 주라고 만두를 한 보따리나 싸 주었고 다가오는 겨울철에 범호가 몸이 안 좋아지면 어떻게 해서든 자기들에게 보내라고 했다. 교외에 위치한 만융보다 여기는 시내라서 그나마 정상적인 치료는 받을 수 있으니 정 힘들면 인편으로 소식을 전하면 자기들이 가보겠다고 했다.

떠나는 영덕과 배웅하는 장밍과 순례는 동시에 말했다.

"조심하세요!" "조심히 가거라!"

봇짐을 메면서 영덕은 밀짚모자를 더욱 깊숙이 덮어쓰고 다시 한 번 더 품속에 있는 통행 허가증을 확인하고 발걸음을 옮겼다.

밤에 온 손님
〈1948년 3월 만주 봉천〉

사기가 오를 대로 올라 이미 알려진 대로 동계 공세를 감행한 공산군은 지속적으로 전략적 요충지를 공략하다가 2월 7일 봉천 바로 아래에 있는 도시 요양을 손에 넣고 2월 26일에는 국민정부군의 외부로 통하는 생명줄이던 영구營口항구를 함락시켰다. 3월 12일에는 봉천과 장춘의 가운데에 위치한 동만주와 북만주로 들어오는 입구에 해당하는 전략적 요충지인 쓰핑四平마저 공산군이 점령하였다.

쓰핑은 꼭 2년 전에 국민정부군이 3차례의 혈전을 통해 점령했던 곳으로 작년의 하계 공세에 한 달에 걸쳐 린빠오가 공략해도 성공하지 못했지만 드디어 이번 동계 공세에 공산군이 점령하는 데 성공한 것이다.

영구 항구의 함락은 국민정부군에게 있어 이제 보급이 끊겨 외부와 단절되고 전장 내에서 병참 문제의 어려움을 뼛속까지 느끼는 것을 의미했지만 쓰핑의 함락은 그것을 넘어서 정신적으로 큰 충격을 주게 된다. 이제 봉천과 장춘을 잇던 국민군의 연락 통로는 가운데에 위치한 쓰핑이 공산군의 수중에 넘어가 모든 물자와 정보가 끊어지면서 앞으로 만주에서 장개석의 운명이 끝나가고 있음을 알려주는 상징적인 의미가 되었다. 깊은 밤이 되면 요양에서 들리는 포격 소리가 봉천의 남쪽에 위치한 만융에서도 들려오고 이에 따라 이미 정신적으로 공황 상태에 빠진 국민정부군의 불안감은 극에 달하게 된다.

조선의용군 제1지대는 봉천 일대 외곽에 주둔하면서 계속적으로 국민정부군의 심기를 자극하며 치고 빠지는 유격전과 심리전을 전개하고 있었다. 조선인에 대한 국민당 자치 정부의 감시와 통제는 더욱 강화되어 이제 만융에서 벗어나 봉천이라도 가기 위해서는 중국인 자경단과 국민정부군 초소마다 돈을 줘야 할 만큼 죄어오니 부락민들의 불만은 극에 달했다.

그러던 중 밤늦게 돌아다니던 조선 청년 한 명이 순찰 중이던 정부군 군인들에게 구타를 당하자 들고 있던 칼로 군인을 살해하는 일이 벌어졌다. 그러자 군인들은 밤늦게 집집마다 돌아다니면서 범인을 색출한다고 하더니 결국은 다음 날 주민들을 모아놓고 공개 총살을 했다. 그 청년이 병든 노모를 위해 약을 구하러 봉천에 갔다가 검문을 피하느라 늦게 귀가하다가 변을 당한 게 드러나자 부락민들은 책임자 처벌을 요구하면서 시위를 벌였으나 정부군의 무력 진압으로 부상자만 남기고 해산되었다.

거기에다가 정부군인들을 상대로 매춘을 하던 조선인 과부 한 명이 성행위 도중 군인에게 잔인하게 살해된 사건이 발생하자 조선인 자경단 청년 10여 명이 결국 무장을 해서 정부 군인과 총격전을 벌이고 남쪽 요양으로 도망가 공산군에 합류하게 되었다. 오랜 세월

동안 통제를 당한 조선인의 불만과 불순세력으로 규정한 조선인을 통제해야 하는 정부군과의 관계는 최악으로 치달았고 돌아가는 전황이 불리해짐을 알게 된 정부군의 이성을 상실한 치안 유지에서 비롯된 모순은 이제 일촉즉발의 상황에 이르게 된 것이다.

지난겨울을 잘 넘겼던 범호가 날씨가 조금 풀리려고 하자 또 기침을 심하게 해대고 당장이라도 숨이 넘어갈 듯 그르렁거린다. 봄이 와서 날씨가 풀리면 A급 군화 만들어서 잘 구워삶아 놓은 정부군인 하사관에게 그동안 모아놓았던 전 재산을 털어서라도 만융을 벗어나 조선으로 들어갈 계획이었는데 이제 조금씩 움직이려고 하니 범호가 겨울의 끝자락에 또 각혈을 하면서 갈수록 심각해 보인다.

약이라도 지어 와서 기침이라도 조금 가라앉혀 잠이라도 편하게 재웠으면 하는데 지금 완전히 고립되다시피 한 만융에는 개똥도 정말 약에 쓰려면 안 보일 지경이었다.

“금희 아바이, 금희가 지금 열이 불덩이 같아요.”

엎친 데 덮친 격으로 다급하게 외치는 은심의 목소리가 들린다.

지난겨울 동안 제대로 못 먹여서 마음에 걸렸는데 며칠 전부터 계속 열이 나고 기침이 나더니 눈의 결막까지도 염증이 생긴 거 같다. 처음에는 범호한테 독감이 옮았나 싶었는데 입안을 보니 점막이 충혈되어 회색의 반점이 보인다.

그냥 감기 몸살이 아니고 호환보다 두렵다는 마마에 걸린 것이다!

영덕이 태어나기 전에 위에 형이 하나 있었는데 여섯 살 나이에 온몸에 발진이 나서 시름시름 앓다가 죽었다는 얘길 들어 마마가 얼마나 무서운 병인지 아는 영덕은 몸에 식은땀이 났다. 봉천 시내 병원에만 가면 아무것도 아닌데 여기서는 그냥 속수무책으로 당할 수밖에 없다는 공포감이 몰려와 손발이 덜덜 떨렸다.

원래 오늘 내일쯤 날 잡아서 범호를 장밍네로 데리고 가 병원으로 가보려고 했는데 한 집에서 노인과 애가 동시에 아프니 영덕은 어떻게 해야 할지 당황스럽기 그지없었다.

범호는 연신 기침을 하면서도 자기는 괜찮으니 빨리 금희를 봉천 시내로 데리고 가라고 하고 힘없이 고열에 시달리는 금희를 보고 은심은 울면서 발만 동동 굴린다.

날이 밝으려면 아직 멀었는데 이대로 그냥 있을 수는 없다. 영덕은 지게를 가져와 이불을 깔고 금희를 앉히고 또 그 위에 이불을 둘러쌌다.

울면서 따라오겠다는 은심을 달래고 나서려는데 갑자기 금희가 무슨 생각이 들었는지 은심을 부르더니 은심에게 안기고 힘없이 손을 들어 인사를 한다. 따라오면서 우는 은심과 옥희를 뒤로 하고 영덕은 새벽이슬을 맞으면서 눈에 띄지 않으려고 동네 그늘진 곳만 찾아서 바쁘게 걸어간다. 뒤에 있는 금희의 상태가 어떤지 살필 겨를도 없이 발걸음을 재촉하는데 갑자기 골목에서 정부군인 둘이 나타나며 영덕을 부른다.

"어이, 이보게 이 시간에 어딜 그리 가는가? 허가 없이 그렇게 댕기면 총살인거 모르나?"

재수만 좋으면 피할 줄 알았는데 딱 걸려버렸지만 평소에 안면이 있는 군인들이다.

"나으리, 좀 도와주십시요. 소인 딸이 지금 마마에 걸려서 봉천 병원으로 가보려고 합니다."

그래도 의심이 되는지 군인 한 명이 손에 든 곤봉으로 이불을 들춰본다.

"통행증 있으면 꺼내봐."

이런! 없는 걸 알면서 괜히 개수작을 부리는 것이다.

"나으리, 지금 이 시간에 그런 게 어디 있겠소? 내가 애 병원에 데려다주고 바로 돌아와서 보충하겠소."

더 이상 여기서 시간을 지체하거나 괜히 못 나간다는 시빗거리를 만들 필요가 없다고 생각한 영덕은 허리춤에 손을 넣고 지폐 몇 장을 쥐어 주었다. 둘 중에 삐쩍 마르고 눈이 찢어진 군인 한 명이 얼마인지 확인하더니 꽤 금액이 크자 허리춤에서 노란색 통행증 하나를 내어준다. 혹시라도 저들이 마음이 변할까 봐 영덕은 통행증을 도로 집어넣고 뒤도 안 돌아보고 빠른 걸음으로 벗어나면서 소리 없이 안도의 한숨을 쉰다.

돌아서는 영덕의 작아지는 모습을 보고 약간 살집이 있는 병사가 담배에 불을 붙이면서 말한다.

"어차피 좀 있으면 다 죽을 놈들인데 남은 돈 마저 다 달라고 할 걸 그랬나?"

그 말에 삐쩍 마른 병사는 킥킥 웃으면서 담배를 입에 물며 답한다.

"여기 조선 놈들 다 마음에 안 들었는데 잘된 거지 뭐. 간부 놈들은 일본 놈들이 남긴 거 다 가져가더니 우리는 가난뱅이 조선 놈들 돈이나 털어야 하고."

"이놈아. 그렇게 억울하면 출세해서 장교가 될 것이지 왜 세상 탓하는가? 우리도 챙길 거 적당히 챙겨서 나중에 공산군에 투항하면 되는 거지."

만융에서 중가까지는 50리 길이 넘어 지금부터 쉬지 않고 부지런히 걸어야지 아침 시간에 당도할 거고 날이 밝으면 지나가는 차라도 돈 주고 얻어 타고라도 어떻게든 빨리 도착해야 했다. 9살 어린

이인데 그동안 못 먹어서 그런지 그렇게 무겁지 않으니 오히려 마음이 더 아파왔다. 부지런히 걸었지만 힘든지 몰랐고 새벽 영하 10도가 넘는 날씨에도 이마에는 땀이 쉬지 않고 흘러내려 추운 줄도 몰랐다.

그렇게 바쁘게 가고 있는데 뒤에서 금희가 아빠를 부른다.

"아바디, 물 좀 주세요."

온몸이 땀에 젖은 금희가 딱해서 얼굴만 내놓고 바로 물을 먹인다.

"아까 아저씨들이 이불 열어볼 때 일부러 눈 안 뜨고 있었어요. 아프다는 애가 눈 뜨고 쳐다보면 이상할 거 같아서 그랬는데… 나 잘했죠?"

영덕의 눈은 눈물로 가득차서 어떻게 해서든 이 애를 살리겠다는 생각에 잘했다면서 고개를 끄덕거린다. 갑자기 어릴 적 아버지 지게에 타고 새벽 잠 설쳐서 진주장에 가던 생각이 나면서 등에 업힌 자기를 아버지 상수가 얼마나 아꼈을까 하는 생각이 든다.

"금희야, 아버지가 요리 가다가 차 오면 빨리 병원에 갈 거니까 걱정하지 말고 자거라. 인제 병원에 가서 약 먹고 주사 맞으면 괜찮아질 꺼다."

"아바이, 우리 그거 하면서 가자."

"그거? 알았다."

눈물을 삼키면서 영덕이 입을 연다.

"니 이름이 뭐꼬?"

"배금희."

"너거 엄마 아빠 이름이 뭐꼬?"

"엄마는 정은심, 아빠는 배영덕."

"너거 아빠 고향이 어디고?"

"경상남도 사천군 곤양면 중항리 안도 마을."

"너거 할아버지 할머니 이름이 뭐꼬?"

"할아버지는 배상수, 할머니는 황언년."

이까지 듣고 영덕은 더 이상 참지 못하고 울음을 터트린다.

"아바디, 지금 우시는가? 엄마 우는 거는 봤는데 우리 아바디 우는 거는 처음 보네. 아바디, 너거 외가집은 어디고라고 물어봐야지. 내 외할아버지한테 물어봤는데."

영덕은 지금 상황이 너무 서러워 어린애처럼 엉엉 울면서도 멈추지 않고 계속 걷기만 한다. 다행히 아직 어둑어둑해서 길에 사람이 안 보여서 그렇지 어린 딸 앞에서 참고 참으려고 해도 한 번 터진 울음보는 그칠 줄 모른다. 한참을 걸었고 이제 뒤에 업힌 금희도 잠이 들었는지 조용하지만 영덕은 입술을 깨물고 소리를 죽여가면서 계속 계속 앞으로 나간다.

아침부터 들이닥친 영덕과 금희 일행에 놀란 장밍 부부는 황급히 중가의 큰 병원에 데려갔고 장밍은 기진맥진해진 영덕에게 만두와 뜨거운 물을 가져다주었다.

영덕은 허기가 져 양 볼에 터질듯이 만두를 우겨넣고 정신없이 먹어댄다.

"지금 수액 맞고 있고 좀 있다가 의사 선생님이 올 거니 너무 걱정 말고 일단 허기나 달래게. 너무 급하게 먹지 말고 천천히 천천히."

"아재요. 정말 이렇게 살 수는 없습니다. 나중에 만융에 가서 장인어른도 데리고 와야겠어요. 사람 사는 게 우찌 이리 힘든지, 내가 전생에 무슨 죄를 지었는지 사는 게 사는 거 같지가 않네요."

"이 사람아. 이럴 때일수록 힘을 내야지. 지금 자네한테 딸린 식구가 몇 명인데 이런 소리를 하나?"

걱정스레 금희의 옆을 지키던 순례도 눈가의 눈물을 찍어내고 있는데 의사가 들어왔다.

"지금 마마에 걸린 게 맞는데 좀 있으면 하루 안에 얼굴, 목, 팔, 몸통으로 그리고 내일부터는 다리, 발로 해서 온몸에 붉은 반점이 퍼질 겁니다. 그리고 앞으로 며칠간은 40도 이상 고열이 나타날 거고 발진이 소멸되면 열흘이 고비니까 그때 경우에 따라 합병증이 잘 생기기도 하지만 지금 열은 우리가 잡고 있으니 걱정하지 말고요."

영덕 또래의 의사가 들려주는 말에 영덕은 조금 마음이 놓였다.

"입원 치료하면서 한 2주간은 있어야 하니 그렇게 알면 되겠습니다."

"선생님, 꼭 잘 부탁합니다."

한사코 받지 않으려는 남은 돈을 다 순례에게 주고 나서 영덕은 돌아갈 채비를 한다.

일단 은심에게 안심하라고 경과를 알려주고 범호의 상태를 봐서 다시 나와야 할 거 같은데 치료비는 걱정하지 말라는 장밍에게 더 부담 줄 수는 없었다. 장밍도 형편이 어려워진 거 뻔히 아는데 어떻게든 빨리 돌아가서 돈을 구해볼 심산이었다.

곤히 잠들었던 금희가 아빠가 가는 걸 어떻게 알았는지 실눈을 뜨고 영덕을 바라보더니 작은 손을 들어 빠이빠이를 한다. 영덕은 조용히 다가가서 애의 이마를 짚어보고 손을 꼭 잡아준다. 금희가 입술을 움직이더니 영덕에게 들릴 듯 말 듯한 소리로 말한다.

"아바디, 내 다 나으면 꼭 비단구두 사줘요. 매일 우리 그거 열 번씩 할께요."

영덕은 딸을 향해 고개를 끄덕이며 울지 않으려고 입을 꾹 다물고 떨어지지 않는 발걸음을 되돌린다. 집으로 돌아온 영덕은 걱정하지 말라고 우는 은심을 달래고 또 달랜다. 내일은 날이 밝자마자 서둘러 범호를 시내로 데려가기로 하고 하루 만에 봉천까지 왕복한 영덕은 이내 곯아떨어졌다.

그 시간, 만융촌 부락 밖에는 정부군 1개 소대가 무장을 점검하고 있다. 상부로 보고된 최근의 만융촌의 소요 사태에 대해서 알맹이는 쏙 빼고 공산당에 포섭된 마을 주민들의 난동이라는 보고가 들어갔고 이에 봉천 정부는 안 그래도 성가신 조선인들인데 본보기 삼아서 마을을 소각하라는 명령을 내린다.

시내 가운데에 있는 서탑이나 조선인이 제일 많이 사는 소가둔苏家屯 등을 건드리기에는 부담이 되지만 촌락 규모의 만융은 만주 일대의 조선인들에게 경고하는 분명한 메시지가 될 것이었다. 마을을 소각하면서 반항하는 인원은 현장 지휘관의 재량에 맡겼다는 얘기는 불가피한 인명 희생은 어쩔 수 없다는 걸 묵인한 셈이었다.

하달된 명령에 평소에 조선인 자경단, 주민들과 사이가 좋지 않았던 정부군 부대원들은 적당하게 상부의 결정을 반기고 있었고 소대장은 부대원들의 사기 진작을 위해 약탈을 허용하기로 한다.

이제 어둠이 내리자 소대장의 지휘 아래 부대원들은 줄지어 마을로 들어선다.

간단하게 지어진 검문소에 다다르자 보초병이 거수경례를 하는가 싶더니 갑자기 골목 어귀에서 총을 든 사내들이 나타나서 이쪽을 향해 총질을 하고 선두에 섰던 소대장이 가슴에서 피를 뿜고 쓰러진다.

"탕탕… 타타타앙…!"

밤하늘의 정적을 깨는 총소리가 요란하게 들리고 놀란 정부군인들은 엄폐할 곳을 찾아 이리저리 흩어진다.

잠결에 들은 총소리에 깜짝 놀란 영덕은 벌떡 일어났다. 창밖을 보니 사람들이 횃불을 들고 웅성거리고 있고 밖에서 누군가가 계속 영덕이네 문을 두드린다. 놀라서 잠에서 깬 은심도 옥희를 품에 안은 채 겁먹은 얼굴로 바깥 동정을 살피고 있었고 범호도 무슨 일인가 보려고 몸을 추스르고 있는데 어느새 일어난 경춘은 손에 몽둥이를 꼭 쥔 채로 문에 바짝 붙어있다.

"형님, 영덕 형님, 접니다. 만균입니다!"

작년 겨울에 공산군에 합류하겠다고 떠난 만균의 목소리다.

무슨 일인가 싶어서 재빨리 문을 열어주니 군복을 입은 만균이 인사할 겨를도 없이 재빨리 영덕을 재촉한다.

"형님, 만융촌 주민을 죽이려고 국민정부군 군인들이 왔으니 빨리 집에 있는 거 필요한 거만 챙기고 얼른 우리들 따라오시오. 우리 조선의용군들이 지금 앞에서 막고 있지만 괴뢰놈들 본대와 가까와서 오래 버티지는 못할 거요. 어서 어서 준비하시오. 나는 또 다른 집에 가서 알려야 하오. 내 곧 모시러 오겠소."

이게 무슨 일인지 모르겠지만 조선 사람을 죽이려고 군인들이 온다니 영덕은 냉큼 지게를 메고 범호를 업고 경춘도 부랴부랴 짐을 챙겨 지게에 올리는 동안 은심도 옥희를 업느라 바쁘게 움직인다.

마을 주민들도 자다가 웬 날벼락인가 싶었지만 그래도 몸이라도 빠져나온 사람들은 횃불을 든 조선인이 이끄는 길을 따라 부지런히 쫓아간다. 뒤에서는 거친 총격전을 벌이는 소리가 나고 마을 여기저기가 불길에 휩싸이는데 다들 공포심에 젖어 뒤쳐질까 봐 머리에 이고 등에 짊어지고 마을을 빠져나가 남쪽인 요양을 향해 쉬지 않고 걸어간다. 두어 시간쯤 쉬지 않고 걸었을까 갑자기 군인들의 야영지가 나타나더니 대대 규모의 병력들이 진지를 구축하고 조선인들을 맞이해 주었다. 대포에 기관총까지 갖춘 제법 규모 있는 정규군들인데 마을 사람들은 군인들의 등장에 또 불안해져서 웅성거린다.

"조선 인민 여러분, 이까지 오느라고 고생 많았소. 우리는 조선의 용군 대원들이요. 여기 있는 용맹한 군인들 모두 우리 조선인들이니 이제 걱정하지 말고 잠시 후에 우리 전사들이 나눠 줄 먹거리로 허기부터 채우시오!"

이 많은 군인들이 다 조선 사람들이라니 그제야 마음이 놓인 군중들은 "와!" 하면서 함성을 지르며 박수를 치고 일부는 감격에 겨워서 눈물을 흘린다.

태어나면서부터 나라를 뺏겨 자기 나라 군인이라고는 본 적도 없는 사람들이고 보니 남의 나라 군인들만 봐왔지 이렇게 제대로 갖춘 군인들이 자기 말을 하는 같은 민족이라는 게 하니 믿어지지가 않았다.

아침부터 봉천까지 갔다 왔다가 눈도 제대로 붙이지 못한 데다 범호를 지게에 태워서 여기까지 따라오느라 기진맥진해진 영덕은 숨을 헐떡거리면서 주저앉아 버렸다. 이제 더 이상 움직일 기력마저 없고 머리가 빙 돌면서 구토가 나는 게 이미 기력을 다 소진한 느낌이 들 정도였다. 그래도 이제 열여섯 살로 제법 청년 티가 나는 경춘이 중간 중간에 교대를 해줘서 이까지 왔지 혼자서 범호를 짊어지고 왔으면 아마 중간에 퍼져서 낙오되었을 게 뻔했다.

주위를 둘러보니 옥희는 은심의 품에 안겨 잠들어 있고 범호는 지게에서 내려 자기도 난생 처음 보는 우리말 하는 우리 군대가 신기한지 이리저리 둘러보고 있고 사람들은 군인들이 나눠주는 고구마와 강냉이 가루 떡을 받아들고 허기를 달래었다. 먹을 거를 나눠주던 만균이 영덕네 가족을 발견하고 이쪽으로 반갑게 다가온다.

"형님, 많이 놀라셨죠? 고거이 워낙 비밀 작전을 하다 보니 우리도 미리 알릴 수가 없었던 기요."

"그래도 이렇게 우리 목숨들 살려줘서 고맙네. 자네랑 같이 입대한 태열이는?"

만균은 잠시 고개를 떨구더니 고개를 흔든다.

"지난번에 요양 전투에 나갔다가 죽었소. 그래도 얼마나 용감한지 그동안 괴뢰 놈들 다섯이나 죽였는걸요."

허겁지겁 입에 고구마를 넣으면서 영덕은 인사하러 오던 그날의 태열이 모습을 떠올린다.

"그래도 저는 이 생활이 좋습네다. 어차피 형님 아니면 서탑에서 맞아 죽었을 몸인데 이렇게 덤으로 사는 거 우리 위대한 공산당을 위해 함께하니 후회는 없습네다."

저쪽에서 이쪽을 향해 어깨에 견장을 찬 직급이 높아 보이는 군관 한 명이 조선인 부락민들을 향해서 소리친다.

"여기 조선 사람 중에서 평안도 정주에서 온 정범호라고 계십니까? 정범호나 그 가족분들 계시면 이쪽으로 와보시라요!"

갑자기 자기 이름이 불리니 범호는 기침을 멈추고 반사적으로 엉거주춤 일어났고 부락민들의 시선은 다들 범호를 향한다.

"어르신이 정주에서 정범호가 맞소? 또 다른 가족들은 누가 있소?"

"딸 부부하고 아들, 그리고 손녀도 있소만."

"아이고, 결국은 이렇게 찾았네, 찾았네!"

군관은 웃으면서 부하들을 부르더니 범호네 짐을 챙겨들고 앞장서더니 어서 따라오라고 한다.

살아오면서 사람이 많은 쪽에 있는 게 생존에 유리한 걸 본능적으로 알고 있는 범호는 순간 뭔가 잘못되어 간다고 생각했지만 달리 다른 방도가 없어 따라나서고 영덕과 가족들도 불안해하면서 따라 간다.

"어르신, 아무 걱정하지 말기요. 우리 정치참모장께서 어르신을 애타게 찾고 계시오."

군막 앞으로 가족들을 데리고 오더니 밖에서 나는 인기척을 듣고 콧수염을 기르고 약간 마른 군관이 밖으로 나오더니 범호의 손을 잡고 군막 안으로 안내한다.

범호는 영 모르는 얼굴인 데다가 이게 어떻게 된 영문인지 도통 이해가 안 가는 표정을 짓는다.

"형님, 저를 잘 모르시겠지만 저는 형님 서탑 가게에 가서 구두 수선받은 적이 있습니다. 저는 동북만주연군 독립 제4가사 정치참모장 이호영이라고 합니다."

그래도 범호가 아직 긴장을 풀지 않길래 이호영은 다시 얘기한다.

"저는 형님 동생 정범진 대장과 생사고락을 같이한 전우입니다."

이호영의 입에서 동생 범진의 이름이 나오자 그제야 범호는 환히 웃고 이호영의 손을 덥석 잡는다.

"아이고, 이렇게 고마우신 분을 여기서 뵙네요. 범진이는 지금 조선에 가서 잘 지내는지 저도 몹시 궁금했습니다."

"저도 근래에 소식이 닿았는데 제일 먼저 형님 가족 걱정하시고 찾게 되면 꼭 조선으로 데리고 와달라고 부탁하더군요. 그래서 우리 대원들이 만융 쪽에 미리 침투해서 형님 소식 전해 듣고 몸이 불편하신 것도 알게 되었습니다. 이제 우리 조선에서는 아픈 사람도 마음 놓고 치료받을 수 있는 새 세상이 열렸으니 날이 밝으면 우리 대원들 따라 조선으로 가셔서 정 대장 만나시는 일만 남았습니다. 어서 쾌차하셔서 우리 조국의 발전에 이바지하셔야죠."

그때였다!

"이호영, 당신 나 알지? 이 살인마 새끼!"

갑자기 터져 나오는 영덕의 목소리다. 흐뭇하게 이 장면을 바라보던 이호영의 부관과 범호와 은심이 모두 놀라서 영덕을 돌아다본다. 영덕은 이호영을 보는 순간 한시도 잊은 적이 없었던 그 얼굴이 바로 떠올랐다. 얼굴이 달아오른 영덕은 손가락으로 이호영을 가리키면서 계속 퍼부어 댄다.

"당신, 그때 우리 삼촌 죽던 날 당신이 범인이잖아. 내가 언제고 만나면 우리 삼촌 복수할려고 했다. 여기서 만나다니, 너 혼자 살아남고 그 착한 경도 형까지 죽게 만든 나쁜 새끼야."

이내 이호영을 향해 몸을 날리려고 했지만 억센 부관에 막혀 더 나아가지 못한다. 경춘은 옆에 서있다가 발악하며 영덕이 내지르는 발길질에 등을 얻어맞고 땅바닥에 고꾸라지고 말았고 갑작스러운 소란에 옥희는 겁을 먹고 울음을 터트린다.

이호영은 영덕의 얼굴을 찬찬히 보더니 곧 고개를 끄덕인다.

"그날 우리하고 마주쳤던 그 학생이구먼. 이렇게 얼굴을 보니 기억이 나네."

일행은 무슨 영문인지 몰라 하고 영덕은 주저앉아 머리를 감싸 쥐고 흐느껴 운다.

"이거 참 묘한 인연일세, 내가 아끼던 전우의 조카사위가 바로 나하고 인연이 있었던 사람인 줄은."

영덕은 아무 말 없이 꺼이꺼이 목 놓아 울고만 있다.

"자네한테 내가 더 할 말은 없네. 그때는 시대가 그랬지만 나는 내 입장에서 최선을 다했고 자네 삼촌이라는 사람도 자기 입장에서는 열심히 살았겠지. 그 황준길이라는 친구 정말 열정 있고 열심히 살았던 친구였더구만, 머리도 좋았고 수완도 좋았었고, 우리가 다른 시대에 다른 장소에서 만났으면 더 좋았을 것을."

이까지 말을 마치고 이호영은 난로 위에 있는 끓는 물을 범호와 은심에게 부어주지만 무거운 분위기에 눌려 아무도 컵에 손을 대지 못한다.

"그때 내가 작전에 나간 날에 고인이 된 경도가 아닌 다른 친구가 파트너가 되었으면 자네는 벌써 이 세상 사람이 아니었을 것이고 나도 여러 번 죽을 고비를 넘기면서 총알 몇 발이 조금만 벗어났으면 살아서 자네랑 만날 일도 없었을 것이네. 참 묘하구먼, 인생이라는 게."

돌아가는 얘길 들어보니 범호와 은심도 아마 이호영이라는 사람이 준길의 죽음과 직접 연관된 사람이라는 걸 어렴풋이 알게 된 거 같다.

긴 시간 동안 악몽에 시달리면 보이던 이호영의 얼굴은 꿈에서 봤던 모습 그대로였고 그날 맡았던 피비린내는 지금도 코끝에 진동하는 거 같았다.

"아무리 그래도 그렇지, 어떻게 사람을 그렇게 잔인하게 죽이노? 왜놈 앞잡이 했다면 그냥 잘 델꼬 가서 잘 가르키고 사람 만들면 되지! 으어헝."

영덕은 이제 털썩 주저앉아서 오열하고 만다. 이제 이성적으로 영덕과 대화가 불가능하다고 판단한 이호영은 착잡한 얼굴로 범호와 은심을 번갈아 보면서 입을 연다.

"형님, 오늘은 이만 쉬시고 내일 아침에 일찍 우리 대원들하고 같이 길을 나서시면 됩니다. 안동을 거쳐서 신의주, 정주까지 편안하게 모셔다 드릴 겁니다."

이 소리를 듣고 은심이 "안 됩니다. 우리 큰애가 아직 봉천에 있습니다."라고 외치고 영덕은 다시 정신이 번쩍 들어 이호영을 쏘아본다. 이호영은 잠시 당황하다가 다시 단호하게 고개를 가로젓는다.

"봉천은 형님 먼저 건강 회복하시고 사위 되시는 분이 언제든지 왔다 갔다 하면서 데리고 올 수 있는 곳이고 우리 조선의용군에서도 위치만 파악하면 언제든지 구출할 수 있소."

범호마저 이호영을 붙잡고 다시 사정을 한다.

"이보시오 대장 동지, 우리 큰손녀가 마마에 걸려서 봉천에 입원해 있다오. 내가 조선에 안 돌아가도 좋으니 어떻게 좀 해보오."

"형님, 조선의용군과 중국 공산군이 서로 협조하여 조선 반도와 여기 만주땅을 같이 왔다 갔다 하고 있고 저기 밖에 모인 사람들은 원하든 원하지 않든 조선으로 가야 하오. 우리에게 구출된 조선인들이 무사히 원래 살던 곳으로 갈 수 있겠소? 이번 작전은 상부에서도 만융촌 조선인을 안전하게 조선으로 보내는 목적으로 과감하게 준비한 것이고 내일 날이 밝으면 모두 데리고 압록강을 건너기로 했소. 그리고 저 개인적으로는 정 대장과 약속한 대로 형님 가족을 무조건 안전하게 조선으로 보내는 것도 중요한 일입니다. 여기를 벗어나서 다시 봉천으로 돌아가면 그건 죽은 목숨과 다름없소. 이건 개인행동이 아닌 단체 행동이니 우선 제가 정 대장에게 약조한 대로 일단 조선으로 먼저 가셔서 쾌차하는 게 중요한 일이요. 손녀분 찾는 거는 우리도 나설 테니 걱정 마시고 내가 꼭 약조하리다."

매서운 눈빛으로 부드럽지만 강한 어조로 말하는 이호영의 기세에 눌린 범호는 마지못해 고개를 끄덕이고 정신이 든 영덕과 은심은 과연 이게 맞는 판단인지 몰라 손만 마주 잡고 있었다. 지금 상황에서는 달리 어떻게 해보자는 생각도 떠오르지 않았고 뭐라고 제안할 방법도 없었던 것이다.

그날 밤을 거의 뜬눈으로 지샌 영덕네 가족은 중무장한 조선의용군의 보호 아래 군용 트럭을 타고 남쪽으로 남쪽으로 달려갔다. 봇짐을 짊어지고 걸어가는 마을 주민들은 이런 영덕네 가족을 부럽게 보면서 손을 들어 배웅했고 멀어져 가는 영덕네 일행을 이호영은 군막 밖에 나와서 안쓰러운 표정으로 사라질 때까지 쳐다봤다.

삼촌 준길과 기차를 타고 압록강을 건넜던 소년 배영덕은 이제 결혼한 가장이 되어 가족들을 데리고 군용 트럭으로 압록강을 다시 건너 조선으로 돌아온다.

다만, 그 가족에서 큰딸 금희만 여전히 봉천에 남겨둔 채로….

지는 꽃잎과 날아가 버린 씨앗
〈1948년 9월 조선 평양〉

금희를 빼고 온 가족이 조선으로 들어온 지 6개월이 지났다.

고향인 정주에 오자마자 범호는 성치 않은 몸을 이끌고 바로 은심 생모의 묘소를 찾아가 무릎을 꿇고 아주 서럽게 서럽게 울다가 혼절한 이후에 몸이 더 쇠약해져갔다. 일부러 형을 맞이하려고 왔던 범진도 생각보다 더 심각한 범호의 상태를 걱정하여 정주에서 제일 좋은 의사뿐 아니라 평양에서도 최고의 의사를 데리고 오겠다고 급히 평양으로 돌아갔다.

사회주의 조국이 공짜로 병을 고쳐준다고는 했지만 정주 인민병원 특실에 입원한 범호를 진료한 평양에서 급파된 의사는 왕진을 몇 번 다녀가다가 끝내는 고개를 가로젓고 가족들에게 마음의 준비를 하라고 했다.

의사의 얘기인즉슨 진작에 몸이 허약해서 일이 년 전에 죽었어도 이상하지 않았을 건데 아마 환자 본인의 귀향에 대한 의지가 너무나 강해서 이렇게 버텨왔던 것이고 이제 그게 이루어지니 마지막 기력마저 소진했다고 전한다. 말로 다할 수 없는 사연을 안고 16년 만에 고향으로 돌아왔건만 만주에서 겪었던 고문 후유증으로 이제 마지막 남은 생명의 불씨마저 꺼져가고 있었던 것이다.

그렇게 가쁜 숨을 몰아가면서 자기가 자란 곳을 눈에 담고 싶었던 것인지 범호는 조금만 기력이 있으면 영덕과 경춘의 등에 업히거나 소달구지를 타고 여기저기 돌아보기를 원했다. 영덕은 범호의 건강 악화와 더불어 봉천에 두고 온 금희 생각에 답답한 마음과 조바심만 들었고 은심도 범호 걱정과 두고 와 소식도 모르는 금희 때문에 사는 게 말이 아니었다.

북쪽의 봄이 완연하던 5월 어느 날, 이제 곧 임종이 가까울 것이라는 의료진의 통보에 평양에서 범진도 달려왔고 정주의 인민정부 고위 관료까지 정주 인민병원으로 모여들었다.

"형님, 이 좋은 세상을 더 못 보시고."

들어오자마자 이제 빈껍데기만 남은 꺼칠한 범호의 얼굴을 매만지면서 오열한다.

올해 나이 겨우 49살, 태어나서 지금까지 고생을 많이 하고 자란 걸 보여주듯 까맣고 볼품없는 범호의 손이 범진의 손을 꼭 잡는다. 이불 사이로 나온 깡마른 다리와 병세에 찌든 범호는 누가 봐도 곧 죽음이 가까운 것을 알 수 있었다.

"범진아, 내가 살아오면서 죄를 많이 지었는데 그래도 이렇게 편하게 내가 자란 곳에서 눈을 감을 수 있다니 이것만 해도 감지덕지지. 너 그거 알았나? 난 니가 봉천에서… 컥컥."

갑자기 각혈을 해서 범호는 한참 동안 숨을 고르다가 다시 말을 이어나간다.

"봉천에서 사라졌을 때 이런 날이 올 줄 알았다. 어디에 내놔도 잘 해낼 내 동생 아닌감. 고맙네. 내가 동생한테 참 많은 신세를 졌구만."

범진은 형의 손을 꼭 잡고 눈물만 삼킨다.

이윽고 범호는 눈을 천천히 돌려 영덕과 은심을 부른다.

"은심아, 이 애비가 미안하다. 제대로 잘 키우지도 못하고 먹이지도 못하고. 다음 세상에는 내가 니 자식이 되어서 꼭 이생에 못 한 거…"

더 이상 말을 이어가기 힘들 거 같아 이를 지켜보던 의사가 잠시 안정을 취하라고 한다.

범호는 힘들게 다시 말을 이어나간다.

"은심아, 나 죽으면 꼭 니 에미 옆에다 묻어주라. 내가 널 잘 키웠는지 못 키웠는지 니 에미한테 혼도 나고 저승에 가서라도 꼭 봐야지."

은심은 정말 범호의 마지막인 걸 알고 이를 덜덜 떨면서 아무 대답도 못 한다.

그리고 범호는 영덕을 찾는다.

"영덕아, 이 늙은 놈 때문에 우리 금희를… 이제 나도 죽으면 어서 봉천으로 가서 금희를 꼭…"

헉헉 거친 숨을 몰아쉬던 범호는 그냥 그렇게 조용히 눈을 감는다. 곧이어 오열하는 소리가 병실을 가득 채운다. 노비 가문의 맏이로 태어나서 천한 신분으로 살았지만 죽어서의 범호는 정말 장대하게 장례를 치렀다.

정주 인민정부는 '악독 지주의 앞잡이를 처단하고 금의환향한 인민영웅 정범호'라 칭하고 좁은 시골 마을이 터져나갈 정도로 각계각

층의 간부들이 몰려와서 조문을 했고 평양의 최용건은 조선인민군 총사령 겸 최고인민회의 대의원 명의로 애도를 표했다. 이 모든 게 다 지금 최용건의 실세 중 실세로 평가받고 있는 범진의 영향력인 건 모두가 다 안다.

어찌 되었건 모두가 애도하는 가운데 고인도 그동안의 한을 풀고 갔으리라고 위안하지만 아버지를 잃은 은심의 상심은 너무도 컸다. 생모 얼굴도 모르고 자라 말도 시작하기 전부터 오로지 아버지만 보고 커왔고 자기만 보고 살았던 큰 버팀목에 대한 상실감은 이루 말로 할 수 없이 커서 장례를 치르고도 은심은 울다가 또 까무러치고 그러기를 계속 반복했다.

영덕도 우선은 금희의 일보다도 은심을 달래는 데 전념할 수밖에 없었다.

범호란 또 영덕에게 어떤 존재던가?

외삼촌 준길과 의절하고 방황하던 시기에 영덕에게 무엇이 어른인지 가르쳐주고 친아들처럼 거둬줬던 아버지 같은 존재가 아니었던가? 불쌍하게 살아온 범호를 생각하며 영덕도 그런 은심을 부둥켜안고 울기도 참 많이 울었다.

요란했던 장례 절차가 끝나고 이제 범진은 평양으로 귀임해야 한다. 범진은 지난 2월에 정식으로 창설한 조선인민군의 오백룡이 이끄는 제1경비 여단의 작전 참모장 중좌로 임명되었다. 제1경비 여단을 이끄는 오백룡은 함경도 회령 출신으로 범진보다 나이가 7살 어리지만 보천보 전투에도 참전하고 평생을 김일성의 수발을 들던 심복 중의 심복이었기에 범진은 자기에게 주어진 직책에 아무런 불만이 없었다. 중좌 자리도 소련군 상위 출신인 범진에게는 3계급이나 특진한 경우라서 범진은 이렇게 조국에서 대우를 해주는 것만 해도 감지덕지한, 어떻게 말하면 그냥 우직한 군인인 것이다. 조선인민군 창설 이전, 인민집단군 총사령관이기도 했던 최용건도 사석에서 범진의 직책에 대해 김일성에게 건의를 했음에도 불구하고 소련 시절부터 범진을 아래로 본 김일성에게 그다지 좋은 점수를 받지 못한 점을 많이 아쉬워했지만 범진은 애당초 정치와는 거리가 먼 인물로서 김일성에게 잘 보인 같은 88여단 출신들이 상장 계급을 달아도 시기나 질투도 없었다.

이제 마음으로 형 범호를 보낸 범진이 귀임을 하루 앞두고 영덕을 불렀다.

"내레 이호영 동지한테 자네 얘긴 건너서 들었네. 고거이 정말 유감이구만. 내가 산에 있을 때 얼핏 들었던 기억이 나는 게 그게 바로 자네 일이었구먼."

범진은 담배를 건네면서 미안한 표정을 짓는다.

북한으로 들어온 이후에 초조한 마음을 달래려고 담배가 많이 늘은 영덕은 처삼촌이 주는 담배라 공손히 받고 말을 이어나간다.

"이제 다 지나간 일이고 잊기로 했습니다. 계속 사람이 과거에 얽매이면 앞으로 큰사람이 못 된다고 장인어른도 몇 번 주의를 주셨고요."

담뱃불을 붙여주면서 범진이 말을 이어나간다.

"나중에 이호영 동지가 우리 조선인민군으로 본격적으로 들어오게 되면 내가 꼭 자네랑 자리를 만들어봐야겠어. 시대가 변했으니 우리도 거기에 맞춰서 새로운 세상을 만드는 데 힘을 합쳐야지."

"저기 삼촌, 이제 장인어른 일도 다 치렀으니 저도 봉천으로 다시 넘어가서 남겨놓은 딸자식 찾으러 가보려고 합니다."

그 얘길 듣고 범진은 조금 망설이다가 말을 꺼낸다.

"잘 알지, 자식을 두고 온 부모나 떨어진 철부지 마음이나, 그런데 지금 상황이 그렇게 녹녹하지가 않단 말이디."

무슨 말인가 싶어서 영덕은 범진을 쳐다보니 범진은 부자연스럽게 시선을 돌린다.

"이호영 동무가 약속을 지킨다고 알아본다고는 했는데 지금 그때와는 상황이 많이 달라졌다네. 지금 대륙에서 공산군이 국민 괴뢰군들과 싸움을 하고 있고 또 우리 조선인민군 내부 사정도 그렇고 모든 여건이 자네가 생각하는 것과 다르니 일단 내 설명을 좀 들으라우."

영덕은 어떤 상황인지 다그치는 눈빛으로 범진을 계속 쳐다본다.

사실상 이 시기의 만주와 북한의 상황은 아주 복잡했다. 일본이 항복하자마자 중국공산당은 조선독립동맹 지도부에게 북한으로 돌아가서 신정권 수립에 참여하도록 지시하여 주석 김두봉, 부주석 최창익, 의용군 사령관 무정, 부사령관 박일우 등 70여 명이 1945년 12월에 입북하여 신생 북한 정권의 일원이 되었으나 대다수의 지휘관과 대원들은 그대로 남아 중국 팔로군 산하 조선인 부대로서 국공내전에 참전한다. 초창기에 국민당에 밀려 린빠오의 공산군은 큰 타격을 입고 크게는 둘로 갈라져 일부는 북만주로 일부는 압록강을 건너 북한으로 도주하는 큰 위기를 맞게 된다.

불리했던 상황에서 만주의 조선인들이 적극적으로 후원하여 중국 공산군이 재기하는 데 큰 역할을 했지만 무엇보다도 공산군이 위기에 처했을 때 북한의 역할이 큰 도움이 되었다. 연결 고리를 하는 남만주가 국민정부군의 점령하에 있었지만 북한을 통해 통신선을 확보할 수 있었고 북한 내무상이 된 박일우는 적극적으로 식량과 무기, 의료, 군수 물자를 제공하고 의료지원부대도 파견하여 위기에 처한 중국 공산군을 적극 지원하였다.

1947년 한 해에만 북한이 국내에서 직접 생산한 물품, 소련이 원조한 물품, 북만주의 공산군이 확보하여 북한을 통해 남만주의 공산군에게 제공한 물자만 30만 톤에 달했고 이러한 지원 덕분에 린뺘오는 한숨을 돌리고 병력을 재편하여 남만주에서 우위를 확보한 1948년 이후 요심전역을 일으켜 반격에 나설 수 있었다.

미국 역시 만주에서의 균형이 공산군에게 기운 이유 중의 하나로 '북한의 지원'과 '조선인민의 지원'을 꼽았을 정도였으니 1947년까지 팽팽했던 국공 내전의 승부가 요심전역遼瀋戰役에서 결정 났다는 점은 북한과 조선인 부대의 지원이 큰 영향을 주었음을 부인할 수 없다.

팔로군에 속한 조선인 부대는 만주뿐만 아니라 중국 본토의 주요 전투에 참전하여 북에서 남으로 동에서 서로 돌면서 양쯔강 도하의 선봉에 서기도 하고 충칭 공략과 하이난섬 해방전에도 투입되어 소수 민족 부대로서 최대 규모였을 뿐만 아니라 실제 전장에서 용맹을 떨치게 된다. 조선인 부대는 이러한 투쟁의 과정을 중국 국내의 내전에 참전한 용병으로 보지 않았고 조선 민족을 위한 민족 해방 전쟁으로 받아들였다. 소속은 중국 공산군이나 조선인 부대의 독자성을 유지하면서 대외적으로도 "중국을 위해서가 아니라 조선 독립을 위해 싸운다"라고 자기들의 입장을 명확히 하였다.

이러한 민족주의적인 행동은 중국 공산군으로서는 곤란할 수가 있어 조선인 부대의 지휘부과 마찰이 생기기도 했는데 이에 반발한 수백여 명의 간부들은 팔로군을 이탈하여 북한으로 건너가기도 했다.

문제는 민족 해방을 위해 하나로 뭉친 조선인들이었지만 실제로 북한 정권이 들어서기 전부터 눈에 보이는 파벌의 싸움이 치열하게 전개되고 있었다. 김일성과 최용건을 실세로 하여 소련88여단 출신들이 핵심 권력을 쥐고 있었으나 실제 참전 경력과 전투 경험 등은 팔로군 출신의 이른바 연안파들이 더 뛰어났고 향후 남침을 위한 군사력 강화를 위해 지금은 그들을 묵인할 수밖에 없는 상황이지만 소련파들은 조금씩 이들을 대한 의식하지 않을 수가 없었다. 조선 해방과 함께 북한으로 들어온 무정(본명 김무정)만 하더라도 중국 공산군의 대장정에서 살아남은 유일한 조선인으로서 팔로군에서 잔뼈가 굵은 연안파의 리더였던 것이다.

사실 김일성보다 연배도 많고 이미 팔로군에서 포병 사령관을 맡아 '장군'이라는 칭호를 미리 들었던 무정에게는 애송이 같은 소련군 장교 출신(소령, 대위)들이 북한 군부의 핵심 세력이 되니 공식석상에서는 말로 표현은 못 하지만 아주 가소롭기 그지없다고 생각했다. 또한 김일성과 최용건 역시 이를 의식하여 항상 견제를 했고 군부의 핵심 자리를 절대로 주지 않았다. 위에서부터 불거진 연안파와 소련파의 갈등은 북한 군부 내에 고르게 퍼져있어 영관급은 물론 위관급까지 서로 눈치가 보이는 일이 한두 번이 아닌 상황까지 치달았다.

다들 왜놈들 다 몰아내고 우리 세상을 만들자고 했는데 실제로 왜놈이 물러가니까 같은 항일 세력끼리 불편한 동거가 시작된 거고 북한 정권이 수립되어 다들 강성한 군대를 위해 뭉치자는 구호만 있었지 갈등은 더욱 깊어갔고 수면 위로 떠오르지 않을 뿐이었다.

더군다나 아직까지 남만주 일대에는 이호영이 속한 조선의용군제1지대를 개편한 166사단이 국공내전에 참가하여 여전히 전투 중에 있고 방호산이 이끄는 팔로군 조선인 부대 역시 만주에서 건재하고 있으니 언젠가 국공 내전이 끝나고 이들이 북한군으로 들어온다면 소련파에게는 잠재적으로 큰 위험이 될 수 있었다.

자기가 모시는 최용건의 눈치 때문에라도 범진은 자기가 제일 존경하는 이호영이 방호산을 모시고 있어 이호영과 직접 연락을 취하기에도 조금 불편해질 정도였다. 금희를 찾아달라고 형식상의 얘기는 몇 번 하기는 했지만 예전 같았으면 자기가 특공대를 구성해서라도 당당하게 직접 찾아가서 봉천 시내에 들어갔을 것을 지금 시점에선 괜한 오해를 살 수가 있어 시간을 끌다 보니 이제 형 범호도 병으로 죽게 되고 어떻게든 딸 금희를 찾으려는 영덕과 조카 은심에게 상황을 설명해 줘야 하는 때가 오게 된 것이다.

범진의 얘기를 다 듣고 난 영덕은 다른 얘기는 귀에 안 들어왔지만 결론적으로 이야기하자면 현재로서는 범진 자신이나 만주에 있는 이호영도 애를 찾을 수 있을 만큼 상황이 여유롭지 않다는 것과 계속 기다리라는 뜻은 알아들었다.

"삼촌, 그래서 어떻게 하란 말입니까?"

다급해진 영덕은 지금까지 참아온 세월이 있는데 거기에 또 기다려야 한다니 더 이상 지체할 수 없다고 생각했고, 이제 남을 믿을 게 아니고 자기가 나설 수밖에 없다고 결심한다. 영덕의 생각을 간파한 범진은 어떻게 해서든 만류할 수밖에 없었고 조금만 더 기다려 달라고, 그리고 지금 전황이 공산군에게 유리하게 돌아갈 수 있다고 설득해 보지만 이미 결심을 한 영덕을 만류할 수 없었다.

북한에 조선민주주의인민공화국이 들어서는 이 시기에 만주는 국공 내전이 한참 진행되고 있었고 전황이 공산군에게 유리한 건 사실이지만 영덕의 안전을 보장할 수 없는 상황이었다. 1948년 봄부터 공세로 전환하여 2월에 요양과 영구를 점령한 린빠오의 공산군은 1948년 9월 7일 금주를 공격해서 점령하였고 만주국의 수도였던 장춘도 완전히 포위하였다.

빈곤한 배급에 사기가 떨어진 군민 정부군은 최정예 50만 대군이 만주에 갇혀 포위당한 상태였고 특히 장춘은 10만의 국민정부군과 50만의 시민들이 완전히 봉쇄되어 16만 명이나 아사하는 끔찍한 상황에 직면하게 된다. 장개석이 장춘을 탈출하여 봉천의 국민당 본대에 합류하라고 명했지만 공산군의 포위를 뚫을 수도 없었고 그럴 여력마저 없었다.

그러나 아직까지 금희가 있는 봉천은 여전한 국민정부군의 점령지였고, 포위되어 보급이 끊긴 봉천은 이제 사람 살 만한 곳이 아닐 정도로 살인과 약탈이 진행 중이라는 첩보가 있었다.

이런 저런 이유로 범진은 영덕을 설득했고 나중에 사정을 알게 된 은심도 좀 더 기다려 보자고 영덕을 잡지만 영덕은 애비로서 마냥 기다릴 수가 없어 다시 압록강을 건너기로 결심했다. 자식을 두고 온 영덕에게는 정말 눈에 보이는 게 없었고 아무 말도 들리지 않았고 어떻게 해서든 금희를 데리고 올 생각 말고는 아무런 판단도 할 수 없었다.

'행복에너지'의 **해피 대한민국** 프로젝트!

〈모교 책 보내기 운동〉

대한민국의 뿌리, 대한민국의 미래 **청소년·청년**들에게 **책**을 보내주세요.

많은 학교의 도서관이 가난해지고 있습니다. 그만큼 많은 학생들의 마음 또한 가난해지고 있습니다. 학교 도서관에는 색이 바래고 찢어진 책들이 나뒹굽니다. 더럽고 먼지만 앉은 책을 과연 누가 읽고 싶어 할까요?
게임과 스마트폰에 중독된 초·중고생들. 입시의 문턱 앞에서 문제집에만 매달리는 고등학생들. 험난한 취업 준비에 책 읽을 시간조차 없는 대학생들. 아무런 꿈도 없이 정해진 길을 따라서만 가는 젊은이들이 과연 대한민국을 이끌 수 있을까요?

한 권의 책은 한 사람의 인생을 바꾸는 힘을 가지고 있습니다. 한 사람의 인생이 바뀌면 한 나라의 국운이 바뀝니다. **저희 행복에너지에서는 베스트셀러와 각종 기관에서 우수도서로 선정된 도서를 중심으로 〈모교 책 보내기 운동〉을 펼치고 있습니다.** 대한민국의 미래, 젊은이들에게 좋은 책을 보내주십시오. 독자 여러분의 자랑스러운 모교에 보내진 한 권의 책은 더 크게 성장할 대한민국의 발판이 될 것입니다.

도서출판 행복에너지를 성원해주시는 독자 여러분의 많은 관심과 참여 부탁드리겠습니다.

도서출판 **행복에너지** 임직원 일동

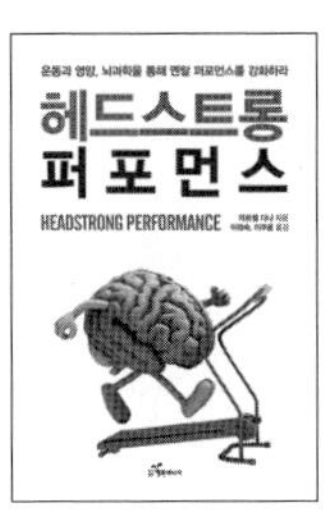

헤드스트롱 퍼포먼스

마르셀 다나 지음, 이경숙 · 이주용 역 | 값 25,000원

이 책 『헤드스트롱 퍼포먼스』는 운동과학과 영양과학, 뇌 과학을 결합한 전략으로 '성과를 낼 수 있는 뇌'를 만들어내는 것이야말로 성공으로 가는 지름길이라고 이야기하고 있다. 또한 이러한 두뇌 강화 이론을 기반으로 하여 스트레스 대처법, 집중력 유지, 창의력 증진, 습관 변화 등의 세부적 실천사항과 그를 위한 자세한 전략을 각 장에서 면밀하게 제시한다.

71세에 떠난 좌충우돌 배낭여행기

고계수 지음 값 20,000원

『71세에 떠난 좌충우돌 배낭여행기』는 남 · 중미 · 북미 · 오세아니아를 여행한 저자의 이야기가 생생하게 담긴 여행 에세이다. 여행이라는 소중한 경험 속에서 또 다른 문화를 접하고 새로운 일도 겪지만, 순탄하지 못한 여행을 하며 느낀 단상들도 이 책에는 과장이나 거짓 없이 진솔하게 기록되어 있다. 젊은 사람들 못지않은 즐겁고 유쾌한 여행기가 독자들의 흥미를 불러일으킨다.

마음 Touch! 감성소통

박신덕 지음 | 15,000원

책 『마음 Touch! 감성소통』은 타인과의 소통에서 불편을 겪는 사람들에게 명쾌한 해답을 들려준다. 아무리 대화를 해도 '말이 통한다'는 느낌을 받기 어려운 요즘, '진심'을 통해 소통할 때 상대방의 마음뿐만 아니라 내 마음까지도 부드럽게 어루만져주는 '감성소통'을 할 수 있다고 강조한다. 저자가 직접 수많은 사람들을 만나고 대화하며 얻은 '소통의 노하우'가 이 책 한 권에 모두 담겨 있다.